JE LÈGUE
MON ÂME AU DIABLE

GERMAN CASTRO CAYCEDO

JE LÈGUE MON ÂME AU DIABLE

roman

TRADUIT DE L'ESPAGNOL
PAR SERGE MESTRE

ÉDITIONS DU SEUIL
*27, rue Jacob, Paris VIe*

Titre original : *Mi alma se la dejo al diablo.*
Éditeur original : Editorial Plaza & Janés, Bogota, Colombie

ISBN original : 958.14.0006.0

ISBN : 2.02.009255.7

A Fernando Gómez Agudelo.

REMERCIEMENTS

Je remercie Robespierre Rodriguez de l'aide qu'il m'a apportée ; il m'a encouragé à persévérer pendant les cinq ans où j'ai recueilli témoignages et documents ; et il a collaboré avec moi sur plusieurs points pendant l'étape finale du camp.

Mes remerciements vont également au président de l'honorable tribunal supérieur du travail de Neiva, don Reynaldo Polania ; au juge supérieur, don Fernando Olaya Lucena ; sans oublier Bernardo Gutierrez qui a effectué la seconde traduction du journal de « Slim ». Et je tiens à dire ma reconnaissance, de façon toute particulière, aux héros de cette aventure qui m'ont accueilli et qui ont accepté de dialoguer avec moi.

Tous les personnages de ce récit ont réellement existé, et ils y figurent sous leur vrai nom. A l'exception de cinq d'entre eux, tous sont encore en vie.

J'ai conservé, bien entendu, les noms des rivières et des villages.

Les dates sont celles qui apparaissent sur les documents officiels, dans les journaux personnels et qui me furent livrées au cours de mes entretiens.

C'est seulement dans le cas de la « famille Z » que nous avons adopté une initiale de prudence, à la demande expresse d'Ana Judith Cubillos, qui nous fit remarquer qu'il existe encore des descendants de cette famille par qui fut apportée la mort dans toute une région de la Vallée de Cauca.

L'AUTEUR.

« Je lègue ma bible à Firmin, ces pages à Félix, et la paie à ma femme... Mon âme, je la lègue au diable. »

Ceci est un court passage du testament de Benjamin Cubillos, un paysan de vingt-six ans dont le squelette a été découvert dans un abri isolé de la forêt d'Amazonie colombienne, sur les rives du Yari. On a retrouvé auprès de ses ossements une bible et un carnet dans lequel il avait essayé de raconter sa mort. Les auteurs de cette découverte furent Raoul Lima, Oscar Rivera et six indigènes, perdus, depuis trois mois, dans la forêt. Ils étaient à la recherche d'arbres de *balata,* une variété de caoutchouc utilisée pour fabriquer des balles de golf.

RÉCIT D'OSCAR RIVERA
(Chasseur, vingt-quatre ans.)

« Ça a dû se passer fin janvier 1972. La rivière était très basse. On naviguait au milieu, en suivant la traînée d'écume formée par le lit, et on apercevait à peine les rives qui se trouvaient à un ou deux mètres au-dessus de l'embarcation. Ce matin-là, je pensais simplement à la date où nous avions quitté les entrepôts de Sanchez ; c'était à la fin octobre. A l'époque, les rivières étaient bien grosses ; aujourd'hui, elles avaient tellement baissé qu'il devait bien y avoir quatre-vingt-dix jours qu'on était partis. Trois mois sans voir personne !

» La brise des jours précédents était tombée, et la chaleur était devenue un vrai supplice. Vers onze heures, on est arrivés à une longue ligne droite et on a vu un reflet sur la rive gauche : c'était comme un grand miroir tourné vers le soleil.

» — Merde alors ! Voilà du monde. Il y a des gens là-bas, a crié Raoul.

» Tous les autres se sont levés pour regarder et, lorsque sa femme s'est dressée, elle a hurlé à son tour :

» — C'est vrai ! Il doit y avoir du monde ! Oscar, viens voir. Sûr qu'il y a quelqu'un !

» Ma figure était enflée à cause de la chaleur et je m'aspergeais d'eau toutes les demi-heures. Le soleil avait mis le bout de notre nez à vif et l'eau et la sueur qui coulaient dessus nous brûlaient très, très fort... De plus, j'avais faim. Une faim atroce !... Je ne leur avais pas prêté attention, je ne voulais plus les croire, mais, au bout d'une demi-heure, je me suis dit que c'était vraiment un reflet. J'ai arraché la pagaie des mains d'un petit indien qui avait l'air épuisé et je me suis mis à ramer. On a battu la rivière pendant plus de trois heures.

» Arrivés au but, on a accosté, et puis on a escaladé les berges comme on a pu. Mais quand j'ai réussi à vraiment bien distinguer la maison, je me suis étalé de tout mon long par terre, complètement découragé. Je venais de voir en face de moi un petit abri dont le toit avait été recouvert de huit plaques de zinc. Il y avait, tout autour, plein de broussailles jeunes de un mètre de haut environ. Personne n'était sorti, même pas un chien ; c'était absolument désert.

» — Putain de vie, ai-je dit à Raoul. Il n'y a personne et on n'a plus qu'une poignée de farine de manioc.

» Raoul était encore plus angoissé que moi, il s'est approché lentement de l'abri et, lorsqu'il y est entré, j'ai entendu un grand cri.

» — Viens voir, Oscar, il y a un mort là-dedans !

» — Qu'est-ce que tu racontes ? C'est certainement un épouvantail pour éloigner les curieux.

» — Non, viens : je t'assure que c'est un mort !

» Je n'ai pas répondu, mais il a insisté une troisième fois. Il était complètement effrayé.

» — Ne te fais pas prier ! Viens voir ! Je t'assure que c'est un mort. J'ai peur, moi !

» J'ai franchi quinze mètres, jusqu'à la porte de l'abri, et je suis tombé sur un Raoul horriblement pâle ; il ne bougeait plus. Il y avait une plate-forme dans un coin de la baraque : une sorte de lit construit avec des bâtons cloués et posés par terre. On avait mis là-dessus un matelas pneumatique, et puis encore un matelas en paille. La plate-forme avait été recouverte d'une tente pour se protéger des moustiques. On voyait le pied d'un homme qui dépassait par-dessous la toile... En fait, on n'apercevait plus que des os enveloppés dans une peau gris sombre.

» La découverte de ce pied m'a fait l'effet d'une décharge électrique, et je me suis mis à trembler. J'ai crié à Raoul :

» — Allons-nous-en !

» — Non, attends ! Il faut savoir ce que c'est !

» Les autres venaient de rentrer dans la baraque et je leur ai dit de regarder tant qu'ils voudraient, mais sans rien toucher.

» — Il ne faut rien prendre... même pas à manger. S'il y a du monde dans les parages et qu'ils nous trouvent ici, on va se faire baiser.

» On a envoyé le petit indien au bord de la rivière pour surveiller les alentours, et on a commencé à inspecter la baraque. J'ai pris deux petits bâtons et j'ai soulevé la toile de la tente. Il y avait des dégoulinades jaunes qui avaient séché. J'ai bien regardé et puis j'ai dit à Raoul :

» — Il n'y a pas de doute, c'est bien un squelette... c'est vraiment étonnant de trouver un mort dans une forêt aussi vierge.

» Raoul a pris, sur le bord du lit, tout près du crâne, une bible et un carnet vert sur lequel le mort avait certainement écrit des choses. Je lui ai dit de poser ça et de ne plus rien toucher.

» Le squelette reposait sur le dos, son bras droit était étiré et le gauche replié derrière la nuque ; ses doigts étaient tendus ; la bouche fermée et les dents bien serrées. Il portait un pantalon sale et un maillot de corps jaune verdâtre. Il était certainement mort dans la nuit ; c'est le moment où il fait le plus froid ; dans la journée, on se retrouve complètement ramolli par la chaleur... C'était un squelette très long, il faisait environ un mètre quatre-vingts. Il n'avait plus un seul cheveu sur le crâne, ils étaient tous tombés sur l'oreiller. Un oreiller dégoûtant, d'un gris aussi terreux que la tente, les vêtements, les matelas, et la couverture qui recouvrait le mort. Les taches des habits étaient les mêmes que celles de la tente et toute la

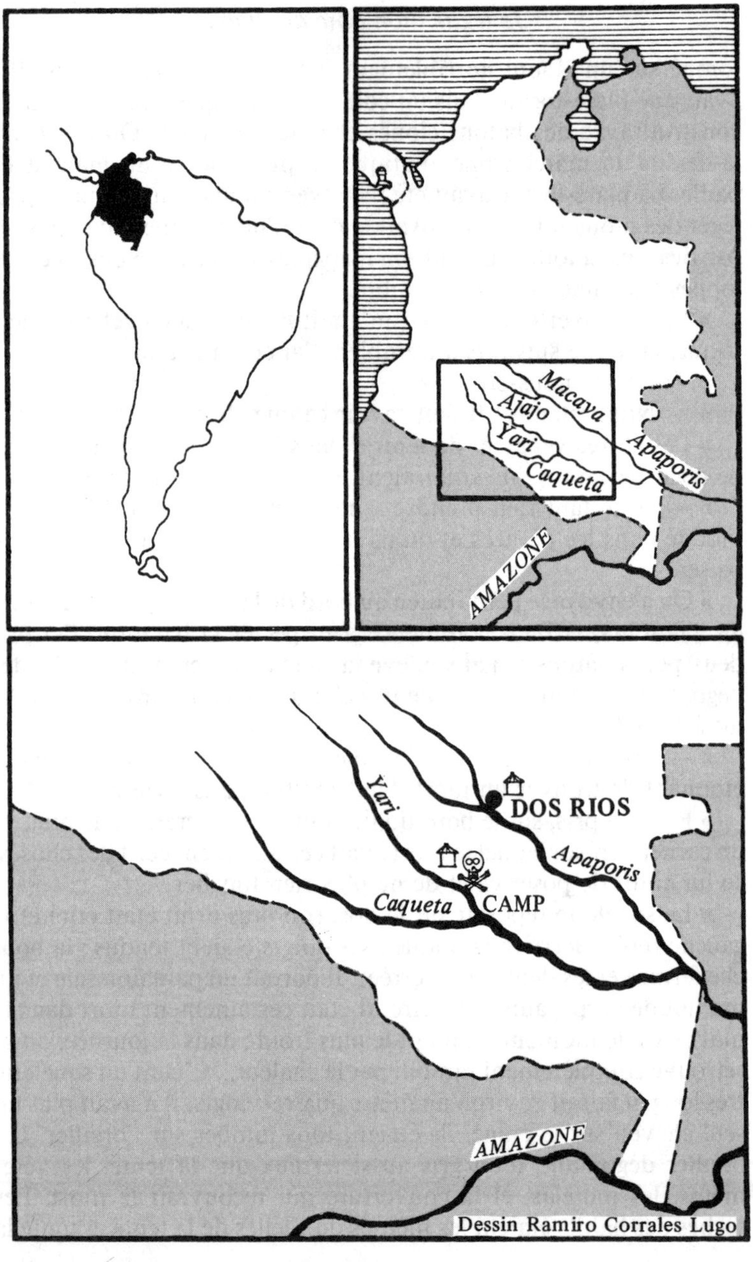
Macaya
Ajajo
Yari
Caqueta
Apaporis
AMAZONE
Yari
DOS RIOS
Apaporis
Caqueta
CAMP
AMAZONE
Dessin Ramiro Corrales Lugo

maison sentait le moisi à cause de l'humidité de l'endroit : il faut dire que si vous lavez une chemise, dans cette forêt, vous aurez beau l'étendre en plein soleil, elle mettra bien plus de deux jours à sécher.

» Je me suis éloigné du mort et je me suis aperçu que je tremblais encore. Mais ma curiosité a été plus forte ; j'ai ouvert le carnet vert. Les pages étaient écrites au crayon avec de grosses lettres pareilles à celles d'un petit écolier, et j'ai dit à Raoul :

» — C'est certainement lui qui a écrit tout ça.

» — Lis-le ! Dis-moi ce qu'il raconte !

» Je suis allé à la porte pour mieux voir ; les lettres étaient très pâles, il n'avait pas assez appuyé. Il disait qu'il avait descendu le Yari pendant six heures. Il s'était égaré à deux reprises et ses papiers et son argent avaient coulé au fond de l'eau pendant les nombreuses fois où il avait été aspiré par les tourbillons. Il avait atteint péniblement la rive et il était retourné au camp à pied, en suivant la berge... On n'arrivait pas à bien lire, mais je me souviens qu'il parlait de ses chiens. Il disait aussi qu'il était malade et qu'il n'avait plus de nourriture. Les chiens étaient morts, mais il n'avait pas osé les manger : en les regardant il ne pensait qu'à sa propre mort. Satan était devenu son maître et, il y a bien longtemps qu'il n'avait plus peur du diable. J'ai cessé de lire ; je ne pensais qu'à fuir cette maison que les autres continuaient à fouiller.

» Je me suis malgré tout décidé à rester et j'ai observé plus attentivement ce qui se trouvait autour de moi. Mon attention avait été attirée par un réfrigérateur tout blanc. Je m'en suis approché, me disant qu'il y avait peut-être quelque chose à manger. La maison était déserte, il n'y avait donc plus aucune raison de ne pas se servir. On n'avait rien avalé depuis quatre jours. J'ai ouvert le réfrigérateur, mais lorsque la porte a été entrebâillée... merde ! J'ai sursauté, aucun cri n'est sorti de ma gorge : ma langue était paralysée. Il y avait une forme toute noire dans le frigo. C'était l'image d'un diable avec des yeux peints en blanc, une bouche rouge et deux cornes. J'ai même cru voir des cheveux sur sa tête. J'ai violemment claqué la porte et Raoul s'est précipité ; il se demandait ce qu'il m'arrivait. Je me suis calmé et on a ouvert de nouveau : ce n'était qu'un simple chiffon tout noir. Je l'ai soulevé avec un des petits bâtons que j'avais posés tout à l'heure sur le lit du mort, et on a aperçu le bol d'une centrifugeuse Singer et deux autres bocaux remplis de sauce piquante.

» J'avais lu sur le carnet vert plusieurs choses concernant le diable : alors je suis allé vers le lit et j'ai ouvert la première page. Je n'ai jamais pu oublier ce qui était écrit, d'une écriture différente, mais également au crayon.

» " Je ne vois pas d'autre moyen pour sortir de cette situation que de descendre la rivière vers la prison d'Araracuara. Je n'ai pas assez d'essence pour la remonter et, de plus, je pense que le moteur 18 ne pourra pas me pousser. Je ne peux pas rester un jour de plus avec cet homme qui est devenu complètement fou. Il passe la journée à évoquer l'enfer, il crie, il hurle. La seule chose que je puisse espérer, c'est que la chance soit de mon côté. "

» C'est un certain Slim Bauer qui avait signé. »

Sept mois auparavant, le 21 juin 1971, à dix heures du matin, Ernest « Slim » Bauer, un Texan de cinquante-huit ans, d'une taille d'un mètre cinquante-neuf, avait atterri sur une piste isolée dans la vallée du Yari : c'était une grande étendue plate, en plein milieu de la forêt, parmi les marigots qui alimentent la grande rivière.

Le vieux faisait partie d'un petit groupe d'hommes qui devait embarquer à cet endroit-là et voyager pendant huit jours sans arrêt — du lever au coucher du soleil — pour se rendre au point où la rivière forme une longue ligne droite, cependant que sur la rive gauche, se dresse un camp.

Dans le C-47, qui avant de s'immobiliser avait rebondi plusieurs fois sur la piste, se trouvaient également Edgard Garcia, un garçon de dix-huit ans engagé comme assistant de chasse, Inès Valencia, une grosse cuisinière silencieuse de trente-neuf ans, et Vincent Quintero, un fêtard de quarante-quatre ans connu dans toute la contrée (et qui avait l'intention de continuer à faire la fête dans la forêt).

Ils avaient tous été recrutés par Martin Morningstar, le propriétaire du camp. Avant de les conduire au Yari, il avait chargé dans l'avion dix barils d'essence, trois moteurs de bateau et plusieurs sacs de ravitaillement. Quintero était responsable du groupe.

Ils s'étaient tous réfugiés pendant deux jours à Zoherlandia, une propriété appartenant à don Nelson Hermosa. Il pleuvait sans arrêt et, il était impossible d'utiliser les pirogues.

Ils ont finalement démarré le jeudi 24. Slim, Vincent et Edgard avaient fabriqué une embarcation en jumelant deux pirogues à l'aide d'un pont en bois, sur lequel ils avaient fixé un moteur de 33 CV. Les barils avaient été attachés les uns derrière les autres sur l'arrière, et ils flottaient à la queue leu leu.

RÉCIT DE VINCENT QUINTERO

« Le premier jour, on a chargé tout le matériel sur nos épaules, et puis on l'a transporté de Candilejas jusqu'au bord d'un marigot qui alimente le Yari. On a relié les deux pirogues et puis on a réparti la charge ; mais les dix barils d'essence (ils contenaient cinquante-cinq gallons * chacun) nous ont posé des problèmes. On ne savait pas où les mettre, et j'ai eu l'idée d'aller dans la forêt couper des branches de palmier. A mon retour, j'ai pris une longue corde que Martin avait mise dans l'avion, et avec tout ça, je me suis arrangé pour fixer les premiers barils sur les côtés. J'avais enlevé un peu d'essence aux premiers, un peu moins aux autres, et presque pas à ceux du milieu. Ça formait un ventre permettant de les remorquer sans problème. J'en avais mis cinq de chaque côté. »

Voilà douze ans que Martin s'était installé en Colombie. Il avait acheté *Penjamo*, une propriété où l'on faisait de l'élevage, et il explorait la forêt dans son petit avion.

Au cours de l'une de ses expéditions au-dessus du Yari, il avait découvert que le fleuve, en traversant des rochers très élevés, formait une série de cascades. La fameuse ligne droite se trouvait en amont, et c'était un endroit rêvé pour poser un hydravion.

Sur les rives, la végétation était dense et parfaitement vierge, c'était un excellent site pour établir un petit camp de chasse. Le juge a écrit plus tard qu'« aux alentours il n'y avait rien d'autre que la forêt et un gué pour traverser le Yari, et que l'air et l'eau étaient les deux seules possibilités d'accès au camp ».

* Unité de capacité américaine équivalant à 3,785 litres. (N.d.T.)

Martin s'était procuré un avion à flotteurs pour se rendre sur les lieux.

RÉCIT DE MARTIN MORNINGSTAR

« Je connaissais bien la vallée du Yari, en amont, au niveau de la source, là où j'ai acheté ma propriété. Mais Vincent Quintero — celui qui a le premier abordé à cet endroit — m'avait beaucoup parlé de la rivière et il m'avait donné envie de l'explorer en aval où, selon lui, se trouvent plusieurs cascades. Un beau jour, on est montés dans mon Cessna 80 et on s'est dirigés vers le fleuve. On l'a survolé pendant un long moment et je suis arrivé à la ligne droite dont il m'avait parlé. Il n'y avait techniquement aucun problème pour se poser : treize cents mètres d'eau calme et une largeur suffisante entre les deux rives, cent cinquante mètres. En apercevant l'endroit, j'ai eu un frisson de plaisir, et en amorçant la descente, je me sentais vraiment heureux. Ensuite on s'est posés sur l'eau et Vincent a immédiatement plongé avec un câble à la main. Il nageait sur le côté pour éviter les nombreuses plantes qui poussent dans le fleuve. Moi, je n'avais pas encore éteint le moteur et j'essayais de maintenir l'avion immobile dans le courant. Vincent a mis dix bonnes minutes pour atteindre le bord. Il a attaqué la végétation avec la machette qui pendait à sa ceinture, il a solidement attaché l'avion et j'ai pu couper le contact. Ensuite, toujours à coups de machette, on a dégagé une bonne partie de la rive pour mettre le Cessna à l'abri ; et puis on a monté la tente et on s'est couchés. Le lendemain, on a exploré l'autre rive, je trouvais l'endroit merveilleux à cause du bruit de l'eau qui descend les rapides. Vers midi, on a pêché. Le fleuve était infesté de piranhas... là-bas, on dit des *puños.* Au mois de novembre, on trouve une autre variété de poissons plus gros à la chair très fine. On peut manger les piranhas, mais ils sont pleins d'arêtes. On est partis de là dans l'après-midi avec la ferme intention d'y retourner le plus tôt possible. J'adorais l'isolement de cet endroit, la beauté de la nature dans un lieu aussi sauvage, rempli d'animaux à chasser... Nous sommes revenus à deux reprises et on a commencé à bien connaître cette partie de la forêt. Elle est très isolée, mais aussi très belle... j'étais tombé amoureux d'elle ! De toutes les rivières que j'ai découvertes là-bas, le Yari est ma préférée : c'est celle qui ressemble le plus à ce que je recherchais... Pour les liaisons aériennes, c'est fabuleux. On peut y conduire facilement les gens. C'est important : il est impossible d'imaginer là-bas une quelconque expédition sans d'abord régler le problème de l'atterrissage. C'est un endroit très sain : il n'y avait pas un moustique, ni trace de la moindre maladie. La seule chose désagréable, c'était une sorte de petit moucheron inoffensif qui ne se montre que pendant la journée ; c'est vraiment tout. J'y suis retourné une semaine après notre premier vol de reconnaissance, et j'ai emmené Vincent et un autre garçon, parce que j'avais l'intention de construire un refuge de chasse et un petit aéroport pour garer l'avion. A côté de l'endroit choisi par Vincent pour construire l'abri, se trouvait un plan d'eau très claire. Ça m'a semblé parfait et nous avons décidé de placer là l'aéroport. Le courant passait assez loin et l'eau était très calme. On a coupé les broussailles pour garer le Cessna. Pendant plusieurs jours, le travail a été très dur mais on a réussi à dégager une bonne partie de terrain avant de repartir. J'avais demandé au major Médrano de la base aérienne de Tres Esquinas de me louer un Beechcraft. C'est un avion amphibie bien plus puissant que mon Cessna. C'est avec celui-là que j'ai commencé à transporter les premiers équipements : un groupe électrogène, un réfrigérateur, des outils, des armes... tout ça m'a coûté très cher. J'ai tout payé et une bonne partie des économies que j'avais faites, avant de quitter les forces aéroportées de États-Unis après la Seconde Guerre mondiale, y est passée... Mon projet était de faire une grande base touristique avec un parc zoologique. Je voulais monter un paradis pour permettre aux gens d'échapper au bruit de la civilisation... Rien que des animaux, la forêt, et la musique des cascades. Je m'étais mis dans l'idée de planter un verger plein de bananiers et de créer une usine hydroélectrique... »

Et effectivement, six mois plus tard, on pouvait voir dans la région un petit camp d'un quart d'hectare, en plein milieu de la végétation. Un abri de quatre mètres carrés avait été construit et couvert de huit plaques de zinc étincelantes, soutenues par des piliers. Sur les côtés, il n'y avait rien ; pas de murs. On avait aussi fabriqué un petit réduit, à côté, qui servait de cuisine ; et, à environ huit mètres, trois huttes recouvertes de branches de palmier qui touchaient le sol, dans le style des maisons indiennes de la région, d'après Edgard Garcia.

Ainsi décrit-il lui-même le reste du camp : « Les baraques se trouvent à environ dix mètres d'un plan d'eau calme, très propre et très profond. C'est bourré de piranhas, de *puños*, ces petits poissons qui se déplacent toujours en bandes de plusieurs milliers et qui vous avalent un homme en quelques heures. »

Slim et ses compagnons ont navigué pendant six heures, ce jeudi 24. Dans l'après-midi, ils sont allés à la cabane de Benjamin Cubillos qui se trouvait sur la propriété de M. Hermosa. Benjamin Cubillos, agriculteur, vivait là avec sa femme Rosalba et ses six enfants. Il cultivait un morceau des immenses terres d'Hermosa. En échange, il avait l'autorisation de construire la baraque où ils dormaient et de faire un potager aussi grand qu'il le souhaitait.

« Cubillos était-il pauvre ? » s'est exclamé Hermosa en replongeant dans ses souvenirs. Et puis il a parlé pour lui-même : « Je crois que oui, très pauvre, tout le monde était pauvre dans la vallée. Il fallait constamment se battre. Les *hatos* — c'est comme ça qu'on appelle les propriétés, là-bas — sont très étendues. Ce sont des milliers d'hectares de terre vierge qu'il faut dompter à la sueur de son front pour, peu à peu, obtenir un petit résultat et pouvoir commencer à parquer quelques têtes de bétail. La terre est fertile, c'est sûr, il y a de bons pâturages, mais c'est très isolé : il n'y a pas de routes, pas de médecin, pas de pharmacie. C'est vraiment un endroit très dur, monsieur ! Un endroit très sauvage, vous savez ! »

« Juste un peu après midi, raconte Rosalba, la femme de Cubillos, on a vu une embarcation qui s'approchait. C'était don Vincent Quintero ; il était avec M. Bauer et d'autres messieurs. C'est le vieux monsieur qui a sauté le premier à terre. Il s'est approché de notre baraque et m'a demandé où se trouvait Benjamin. Il avait un papier sur lequel M. Martin disait qu'il devait partir avec eux, vers le bas de la rivière. Comme nous n'avions presque plus rien à manger, mon mari s'est dit que c'était une bonne occasion de rapporter quelques pesos à la maison. On avait vraiment faim, et il s'est décidé. Il m'a expliqué qu'il reviendrait vite, dans une ving-

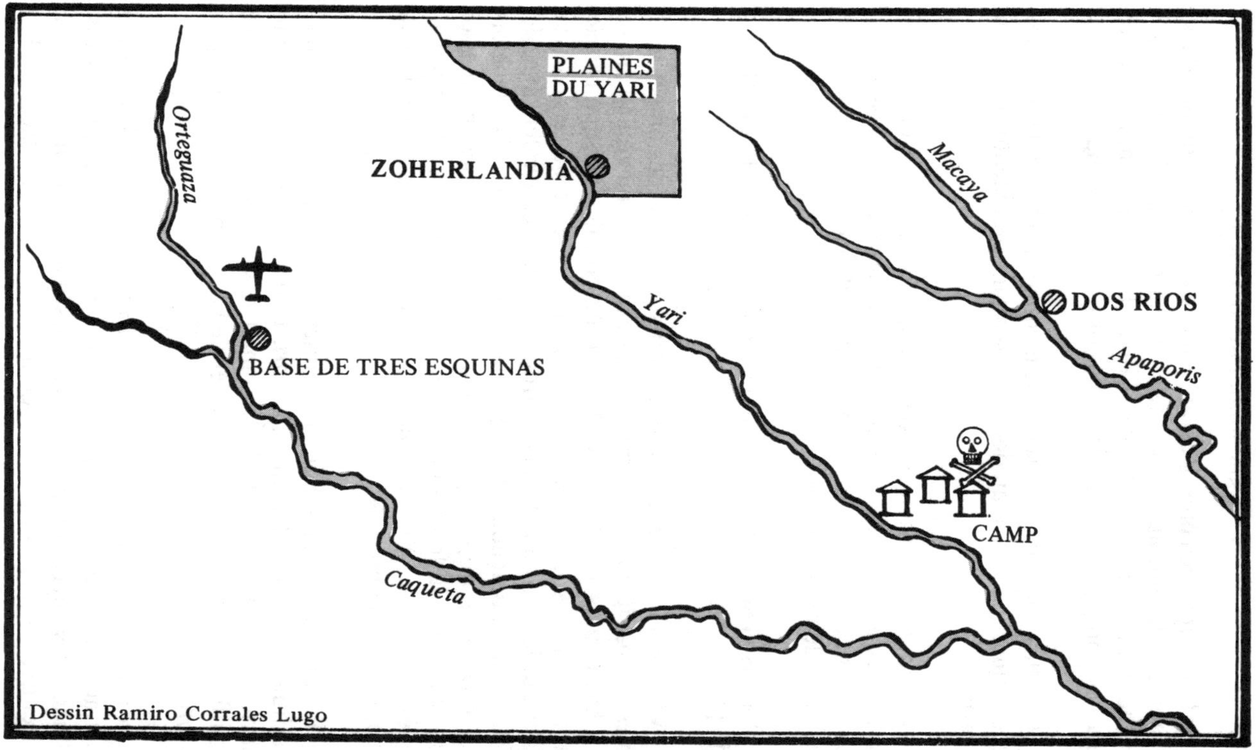
PLAINES
DU YARI
ZOHERLANDIA
Orteguaza
Macaya
DOS RIOS
Yari
BASE DE TRES ESQUINAS
Apaporis
CAMP
Caqueta
Dessin Ramiro Corrales Lugo

taine de jours à peu près. Il est allé dire au revoir aux enfants. Il les a embrassés les uns après les autres en leur caressant les cheveux. Il les adorait. Avant de partir, il m'a dit : “ Essaie de prendre patience. Tu vas voir. Quand je reviendrai, notre vie va changer. ” »

Cubillos a fait grimper ses quatre chiens de chasse dans la pirogue, (Vincent les lui avait donnés la semaine précédente), et ils sont partis.

« Pendant le voyage, dit à son tour Inès, la cuisinière, on s'arrêtait la nuit et on campait. Comme les hommes étaient chasseurs, ils essayaient de tuer quelque chose. On avait des armes, des tentes et pas mal de nourriture. »

La saison des pluies venait de commencer et la rivière grossissait de plus en plus.

VINCENT : « Presque tous les jours éclataient des orages terribles. On naviguait, on n'arrêtait pas de naviguer, on voulait arriver en bas le plus vite possible. Moi, je ne dormais presque pas, les autres oui. Ils se couchaient sur les planches avec lesquelles on avait fabriqué le pont entre les deux pirogues, et ils se couvraient avec des feuilles de caoutchouc. Moi, je pilotais toute la nuit. Quelquefois, lorsque j'étais trop fatigué, on s'arrêtait en fin d'après-midi et on dormait dans la forêt. On n'a presque pas pêché, on n'est jamais allés à la chasse : l'embarcation était très grande et c'était difficile d'approcher le bord ! »

Pendant les averses, Slim a commencé à écrire un journal. Il l'a intitulé *la Grande Aventure du Yari.* Lorsqu'il était sous sa tente, surtout pendant la nuit, il griffonnait des phrases sur les petites feuilles détachables d'un calendrier de l'année précédente. On peut y lire :

« *Vendredi 25 juin* : On a quitté la maison de Cubillos de très bonne heure. On ne s'est arrêtés qu'une seule fois, et encore, à cause d'une fausse alerte. On a tué deux dindes et un tatou. On ne peut pas dire que la cuisinière nous donne vraiment satisfaction. Elle n'arrive pas à la cheville de Chela, celle qui travaillait avant pour Martin.

» *Samedi 26 juin* : On est parti tôt, mais on a été ralentis par la pluie. Pourtant on ne s'est pas arrêtés, mais on avançait bien plus lentement. Peu d'animaux, parce qu'on n'a pas trouvé les endroits où ils viennent boire.

» *Dimanche 27 juin* : Hier soir... quelle nuit ! La grande pirogue a coulé vers minuit. On a passé le temps à la sortir de l'eau et on est repartis à quatre heures du matin. Nous avons voyagé toute la journée, tiré sur trois canards, sans en toucher un. Le seul qui soit un peu adroit, c'est Benjamin. Si Chela était là, elle deviendrait folle : il va falloir qu'Inès revoie complètement sa manière de cuisiner.

» *Lundi 28 juin* : On a voyagé toute la journée. On s'est arrêtés à un endroit où il y avait une hutte indienne, mais on n'a trouvé personne. On n'avance pas vite, mais on avance. Nous espérons arriver demain au camp. Il pleut, comme d'habitude.

» *Mardi 29 juin* : La nuit dernière, on s'est bien reposés. On est repartis de bonne heure. Aujourd'hui on a tué trois canards. Mais on n'a pas vu d'autre gibier. On est arrivés au camp vers cinq heures de l'après-midi. Ça a été un long voyage.

» *Mercredi 30 juin* : Bon, eh bien finalement, on a pu commencer à monter le camp. Il y a tellement de choses à faire, qu'on ne sait par où commencer. Le groupe électrogène nous a posé quelques problèmes, mais on a réussi à les résoudre. Pendant que Vincent est allé à la chasse, nous avons fait le ménage. »

VINCENT : « On a déchargé ce qui restait : des planches et tout ce qui avait passé la nuit dans l'embarcation. Ensuite, je suis parti à la chasse, dans l'intention de tuer quelques animaux et de poser des appâts. Il me fallait attirer un tigre avant l'arrivée des touristes. Martin nous avait annoncé que des gringos allaient venir... Il fallait bien qu'on mange, nous aussi. Ce jour-là, j'avais tué un *cerrillo* (un cochon), j'ai aussi tué un tapir et éparpillé des appâts pour attirer le tigre. A mon retour, je me suis mis à construire une autre baraque pour les ouvriers. »

Avant ça, Martin avait fait plusieurs voyages tests, avec quelques touristes et des randonneurs occasionnels. Et maintenant, il espérait que l'entreprise touristique allait prendre sérieusement tournure. L'attraction principale était la proximité d'une tribu absolument inconnue qu'il avait lui-même découverte par hasard. « Ce sont, a-t-il déclaré, des indiens qui vivent dans des trous qu'ils creusent dans la terre. Ils se trouvent à plusieurs siècles de notre civilisation. »

Si on remonte le fleuve pendant une journée en amont, avec un moteur, on arrive à la zone de pêche de ces indiens. Cela intéressait beaucoup Martin, ainsi que d'autres aventuriers et prospecteurs. Hector Correa, qui est un habitant de la région, a expliqué :

« La première fois que Martin m'a emmené, ça devait être l'année dernière, on a vu une pirogue sur la rivière. Elle appartenait à des indiens sauvages que personne ne connaissait jusqu'alors. Don Martin est descendu et a posé son avion sur l'eau. A notre arrivée, les indiens étaient déjà partis. Ils avaient fui dans la montagne et avaient attaché leur embarcation sur le bord. Vincent Quintero, qui connaît un peu le dialecte indigène, les a appelés, mais ils n'ont pas répondu... On a regardé ce qu'il y avait dans la pirogue et on a vu une cuisse de tapir, un seau et une assiette en terre. On a attendu près d'une heure, mais ils ne se sont pas montrés et on a décidé de s'en aller. J'y suis retourné une deuxième fois, alors que la construction du camp touchait déjà à sa fin. Ils avaient capturé un indien tout nu et ils l'avaient habillé. On ne voit plus des indiens comme ça dans la forêt. Ils lui avaient mis un jean et une chemise, ses cheveux longs tombaient jusqu'à la taille. Il était bien traité par don Martin, et on voyait qu'en retour l'indien le respectait... Il était pourtant bizarre, étrange, et différent des indigènes de la région. »

MARTIN : « Notre premier contact avec les indiens s'est produit alors que nous étions en train d'achever la construction du camp. On prenait toujours le temps d'effectuer des vols de reconnaissance au-dessus de la forêt. »

VINCENT : « Ce jour-là, on ne cherchait pas des indiens. On essayait de découvrir un moyen d'atteindre, par la rivière, un endroit qu'on avait repéré en avion. C'était une montagne plate sur le dessus, et toute noire, brillante, quadrillée de parcelles si régulières qu'on aurait dit que tout ça avait été tracé à la règle. On était en train de la regarder et, tout d'un coup, on a vu les indiens. »

Cette découverte a fait naître dans la tête de Martin un projet fabuleux. C'est devenu une telle obsession qu'en quelques jours ces indiens représentèrent l'attrait principal d'une grande entreprise touristique. Lorsqu'ils sont arrivés au camp, Slim et ses amis ont trouvé un réfrigérateur, et même un groupe électrogène, des petits moteurs permettant de parcourir les marigots qui s'enfoncent dans la forêt, des tentes, des couvertures, des matelas pneumatiques, des outils, et de nombreuses armes et munitions, sans compter des dizaines d'autres instruments de bonne qualité.

Les premiers soirs, ils ont travaillé très tard et, avant de s'endormir, ils écoutaient le rugissement des rapides. Leur rumeur sèche atteignait le camp et augmentait grâce au silence de la nuit.

« Le premier rapide est très violent. Depuis l'avion, on voit que ça fait un coude. La rivière frappe le rocher et revient en arrière pour former des tourbillons et des vagues excessivement dangereux. Au camp, on entend le bruit des vagues de la rivière dans le rapide.

» Un peu plus loin, à environ une centaine de mètres, il y a un autre torrent, moins violent. Et puis, cent mètres plus bas, il y en a un troisième, encore moins puissant. Ensuite il y en a d'autres, violents, pentus, encaissés entre de hautes murailles formées de très gros rochers. Dans cette chaîne de cataractes, la navigation est pratiquement impossible. Seul quelqu'un de très entraîné et conscient des dangers pourrait y arriver.

» A mon avis, on peut y passer en longeant les berges, et en s'accrochant aux branches des arbres. Si on prend par le milieu de la rivière, on est sûr d'aller s'écraser contre les rochers où frappe l'eau et de chavirer pour se retrouver finalement au milieu des tourbillons », a écrit le juge Moyano qui a découvert quatre morts à cet endroit-là.

Le lendemain de l'arrivée de Vincent et de ses hommes, ils se sont aperçus qu'un dur travail les attendait. Le camp avait été abandonné pendant plusieurs jours et la forêt avait déjà commencé à regagner du terrain. C'était le jeudi 1er juillet.

Le dimanche 4, à mille kilomètres de là, Oscar Rivera (l'un des hommes qui avait découvert le squelette) avait vu pour la première fois Efraïn Sanchez qui venait de regagner son village après de nombreuses années d'aventure.

Efraïn et son frère Jorge étaient très connus à Landazuri, un village perché dans les montagnes de l'intérieur du pays. Les vieux de là-bas avaient créé une extraordinaire légende à propos des deux frères : ils prétendaient qu'ils étaient des héros des forêts du Sud.

Oscar, qui n'ignorait pas leur réputation, avait toujours rêvé de faire leur connaissance.

« On est arrivés sur la place du village, raconte-t-il, et on a vu un groupe de gens entourant un homme très costaud. " Sanchez, le chasseur ! " a crié quelqu'un. Et j'ai demandé qui c'était. " Eh bien, c'est Efraïn, celui de la forêt de Vaupés ! " m'a-t-on répondu.

» Ceux qui entouraient Sanchez étaient des jeunes de mon âge. C'étaient des bûcherons descendus passer leur journée de congé au café du village. Depuis toujours désireux de connaître Sanchez, je me suis approché d'eux. Il était en train d'expliquer au groupe que s'ils voulaient travailler pour lui dans la forêt, ils gagneraient tout ce qu'ils voudraient. Mais personne ne lui faisait confiance et je lui ai demandé combien exactement.

» — Cent, cent cinquante par jour, a-t-il répondu.

» — A l'époque, je ne gagnais que quarante pesos et j'ai décidé de m'engager. Elmer, *le Réserviste*, et cinq autres personnes ont fait de même. Et une semaine plus tard, après cinq jours et cinq nuits de voyage en bus, Efraïn Sanchez nous a fourgués dans un avion avec vingt autres personnes, des poules, des cochons, des caisses et des sacs remplis de nourriture. On était à Villavicencio, à l'orée de la forêt. Avant de démarrer, ils ont solidement attaché les portes de l'appareil avec des cordes et je me suis senti en sécurité. C'était la première fois que je montais en avion ! »

Ils se sont envolés vers Miraflores, au cœur de la forêt, où les attendait Jorge Sanchez et, sans perdre une seule minute, il les a fait monter dans les pirogues. Il leur a ensuite expliqué qu'ils allaient travailler à El Puesto, (une de ses exploitations de caoutchouc), jusqu'au retour d'Efraïn.

Jorge n'a pas parlé d'argent et les hommes ne s'en sont pas occupés. Pendant tout le voyage, leur seul problème a été une nuée de minuscules moustiques qui avait couvert leur peau de petites cloques roses ; et ils ignoraient encore qu'avec la sueur elles donneraient plus tard naissance à d'horribles plaies.

A El Puesto, il y avait une vingtaine d'hectares de pâturages gagnés sur la forêt par les indiens qui travaillaient pour Sanchez. Il s'y trouvait une baraque couverte de tuiles en zinc pour les « Blancs », et une autre avec un toit de palmier pour les « irrationnels ».

Ils n'avaient pas mangé et, le soir venu, on leur a donné une sorte de galette de manioc à mélanger avec de l'eau ; on appelle ça du *chivé*.

Personne n'a réussi à en avaler une seule bouchée. Lorsque la farine était mouillée, elle augmentait de volume, sa saveur insipide, son goût de fermenté et sa consistance terreuse les obligeaient à tout recracher.

A l'aube, un indigène s'est approché des hamacs pour qu'ils aillent au travail, mais ils ont refusé : « Aujourd'hui repos ! » Et puis ils ont vu qu'il partait le dire à Sanchez.

Dix minutes plus tard, un indien a reçu l'ordre d'aller pêcher une grosse anguille. C'est la première chose qu'ils avalaient depuis quatre jours.

Oscar et Elmer ont pris une petite pirogue et sont descendus jusqu'au port. Ils ont acheté du riz et du café avec leur propre argent et, dans la rue, ils ont croisé Sanchez qui est venu vers eux :

— Qu'est-ce que vous venez foutre ici ?

— Il n'y a rien à manger là-bas !

— On ne vous a rien donné à El Puesto ?

— On n'arrive pas à avaler votre putain de manioc ; on dirait de la merde.

— C'est pourtant ce qu'on mange dans la forêt !

— Eh bien, tant pis ! Il n'est pas question de continuer à travailler dans ces conditions. On n'est pas venus pour crever la faim. Votre frère nous a promis qu'on allait gagner beaucoup d'argent.

Sanchez les a regardés dans les yeux et puis il est reparti.

Oscar et ses amis ont également refusé de travailler les deux jours suivants. Pour toute réponse, Sanchez a congédié le pêcheur qu'il avait mis à leur service.

Alors ils ont décidé de dormir, mais ça n'a pas marché : ils étaient sans arrêt réveillés par un nuage de moustiques. Ils étaient habitués à vivre dans une région au climat doux et sain, et la chaleur et l'humidité leur rendaient la vie impossible.

« Les indiens travaillaient très dur et la plupart ne pensaient qu'à s'enfuir. Ils cultivaient une partie des terres de Sanchez et lorsque arrivait l'heure de récolter le manioc, ils lui en donnaient la moitié. Ils en faisaient de la farine et ils la lui envoyaient sur l'Apaporis. Sanchez possédait là-bas une grande propriété où d'autres indiens exploitaient le caoutchouc pour son compte. Le jour de leur arrivée, il les traitait très bien, il mangeait même avec eux. Mais après, il les crevait au travail... Bon, alors trois jours ont passé et Efraïn, notre patron, est venu voir. On lui a dit que s'il avait l'intention de nous envoyer dans un endroit pareil, on préférait rentrer au village. Mais il s'est arrangé pour avancer notre départ vers l'intérieur de la forêt. Il avait peur qu'il se passe la même chose qu'avec Jaime, un de nos compagnons qui est retourné à son village le jour même de notre arrivée. Il a repris l'avion et on ne l'a plus revu. »

A El Puesto, la situation était très tendue. Aussi, le matin suivant, Efraïn et ses sept hommes sont-ils partis dans une grande barque pour rejoindre Dos Rios, à plusieurs journées de là. Ils allaient extraire du latex des arbres, et tous pensaient faire fortune avec ça.

Les souvenirs d'Oscar continuent ainsi :

« Nous avons navigué en amont pendant dix heures, sans rien manger. On n'arrivait toujours pas à avaler cette farine. On avait acheté du riz et d'autres choses à manger et, l'après-midi, lorsqu'on montait la tente dans la forêt, on faisait la cuisine. Dans la journée, on arrachait les fruits qui se trouvaient sur la berge de la pirogue, on s'approchait du bord avec l'embarcation, et on les attrapait tout en continuant notre voyage. On ne les connaissait pas et je me souviens d'en avoir vu une belle grappe accrochée à une liane ; alors j'ai demandé à Efraïn s'ils étaient comestibles. Il a dit oui, mais certains d'entre nous ont eu des malaises et les autres n'arrêtaient pas de vomir. Il y en a même un qui a été très gravement malade, et on s'est dit : " Si notre camarade meurt, on fout une volée à Efraïn et on le balance à la rivière ! " Le gars n'arrêtait pas de vomir. Sanchez lui a donné un cachet et il a commencé à se rétablir lentement.

» On était sept dans la pirogue, plus sept indigènes. Les indiens ne se mêlaient pas à nous. Efraïn conduisait et ils parlaient dans leur dialecte, ne cessant pas de rigoler ; comme s'ils se moquaient de nous. On prenait un air méchant et on ne disait rien. Ça a duré pendant tout le voyage, et puis, un après-midi, on est arrivés à une hutte d'indiens et on s'est arrêtés pour passer la nuit.

» Le chef nous a salués et nous a demandé si on avait quelque chose à vendre. Efraïn lui a dit non. Mais comme avant de partir, on nous avait dit qu'il fallait emporter des choses pour le voyage parce que les indiens sont faciles à tromper, j'avais acheté trois coupons de toile bon marché à Miraflores. Le chef m'a proposé deux poules contre un rouleau : elles étaient énormes, et valaient au moins cent pesos chacune. Sanchez m'a dit : " Ne manque pas l'affaire. On va pouvoir manger. Je te les rembourserai plus tard ". Et j'ai accepté l'échange.

» Les indigènes qui étaient avec nous ont tendu leur hamac à part. Ils continuaient à parler dans leur dialecte et il y en avait trois qui nous regardaient en rigolant. On se disait : " Mais qu'est-ce qu'ils peuvent bien être en train de se raconter à notre sujet ? " On se méfiait et eux aussi. J'ai remarqué que pendant la nuit il y en avait toujours un qui nous surveillait. Chaque fois que je me réveillais, je le voyais devant moi en train de fumer et de me regarder.

» Le quatrième jour on s'est levés très tôt, vers quatre heures.

On a navigué toute la journée, et dans l'après-midi, on est arrivés chez un Blanc. On avait suivi un marigot très étroit qui menait, à travers la forêt, jusqu'à l'Apaporis : c'est une des rivières les plus dangereuses de la région. Et cette fois, chez le Blanc, c'est nous qui avons été bien reçus : on nous a donné à manger et les indiens sont allés dans une cabane à part, qu'Efraïn leur a indiquée. Nous, on a eu du café, mais pas les indiens ! Eux, ils ont mangé du *chivé* et ils n'ont pas eu le droit de goûter à notre nourriture. Les indiens mangeaient comme nous uniquement pendant le voyage, quand on s'arrêtait pour camper. Le soir, au moment de se coucher, on les a appelés pour leur donner juste un peu de café, alors que nous on avait mangé les poules...

» Mais sur l'Apaporis, à neuf jours de marche de là, on a de nouveau beaucoup souffert. Il a fallu qu'on porte la pirogue et le moteur sur l'épaule, à travers un sentier de montagne. L'embarcation était énorme et on s'est complètement râpé les épaules, la chair était à vif. Nous n'avions pas le moindre médicament... Et quand on a atteint la rivière on a vraiment eu très peur. Il y avait des cascades impressionnantes, et les vagues passaient par-dessus la pirogue. La rivière était large, très, très large. Je connaissais les cours d'eau de l'intérieur du pays, mais je n'avais jamais vu quelque chose d'aussi monstrueux que l'Apaporis.

» Avant de continuer, on a campé dans la montagne, et un orage très violent s'est abattu ; on n'arrivait même pas à ouvrir les yeux. Nous étions profondément endormis, quand la pluie a commencé à tomber. Au début on n'a pas bougé, mais au bout d'un moment notre hamac a été complètement trempé. Il faisait très froid, on s'est mis à grelotter et on s'est levés. Nous n'avions rien pour abriter les hamacs, même pas une couverture, rien non plus pour nous couvrir. Sanchez et les indiens, eux, semblaient n'avoir aucun problème pour dormir comme ça, à l'air libre, sous l'orage. Le froid nous paralysait complètement et on a décidé de se lever et de réveiller les autres. On a obligé Efraïn de donner l'ordre de repartir. Impossible de rester là, il fallait faire de l'exercice pour se réchauffer.

» L'eau tombait, elle n'arrêtait pas de tomber... et nous, on avait toujours aussi froid ! On a embarqué et on s'est mis à naviguer dans le noir. Et il pleuvait ! il pleuvait ! je vidais l'eau de la pirogue avec les mains, avec les rames et avec les chaussures, et vas-y !... On ne pouvait pas se servir du moteur parce que la rivière transportait trop de morceaux de bois ; l'hélice se serait cassée. On a descendu le fleuve jusqu'à quatre heures du matin, et puis la pluie peu à peu a cessé doucement. Alors on a dit à Efraïn : “ On a sommeil. ” On avait toujours très froid, mais l'envie de dormir était plus forte. On a préféré s'arrêter pour dormir fût-ce une demi-heure seulement. Il a accepté et on a regagné la berge. On a suspendu les hamacs et on a réussi à s'endormir malgré une humidité et un froid terribles. Efraïn nous a réveillés vers cinq heures du matin alors qu'il n'y avait presque rien à faire, simplement rouler les hamacs et monter dans la pirogue en attendant que le jour se lève et que la chaleur du soleil nous réchauffe un peu. Nous avons quitté la rivière et continué à travers la forêt. Il faisait très sombre à cause de l'épaisseur du feuillage qui ne laissait pas passer le moindre rayon de soleil. La forêt était vert foncé, opaque, complètement bouchée par le dessus : l'humidité s'y était enfermée et la vapeur des corps et des arbres nous donnaient la goutte au nez... Vers trois heures de l'après-midi nous sommes arrivés à un endroit où avaient été abattus les troncs, certains mesuraient quarante ou quarante-cinq mètres, et on les avait empilés les uns sur les autres. L'endroit était baigné de soleil et tout le monde s'est mis à crier : “ Du soleil ! Du soleil ! Efraïn, du soleil ! ” C'est là que j'ai compris que quand on n'y est pas habitués, le vert peut vous rendre absolument fou ; c'est très angoissant, en tout cas, moi, j'étais complètement angoissé. Il y en a d'autres à qui ça donnait mauvais caractère. *Le Réserviste* a pleuré pendant une demi-journée entière. Après il a expliqué qu'il ressentait... non pas de la peur, mais une sorte de tristesse. Quand Sanchez a entendu ça, il a éclaté de rire. Alors on lui a dit de respecter les gens, de les laisser penser ce qu'ils voulaient et de se dépêcher de nous sortir de là. Il a continué à marcher en silence. On s'est arrêtés dans la clairière et on a déballé les hamacs pour les faire sécher... le soleil était vraiment jaune, d'un jaune que je n'avais jamais vu auparavant. Elmer m'a dit : “ Regarde le soleil, comme il est beau ! ” Sanchez l'a entendu et il a ricané : “ Attendez quelques jours, vous allez voir s'il est beau ! ” Personne n'a répondu. Quelques-uns d'entre nous voulaient retourner au village, mais c'était trop tard : on était bien dans la merde !

» Cet après-midi-là, on a tué un tapir. Je n'en avais jamais vu. Le lendemain on en a tué un autre. On a aussi tué plusieurs singes, des dindes sauvages, des sortes de poules noires et un cochon sauvage... Pendant ces quelques jours où on s'est éloignés de la rivière, on a bien mangé. On naviguait sur un petit marigot aux eaux transparentes et rouges. Efraïn nous a expliqué qu'il prenait sa source au milieu d'un marais rempli de palmiers dont les racines libèrent une sorte de bave rouge ; c'est ce qui explique la couleur de l'eau. Une partie des arbres de la berge était immergée et on pouvait voir le tronc jusqu'à un mètre de profondeur environ. Le ruisseau était plafonné de feuillages et la lumière ne passait pas. On s'est baignés à deux reprises et l'eau était bonne, un peu tiède même. On ne voulait plus quitter le ruisseau parce qu'il y faisait bon. Une chaleur humide... On était en train de faire un détour pour éviter les cascades, et on n'allait certainement pas tarder à rejoindre l'Apaporis. Mais lorsqu'on est arrivés, on s'est retrouvés devant des rapides encore plus violents que les premiers. J'ai demandé si le moteur qu'on avait — un 33 — était assez puissant pour affronter le courant et Efraïn m'a dit oui. Alors, j'ai fait remarquer que nous étions quinze et il n'a rien répondu... On a navigué toute la journée à travers ces rapides. Il fallait s'approcher du bord et s'accrocher aux branches et aux lianes pour que la barque puisse avancer contre le courant, pour pouvoir la diriger parce qu'il était très violent. On avait très peur et personne ne parlait. J'ai appris que celui qui conduit le moteur s'appelle, là-bas, un marinier. Il faut se maintenir le plus possible près du bord, là où il y a beaucoup de buissons, pour que ceux qui se trouvent dans l'embarcation s'y accrochent... Il faut passer les rapides à l'endroit le plus calme. Et l'on sait que l'eau est calme quand il n'y a pas de traînées blanches. Il y a très peu d'écume à ces endroits-là... Avant le rapide, la rivière est toujours très douce, et lorsqu'on aperçoit d'un bout à l'autre des pierres, on sait que c'est là que commence le danger. Les rapides sont toujours pleins de rochers, souvent de très gros rochers. C'est leur inclinaison qui permet de calculer la vitesse de l'eau qui passe par-dessus. Mais une autre manière infaillible de repérer un rapide, c'est de se guider aux buissons qui poussent sur les rochers du bord du fleuve, quelques mètres avant. Ils sont toujours très verts, et ont des feuilles minuscules ; les arbres sont plus bas, il y a beaucoup de broussailles. C'est la végétation qui permet de savoir, bien avant de le voir, qu'il y a un rapide : alors il faut se préparer à le passer ; on lance le moteur à fond, on se cale bien dans la pirogue et on se tient prêt à intervenir avec les rames.

» Sur l'Apaporis, les journées semblaient très longues à cause de la peur, et quand Sanchez nous a demandé si nous savions nager, j'ai failli lui mettre mon poing dans la gueule : même un bon nageur ne s'en sortirait pas. Les rapides redoublaient de violence, soulevant la pirogue à environ un mètre au-dessus de la surface. Chaque fois qu'on retombait, on prenait un grand coup dans les reins, on aurait dit qu'ils allaient péter. Dès la première vague, nos couilles se sont mises à jouer des castagnettes, et on s'est serré le pantalon le mieux possible, pour les maintenir en place sans se choquer. A mesure qu'on avançait, le courant devenait de plus en plus fort et on a fini par se faire surprendre dans un rapide. On est tous descendus et on a chargé la pirogue sur les épaules pour continuer à travers la forêt. Et en avant ! Trois d'entre nous ouvraient le passage à la machette, et les douze autres soulevaient le bateau avec tout le matériel à l'intérieur. Quand quelqu'un était fatigué, on le remplaçait. L'endroit était plein d'épines et on est ressortis de là griffés de partout, le front et les jambes couverts de sang... Nos vêtements étaient complètement déchirés et nous ressemblions à des Nazaréens. Personne n'osait se plaindre parce qu'on avait peur que les indiens se moquent de nous. On avait tous décidé de tuer le premier fils de chienne qui se moquerait de nous ! On ne pouvait plus les supporter !

» Personne ne s'est moqué ; et aucun d'entre nous ne s'est plaint non plus ! C'était très bien ainsi ! Ça leur a permis de s'apercevoir, à mi-chemin, que, nous aussi, nous étions capables de souffrir. C'est à ce moment-là qu'ils ont commencé à nous parler. On a, peu à peu, appris à se connaître. On se faisait même un peu confiance. Vers la fin de l'expédition, ils se comportaient très bien, ils étaient aimables, nous échangions des cigarettes... Mais malgré ça, certains d'entre eux ne nous plaisaient pas du tout. Ils continuaient à nous parler sèchement. On aurait dit qu'ils voulaient nous donner des ordres et ça nous faisait vraiment chier.

» Il devait être quatre heures de l'après-midi et on se trouvait de nouveau sur la rivière ; on venait d'aborder le dernier rapide de la journée et puis on a vu un camp où les indiens récoltaient du caoutchouc. Ils avaient posé un piège en plein milieu du torrent, il était rempli de poissons. On s'est arrêtés pour regarder... et on s'est aperçus que c'était une espèce d'entonnoir fabriqué avec des branches et bien coincé entre les pierres, de manière à ce que l'eau puisse rentrer à l'intérieur. Un indien nous l'a montré et il est entré à l'intérieur pour me lancer des poissons... Nous en avons rempli deux sacs. Il s'agissait pourtant de leur propre nourriture, mais ils nous en ont donné autant qu'on en voulait, sans rien demander en échange. On n'avait jamais mangé de poisson fumé... Je crois que c'est la nuit où nous nous sommes le mieux reposés ! Le lendemain, je ne sais pas ce que Sanchez et les indiens se sont dit, mais ce qui est sûr c'est qu'il nous a demandé de mettre tous les poissons dans les sacs. On en a rempli deux baluchons qu'on a bien attachés et on les a emportés.

» Le calvaire des rapides a recommencé, avec la peur de mourir dans un endroit aussi solitaire ; Dieu lui-même devait être incapable de nous aider si par malheur nous chavirions. Nous avons remonté un autre rapide très puissant. Il s'appelle Angostura, il est encaissé entre deux rochers très élevés. Les parois sont toutes vertes et pleines de mousse. Des lianes descendent de quelques escarpements, et plongent dans la rivière en frétillant dans les vagues. Après le rapide il y a encore un camp. Il appartient à d'autres indiens qui ont quitté Sanchez et se sont installés à leur propre compte. Ça ne les empêche pas, d'ailleurs, de vendre toute leur production aux Sanchez.

» Lorsqu'ils sont devenus indépendants, les Sanchez leur ont proposé de construire les camps, ensuite ils les leur ont vendus. Un camp, c'est une étendue sans arbre et une cabane assez haute composée de piliers et d'un toit. La toiture est soutenue par des poutres d'un mètre ou un mètre et demi de long ; et c'est tout.

» Cet après-midi j'ai discuté avec un indien travaillant à son compte et je lui ai demandé : “ Dis-moi, l'ami, comment ça marche votre commerce des camps avec les Sanchez ? ” Il m'a expliqué que c'était très simple : “ On abat environ une hectare d'arbres et de broussailles, et on nettoie bien le terrain. Ensuite on fabrique les piliers, on coupe les feuilles de palmier pour le toit, les lianes pour attacher les poutres, on fait tout, absolument tout, on assemble même la cabane. Sanchez, de son côté, nous prête quelques ouvriers pour nous aider... et si on n'a pas d'argent on le paie avec des peaux, des poissons, du manioc, ou avec des poules. "

» On avait déjà fait quatorze jours de voyage, je crois, et un matin, finalement, on est arrivés à Dos Rios. C'était un grand camp où Efraïn était en train de construire une piste d'atterrissage pour que les avions puissent se poser. Il y avait cinq cabanes et tous les indiens sont venus à notre rencontre, à peu près quarante hommes, sans compter les femmes et les enfants. Ils étaient très maigres, les enfants avaient un gros ventre et des plaies sur la tête à cause des piqûres de taon et de tique (cet insecte provoque des plaies qui sentent très mauvais). Le métis qui les commandait avait un très mauvais caractère, il s'appelle Raoul, Raoul Lima. Ce doit être une sorte d'administrateur. Il était indien, mais il commandait à la manière des Blancs : si jamais quelqu'un se risquait à lui tenir tête en haussant le ton ou en le fixant dans les yeux, il se faisait taper et retournait au travail à grands coups de pieds. Les indigènes mariés vivaient dans une grande hutte ; il devait y en avoir une vingtaine. Les autres en habitaient une autre que l'on appelait *mâleseul.* En face d'elle se trouvait une cabane qui avait des murs faits de feuilles de palmier tressées ; c'est là qu'habitait Efraïn. Elle était réservée aux Blancs, et les indiens n'avaient pas le droit d'y entrer.

» Bon, eh bien on était enfin arrivés à Dos Rios ! Il faisait chaud et humide comme tout. Il y avait des moustiques, des taons et toutes sortes d'insectes qui piquent... Après avoir rangé la pirogue, ils ont déchargé le poisson fumé et le poisson cru. Mais lorsque, à peine vingt minutes plus tard, j'ai voulu manger quelque chose, il ne restait plus rien. Mais alors, rien du tout. Ces gens-là étaient morts de faim !... Merde alors ! ils avaient même bouffé les arêtes ! »

Au camp du Yari, après une semaine de voyage pénible, Slim Bauer avait pris les affaires en main. Il ne restait plus que sept jours pour remettre les choses en ordre. Martin n'allait pas tarder à arriver avec les chasseurs américains ; et une chasse au tigre était prévue pour le lendemain.

D'après ce que Martin lui avait dit, il s'agissait de quatre hommes qui appartenaient au *jet-set* international, et venaient tenter leur chance dans les forêts colombiennes. Ils avaient été attirés par une annonce parue dans le *Field-Stream*, une revue spécialisée des États-Unis.

Quintero avait gardé sur lui la page 126 du numéro du 21 janvier, où on pouvait lire :

> ***Chasse et pêche dans la forêt de Colombie (Amérique du Sud). Jaguars, sangliers, cerfs, anacondas, canards, dindons, faisans et poissons d'eau douce de toutes sortes. Nous sommes propriétaires et nous vous mènerons sur les lieux, sans perte de temps, avec de petits avions et des hydravions. Le camp offre tout le confort du foyer. Nous avons un yacht de 60 mètres, des guides compétents et des chiens dressés qui vous permettront de réaliser la meilleure chasse de tout l'hémisphère.***
>
> ***Martin Morningstar, POB 2233 Cali, Colombie. Amérique du Sud ; téléphone 531283, et pour les États-Unis : 12107, Drujon, Dallas, Texas ; téléphone 214 23 91 904.***

Cette semaine-là, Slim Bauer avait noté sur son journal :

« *Jeudi 1er juillet* : Je suis en train d'organiser le camp avec Benjamin Cubillos et la cuisinière. Vincent et Edgard ne nous donnent pas le moindre coup de main. Il nous ont dit qu'ils avaient placé huit pièges : j'en doute parce qu'ils n'ont pas été absents du camp très longtemps. Ils ne sortent que trois ou quatre heures par jour. Il pleut du matin au soir, et ce n'est pas de la pluie fine !

» *Vendredi 2 juillet* : Malgré la pluie, le travail commence à prendre tournure. Personne ne doute qu'on doive attraper un tigre, mais je me demande bien comment ! Peut-être notre fameux chasseur en a-t-il déjà caché un sous son lit. Heureusement que ce n'est pas moi qui dois lui verser son salaire !

» *Samedi 3 juillet* : On est toujours en train de ranger le camp. J'espère qu'on ne manquera pas de riz ni de maïs avant que les chasseurs ramènent de la viande. Depuis deux jours, ils n'ont rien tué. Et comme d'habitude, il pleut !

» *Dimanche 4 juillet* : Aujourd'hui c'est vraiment dingue ! On a commencé la journée avec un accident stupide. Benjamin s'est fait mordre par un maudit scorpion noir, et il ne s'est pas levé de son lit. Les chasseurs sont partis de bon matin, mais ils n'ont rien rapporté. Heureusement qu'on a réussi à pêcher quelques poissons-chats pour le dîner ! On a aussi repéré de nombreuses traces de tigre. Il pleut sans arrêt ; on n'a pourtant plus besoin de se laver !...

» *Lundi 5 juillet* : On espère avoir plus de chance avec les tigres qu'avec le gibier ordinaire : en quatre jours, les chasseurs n'ont pas réussi à tuer autre chose que des singes pour appâter les fauves. Il n'y a pas deux solutions : ou tous les animaux se sont enfuis, ou alors c'est que nous avons de bien mauvais chasseurs. Benjamin n'est pas encore capable de travailler. Quant à Vincent et à l'autre gars, ils sont en train de construire un hangar. Moi, je nettoie les alentours du camp avec la cuisinière.

» *Mardi 6 juillet* : Bon ! eh bien voilà ! C'est aujourd'hui qu'auraient dû arriver les touristes, et on n'a vu personne. Ça vaut peut-être mieux, parce que les chasseurs n'ont pas été capables d'abattre un seul animal : nous n'avons plus du tout de viande au camp. J'espère quand même qu'ils vont y arriver demain, parce que le régime au riz et au maïs commence à être un peu trop long. Même en faisant bouillir ça avec du poisson, le goût est infect. Demain matin je vais envoyer Benjamin à la chasse pour voir si, lui au moins, réussit à tuer quelque chose. Hourra ! Vincent a abattu un canard juste à la tombée de la nuit. »

Dans la matinée du 6 juillet, deux chasseurs américains sont descendus à l'hôtel Intercontinental, et se sont inscrits sous le nom de Tony N. et Stanley Guiesner.

Le bureau des ressortissants étrangers de la police secrète colombienne possédait très peu de renseignements sur eux. Un fonctionnaire, dont la signature demeure illisible, a écrit dans un rapport officiel :

« Le citoyen américain Tony N. figure sur les registres comme gérant de l'entreprise d'équipements et machines lourdes Bell. Le siège de l'entreprise se trouve à New York. Le citoyen américain Guiesner est cadre d'une compagnie pétrolière à Porto Rico. On n'a pas trouvé de visa d'entrée dans les aéroports colombiens. »

L'après-midi de ce même jour, un explorateur qui se rendait également au Yari s'est joint à eux. Il s'agit d'Abraham Wilfred Booi qui, lui, est arrivé en Colombie à l'aéroport de Medellin, à bord du vol 301 de la compagnie aérienne ALM, en provenance de Curaçao. Il a rejoint Cali avec un petit avion de location. D'après la police, il devait avoir trente-quatre ans, il était né le 4 décembre 1934 et résidait en Colombie à l'adresse suivante : KP 71 Siméon Antonio. Il mesurait un mètre quatre-vingt-cinq, yeux marrons et cheveux bruns. Il s'est inscrit à l'hôtel Intercontinental comme commerçant ; en réalité il dirigeait une agence de voyages à Curaçao.

Tous les trois ont été reçus par Martin. Ils étaient en quête d'aventures extraordinaires, et, vingt-quatre heures plus tard, ils se sont envolés pour la base aérienne de Tres Esquinas — en pleine forêt — où ils se sont embarqués sur un hydravion militaire qui les a conduits au Yari.

Un seul homme du groupe manquait cette nuit-là. C'était William C. Walsh, un autre Américain, signalé lui aussi dans les registres. Il devait arriver un jour plus tard de Lima par le vol 907 de Braniff. Mais il a dû se rendre dans la forêt par ses propres moyens.

Walsh s'est inscrit à l'hôtel le 7, comme PDG de la compagnie de constructions Parsons, en Californie.

D'après Martin, chaque Américain s'est engagé à lui verser 2 500 pesos colombiens par jour (environ 100 dollars), mais il n'a reçu que 5 000 pesos (environ 200 dollars).

Martin, Tony, Stan et Abbe Booi sont arrivés au camp le mercredi 7 juillet, à bord du FAC 515 de la force aérienne colombienne : c'est le seul hydravion qu'elle possède. Ils avaient l'intention de couvrir des milliards de kilomètres de forêt, dans le sud du pays. C'était un vieux Beechcraft construit en 1946 et acheté à prix réduit en 1954, aux États-Unis.

Martin a bien été obligé de le louer : ses deux avions, l'hydravion et l'autre, pour la piste, avaient été complètement détruits à la suite de deux accidents. Cela s'était passé juste après la publication de l'annonce dans le *Field-Stream*, et a d'ailleurs failli faire rater le safari. Ils venaient à peine de tirer l'hydravion du fond du Yari et d'abandonner l'autre sur une piste, en pleine forêt.

Au camp, à part la nourriture, tout allait bien. Quintero et Edgard n'avaient rien tué de bien intéressant. Et le premier jour, ils n'ont mangé que des conserves.

Dans son journal, Slim Bauer écrit :

« *7 juillet* : J'ai changé l'huile du moteur, comme on le dit dans la notice. On a monté le hors-bord Honda. Martin est arrivé vers quatre heures de l'après-midi, il nous a apporté beaucoup de choses. On dirait que les chasseurs ont été piqués par des serpents. Ils parlent beaucoup des endroits où se cachent les animaux, mais apparemment ils ne sont même pas capables d'en tuer un, ne serait-ce que pour assurer leur propre subsistance. Il vaut mieux ne pas parler du camp. Les touristes vont être obligés de vivre de l'air du temps.

» *Jeudi 8 juillet* : Bon, eh bien les touristes sont finalement arrivés en début de journée. Martin a réussi à tuer quelques cochons et, pour le premier jour, ça a fait bonne impression sur les arrivants. Ils sont tous partis à la chasse ou à la pêche, mais personne n'a eu de chance. J'espère qu'ils réussiront à abattre au moins un ocelot. Sinon Martin risque d'avoir des ennuis. »

Inès a sauté de son lit à quatre heures du matin ce jour-là. Elle a réveillé Edgard pour qu'il l'aide à mettre en train la cuisine. Les touristes avaient décidé de partir très tôt dans la forêt, et Martin avait commandé un petit déjeuner particulier — « style Manhattan » — : jus d'orange, œufs, jambon et café bien serré.

Les coups de hache d'Edgard, qui fendait du bois, et l'anxiété qui précède une nouvelle expérience ont poussé les touristes à se lever plus tôt dans l'obscurité. Et ils se sont mis à préparer leur équipement avec l'aide de Vincent, d'Ernest et de Martin.

Ils ont vérifié le parfait fonctionnement des armes, et Martin a déballé de nombreuses boîtes de munitions pendant que les touristes passaient leur superbe tenue de camouflage toute neuve. Ils avaient de grandes poches dans lesquelles ils ont mis du sérum antivenimeux, des tablettes aux odeurs repoussantes pour éloigner les moustiques, des *sprays* de cocaïne pour le mal aux dents, des comprimés pour stériliser l'eau, des vitamines, du sel pour lutter contre la déshydratation, des antispasmodiques contre les coliques, etc. Ils ont rempli leur casquette d'hameçons de toutes sortes et de leurres artificiels. Ensuite, à la lueur d'une lampe, ils se sont réunis autour d'une plate-forme qui servait de table, et ils ont demandé à Martin de leur faire une carte du trajet prévu pour la journée.

Vincent a confié toutes les responsabilités à Benjamin et à Edgard. Les touristes n'auraient à porter que les jumelles et les appareils photo, une petite caméra « super 8 » et surtout de rutilantes lunettes « Ray Ban ».

Après avoir servi le petit déjeuner, Inès a pris deux litres de jus de citron dans le réfrigérateur et elle les a transvasés dans les gourdes, en y ajoutant des cachets que les touristes avaient tirés de leurs poches.

Edgard est parti avant les autres, en portant deux cartons de bière en boîte, une demi-douzaine de cirés orange et des ceintures de chasse bourrées de balles que Bauer avait lui-même préparées à l'avance, en cas de besoin. Martin avait donné l'ordre de prendre un maximum de munitions ; la journée promettait de devenir une magnifique partie de chasse.

Mais, à midi, ils n'avaient pas encore touché le moindre animal, et les touristes ont commencé à se poser des questions. Il faisait très gris et très chaud. L'un d'entre eux a même fait remarquer que le climat était le même qu'à New York pendant l'été, avec l'humidité des Everglades en plus.

En voyant l'impatience des touristes, Martin est allé consulter Vincent qui lui a proposé de se diriger vers les grands rochers. Il s'était aperçu qu'il y avait souvent là-bas des troupeaux de cochons sauvages. Martin lui a fait comprendre qu'il était prêt à aller n'importe où, à condition de tuer quelque chose ; mais il fallait faire vite.

Ils se sont donc dirigés vers ces rochers qui, d'après Vincent, se trouvaient « juste à deux pas ».

Après deux heures de marche, ils ont fini par atteindre l'endroit indiqué ; mais il s'est mis à pleuvoir à seaux. L'averse n'a duré que quelques minutes et les chiens ont levé un troupeau de cochons sauvages. Ils les ont poursuivis, jusqu'à l'entrée d'une grande grotte où ils s'étaient cachés.

VINCENT : « C'était un très haut rocher, l'entrée de la caverne était aussi grande que la porte d'une église. J'ai pris un bâton et je me suis mis à les asticoter, mais ils ne voulaient par sortir. Alors Martin m'a dit : " On va faire sauter la grotte. " — " Et comment ça ?... " lui ai-je demandé. — " Ne t'occupe pas, on va la faire sauter, Vincent ! " On est redescendus au camp et on a rapporté un bidon d'alcool éthylique et un fusil chargé de balles dum-dum. " C'est bon ", ai-je dit. J'ai attaché le bidon au bout d'une longue branche de *milpeso* *, (la grotte formait un long boyau qui partait tout droit), et je l'ai introduite dedans pendant qu'il m'éclairait avec la lanterne. Je lui ai crié : " Tu la vois ? " Et il m'a répondu : " Oui, je la vois. Continue à l'enfoncer. " Je l'ai fait entrer d'environ cinq mètres, et il m'a dit : " Bon, maintenant ça y est, on va faire exploser le bidon. " Je n'aurais jamais cru que ça fasse autant de dégâts !... Un vieux gringo filmait la scène ; et quand Martin a tiré dans le bidon, ça a fait autant de bruit qu'un bâton de dynamite. Houla !... On avait du sable plein les yeux et la caméra du vieux est allée voler je ne sais où. Martin a descendu la colline en courant en direction des pirogues, suivi du gringo qui ne le lâchait plus... Lorsque ma frayeur a cessé, j'ai brossé mes vêtements et je lui ai dit :

* Palmier tropical. (N.d.T.)

“ Tu es une grosse brutaaasse ! Merde alors ! ” — “ Je t'avais pourtant bien dit que j'allais tout faire sauter ”, m'a-t-il répondu. On n'a pas vu les cochons ; ils étaient restés tranquillement à l'intérieur, et au bout d'un moment trois d'entre eux sont sortis l'air complètement hébétés. On les a attrapés et on les as tués... Voilà le style de Martin, il est comme ça ! Je ne comprends pas : il lui arrive de faire des choses folles. Il est intelligent pourtant! Il est très intelligent! »

Dans l'après-midi du 9, le vieux Beechcraft de la force aérienne colombienne que Martin avait loué s'est posé sur l'eau avec à son bord William C. Walsh, le quatrième touriste.

Lorsque Walsh a débarqué et que Martin a entendu son nom, il a été surpris. Il avait beaucoup entendu parler de Walsh dans le passé ; ils étaient tous deux ingénieurs et avaient travaillé pendant des années pour la même compagnie, à Camboya. « Jamais au même endroit, de telle sorte qu'on ne s'était jamais vus. »

Martin avait travaillé là-bas de 1957 à 1959. Il faisait partie de l'équipe de Dorathery Overseas qui construisait, à ce moment-là, une grande autoroute devant réunir les deux côtes. Walsh travaillait aussi à la construction de cet ouvrage.

Ce matin-là, ils ont évoqué les souvenirs de l'époque. Ils avaient occupé tous les deux le même poste et connu les mêmes gens et des situations identiques. Lorsque Martin est parti, Walsh est resté à Camboya un moment, et puis il est allé travailler à la Parsons, une importante compagnie de travaux publics, en Californie. « C'est Charles qui l'a pratiquement fondée. Il a fini par en devenir le PDG... Il avait un an de plus que moi », a expliqué Martin.

Morningstar quitta l'armée des États-Unis à la fin de la Seconde Guerre mondiale et, profitant des avantages octroyés aux anciens combattants, il s'inscrivit à l'université d'Indianapolis, d'où il sortit plus tard ingénieur hydraulique. « J'ai eu beaucoup de plaisir à entreprendre cette carrière ; c'était une branche qui me plaisait beaucoup. J'ai fait mes études tout en travaillant et je crois avoir été un bon étudiant », rappelle-t-il aujourd'hui.

Pendant les années suivantes, il a acquis une grande expérience, de sorte qu'il a obtenu un excellent contrat pour aller travailler à Camboya. Et pendant son séjour là-bas il a appris le mariage de sa femme avec un autre homme. « Elle avait divorcé et je ne le savais pas ! » Après cette déception, il est retourné aux États-Unis, où il n'est resté que quelques semaines. Il avait obtenu un bon contrat en Amérique du Sud.

« Pendant les premiers jours, nous avons beaucoup évoqué toutes ces choses-là, avec Walsh. Il aimait m'entendre raconter mes années de guerre ; je n'avais pourtant pas eu une vie très agitée. J'avais été affecté dans l'infanterie, et assigné à la base Eva, à Hawaï. Je crois que je devais être le plus jeune : pour m'engager, j'avais triché sur mon âge, avais falsifié mes papiers pour atteindre mon but : participer à la guerre d'une manière ou d'une autre. Je voulais être comme tous les jeunes de ma génération. C'était un mélange de patriotisme et de goût de l'aventure ; un peu de tout assemblé. Alors que la guerre touchait à sa fin, j'ai été nommé mécanicien en chef d'un DC-4 qu'on me laissait piloter de temps en temps. C'est comme ça que j'ai commencé à aimer l'aviation. Je me souviens qu'on a survolé toutes les îles du Pacifique Sud pendant des mois, on est allés jusqu'en Chine : Pe Peng, Sing Tao, etc. D'ailleurs, je crois que c'est à Sing Tao qu'on nous a tendu une embuscade, la seule. Il y avait une sorte de cavité en plein milieu de la montagne ; on a essayé de s'approcher et on a essuyé une fusillade d'armes de petit calibre. On s'est enfuis tout de suite et, en atterrissant à la base, on a vu qu'il y avait plus de deux cents trous dans le fuselage... On s'en était vraiment bien sortis !

» Walsh adorait m'entendre raconter tout cela, et on a passé les premières journées à parler sans cesse du bon vieux temps », m'a avoué Martin.

D'après Slim Bauer, le vendredi 9 juillet : « On est tous partis à la chasse et on est rentrés bredouilles. Si on ne tue pas quelque chose dans la première demi-heure, les touristes ne sont pas contents et ils nous font la vie impossible. J'espère vraiment que ça va aller mieux quand on aura eu quelques animaux. Heureusement qu'ils ne restent pas plus d'une semaine ; c'est mieux ainsi pour eux et pour nous !

» *Samedi 10 juillet* : Aujourd'hui tout le monde est de bonne humeur ; les chasseurs ont tué neuf cochons sauvages. Mais ils attendent tous la chasse au tigre. Je suis parti pendant trois heures en reconnaissance avec celui qui s'appelle Stan, et on n'a rien vu d'autre que des cataractes. Je n'aime pas être seul avec lui parce qu'il a une petite maladie à l'oreille. Beaucoup de viande à manger, mais de la pluie toute la journée. »

Ce samedi-là ils se sont divisés en plusieurs groupes. Martin, lui, n'a pas voulu se séparer de Vincent. Il est resté, comme d'habitude, avec son fidèle écuyer, qui ne l'avait jamais quitté un seul instant, depuis leur rencontre.

Pour Vincent, Martin est l'homme le plus important à avoir foulé le sol de cette forêt, le chevalier errant à qui il voue une amitié inconditionnelle, et pour qui il a failli perdre sa vie plusieurs fois. Vincent a aujourd'hui soixante ans, et il faut ajouter à son authenticité sans tache deux traits de caractère exceptionnels : un excellent sens de l'humour, et le stoïcisme ancestral du paysan colombien.

Le jour où je l'ai connu, il est arrivé à notre rendez-vous de Florencia, deux minutes exactement avant l'heure que nous avions convenue par lettre, quinze jours auparavant. Il venait de passer quatre heures dans un bus complètement déglingué et je lui ai demandé s'il ne préférait pas d'abord se reposer un peu. Il m'a dit que non. Ce n'étaient pas quatre heures de voyage qui allaient le fatiguer, lui. Il était neuf heures du matin, et il a préféré déjeuner : une tranche de viande, deux œufs au plat, du café et quatre petits pains. Quand il eut terminé, il a bu une demi-douzaine de bières pour « arroser » tout ça.

Donc, ce samedi-là dans la forêt, il avait encore bien plu et, sur le coup de six heures, la journée est enfin devenue plus sèche et très chaude. Comme les jours précédents, pendant les premières heures de l'expédition, ils n'ont pas vu un seul animal. Martin a regardé Vincent en lui faisant comprendre qu'il faudrait peut-être retourner à la grotte. C'était la seule solution.

VINCENT : « Quand on s'est aperçus que les choses tournaient mal, Martin m'a regardé, il a froncé les sourcils, et m'a fait un signe des yeux, en direction des rochers. On y est allés immédiatement. En arrivant là-bas, on a tout de suite trouvé des cochons sauvages. Les chiens se sont mis à les poursuivre et ils se sont de nouveau réfugiés dans une grotte un peu plus bas. En arrivant devant l'entrée, j'ai dit à Martin : " Pas question de faire exploser quoi que ce soit ! On a assez fait les clowns comme ça ! " — " Nooon, qu'il a répondu, mais alors comment les faire sortir ? " — " Y a qu'à les laisser tranquilles, il y en a plein là-bas ", lui ai-je dit... " Tu sais ce qu'on va faire, Vincent. On va construire une porcherie ! " — " Qu'est-ce que c'est que ce truc, me suis-je demandé ; où est-ce qu'il va chercher tout ça ? " Alors on s'est mis à tailler des bâtons et on en a planté quelques-uns, alignés devant l'entrée de la grotte. Les bouts de bois étaient suspendus à une corde, comme un rideau. En bas, ils se coinçaient vers l'intérieur, de telle manière que quand les animaux les soulevaient pour sortir, ils ne pouvaient plus rentrer : ils étaient foutus. A l'extérieur, un peu plus loin, on a construit une palissade bien solide qu'on a bien fixée par terre. Je lui ai dit : " Allez, arrête de faire des conneries. On est en train de perdre notre temps, alors qu'on aurait déjà pu trouver d'autres cochons. " Il m'a répondu : " Nooon ! Aide-moi ! " On a continué à construire son truc et quand ça a été fini, je lui ai dit : " C'est pas la peine d'attendre ici, ils ne sortiront pas tout de suite. Allez, partons ! " On a continué vers le bas et les chiens en ont levé d'autres ; ils les ont poussés jusqu'à un gros tronc d'arbre creux. Mais le tronc était plein de grosses guêpes, venimeuses, de celles qui volent... Houla ! Je lui ai dit : " Il n'est pas question que j'entre là-dedans ! Tu te fais piquer une ou deux fois par ces saloperies et tu crèves tout de suite. " Il m'a répondu : " Alors, tu n'as qu'à faire quelque chose : tu les fais sortir, et nous, on les attend ici. " Ce jour-là, un vieux médecin gringo faisait partie de notre groupe. Je me suis approché du tronc et j'ai frappé les cochons en me tenant loin. Ils se sont enfuis dans tous les sens. Les gringos ont commencé à leur tirer dessus. Le vieillard avait cassé la patte d'un cochon et il s'est mis à le poursuivre en hurlant : " Il faut l'attraper vivant ! " (On ne comprenait presque rien à ce qu'il disait.) " Il va nous mordre ", lui ai-je crié. Alors il s'est mis à lui parler en anglais : " petit cochon, mon gros petit cochon, calme-toi, reste tranquille ", et il s'approchait doucement de lui. Tout d'un coup le cochon sauvage a chargé. Houlala ! Le gringo s'est mis à courir et le cochon l'a rattrapé et l'a envoyé, les quatre fers en l'air, sur un tas de petits cactus bourrés de piquants. Le gringo, toujours avec ses pattes en l'air, s'est mis à brailler ; le cochon s'était couché sur lui et il essayait de l'enculer pendant que le vieux lui balançait des coups de pieds.

» Moi, j'étais mort de rire. Martin s'est énervé et il m'a dit : “ Dépêche-toi, Vincent, il est en train de le mordre, il va le bouffer, ce salaud ! ” Alors j'ai pris un gourdin, je me suis approché, et j'en ai envoyé un grand coup sur la tête du cochon sauvage qui est tombé raide mort.

» Comme on avait tué seulement un cochon et qu'on avait besoin de beaucoup plus de viande, on est revenus à la porcherie. Plusieurs cochons sauvages étaient là, entassés, coincés entre les deux palissades. Ils étaient presque tous sortis de la grotte et, comme c'était trop petit, ils étaient les uns sur les autres. On en a tué huit. Juste ceux dont on avait besoin pour manger et poser des appâts : “ Combien pèse un cochon sauvage ? ” — “ A peu près vingt-cinq kilos. Sa viande est aussi bonne que celle du porc. ” »

Journal de Bauer :

« *Dimanche 11 juillet* : Ils sont restés toute la journée au bas de la rivière. En rentrant, ils ont dit qu'ils n'avaient rien vu, et dans cette attente tout le monde est de mauvaise humeur. Hier soir on a pêché, mais je n'ai rien attrapé. »

VINCENT : « Pendant la nuit le vieux Bauer m'a dit : “ On va pêcher, Vincent ? ” Je lui ai répondu : “ D'accord ! ” Mais, lorsqu'on s'est un peu éloignés de la baraque, il a changé d'avis : “ Nooon ! Écoute, on va imiter le bruit du tigre ! ” — “ Allons-y ! ” Il m'a dit d'aller chercher une calebasse qui soit assez grande pour y mettre la tête, et qui résonne bien. Nous avons continué vers le bas et nous sommes arrivés à une petite clairière, une toute petite clairière : “ C'est ici, m'a-t-il dit ; bon, eh bien on va essayer d'imiter le tigre. Tu es prêt ? ” Et je lui ai répondu : “ Oui, vas-y ! Tu l'appelles et moi je l'éclaire avec ma lanterne dès qu'il s'amène. ” Le vieux a enfoncé sa tête dans la calebasse et il s'est mis à rugir, et rugis que tu rugiras, et tout d'un coup, terrifié, il me dit doucement : “ Éclaire, éclaire, Vincent. ” — “ Qu'est-ce que tu as ? ”, et il répétait : “ Éclaire, éclaire, le tigre est en train de gratter la calebasse. ” — “ Tu déconnes ! ” J'ai soulevé la lanterne et je n'ai rien vu : “ Il n'y a rien du tout. C'est toi qui es mort de trouille ! " — " Mais alors, qu'est-ce que c'est, qu'est-ce que ça peut bien être, qu'est-ce que c'est que cette merde ! " J'ai éclairé l'intérieur de la calebasse et on a vu son dentier qui était tombé au fond. Quand il bougeait, ça faisait des sortes de petits craquements.

» Son dentier avait toujours été trop grand. Martin le lui avait fait faire au village de Thomas Rojas, lorsqu'il avait recueilli le vieux à moitié mort et qu'il l'avait emmené chez lui pour le soigner...

» Le vieux Bauer en avait vraiment bavé ! Très tôt, le lendemain, je lui ai dit : " Le tigre est venu manger près du camp. Viens voir ! Il faut que tu fabriques une plate-forme en bois qu'on accrochera dans un arbre, en face de l'endroit où il vient de manger. On y fera monter les touristes pour qu'ils puissent lui tirer dessus. Pendant ce temps, je vais en construire quelques-unes un peu plus haut, parce qu'il a aussi mangé là-bas hier soir. " Il est parti construire sa plate-forme et puis il est revenu. Le vieux avait la manie, chaque fois qu'il rentrait au camp, de s'enfiler tout le reste du café... les fois où, bien sûr, il y en avait. Alors, quand je l'ai vu arriver, je me suis rappelé qu'il restait un vieux morceau de graisse brûlée de tapir, et je l'ai jeté dans la cafetière qui était sur le feu en me disant : " Si cette brutasse recommence, il va s'avaler le morceau de graisse, et je te jure qu'il ne piquera plus mon café. " Et ça n'a pas loupé. Lorsqu'il est arrivé — je m'étais assis sur un tronc pour le surveiller — il a pris une tasse, il a avalé une première gorgée et a tout recraché. Houlala ! Il s'est mis à tousser et il a balancé la tasse en l'air. Alors je suis allé vers lui et je lui ai demandé : " Qu'est-ce qu'il t'arrive, Ernest ? " Il a crié : " Pouah ! De l'huile ! Oil ! Oil, fils de pute ! Quel est le fils de pute qui cuisine dans la cafetière ? " (Quel sale caractère ce vieux gringo ! Il faut pas déconner !)

» J'ai attendu qu'il se calme et je lui ai demandé : " Est-ce que la plate-forme est bien solide ! " Il m'a dit : " Oooh ! Oui ! Solide. Solide. " J'ai répété : " Solide, solide ? " Une demi-heure plus tard, j'ai demandé aux touristes de se réunir et nous sommes partis. Je leur ai dit : " On a construit une plate-forme. On va d'abord s'y cacher, et puis on s'en ira plus haut, là où a mangé l'autre tigre ; j'en ai construit une autre là-bas. " Lorsqu'on est arrivés, j'ai regardé en l'air, et je me suis aperçu que Bauer avait construit la plate-forme avec des branches de poivrier dont les nœuds sont très cassants. Je me suis dit que si le docteur et moi montions là-dessus, nous étions sûrs de briser la plate-forme. J'ai donc demandé au docteur de grimper tout seul ; moi, je suis resté en bas. Mais quand le vieux a atteint la moitié du tronc, une branche a cassé en entraînant avec elle tous les morceaux de bois de la plate-forme. Houlala ! Il s'est à moitié arraché l'oreille et ses bras étaient tout griffés. La chasse a pris fin et Martin s'est fâché contre Bauer. Quand le vieux gringo s'est calmé, parce que lui aussi était en colère, je l'ai pris à part pour lui dire : " Ce n'est rien, monsieur. On va aller un peu plus haut, pour voir si l'autre tigre est venu manger. " On a continué et, bien entendu, ça venait d'être fait. Le tigre avait dévoré presque tout l'appât. Je lui ai dit : " Regardez, c'est sûrement lui. On va lui envoyer les chiens. " — " D'accord ", a-t-il répondu. On a lâché les chiens et ils l'ont débusqué là, juste devant nous. Le tigre a commencé à tourner en rond. Il y avait tout près de là un grand ravin, un ravin très profond. Le tigre l'a traversé en passant sur un tronc couché en travers, et reliant les deux côtés comme un pont. Quand il est arrivé sur l'autre bord, il s'est couché, prêt à bondir sur le premier chien qui passerait. C'est Consul qui s'est élancé le premier — un bon chien qui m'appartenait, tout blanc, avec des taches sur la tête. A peine avait-il traversé et avancé son museau, que le tigre l'a tué d'un seul coup de patte. (C'est vraiment dingue, un tigre !...) Le chien s'est présenté et il s'est trouvé face à face avec le tigre qui s'était glissé sous le tronc... et pan ! un grand coup de patte. Je n'ai rien pu faire, j'ai seulement entendu un hurlement. Je l'ai appelé, appelé, mais rien, il ne répondait pas. Les autres chiens n'étaient pas bêtes : lorsqu'ils ont entendu le hurlement de Consul et qu'ils se sont aperçus qu'il venait de recevoir un coup de griffe, ils ont reculé et se sont mis à aboyer. Je me suis lancé sur le tronc et, en arrivant de l'autre côté, j'ai aperçu le tigre qui tenait mon chien dans sa gueule. Il était assez loin, mais je lui ai tiré dessus avec la carabine du vieux gringo (je l'avais avec moi, parce que ces messieurs ont besoin de tout se faire porter). Il a pris la balle dans la hanche et il a lâché Consul pour s'enfuir. Alors les autres chiens ont traversé à toute allure et je les ai lancés sur lui. Ils l'ont acculé et il a dû se percher sur un petit arbre. On les a suivis, le vieux gringo et moi, et on a commencé à chercher. On a cherché de tous les côtés.

J'ai dit au vieux : “ Regardez ! Il a tué mon chien. ” Il a regardé les blessures que le tigre lui avait faites dans la tête et il s'est exclamé : “ Oooh ” Il a enfoncé la moitié de son index dans chacun des trous et il a répété : “ Oooh ! On dirait des trous de balles ! ” — “ Des balles ? Ça va pas ? Des coups de dents, oui ; vous ne voyez pas qu'il n'a plus de cervelle, ni yeux ! ” lui ai-je répondu. Alors il a examiné le chien de plus près et il a été complètement terrorisé, houla ! Je lui ai dit : “ Il faut le trouver. Il ne doit pas être très loin. C'est par ici que les chiens ont cessé d'aboyer. ” Je surveillais le haut des arbres, pendant que le gringo se reposait contre un tronc en regardant timidement : il avait peur. Moi, j'ai continué à regarder et à regarder et je ne voyais rien. Il y avait une grande ramification assez basse sur l'arbre où s'était appuyé le vieux gringo, alors j'y suis allé et en tournant la tête vers le haut, je lui ai dit : “ Regaaardez, il est là ! ” (Il était juste au-dessus de lui, la queue qui se balançait touchait presque sa tête.) Houlala ! Trouillard comme pas deux, le gringo : il s'est chopé une pétoche dingue ; il est carrément tombé sur son cul ; il a jeté sa carabine, il a tout jeté ! Je me suis précipité vers l'animal parce que je me suis dit : “ Il va bondir et se sauver de nouveau dans la brousse. ” J'ai poussé le vieux gringo et j'ai pris sa place, sous la branche, pour que le tigre ne s'en aille pas ; alors je lui ai crié : “ Allez-y ! Tirez ! Vous êtes bien venu pour tuer un tigre, non ! ” Il m'a fait : “ Oooooh ! Carabine ? ” Et je lui ai demandé : “ Où est-elle ? ” Il m'a dit : “ Là-bas ! ” — “ Allez-y, allez la chercher, mister ! ” — “ Oooooh, nooooon. Vas-y, Vincent ; fais-moi la passer. ”

» Il a fallu que j'aille la lui chercher. Il avait perdu la garniture qui se trouve autour de la gachette. Je lui ai dit : “ Maintenant vous allez tirer. La balle va partir et lui crever un œil. ” Il a dit : “ Houlala ! Oooooh ! Noooooon ! ” Il a mis une grosse cartouche, du double zéro, et il a tiré comme ça, de face. (C'était vraiment un gros tigre.) Il a tiré de face et le tigre n'a pas bougé, il est resté là, immobile, et au bout d'un moment, poum ! par terre. Il est tombé la tête la première. Et alors, eh bien... c'était un vieux tigre, énorme, les balles n'avaient pas réussi à transpercer son crâne. Elles lui avaient juste crevé les yeux. Il était seulement aveugle. J'ai crié au vieux : “ Attention que les chiens ne se fassent pas attraper ! ” Un chien a essayé de se jeter sur lui et j'ai réussi à le saisir par une patte pour l'écarter. Il a fallu que j'écarte aussi les autres. Je n'arrêtais pas, j'essayais de leur faire peur. Le tigre était couché tout près tranquillement ; aveugle. J'ai cru que le gringo allait m'aider à éloigner les chiens et je me suis méfié, et tout d'un coup, il y en a un qui s'est lancé sur le tigre et a reçu un coup de patte. Il lui a attrapé l'oreille en essayant de le porter à la bouche. S'il l'avait pris dans sa gueule, il l'aurait tué sur le coup... J'ai réussi à le détourner et c'est pour ça qu'il ne lui a pris que l'oreille avec une griffe. Je l'ai même empêché de l'emporter dans sa gueule. J'ai dit au vieux gringo : “ Tirez-lui une autre balle ! Il est couché là, juste à un mètre de vous. ” Et il s'est mis à la recherche de son fameux ceinturon flambant neuf et bourré de balles qu'il avait aussi jeté tout à l'heure. On n'en avait plus une seule et le tigre était là, devant nous, aveugle mais vivant. J'ai dit : “ Avec le poignard ! Achevez-le avec le poignard ! ” Il m'a répondu que non. Alors je lui ai dit : “ Tenez-moi les chiens, je vais le lui planter dans le ventre, moi, le poignard. ” Il a fait : “ Oooooh ! ” Et il a attrapé les chiens. Mais, houlala ! le Tarzan, qui est un de mes gros chiens, il a tiré et il te l'a retourné les quatre fers en l'air. Alors je me suis dit : “ Le vieux va se tuer ! ” Je lui ai crié : “ Il vaut mieux attendre, de toute manière il est aveugle. Il a les yeux en bouillie, comme de la merde. ” J'ai fait peur aux chiens et le tigre s'est levé. Il a commencé à faire comme ça, et comme ça, comme s'il était soûl. Il s'est dirigé vers le vieux gringo : ou plutôt vers l'endroit où le vieux gringo venait de disparaître. J'étais tout seul avec le tigre et les chiens qui étaient revenus. J'ai essayé de les effrayer de nouveau et puis je me suis dit : “ Je n'arriverai jamais à tuer ce fils de chienne à coups de bâtons. Il est trop coriace. ” De toute manière, mon couteau était trop petit, il était minuscule, juste pour couper des petites branches... Alors j'ai pensé : “ Peut-être avec une liane. Je vais essayer de l'étrangler. Je vais en attraper une, la lui passer autour du cou et tuer cette saloperie de tigre ! ” J'ai repéré une liane, je l'ai coupée et j'ai fait un nœud à clé. Je le lui ai passé par la gueule, autour du cou, en l'ajustant comme il faut. Quand le gringo a vu ça, il est revenu et je lui ai donné le bout le plus long de la liane. “ Tirez de ce côté-là ! ” lui ai-je dit. Il s'est mis à tirer, mais non, rien à faire ! D'un coup de tête, le tigre a tendu la liane et a soulevé le gringo en l'amenant dans ses pattes. Houla ! Le tigre se cognait contre les arbres, et le gringo qui ne voulait pas lâcher se traînait derrière lui, et à un moment lui aussi s'est cogné contre le tronc... Boum ! Je me suis dit : " Là c'est sûr : il va tuer le gringo. " Il valait mieux que j'essaie de l'achever avec le poignard ; c'est tout ce qu'il restait à faire. Et j'ai pensé : " Si je le lui enfonce dans le ventre, je vais abîmer la peau. " Je l'ai donc attendu de face, je me suis mis en garde devant lui, mais il s'est couché. Quand il est tombé, j'ai crié au gringo : " Prenez le poignard, mister. Achevez-le vous-même, c'est votre tigre. " Il m'a dit : " Non, Vincent, ça ne fait rien, allez-y ! " Alors je lui ai planté mon poignard et j'ai abîmé sa peau, oui, mais je l'ai tué !... (Quel trouillard, ce type ! Après cela, il n'arrêtait pas de raconter ses exploits.)

» Quand le tigre a été mort, il m'a dit qu'il fallait l'emporter au camp tout entier ; il voulait prendre des photos. J'ai coupé une branche et on attaché les pattes autour pour pouvoir le porter. Je lui ai dit : " Passez devant. " Il trébuchait à chaque pas sur les racines et sur les lianes. Il faisait quatre ou cinq pas et puis il le posait pour se reposer, ou alors, il s'emmêlait les pieds et il se cassait la figure. Il ne tenait pas debout. " A ce train-là, on n'arrivera jamais au camp aujourd'hui ", me suis-je dit. Il devait être quatre heures de l'après-midi et ce jour-là le travail avait été très pénible. Très péniiiiible. Je le lui ai dit : " A cette vitesse, on n'arrivera jamais au camp aujourd'hui. " Alors j'ai coupé de grandes branches de palmier et j'ai fabriqué un grand panier pour y mettre l'animal. Il était terriblement lourd. J'en avais ras le bol ! J'ai fabriqué des sortes de courroies et je me les suis passées sous les épaules en disant au gringo : " Attrapez-le par la queue. Quand vous verrez des trous, vous le soulevez. " C'est ce qu'on a fait : lorsqu'il voyait qu'on allait passer sur des trous ou sur des troncs d'arbres, il le levait par la queue, et on a fini par arriver au camp. Une fois là-bas, il n'a pas voulu que je le dépèce, ni que personne y touche. Je l'ai suspendu à une poutre qui dépassait d'une baraque et il est allé chercher son appareil : et en avant les photos ! Et en avant ! Des photos pour tout le monde ! (Il y en a même une de moi avec Martin. On est à côté du tigre qui se balance.) La nuit n'a pas tardé à tomber et on a laissé le tigre devant la porte. Il était suspendu et bien mort. Ce soir-là, ils se sont tous soûlés pour fêter la mort du tigre. Les gringos étaient très contents. Ils étaient vraiment heureux. Mais le tigre qui était dehors les effrayait tellement qu'ils ne sont même pas sortis du camp.

Ils étaient soûls et il y en a même un qui a pissé dans la botte d'un autre. Et puis il l'a remise là où il l'avait trouvée, au pied du lit. Bien comme il faut. L'autre était endormi... Le lendemain, quand on s'est levé, il s'est assis, s'est étiré et a plongé son pied dans la botte ; qu'est-ce que c'est ! ! ! Il a dit : " Ouououh, mais il a plu hier soir ? " — " Que non, je lui ai dit, il n'a pas plu du tout. " — " Ouououh ! Si ! c'est de l'eau ", a-t-il répété. J'ai réfléchi et je lui ai dit : " Où, de l'eau ?... Non. Non, pas du tout. Ça ne peut pas être de l'eau. Ça doit être autre chose : je ne sais pas, moi ; de la bière, du gin... " Alors il a plongé sa main, il a trempé ses doigts et il a senti. Il a crié : " Ouououh ! Celui qui a pissé dans ma botte est un *son of a bitch.* " Et il a lancé la botte aux cent diables. Et je me suis dit : " J'espère qu'il va avoir l'idée de balancer l'autre ! Comme ça je pourrai les prendre, ce sont de bonnes bottes ! " J'ai attendu un moment et je me suis décidé : " Et l'autre, qu'est-ce que vous allez en faire ? Vous n'allez pas n'en garder qu'une ! " Il m'a dit : " Ouououh, pas question. Je ne veux plus voir ces bottes ! "

» Et voilà ! il m'a offert l'autre ! »

C'était le 12 juillet au matin, « une journée très grise. Il pleut, comme d'habitude », d'après le journal de Bauer.

Vincent se souvient que l'hiver les a pratiquement empêchés de quitter le camp et qu'il y a eu des orages presque toutes les nuits.

Au mois de juillet, en Amazonie, les pluies s'abattent sur des milliards de kilomètres carrés. Et à Dos Rios cette année-là, les orages furent plus redoutables que sur le Yari. Le vent s'était ajouté à la pluie et avait emporté comme de vulgaires feuilles de papier les plaques de zinc recouvrant la baraque où s'étaient réfugiés Oscar Rivera et ses amis, avant la tombée de la nuit. Vers onze heures, un marigot est sorti de son lit et tout le monde s'est réveillé à cause du bruit produit par le torrent. Il transportait des cochons, des poules et des outils. La forêt était recouverte par un épais rideau de pluie que l'on voyait très distinctement à la lueur des éclairs.

Le Réserviste a juste eu le temps de sauter de son hamac pour éviter une poutre qui a failli tomber sur ses épaules. Ils avaient tous entendu craquer le toit dans un grand fracas. Il s'est envolé jusqu'à la clôture et ils l'ont vu rebondir plusieurs fois dans le champ de manioc, et se désintégrer.

Complètement trempés, les métis et les indigènes se sont immédiatement réunis à l'extérieur. Les troncs d'arbres grinçaient et ils se sont dit qu'ils risquaient d'en recevoir un sur la tête et de se faire aplatir sur place dans la boue, comme les hamacs.

Vers six heures du matin, le champ était recouvert d'une couche de boue rouge et gluante. Tout cela a commencé à sécher vers midi, avec les premiers rayons du soleil qui brûlaient la peau.

Pourtant, d'après Oscar, cette dernière nuit passée à Dos Rios n'avait rien d'exceptionnel. Lui et son équipe avaient connu les orages du Vaupés plusieurs jours durant, et cette fois-là, personne n'avait réussi à fermer l'œil de la semaine.

En tout cas, ils sont restés là-bas huit jours : ils n'ont pas beaucoup travaillé et ont beaucoup dormi, même pendant la journée. Ils se sont habitués à manger de la farine de manioc « qui nous laissait la gorge complètement sèche et les dents gluantes pendant plusieurs minutes ».

« A l'époque, quand on ne dormait pas, on faisait de longues marches dans la montagne, se rappelle Oscar, et, dans la mesure où c'était possible, on essayait de se faire des amis parmi les indigènes ; ils sont très silencieux et s'isolent toujours dans leur abri, après le travail.

» L'un d'eux nous a expliqué comment s'y prendre pour marcher dans la forêt. Quand on sortait, on revenait toujours avec les pieds en bouillie : on ne savait pas les poser par terre. On avait des ampoules, et de véritables plaies étaient apparues sous la plante. On aurait dit qu'on marchait pieds nus sur des charbons ardents. Efraïn nous avait expliqué que c'était à cause de l'humidité du sol. Pendant cet apprentissage, la première chose que j'ai essayé de faire, c'était d'éviter les épines. Quand on marche, il faut surveiller les branches mortes qui tombent des arbres ; certaines ont des épines tellement grosses et aiguisées qu'elles arrivent à transpercer les semelles en caoutchouc.

» Chaque sortie devenait un supplice. Il fallait pourtant bien y aller : si on n'apprenait pas à se déplacer dans la forêt, on risquait très vite de devenir des hommes morts... Les indiens nous perdaient à chaque randonnée. Et quand ils venaient nous rechercher (il fallait toujours qu'ils nous cherchent), ils parlaient dans leur langue, ils nous regardaient et ils se mettaient à rire. Ça nous énervait énormément. Il faut dire qu'on tournait en rond pendant des heures entières. Et puis Thomas, l'un d'entre eux, a fini par nous montrer comment éviter de faire les ânes : “ Quand vous retournez au camp, il vous faut regarder où se trouve le soleil. Il faut regarder s'il est en face de vous, ou si vous l'avez dans le dos. Il faut le chercher tout en marchant et en repérant les arbres qui laissent passer les rayons. Si vous l'aviez en face en partant, il faut l'avoir derrière en revenant... Guidez-vous d'après lui. Lorsque la végétation est moins épaisse, il faut observer les troncs. Il y a toujours de la mousse au nord, jamais au sud. Selon l'endroit où vous allez, cherchez le côté pelé ou celui qui est recouvert. Si vous voyez un rapide, c'est que le marigot coule vers le nord, vers le sud ou l'orient... et si vous ne trouvez pas de marigot, vous n'avez qu'à aller vous faire foutre ! " a expliqué l'indien.

» Pendant ces jours-là, nous n'avons pas reçu un seul peso. Depuis notre départ du village jusqu'à la nuit de la tempête, nous avons travaillé gratis. Efraïn nous a dit qu'on gagnerait beaucoup d'argent plus tard, quand on commencerait à extraire du caoutchouc. Nous nous sommes dit que nous, les Blancs, nous étions très vaillants, et que ça valait certainement le coup de prendre patience.

» Le lendemain matin, nous sommes repartis vers notre lieu de travail, nous avons remonté l'Ajajo pendant trois jours, depuis Dos Rios. Le premier jour, il a fait soleil. Le reste du temps, il n'a pas cessé de pleuvoir, du matin au soir. Ce n'était pas des orages, mais une petite pluie fine qui remplissait les pirogues, il fallait les vider avec des casseroles, avec la rame ou avec ce qu'on avait sous la main. Un après-midi, histoire de dire quelque chose — il faut dire que personne ne parlait, chacun pensait à l'argent qu'il rapporterait et à la propriété qu'il achèterait à son retour au village —, j'ai demandé à Efraïn pourquoi il n'avait pas payé les indiens depuis bientôt deux ans. Il ne m'a pas répondu. Il s'est renfrogné et m'a jeté un regard de haine, comme s'il allait me manger. Je ne lui ai jamais plus parlé de ça. Dans la pirogue, il y avait les sept hommes de Landazuri, et les sept indigènes qui nous avaient accueillis à Miraflores. On est arrivés à un embranchement et Efraïn a dit : " C'est ici qu'il faut travailler ! " Mais, à l'endroit où on s'est arrêtés, il n'y avait pas le moindre petit refuge pour nous abriter. Il n'y avait rien du tout.

» " C'est ici qu'on va vivre ? " lui ai-je demandé. J'étais vraiment surpris, mais il m'a répondu : " Les indiens vont vous apprendre à construire une cabane. Vous y suspendrez vos hamacs pour commencer, et ça vous donnera le temps de construire une maison plus grande. "

» On s'est regardés sans rien dire. Pendant qu'on déchargeait le matériel, les indiens sont partis couper des feuilles de palmier et on est allés les aider... Mais la nuit est tombée au moment où on a voulu commencer la construction de l'abri : impossible de travailler. On s'est dépêchés de débroussailler un peu, on a posé de grandes feuilles par terre et on s'est couchés dessus... Dans mon village, je n'avais jamais eu l'idée de regarder comment ils construisaient les cabanes et je ne savais pas le faire. Elmer avait l'air d'avoir quelques idées ; mais chez lui, les cabanes sont différentes. De toute manière, il fallait bien construire quelque chose. Le lendemain, on s'est mis au travail : on a d'abord taillé les piliers, et ensuite toute la charpente pour poser le toit. On choisissait n'importe quel bois, pourvu qu'il fût dur, et on assemblait au fur et à mesure. Les uns coupaient les troncs, les autres des feuilles de palmier, d'autres enlevaient l'écorce. On n'a pas pu finir dans la journée. Pendant tout le temps qu'a duré la construction, nous n'avons mangé que du manioc. Nous n'avions même pas le temps de pêcher. Il fallait finir la maison le plus vite possible, pour se mettre à récolter du caoutchouc et gagner beaucoup d'argent. Efraïn Sanchez, le patron, est resté avec nous pendant toute la semaine où nous avons construit la cabane. Il nous a appris à reconnaître les arbres de caoutchouc et à ouvrir des chemins dans la brousse pour pénétrer à l'intérieur de la forêt. Ensuite il est parti et nous sommes restés tout seuls... Comme nous avions déjà un toit pour nous abriter, nous avons commencé à faire des *picas* : ce sont de petits sentiers étroits qui permettent de s'enfoncer dans la forêt, et d'atteindre les arbres de caoutchouc. N'ayant rien trouvé et n'ayant pas pêché, nous avons continué à manger de la farine de manioc avec de l'eau ; on appelle ça du *chivé*. Au début, tout le monde avalait son bol de *chivé*. Ça bourrait à s'en faire péter la panse. Mais un quart d'heure plus tard, la faim nous reprenait, et nous mangions un autre bol de *chivé*, et ainsi de suite toute la journée. Nous avons goûté des fruits de palmier, en apprenant à les reconnaître, à les cueillir et à les cuisiner. Avec du manioc, ce n'est pas mauvais. On peut en extraire un lait qui doit être très nourrissant parce que, quand on le buvait pur, la faim ne revenait que quatre ou cinq heures plus tard.

» Apprendre à tailler des sentiers dans la brousse n'a pas été facile. On a quand même compris assez vite. Il y en a un qui passe devant avec la machette, pour marquer le chemin bien droit, et les autres le suivent pour débroussailler ; ils coupent le plus possible de ronces en évitant les gros arbres. Les sentiers doivent faire environ quatre mètres de largeur.

» Si je me souviens bien, on devait être au mois de juillet, et il avait fallu une semaine pour percer un sentier de neuf kilomètres, sans avoir même le temps de chasser ni de pêcher. Nous ne pensions qu'à l'argent qu'on allait gagner. Nous avons donc continué à manger du *chivé* avec le lait des fruits de palmier et ne sommes allés pêcher qu'une fois. Nous n'avons attrapé que des piranhas : sur l'Apaporis, on dit des *puños*. Nous les avons mis dans la soupe parce qu'ils sont pleins d'arêtes qui coupent la bouche. Nous n'avions pas d'huile, ni de graisse ou de sel, et on s'en est passés. Le lendemain, Elmer s'est rappelé qu'Efraïn nous avait parlé d'un endroit où l'on trouve des arroches : " Ce sont des plantes qui poussent au pied des gros rochers, là où l'eau est salée : c'est pour ça qu'il y vient beaucoup de tapirs... Si l'on grimpe assez haut, on peut s'amuser à compter les tapirs comme si c'était un troupeau. Il y en a tellement qu'on peut même choisir celui qu'on préfère ! " Quand il nous a expliqué ça, nous nous sommes dit : " Quelle chance alors ! Aujourd'hui on va manger de la viande ! "

» Le soir même, nous avons trouvé les arroches qu'il nous avait indiquées, et nous nous sommes cachés tout près pour surveiller les tapirs. C'était rempli de taons qui n'arrêtaient pas de nous piquer et de nous piquer à en pleurer. Ils s'acharnaient sur nous et, putain de putain, il fallait se gratter en faisant le moins de bruit possible. Vers trois heures du matin, un tapir est enfin venu boire. On était cachés derrière des rochers et des arbres et on l'entendait aspirer l'eau. Tout d'un coup, on a soulevé la lanterne et on a tiré plusieurs fois, mais ce fils de chienne s'est sauvé. On a attendu encore une heure ; jusqu'à quatre heures. Oui, ça devait être quatre heures quand un autre tapir est arrivé. Je l'ai vu tout de suite, j'ai soulevé la lanterne devant sa gueule et je lui ai tiré dessus, mais celui-là aussi s'est enfui. A quatre heures et demie, il y en a eu un autre et on l'a encore raté... Et puis, à six heures du matin, on est revenus au camp, la faim au ventre, morts de sommeil et sans même un poil de tapir. On a dit aux indiens : " Pas un tapir n'est venu boire, cette nuit. " Ils ont tout simplement éclaté de rire, sans répondre. Vers trois heures de l'après-midi, deux d'entre nous sont partis dans la forêt et ils ont réussi à tuer des singes. On les a fumés tels qu'ils étaient tombés de l'arbre, avec la peau, les poils, et tout. Le lendemain, ils étaient prêts à manger, mais nous étions écœurés, c'était repoussant : on aurait dit de petits hommes. On avait l'impression qu'il fallait manger de la chair humaine. Mais nous avions très faim, vous savez, alors... Eh bien... qu'est-ce que vous voulez... Une fois le ventre bien rempli... nous sommes partis au travail. Pendant trois heures, on a suivi le sentier, taillé dans tous les sens pour avoir plus de chances de trouver un arbre de caoutchouc. Vous comprenez, dans ces forêts, tous les arbres sont différents. On trouve des milliers et des milliers d'espèces. Pour arriver à tomber sur un caoutchouc, il faut beaucoup marcher. Ils poussent par petits paquets de trois, de cinq ou de dix. Deux cents mètres plus loin, on en trouve cinq autres et ainsi de suite. Ils sont très éloignés les uns des autres. On se guide à la boussole ; c'est Sanchez qui m'a appris à m'en servir avant de partir. Bien que ce soit un outil de travail, il a fallu que je la lui paie. Je lui ai donné cent vingt pesos de la somme que m'avait rapportée la vente du tissu à l'indien. Il nous avait également laissé des balles pour la carabine et j'ai aussi dû les lui payer. Il les avait achetées quatre pesos chacune à Miraflores et il a fallu lui en donner quatre pesos. Il a prêté une carabine aux Blancs et une aux indiens : ça faisait deux armes pour quatorze personnes.

» C'est ça, la vie !... et nous avons appris en peu de temps à tailler des sentiers. On en faisait quinze ou dix-huit kilomètres dans la journée sans rien trouver. Vers quatre heures de l'après-midi, quand on avait l'impression que la nuit allait nous surprendre, nous retournions au camp à toute vitesse. Mais malgré cela la nuit nous a surpris plusieurs fois en plein milieu de la forêt, et il a fallu dormir sur place, il était impossible de se guider dans le noir. Nous choisissions le pied d'un arbre et, avant de nous coucher, nous regardions s'il n'y avait pas d'insectes. Nous coupions deux grandes feuilles de palmier que nous posions par terre pour faire le matelas, et nous dormions jusqu'au lendemain.

» Nos sorties étaient souvent inutiles, on ne trouvait presque jamais rien. On travaillait dur. Parfois on avait la chance de repérer cent ou deux cents arbres de caoutchouc et cela fournissait du travail pour une semaine. On partait par petits groupes de deux. Elmer était mon équipier, c'était mon cousin.

» Je préférais ça, parce que, au début, on faisait équipe avec les indiens et ces fils de pute n'arrêtaient pas d'essayer de nous perdre dans la forêt, pour nous laisser crever sur place. Ils nous disaient : “ Oh, regardez cet arbre à caoutchouc ! ” et puis ils disparaissaient sans laisser de trace. Alors il ne fallait pas faire de bruit et, au bout d'un moment, on les entendait marcher là-bas, devant nous, et on les suivait en silence. On les rattrapait par surprise : si jamais on avait le malheur de les appeler, ils disparaissaient aussitôt.

» Il y en a un qui a essayé de me perdre au bord d'un marigot. C'était dimanche et on était allés à la pêche. Il m'a dit qu'on n'irait pas loin et je n'avais pris que trois balles de carabine. Lui, il avait pris toutes celles qu'il avait. Il a commencé à marcher, et à marcher, et à marcher. Ne m'en parlez pas ! Nous avons mis plus de trois heures pour arriver au marigot. Ça devait être neuf heures du matin. En s'approchant du bord, on a trouvé un trou assez grand : alors on a commencé à pêcher. J'ai pris un hameçon, j'ai accroché un appât et j'ai attendu. Il m'a regardé faire et puis il a coupé une feuille de palmier qu'on appelle le *táparo.* Ce sont des feuilles très dures qui font à peu près deux doigts de large. Il en a posé une à la surface de l'eau pour empêcher l'hameçon de trop s'enfoncer. Et à peine l'avait-il lancé dans le marigot qu'il avait déjà attrapé sa première sardine. Il a recommencé et il en a pris une autre. Une autre fois, et encore une autre. Il ne perdait pas de temps. Il en a très rapidement attrapé une cinquantaine... et moi, que de la merde ! Et il se foutait de moi ! Il s'est mis à rigoler : il me regardait et il se mettait à rire. Moi, je me retenais pour ne pas lui foutre mon pied au cul. On a continué à descendre le marigot et on est arrivés à un endroit où on voyait bien le fond. J'ai aperçu un animal tout noir et rond qui suivait le bord. Il m'a dit : " Oh ! Attrapez ce poisson ! " Je l'ai regardé droit dans les yeux et là, vraiment j'ai explosé : " Et pourquoi tu ne l'attrapes pas plutôt toi-même, espèce de grand fils de pute ? Tu crois que je n'ai pas vu que c'est une raie ?... " Les raies ont un dard terrible, il se plante dans la chair et vous pissez de douleur. Si on n'a pas de médicament ou qu'on ne connaît pas les plantes médicinales, la blessure se met à pourrir. Il n'a rien dit et il s'est approché de l'endroit où se trouvait la raie. " Taillez-moi un bâton ", m'a-t-il dit. — " Tu n'as qu'à te le tailler toi-même. "

» Je ne lui faisais vraiment plus confiance. Il s'est mis à réfléchir et puis il m'a dit : " Alors prêtez-moi la machette. " — " Et la tienne ? Tu l'as à la ceinture. "

» Il m'a regardé d'un air haineux et il a décidé de laisser la raie tranquille. Il est passé de l'autre côté, en traversant sur un tronc couché en travers du marigot. (Ces gens-là se déplacent très vite.) J'ai essayé de faire comme lui, mais je me suis senti glisser et j'ai eu peur de tomber sur la raie. J'avais des bottes en caoutchouc qui couvraient mes chevilles ; eux, ils marchent pieds nus. Pendant que j'étais en train de traverser, il a pris de l'avance et il a disparu. Je l'ai appelé pendant plus d'une heure : " Faustino ! Faustinooo ! " Mais il n'a pas répondu. Lorsque j'ai compris que j'étais tout seul, je me suis dit : " Et merde ! Je vais suivre ce marigot, il doit mener à l'Apaporis. Je risque de mourir de faim, mais j'ai aussi des chances de m'en sortir. " J'étais assez inquiet. Je cherchais les endroits en hauteur, et je l'appelais, mais il ne répondait pas. Alors j'ai pris ma carabine, je l'ai ouverte et j'ai mis le canon dans ma bouche ; j'ai soufflé dedans et ça faisait un bruit de cor de chasse. Il m'a répondu en soufflant aussi dans le canon de sa carabine : le son venait de très loin. J'ai immédiatement refermé mon arme et, sans même prendre le temps d'y mettre une balle, je suis parti en courant vers le bas du marigot pour essayer de le rattraper. Je suis arrivé à un endroit où il avait fait un peu de feu ; il y avait des arêtes de sardines tout autour. J'ai pensé : " Ah ! le salaud ; il a bouffé toutes les sardines, c'est pour ça qu'il s'était tiré. "

» Je regardais dans toutes les directions, mais je ne le voyais pas. J'ai failli crier, mais je me suis dit : " Si je l'appelle, il ne répondra pas, même s'il est tout à côté. Il faut que je le trouve tout seul. " J'ai regardé au fond du marigot et je me suis aperçu qu'il y avait des trous très profonds : j'ai vu un animal qui descendait entre deux eaux. On aurait dit un chat. Alors, là, je me suis décidé à l'appeler : " Faustino, viens voir : une loutre ! " (Je n'étais pas vraiment sûr que ce soit ça ; on me les avait juste décrites et on m'avait dit que leur peau valait très cher.) Il se trouvait à deux pas de moi, quand il m'a répondu. J'ai sursauté en tournant brusquement la tête ; il m'avait vraiment fait peur. Il est resté un moment immobile à me regarder, et puis il a éclaté de rire.

» " Au port, ça vaut quatre cents pesos une peau de loutre ", me suis-je dit, et je lui ai expliqué qu'il fallait la tuer. " On ne va pas tuer ça ! Le patron nous les vole ! " — " Pas question, lui ai-je dit, on la tue, on la cache et on la vend à quelqu'un d'autre. " Il a pris sa carabine et il s'est posté un peu plus bas pour attendre la loutre. On a attendu un bon moment, mais elle a fini par s'enfuir : il n'avait vraiment pas envie de lui tirer dessus.

» Ce jour-là, je suis devenu très méfiant. En retournant au camp, je regardais bien autour de moi pour me repérer au cas où il essaierait de nouveau de me perdre.

» On a marché... on n'a pas arrêté de marcher ; moi, je pensais aux quatre cents pesos de la peau de la loutre. Je n'ai pas pu m'empêcher de lui demander :

» — Pourquoi tu n'as pas voulu tuer la loutre, Faustino ?

» — Parce que ça n'est pas la première fois que ça nous arrive. Une fois on a tué beaucoup de loutres, de tigres, de chats sauvages, et Efraïn est arrivé en nous demandant de lui remettre les peaux ; il a dit qu'il nous paierait plus tard, et on n'a jamais vu le moindre peso.

» — Oui, mais nous, ce n'est pas pareil !

» Il a éclaté de rire. Il m'a regardé et il s'est mis à pouffer.

» Il devait être quatre heures de l'après-midi quand on a vu de grosses dindes. Il a tiré et il en a touché une. J'ai aussi tiré et j'en ai tué une autre. Je lui ai demandé combien il lui restait de balles et il en avait dix. (C'était beaucoup.) Je lui ai dit de m'en prêter deux ; je les lui rendrais au camp, mais il a refusé. Il ne me restait plus qu'une seule cartouche, alors j'ai pensé : “ Si par malheur il me sème de nouveau et que le tigre se pointe !... ” Ils nous avaient tous effrayés avec les tigres, et comme je n'en avais jamais vu, pour moi ils représentaient vraiment la mort. Ils racontaient que les fauves de cette forêt étaient très carnivores. J'avais affreusement peur, mais je ne lui ai pas montré : je craignais trop de me faire piéger, ce qui aurait été encore pire. Pourtant, à chacun de mes pas, je sentais mes pieds et mes mains qui se mettaient à trembler. Le soir commençait à tomber. J'ai bien ouvert l'œil et je me suis mis à côté de lui, je marchais tout contre son épaule. S'il pressait le pas, j'accélérais également. Je surveillais le moindre de ses gestes. Nous sommes arrivés au camp vers sept heures du soir et j'ai pris une marmite pour faire cuire la dinde. Ensuite j'ai bu le bouillon et j'ai mangé la viande qui était coriace mais excellente.

» Comme nous l'avait conseillé Efraïn, les indiens cuisinaient de leur côté, et nous du nôtre. Avant de nous quitter, il nous avait bien avertis : “ Faites très attention aux indiens, surtout tant que vous ne les connaissez pas trop bien. En attendant, le mieux c'est de cuisiner à part, et de ne pas dormir au même endroit. Au début, il faut faire chacun pour soi ! Ne les fréquentez pas trop parce qu'ils sont très méchants, méfiez-vous parce qu'ils sont capables de vous tuer. ”

» C'est à cause de cela qu'on faisait attention. La nuit, on montait la garde à tour de rôle pour les surveiller. Nous étions vraiment très unis et si l'un d'entre nous avait un problème, nous nous efforcions de partager sa souffrance. Mais les indigènes étaient encore plus unis que nous. Si l'un d'entre eux attrapait un poisson, tout le monde en mangeait. Ils le mettaient dans une assiette ou sur une feuille et chacun en prenait un morceau. Nous ne faisions pas de même : nous ne partagions que quand il y en avait assez pour tout le monde. Et comme, ces jours-là, il n'y avait pas grand-chose à manger, nous ne partagions rien. »

La matinée du mardi 13 juillet a été très humide. A l'aube, la forêt était couverte de brume, après l'orage de la nuit précédente. Et cette apparence d'hiver tropical a terni l'enthousiasme des touristes. Edgard Garcia se souvient de cette journée. « Elle a été terrible parce que, depuis le moment où nous nous sommes levés, tout a marché de travers. D'abord les gringos se sont disputés entre eux à cause de celui qui avait pissé dans la botte du docteur ; et ensuite, ils étaient furieux car ils n'avaient pas fait bonne chasse, malgré la prise du vieux tigre, la veille.

» Après le déjeuner Vincent leur a dit de profiter de la matinée pour aller voir autour du camp s'il n'y avait pas un autre tigre. Ils n'ont pas répondu, mais comme le vieux a insisté, ils ont fini par se décider. »

VINCENT : « Nous sommes revenus à l'endroit où nous avions trouvé le tigre aveugle et, après avoir parcouru environ mille mètres à travers la montagne, nous nous sommes aperçus que les chiens avaient flairé les traces d'un petit gibier. Alors je ne me suis pas affolé. Lorsqu'il est passé, je l'ai attrapé et je l'ai soulevé de terre pour que les chiens ne le mangent pas. Les gringos ont commencé à se disputer : l'un voulait que je le lui donne, un autre aussi, et puis un autre et je leur ai dit : “ Non ! Lorsque nous reviendrons au camp, Martin décidera à qui il est ! ” Ça ne leur a pas beaucoup plu, et l'un d'eux a dit qu'il voulait le porter parce que, comme il était vivant, il fallait s'en occuper. J'avais emporté un sac et je l'ai cousu avec une liane pour que le gibier ne s'échappe pas ; la tête dépassait et il pouvait respirer. Nous avons ensuite escaladé des rochers et, tout d'un coup, le gringo qui portait le gibier s'est cassé la gueule et il s'est mis à rouler, et roule que tu rouleras sur les pierres, l'imbécile ! Il a fini par s'arrêter en bas sur des ronces ; il était griffé de partout. J'avais laissé le Thermos de café dans le sac, avec le gibier. Et en roulant, il s'est complètement écraaasé. Le gibier a éclaté de l'intérieur ; il est mort sur le coup. On était bien avancés, sans café et sans viande ! Alors je lui ai dit : " Vous êtes content, mister ? Personne ne profitera plus du gibier maintenant. " Il était en colère et il m'a crié quelque chose en anglais. Il est remonté de là où il s'était estropié et il m'a dit : " Maintenant, c'est moi qui le bouffe. " Je lui ai répondu : " Si vous voulez ! Je vous le donne ! " Quand on est arrivés au camp, je l'ai dépecé et je lui ai dit : " Mister, cette viande ne vaut plus rien, elle n'est pas bonne, le gibier s'est crevé de l'intérieur ", mais il m'a crié qu'il le mangerait quand même, et que c'étaient ses affaires. J'ai demandé à Inès de le lui cuisiner. Lorsqu'il a été cuit, il en a pris un bout et il l'a porté à sa bouche ; en le goûtant il a fait : " Ooooh ! " et il a balancé le morceau de viande qu'il avait encore à la main. Il n'a plus voulu en manger. »

EDGARD : « Le jour ne s'est levé qu'après une heure de l'après-midi. Un soleil opaque est apparu, un soleil d'hiver, et les touristes ont dit qu'ils allaient se baigner dans la rivière parce que la pluie les avait rendus tout poisseux : ils en avaient partout, partout. Ils n'étaient pas rasés et ils se sentaient très sales. Je leur ai conseillé de se baigner dans le ruisseau, parce que la rivière avait beaucoup grossi. Mais ils n'ont pas voulu, à cause des piranhas. Ils ont expliqué que lorsque l'eau est calme, ils sont beaucoup plus dangereux. Ça n'a rien à voir, mais j'ai préféré ne pas répondre, et ils sont allés en parler avec Martin et Vincent. »

VINCENT : « Abbe, le Hollandais, un Noir assez grand et bien bâti, s'est approché de moi et m'a dit qu'ils allaient se baigner dans les chutes et qu'on avait rien à dire parce qu'ils voulaient photographier les cascades. Je lui ai répondu : " La rivière est trop grosse ; vous ne vous rendez pas compte, avec toute la pluie qui est tombée ! Baignez-vous ici, dans le ruisseau. " Il n'a pas voulu. Il ne fallait pas que je m'occupe de cela. C'était leur affaire et plus ce serait dangereux plus ils seraient contents, ils étaient venus pour cela " Retirez au moins vos vêtements ! " ai-je dit. " Et pourquoi voulez-vous qu'on retire les habits ? " Ils portaient leurs grosses bottes et leur costume de camouflage avec la grande poche sur la jambe, bourrée de toutes sortes de choses ; ils avaient aussi leurs appareils photo. Je n'ai plus voulu discuter : " Vous verrez bien. " Et je suis allé préparer la pirogue. Ils en ont parlé à Martin et il m'a demandé d'emmener d'abord le vieux gringo (Charles C. Walsh) et Abbe (Abraham Wilfred Booi). J'ai appelé Edgard et lui ai dit de se préparer à les accompagner avec moi. Il m'a dit : " D'accord. " »

EDGARD : « On a commencé à descendre la rivière, et comme il y avait beaucoup de vagues, de l'eau a pénétré dans le canot. Il a fallut écoper avec un seau. J'avais seulement gardé mon pantalon, mes chaussures en caoutchouc et ma chemise à moitié boutonnée. Les gringos sont montés sur les planches qui réunissaient les deux canots et Vincent a demandé au grand Noir de s'installer autrement parce qu'il déséquilibrait le bateau. Il n'a pas voulu l'écouter. A mesure qu'on s'approchait de la cascade, l'écume devenait de plus en plus épaisse. Le bruit grandissant de la cataracte était inquiétant et j'ai retiré ma chemise et mes chaussures. La chute était très proche. Je me suis accroché d'une main au bordage et j'ai regardé vers l'avant. La brise m'a complètement trempé et, tout d'un coup, une grosse vague a frappé la proue et a violemment soulevé le canot. J'ai senti mon ventre se nouer et lorsque nous sommes retombés à la surface du fleuve, la vague a continué à rouler vers l'arrière ; elle est arrivée à la poupe, l'a soulevée et l'a laissée retomber brutalement. Je n'entendais plus que le bruit de l'eau. J'ai regardé derrière moi et j'ai aperçu confusément les visages des gringos. J'avais l'impression qu'ils rigolaient, qu'ils s'accrochaient solidement et qu'ils riaient. Ils croyaient peut-être que c'était un jeu. Lorsque je les ai vus, ils étaient encore assis et l'eau leur arrivait à la ceinture... Il faut dire que tout s'est passé en quelques secondes ! J'avais tellement peur que je ne parvenais pas à lâcher le seau, on aurait dit qu'il s'était collé à ma main, houlala !... J'avais des fourmis dans le dos et dans les jambes. Une autre vague est arrivée et le radeau s'est enfoncé sous nos pieds. Alors je me suis mis à nager, à nager dur, parce que le courant de la rivière était trop violent. J'ai senti comme un coup de poignard à mon oreille gauche : une trombe d'eau venait de me frapper. Tout tournait autour de moi, je ne savais plus de quel côté nager. J'ai perdu le sens de l'équilibre et, quelques mètre plus bas, j'ai été aspiré par un tourbillon qui m'a fait tourner deux ou trois fois sur moi-même en me projetant violemment vers la berge. J'étais étourdi et je sentais mes jambes lourdes... Le bord était très proche, deux mètres environ, je nageais et je nageais et pourtant je n'arrivais pas à l'atteindre. Je me suis dit : " Je suis foutu : je n'irai pas plus loin. " Mais je me suis vite ressaisi : " Non, je vais tenter un dernier effort. " J'ai aperçu une liane pendant du bord, et j'ai tendu mon bras tant que j'ai pu et, merde alors..., j'ai réussi à l'attraper. Je m'y suis accroché de toute mes forces, et sans trop savoir pourquoi, j'ai regardé vers le milieu de la rivière : un gringo était en train de se noyer dans le tourbillon, sa tête n'est sortie qu'une seule fois hors de l'eau, il avait ouvert la bouche en tendant le bras pour que quelqu'un le sauve ; il avait l'air de dire qu'il s'en allait... Il a coulé et il n'est plus remonté à la surface... Une seconde plus tard, j'ai cru entendre un cri au milieu de la rivière, mais je n'ai rien vu. C'était une longue plainte d'angoisse ; malgré le bruit de la chute, je l'avais entendue distinctement. En bas, sur l'autre rive, les pirogues déchiquetées rebondissaient sur les vagues et j'ai vu Vincent devant moi, en caleçon : il s'était, lui aussi, déshabillé avant la promenade. Le vieux avait réussi à s'accrocher à un rocher. Nous étions seuls. J'ai escaladé le ravin et j'ai couru jusqu'au camp où les autres nous attendaient. »

Transcription de la déclaration faite, sept mois plus tard, par Vincent Quintero au juge Abelard Daza :

« ... A la seconde vague, le jerricane d'essence a sauté en l'air et m'a atteint à la poitrine. Le moteur s'est arrêté et la pirogue a commencé à couler. Alors je me suis mis à nager ; je ne sais combien de temps... certainement des heures. Je n'arrivais pas à atteindre le bord à cause de la violence du courant. J'étais fatigué et je me suis un peu laissé aller ; alors le tourbillon m'a aspiré et m'a fait tourner dans tous les sens. Moi, je me défendais avec les bras, je faisais ce que je pouvais, et il a fini par me jeter là-bas, contre un rocher qui se trouve au milieu de la rivière, loin de la berge. Je m'y suis accroché comme j'ai pu, il était tout vert et très glissant, mais c'est moi qui ai gagné. J'ai tiré péniblement mon corps vers le haut et en avant, et je me suis mis à cheval sur le rocher. Quand j'ai réussi à grimper, je me suis d'abord couché sur le ventre pour reprendre mon souffle. Je refusais d'admettre que le bord pût être aussi loin. Ensuite je me suis demandé comment diable j'allais oser plonger de nouveau dans des eaux aussi terribles. Je n'étais pas sûr d'avoir assez de forces pour nager jusqu'à la rive. J'ai réfléchi, j'ai réfléchi et j'ai fini par me dire : " Personne ne viendra me délivrer de sur ce rocher. Alors que diable ! Il faut que je m'en sorte seul si je ne veux pas mourir ici. " Et, plaf ! A l'eau. J'ai nagé très fort et vas-y, sur le côté, sur le côté, en coupant le courant, en coupant un peu plus, et je suis arrivé au bord. J'ai cherché le garçon du regard et je ne l'ai pas vu. J'ai pensé qu'il avait disparu avec les autres vers le bas, dans les chutes. Les gringos et les canots avaient également disparu. Le rapide avait tout avalé. Quelques minutes plus tard, je me suis aperçu qu'Edgard était vivant. Il courait à travers la forêt avec ceux qui étaient restés au camp et j'ai crié : " La cataracte les a avalés, qu'elle soit maudite ! " Martin m'a regardé et j'ai eu l'impression qu'il ne me croyait pas. Nous avons cherché tout l'après-midi, et le soir nous sommes revenus avec les lanternes pour nous assurer que rien ne flottait. Martin avait emporté quelques matelas pneumatiques et j'ai proposé d'en utiliser un comme canot pour aller voir plus bas, mais le gringo rescapé a dit, qu'il ne voulait plus de victimes... que j'arrête de faire l'imbécile. Le jour suivant, nous avons continué nos recherches toute la matinée sans trouver le moindre indice. Nous avons regagné le camp et, le jeudi 15 juillet, l'avion est venu chercher Martin et ceux qui étaient encore vivants. »

Le mercredi 14, vingt-quatre heures avant, le Beechcraft de la FAC était prêt pour le vol qui, selon les accords passés avec Martin, devait emmener les touristes ; mais le mauvais temps a empêché le décollage. A la base aérienne, deux nouveaux visiteurs et le pilote ont attendu pendant huit heures que le temps s'arrange pour s'envoler, mais cela n'a pas été possible. « Les conditions météorologiques étaient des plus désastreuses. Il y avait des cumulus et des strato-cumulus sur la rivière. Près de la base, le plafond de nuages était très bas, et la tour de contrôle avait fermé l'aéroport. Il n'a été réouvert qu'à quatre heures de l'après-midi, c'était trop tard pour décoller. Au-dessus de la forêt, il faut voler à vue et je n'aurais pas eu le temps de retourner. On a donc attendu le lendemain matin ; la météo était meilleure, mais loin d'être excellente... L'avion était vieux, vous savez, il ne possédait pas de radar et c'étaient des conditions... disons-le... vraiment rustiques. Il fallait prendre beaucoup de précautions », a rappelé plus tard le major Médrano, commandant de la base et pilote du Beechcraft.

Les deux nouveaux visiteurs du camp s'appelaient Fritz Trupp et Wolfgang Ptak, deux anthroplogues autrichiens qui faisaient une thèse de doctorat sur les indiens d'Amazonie. Ils avaient obtenu une bourse de l'université de Vienne, et lorsqu'ils avaient appris qu'une tribu inconnue vivait au Yari, ils s'y étaient rendus.

FRITZ TRUPP : « Vers dix heures du matin, nous nous sommes posés près du camp et l'on nous a immédiatement prévenus que le canot, le moteur, ainsi que deux personnes avaient coulé dans les rapides du Yari. Puisqu'il n'y avait pas d'autres moyens de transport, nous avons décidé de retourner immédiatement à la base de Tres Esquinas, mais ils ont refusé de nous emmener dans l'avion militaire. Il n'y avait plus de place pour nous. Martin et les autres faisaient partie du vol. Ils nous ont promis qu'ils viendraient nous récupérer cinq jours plus tard. Malgré tout, Wolfgang et moi nous sommes fait confirmer plus de dix fois par le pilote qu'il viendrait nous prendre, et il nous a dit oui, dans cinq jours. Nous lui avions déjà donné mille pesos pour le voyage et nous étions prêts à en lui donner encore pour le retour. »

Martin, Vincent, Stanley Guiesner, Tony et son équipe avaient occupé toute la place dans l'avion, et ce dernier s'est élevé difficilement au-dessus du fleuve. Ils l'ont survolé pendant quelques minutes à partir de la première cataracte, mais Martin dit qu'ils ne virent pas la moindre trace de la barque ni des chasseurs disparus.

Ce matin-là, il ne restait plus au camp que Wolfgang, Fritz, Slim Bauer, Benjamin Cubillos, Inès la cuisinière, et Edgard Garcia, le second du chasseur.

En août 1981, six ans après m'être mis à sa recherche, j'ai pu parler avec Martin Morningstar, à Cali, une ville tropicale de l'ouest de la Colombie, très loin du Yari.

En l'apercevant dans la petite salle de séjour de sa maison, j'ai eu l'impression de me trouver en face d'un tigre en cage : il était nerveux et ne supportait pas le bruit de la ville ; il voulait retrouver, à travers chaque phrase, cette sensation de liberté que semblait lui procurer la solitude de la forêt.

Quelquefois imprécis dans ses souvenirs, il m'a parlé de la Seconde Guerre mondiale, de son expérience en Indochine, de son enfance tourmentée ; la seule chose qu'il ne voulait pas évoquer était son passage au Yari. Il me parla pourtant quelques heures, après des hésitations et des réticences. Cette période avait été très douloureuse pour lui. C'est à ce moment-là qu'il a définitivement abandonné la forêt.

« Ce fut une expérience malheureuse, elle avait commencé une semaine avant, lorsque je perdis mon hydravion au fond du fleuve, m'a-t-il dit. J'avais déjà publié mon annonce dans le *Field-Stream* et Abbe Booi m'avait appelé pour me dire qu'il voulait faire un safari. Lorsque j'ai eu l'accident, j'avais décidé de tout laisser tomber en attendant d'avoir un nouvel avion. Mais Abbe a insisté. Il est venu me chercher en Colombie et je lui ai répondu que je ne pouvais pas lancer d'expédition au Yari ; que je n'avais pas d'avion. Il a continué à insister et j'ai fini par organiser le voyage. Si j'avais eu mon avion, ça ne serait certainement pas arrivé, rien ne serait arrivé... surtout pas les morts. Cet accident a été la cause de tout... Je vais essayer de m'en souvenir.

» Nous avons décollé avec Alton Goins pour survoler le fleuve Caguan, où se trouvait ma maison, jusqu'au camp du Yari. Deux heures et trente-deux minutes de vol avec un temps plus ou moins convenable. Nous avons atteint notre vitesse de croisière à huit mille pieds au-dessus de la forêt. Nous avions dépassé depuis longtemps la moitié du parcours, et il ne nous restait plus que huit minutes de trajet, quand l'avion s'est mis à vibrer de manière insupportable : la durite d'essence s'était percée et avait brûlé le fil des bougies. Il ne me restait que deux solutions : continuer en jouant avec les courants ascendants ou retourner. Retourner !... C'était impossible. Alors j'ai continué ma route en laissant le moteur à peine en prise : huit cents tours, alors que le régime normal est de deux mille quatre cents.

» Il me fallait tenter de voler à une vitesse de quatre-vingts miles à l'heure pour faire le plus de chemin possible ; et j'y suis parvenu en m'aidant de la boussole et de tout le reste ; j'ai réussi à me diriger vers la rivière et on l'a enfin aperçue. Le camp n'était pas très loin, mais nous avions perdu beaucoup d'altitude. Une minute plus tard, je l'avais bien dans le collimateur et j'ai foncé. Mais, au moment de me poser, le vent nous a pris par-derrière et on devait bien aller à cent miles lorsque l'avion a touché l'eau. Les conditions étaient mauvaises, le vent continuait à nous pousser. J'avais fait mon vol de reconnaissance en rasant la cime des arbres. On a finalement touché la surface de l'eau et on s'est mis à glisser, mais la proue d'un flotteur a heurté un tronc d'arbre immergé. L'avion s'est brusquement tordu et l'hélice a touché le flotteur en faisant un grand trou à son extrémité. On a continué à glisser un bon moment et, comme le soir tombait déjà et qu'on ne voyait presque rien, l'avion a heurté un arbre qui dépassait du bord du fleuve ; car le courant nous avait poussés vers la rive. L'avion a capoté et le flotteur a commencé à se remplir d'eau et, bien sûr, on s'est mis à couler. J'ai pris quelques câbles que j'avais rangé dans l'avion et on l'a attaché au bord comme on a pu, en le redressant le plus possible. On a fini vers sept heures du soir et on a essayé de dormir un peu. Au petit jour, nous avons ramassé des branches et construit une sorte de radeau. Nous avons embarqué et nous nous sommes dirigés en aval pour atteindre le campement où travaillait Vincent. A mesure qu'on descendait, nous cherchions d'autres branches pour agrandir le radeau. Il faut préciser que nous avions de l'eau jusqu'à la taille. Plus bas, ça flottait un peu mieux et le radeau était sorti complètement de l'eau. Le bois buvait beaucoup et, un peu plus loin, les difficultés ont repris. Je portais mon “ trois-cinquante-sept ” à la ceinture et j'ignorais que la poudre était mouillée, de telle sorte que je me sentais en sécurité. Dans l'après-midi, nous avons voulu nous approcher du bord pour nous reposer, mais sans le pouvoir parce que nous avons entendu les rugissements d'un tigre. Au début, j'ai cru que c'était un oiseau. En repartant le lendemain, nous étions morts de faim. Nous avons aperçu une dinde et j'ai essayé de tirer, mais le pistolet n'a pas répondu : la balle est restée dans le canon.

Nous avons navigué pendant sept jours et six nuits en aval de la rivière ; le tigre nous a suivis pendant plusieurs jours en marchant sur la berge ; impossible de s'en approcher. La nuit, nous l'entendions rugir dans la montagne. Nous n'avions rien à manger et nous buvions de l'eau sale. Nous passions notre temps à dormir, si l'on peut dire parce que nous étions épuisés au point de ne plus pouvoir supporter cet horrible soleil, toute la journée... Nous n'avions même pas de chapeau et je m'en étais fabriqué un, en nouant un mouchoir sur ma tête. Enfin, au bout d'une semaine, Vincent est venu vers nous dans un canot, et il nous a conduits à terre. »

VINCENT : « Ça faisait quinze jours qu'on était au camp avec Valentin, et Martin n'arrivait toujours pas. Alors on s'est dit : " Ils vont nous abandonner ici ! " Nous avons pris le canot et deux bidons d'essence et sommes remontés vers l'endroit où vivent les indiens, pour chercher des fruits de palmiers. Nous n'avions presque plus de nourriture. On était sur la rivière et, tout d'un coup, j'ai vu deux imbéciles perchés sur un amas de branches et de troncs avec encore leurs racines et tout le reste. Je lui ai dit : " Ce sont certainement des prisonniers d'Araracuara qui se sont évadés... Passe-moi la carabine, on ne sait jamais ! " Il me l'a tendue et on s'est approchés avec précaution. Mais qu'est-ce que je vois ? Alton, un gringo ami de Martin, et Martin lui-même, qui s'était attaché un mouchoir sur la tête à cause du soleil. Je les ai abordés et on a d'abord recueilli Alton qui n'arrêtait pas de grelotter : il avait l'air d'être paralysé. Ses jambes ridées ressemblaient à celles d'un noyé. En voyant ça, j'ai dit à Martin : " Dépêche-toi, envoie-le-moi vite, il va crever ! " Et il m'a répondu : " Mais non, Vincent, il ne crèvera pas ! " Ils étaient complètement brûlés par le soleil, avec une barbe longue de plusieurs jours et les lèvres coupées, ouvertes. Il me restait encore quelques galettes et j'ai dit au vieux : " Mister, mange des galettes. " Il a répondu : " Ooooh ! Manger, oui manger ! " Je lui en ai donné et je lui ai lancé des cigarettes, ainsi qu'à Martin... Rentrons au camp ! En descendant j'ai tué deux dindes et, lorsqu'on est arrivés, j'ai gonflé deux matelas pneumatiques. Je les leur ai installés et ils se sont allongés à moitié morts. Pendant ce temps, j'ai fait un bouillon avec les deux dindes et ils l'ont mangé. Et puis Martin m'a dit : " Qu'est-ce qu'on va faire, Vincent ? " Je lui ai répondu : “ Eh bien, c’est pas difficile, on rentre demain au village. ” Le vieux gringo a refusé ; il ne voulait pas marcher, il voulait mourir là. “ Bon, eh bien je reviens dans quinze jours ”, lui ai-je dit. “ Non, tu n’y arriveras pas. On ne te reverra plus jamais. La forêt est trop difficile à traverser. ” — “ Mais non, mister, je suis ici dans quinze jours ! ” Il m’a dit non, qu’il allait mourir là. Au lieu de partir, le lendemain, je suis allé tuer deux tapirs pour laisser de la viande, à lui et à la cuisinière, à Chela et aux chiens. Je les ai tués, pelés, coupés en morceaux et disposés sur un séchoir. J’en ai fait cuire un quartier pour le vieux gringo et pour Martin ; il fallait qu’il reprenne des forces pour le voyage ; je me disais : “ Il risque de lâcher dans la montagne, et je serai obligé de le porter sur le dos. ” Ils se sont reposés pendant deux jours, et puis on a préparé le canot. Il nous restait deux bidons d’essence et j’ai dit : “ On va remonter la rivière jusqu’à ce qu’il ne reste plus d’essence et ensuite on continuera à travers la forêt. Pourvu qu’on arrive assez loin parce que plus on ira loin sur la rivière, plus on s’approchera de l’embranchement du Yari et du Caguan, et moins on marchera. ” Nous avons laissé le gringo, Valentin et Chela, la cuisinière, au camp et nous sommes partis en amont avec Martin. Nous avons navigué toute la journée avec le moteur sans apercevoir la moindre trace de l’hydravion. Je lui ai dit : “ Tu es tombé très loin, merde alors ! ” Et je me suis dit qu’on atteindrait l’avion le lendemain ; nous avions déjà fait beaucoup de chemin. Vers quatre heures de l’après-midi, j’ai aperçu un pauxi et j’ai pensé : “ Je vais le tuer pour le dîner. On n’a plus rien à manger. ” On en a tué deux. On a continué à avancer vers le haut et on a vu, dans une clairière, un grand tigre encore jeune ; Martin m’a dit : “ Tue-le, tue-le, ce fils de pute, il nous a suivis tout le temps que nous descendions la rivière. ” — “ Non ! Il faut le laisser. Il est trop jeune. ” Il était jeune mais costaud et ce fils de chienne ne voulait pas partir. On l’a frôlé avec la pirogue et il nous a regardés sans bouger. On a campé un peu plus haut. J’ai coupé quelques feuilles et fait un abri pour que la pluie ne nous trempe pas. J’ai déchiré d’autres feuilles pour confectionner des matelas et des oreillers et nous avons dormi là. Le lendemain, très tôt, après avoir préparé un peu de café rapidement avalé, nous avons continué notre chemin. Vers huit heures, j’ai découvert l’aile de l’avion et un morceau de queue sortant de l’eau. Il était immergé du côté gauche de la rivière. J'ai dit : " Regardez ! L'aile de l'avion est là-bas. " — " Bravo, Vincent, tu as raison. C'est sûr ! Je me suis échoué en face de ce tronc d'arbre... Un gros tronc d'arbre. L'avion avait été mal amarré et il avait coulé. " On s'est approchés : " Il faut rester ici et farfouiller dans l'eau pour voir ce qu'il se passe. " (C'était très profond.) Martin m'avait expliqué que le vieux gringo avait tiré des dollars de sa poche et qu'il les avait posés sur le tableau de bord. Ils étaient restés dans l'avion après l'accident. " Ils n'ont pas dû se perdre, ils doivent être en train de flotter dans la cabine, il faut les récupérer. " Il allait certainement pleuvoir pendant la nuit et nous avons commencé à construire un abri. Ensuite je suis allé chercher les deux oiseaux et je les ai fait cuire. J'ai dit à Martin : " On va sortir l'avion de là-dedans. Il doit y avoir encore les dollars. " Il y en avait environ cinq mille et je me suis dit : " Ça payera le plongeon. " On s'est déshabillés et on a plongé. C'était profoooond. Il fallait descendre, entrer par une porte, pénétrer dans la cabine. Je m'y suis glissé en essayant de tenir le plus longtemps possible sous l'eau. J'ai touché quelque chose de gélatineux — c'étaient les dollars — et je suis remonté rapidement. J'en ai pris une poignée à mon premier plongeon. Ils étaient tous dans la cabine. Je les ai examinés à l'air libre et ils étaient bons. Martin a plongé très profond et il en a remonté, lui aussi. Nous en avons récupéré pas mal... Martin avait environ trois mille pesos dans ses pantalons qu'il avait laissés dans la pirogue ; et la maudite embarcation a coulé parce qu'elle avait un trou. J'ai crié : " Ah ! la fille de pute ! Que le diable l'emporte ! " Mais Martin avait laissé ses clefs dans les poches et je me suis dit : " Les pantalons ont dû se poser au fond de la rivière. " Nous avons cherché avec un bâton et réussi à les récupérer. Ensuite nous avons plongé à nouveau et récupéré des dollars. Presque tous ont été remontés. On a dû en perdre environ trois cents : Martin en a gardé quatre mille et quelques. Nous avons sorti les valises de linge de l'avion, mais tout était pourri. Le soir nous avons fait sécher nos vêtements et puis nous nous sommes couchés. Le lendemain, on s'est remis en route mais, vers neuf heures du matin, on est tombés en panne d'essence. Je lui ai dit : " Bon, maintenant ça y est, mon vieux. Il faut traverser la forêt à pied. " On a accosté et on a abandonné le moteur sur la rive. Je leur ai expliqué ce qu'il fallait faire pour atteindre le Caguan. Martin m'a

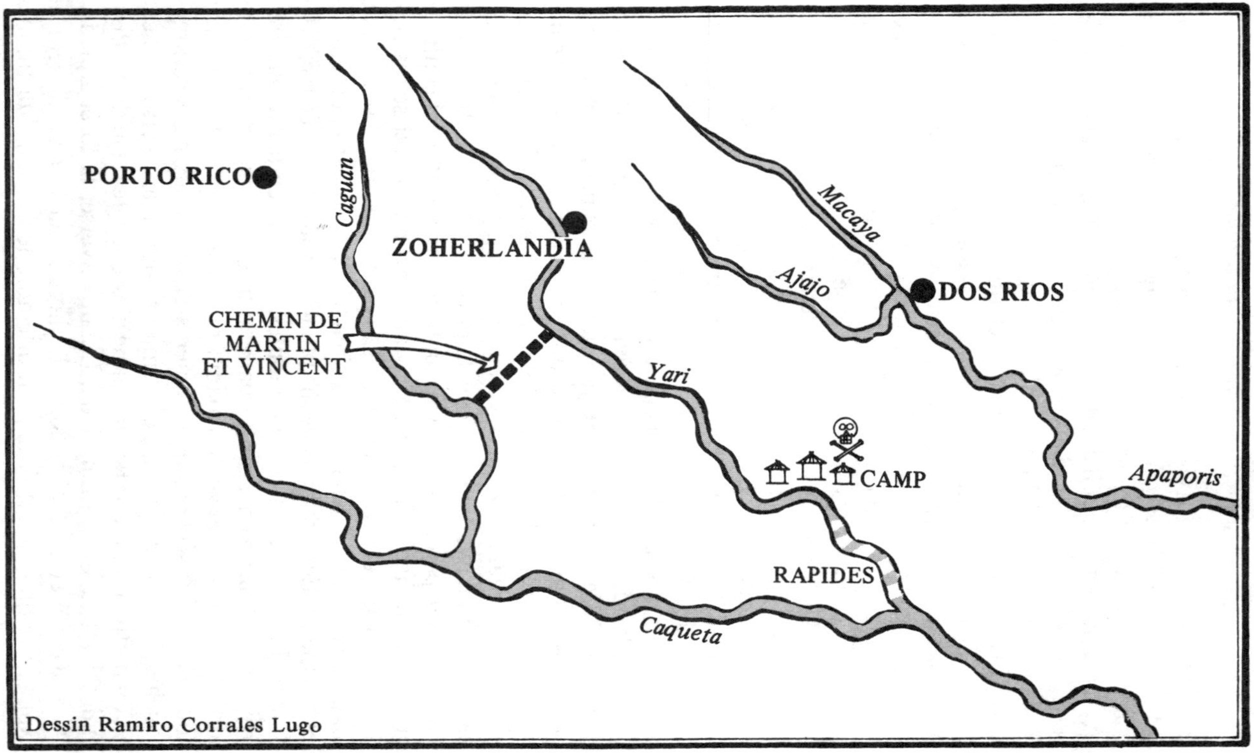
PORTO RICO
Caguan
ZOHERLANDIA
Macaya
Ajajo
DOS RIOS
CHEMIN DE
MARTIN
ET VINCENT
Yari
CAMP
Apaporis
RAPIDES
Caqueta
Dessin Ramiro Corrales Lugo

demandé combien il y avait de jours de marche et je lui ai répondu : “ Je ne sais pas ! On va essayer, on verra bien ! ” J'ai emporté un peu de riz (environ trois livres), une boîte de balles et la carabine. “ Avec vingt-cinq coups, on ne devrait pas manquer de viande. ” Martin m'a demandé : “ Vincent, tu crois que j'aurai assez de forces ? ” — “ Bien sûr ! Et si tu n'y arrives pas, on cherchera un ruisseau qui mène au Caguan et je construirai une pirogue : je t'y mets dedans et on continue la route comme après ton accident. ” Ça c'est passé comme ça ; on a dormi là-bas : “ Demain ça ira mieux ! ” Et, lorsque le jour s'est levé, j'ai tué des pauxis et un pécari. J'ai préparé des paniers et j'ai tout rangé pour le départ. De bon matin, j'ai fait une soupe de riz. J'ai jeté une poignée de riz dans le seau qu'on avait emporté et j'y ai mis des morceaux de pauxis. “ Bon, ça, ce n'est pas le déjeuner. On le garde pour le voyage ; quand on marche, il ne faut pas commencer à manger trop tôt. ” Le jour s'est levé vers cinq heures du matin, et nous nous sommes mis en route. J'ai pris le panier avec deux couvertures, j'ai accroché la machette et j'ai dit à Martin : “ Ne prenez que la carabine et la ceinture avec les vingt-cinq balles. ” Et nous avons commencé à marcher, et vas-y ! J'ai placé le petit seau de viande sur le panier ; et en avant ! Vers neuf heures, je me suis pris les pieds dans une liane et vlam ! : la tête la première : tout le bouillon a dégouliné le long de ma nuque ! Je me suis arrêté et j'ai crié : “ Allez, à table ! On mangera la viande, tout le reste est foutu. ” Alors on s'est assis sur des feuilles de palmier que j'avais coupées en vitesse, nous avons mangé avant de repartir. Vers midi, Martin a dit : “ Vincent, je suis fatigué. Je reste ici. ” Je lui ai dit : “ On peut s'arrêter si tu veux et tu te reposes un peu. ” Il a répondu : “ Non, on continue ! ” Et nous voilà repartis. Plus loin, nous avons rencontré un troupeau de sangliers et je me suis dit : “ Ça va nous retarder si on essaye d'en tuer. ” — “ Il faut en avoir un. ” — “ Non. Pas un sanglier, qu'est-ce qu'on va en faire ? Il faut les éviter ! ” Ils étaient en train de manger et on les a contournés. Tout d'un coup, l'un d'eux a eu peur, il s'est affolé et tout le groupe a foncé sur nous. J'ai repéré un arbre et j'ai dit à Martin : “ Grimpez, dépêchez-vous, sinon ils vont vous manger. ” Alors il s'est accroché au tronc et je l'ai poussé. Je suis monté à mon tour et je lui ai dit : “ Restez tranquille, ne parlez pas, ils vont s'en aller. Si vous faites du bruit, ils vont rester là, et on sera obligés d'attendre toute la journée. " On a passé une bonne demi-heure assis sur l'arbre. Ils nous surveillaient, mais au bout d'un moment ils sont partis. Ils se sont regroupés et ils sont allés ailleurs. Nous avons pu descendre et reprendre notre marche.

» Vers quatre heures de l'après-midi, nous avons vu du gibier et j'ai dit à Martin de tirer ; il fallait bien manger quelque chose ! Il a visé et l'a eu du premier coup. On l'a dépecé tout de suite. J'ai découpé les filets et les pattes : " Il faut aller chercher de l'eau. Il est déjà tard. " On a descendu la colline jusqu'à un petit ruisseau, et là, on en a tiré. " Campons ici. " Et on n'est pas allés plus loin. J'ai coupé du bois, j'ai fait du feu. Ensuite, j'ai construit un petit abri pour la pluie et on a fait cuire le gibier, en le faisant bouillir dans un peu d'eau, comme ça, sans assaisonnement, sans rien, seulement de l'eau. J'ai coupé quelques feuilles de palmier et j'ai fait un matelas bien mou pour Martin ; j'ai aussi fabriqué un oreiller et j'ai coupé davantage de bois pour entretenir le feu. Je n'ai trouvé qu'un *sembe* * encore vert : c'est du bois qui brûle comme si on l'avait imbibé d'essence. J'ai préparé quelques bûches et je les ai bien rangées. Dans le ruisseau, il y avait un petit trou où l'eau était très claire ; alors on s'est baignés et, vers sept heures du soir, j'ai dit : " Allons manger. " Le gibier était à point, et nous l'avons avalé. Nous avions très faim et nous l'avons trouvé savouououreux. Après le repas, nous sommes allés nous coucher mais, arrivés dans la cabane, nous avons découvert qu'elle était pleine de fourmis. Noioioire de *corcunchas* : des fourmis horribles. " On ne peut pas dormir ici ", m'a-t-il dit. Je lui ai répondu : " Mais si. On va les brûler. " J'ai pris quelques feuilles, je les ai allumées et j'ai fait rôtir les insectes. En regardant d'où elles venaient, je me suis aperçu qu'elles descendaient le long d'une liane ; la fourmilière se trouvait sur l'arbre. J'ai coupé les lianes : " Maintenant elles ne nous emmerderont plus. " On était en train de s'occuper des fourmis lorsqu'on a entendu un bruit de pas derrière nous ; et j'ai fait peur à Martin : " Voilà le tigre qui vient manger les restes de notre repas. " En plus, c'était vrai ! Il a éclairé les alentours avec sa lanterne, et effectivement un tigre s'approchait de nous : " Regarde, je te l'avais bien dit ! " — " Attends. Attends, je vais le tuer ce fils de pute. " — " Ne tire pas, pour quoi faire ? " Il a insisté : " Non. Tuons-le. Sinon,

* Arbre tropical. (N.d.T.)

cette nuit, il va nous bouffer. " — " Qu'est-ce que tu racontes. Il ne va manger personne. " Mais le type était terrifié, terrifié. " Ne t'en fais pas, je vais attiser le feu et tu verras ! Il n'osera pas s'approcher. " Bon, alors on a fait un grand feu avec beaucoup de bois et on s'est couchés sur les feuilles. Les feulements du tigre se sont calmés, mais vers onze heures du soir ils ont repris de nouveau. Houla ! Les feulements étaient longs, très longs... Houla ! Ça résonnait depuis le haut des gorges : " Il est féroce. " — " J'espère que ce fils de pute ne va pas s'approcher. " Je l'ai rassuré : " Tu parles ! Il a peur lui aussi, c'est pour ça qu'il feule. C'est parce qu'il a peur. " Il ne s'est arrêté que plus tard, vers minuit, on n'entendait plus rien et j'ai regardé avec ma lanterne, et bien sûr !... Il était là ! assis sur le bord d'un rocher ; alors j'ai dit à Martin : " C'est le moment, tire-lui dessus. Regarde, il est là ; je l'éclaire. " Martin a visé et, juste une seconde avant de tirer, paf ! Cette pute de lampe s'est éteinte et on s'est retrouvés dans le noir ; vous vous rendez compte ! " Maintenant, ça y est. Il faut se défendre comme on peut, on est dans le noir. " Je me suis précipité pour attiser le feu. J'ai ajouté trois couches de bûches et j'ai attendu, ... j'ai attendu. Le tigre était tout près de nous. De temps en temps, il rugissait et les gorges résonnaient ; d'autres fois il se taisait, mais il ne partait pas. Martin a refusé de dormir, malgré ce que je lui avais dit : " Dors, tu en as besoin, je surveillerai, tu verras, le tigre n'osera pas s'approcher. Il a peur de nous. " Mais non, il n'a pas fermé l'œil. Le temps passait et j'ai entendu un oiseau chanter : " Tou, tou, tou, tou... " Je me suis dit : " Il est une heure du matin. Dans cinq heures, il fera jour. " J'ai attisé le foyer, et je me suis allongé, mais en continuant à regarder en direction du tigre. Le temps a passé, je me suis de nouveau occupé du feu, et j'ai entendu chanter un pauxi. " Deux heures. Il n'en manque plus que quatre. " Martin était nerveux. Je lui ai dit : " Attise le feu ; je vais couper du bois ; ça te distraira. " Je suis parti couper du bois, et on a alimenté le foyer avant de se recoucher. La pintade s'est mise à chanter : " Fuiii, fuiii, fuiii, fuiii... " — " Trois heures du matin. Il ne manque plus que trois heures. Ravivons le feu. " On ne savait de quoi parler. On a commencé à entendre, au loin, des oiseaux que je n'arrivais pas à reconnaître et paf ! un petit oiseau s'est mis à chanter, le *puro* : " Puro, puro, puro... " Il était quatre heures du matin et j'ai dit à Martin : " Maintenant, tu peux y aller ; dors un moment, dans deux heures le jour va se lever. " Il a essayé de s'endormir et voilà ! Je n'ai pas cessé d'ajouter du bois dans le foyer jusqu'à ce qu'il n'en reste plus. Pendant qu'il somnolait, je suis allé en couper davantage, lorsque je suis revenu je l'ai trouvé, les yeux horrifiés, houla ! ça m'a fait rire : " Écoute ça ! La dinde se met à chanter. Il est cinq heures. Il fait déjà jour... Dors, nom d'un chien, il ne reste plus qu'une heure. " Et puis il s'est vraiment endormi un moment. Ensuite tous les oiseaux ont commencé à chanter et le jour s'est levé. Bon, au bout d'un moment, lorsqu'il faisait déjà bien clair, je lui ai dit : " Dépêchons-nous... tu as vu ce que c'était la nuit dans la montagne ? " Il a répondu : " Oui, Vincent ; aujourd'hui je ne me reposerai pas, je marcherai toute la journée. " Il avait de grosses ampoules sous les pieds ; vraiment énormes ! (Mais le type était courageux !) J'ai déchargé ce que je portais sur le dos et j'ai regardé les ampoules. J'ai déchiré les pans de ma chemise et je lui ai enveloppé les pattes en disant : " Essaye de marcher jusqu'à un endroit où on trouve de l'eau. J'arracherai des palmiers et je construirai un canot pour continuer sur la rivière. Il n'est pas question de t'abandonner. Eh bien ! quand tu seras trop fatigué, je te chargerai sur mes épaules et je t'emmènerai jusqu'à un endroit où le ruisseau soit assez large : dans la pirogue, on ne peut pas mourir de faim. " Et on est parti. C'est ça. Et Martin, marche que tu marcheras ; il est courageux, ce type, dur comme tout. Et le lendemain, de bon matin, vers huit heures, je lui ai dit : " Regarde, ça y est, ce n'est plus la même forêt ; on arrive ! ces eaux vont vers le Caguan ! On est tout près, on a déjà dépassé le Yari. Ici, les eaux bifurquent vers les deux forêts. " Il a demandé pourquoi et je lui ai répondu : " Eh bien parce que, vers là-bas, vers le Yari, il n'y a pas ce genre de rocouyer que nous voyons ici. Et regarde : ici la forêt est plus épaisse et plus haute. Tu sais bien que celle du Yari est très régulière. " (Beaucoup moins dense.) Nous avons continué à marcher et trouvé des caoutchoucs. Le Caguan était proche. Et justement : vers onze heures du matin on a atteint un grand ruisseau, le Napoles, qui coule vers le Caguan. En y arrivant, je lui ai dit : " Si tu es trop fatigué, on va construire un radeau. Regarde : il y a assez de grosses branches de palmier ici. " Il a demandé : " Ça prend combien de temps par la rivière ? " Je lui ai répondu : " Au moins trois jours. " Et il a dit : " Et par là, à travers la forêt ? " — " On peut arriver au Caguan peut-être dans la journée. Tu vois bien que les ruisseaux sont très larges. On ne doit plus être très loin et peut-être qu'on est déjà à l'entrée de la vallée. " – " Allons-y à travers la forêt. " Je lui ai dit : " Bon, d'accord. " Alors je me suis mis au travail et j'ai coupé un gros palmier avec lequel j'ai fait un pont pour traverser le ruisseau. Je suis passé de l'autre côté et j'ai tranché une liane, j'en ai fait une rampe, je l'ai bien tendue et suis revenu de l'autre côté en faisant bien attention. Le ruisseau transportait beaucoup d'eau et je lui ai dit : " Tu peux y aller, mais fais très attention. Vas-y doucement parce que si tu tombes là-dedans, tu te noies, et là c'est sûr que c'est foutu. " Je l'ai aidé et nous sommes arrivés de l'autre côté. Après avoir marché trois heures encore, nous sommes parvenus à un grand lac ombragé au milieu de la forêt : les eaux étaient très claires et il a dit : " Il n'est pas question que je mette les pieds là-dedans, le *guío* va nous tuer. " (Variété d'anguille.) Je lui ai dit : " Nooon. Allons-y ! Marchons doucement, sans faire de bruit, elles ne viennent que si on fait du bruit ; c'est comme les piranhas : on fait du bruit et une seconde après on est encerclés. L'anguille, c'est pareil. Il y a plein d'animaux dangereux là-dedans, mais si on ne fait pas de bruit, il ne nous arrivera rien. " Nous avons traversé à cet endroit-là et sommes parvenus de l'autre côté. Après avoir atteint la berge, nous nous sommes déshabillés et nous avons tordu nos vêtements qui étaient mouillés, mouillés. Je lui ai dit : " Habillons-nous et dépêchons-nous d'atteindre le Caguan. " Nous étions très près de la vallée : " On va y arriver aujourd'hui. " En apercevant des pauxis, je lui ai demandé d'en tuer un pour manger plus tard. Il en a tué trois ; je les ai mis dans le sac et on a continué. Une heure après, on est tombés sur d'autres marécages au milieu de la forêt, après les avoir traversés, on est montés sur une hauteur au bas de laquelle se trouvait une grande rivière. Je lui ai dit : " Regarde ! Le Caguan ! " Il a répondu : " Mais non, imbécile : ce n'est pas le Caguan. " Il a ajouté : " C'est toujours le Yari. " – " Mais qu'est-ce que tu racontes ? Tu n'as pas compris qu'on a traversé tout droit ? Regarde où se trouve le soleil cet après-midi, tu sais bien qu'au Yari on l'avait de l'autre côté ? Tu vois bien que le Yari ne coule pas dans ce sens ? " Il a répondu : " Tu as peut-être raison, mais moi je suis sûr que c'est le Yari. " – " Comme tu voudras, mais je te dis que c'est le Caguan et ne m'emmerde plus. " Et je me suis mis à contempler la rivière. Un arbre m'empêchait de bien la voir et j'ai coupé quelques branches pour ouvrir une fenêtre. “ Regarde ! Mais, regarde ces arums de l'autre côté ! Regarde ! Il n'y a pas d'arums au Yari, il n'y a rien. ” Alors il s'est approché, il s'est penché et il a dit : “ Vincent, nom de dieu ! C'est le Caguan !... Mais par où est-on passé pour mettre aussi peu de temps ? ” Je lui ai dit : “ Eh bien, on a manqué d'essence juste à l'endroit où le Yari et le Caguan ne sont séparés que par une toute petite bande de terre : j'ai visé comme il faut ! ” Nous avons gardé le silence un moment et puis nous avons contemplé la rivière et j'ai fini par dire : “ Voilà, maintenant c'est bon ! ” J'ai coupé quelques feuilles superbes, et je les ai posées par terre. Il s'est couché dessus les quatre fers en l'air, en déclarant : “ Maintenant ça va, maintenant oui. Aide-moi, seigneur. ” Il a retiré ses chaussures (il avait des plaies horribles) et il s'est reposé. “ Qu'est-ce qu'on fait demain ? ” — “ Un radeau, et on embarque. ” — “ On va où ? ” — “ A l'embouchure du Caqueta. Là où se trouve le Caguan. ” — “ Et après ? ” — “ On attend sur la plage jusqu'à ce que quelqu'un vienne nous recueillir. Il y a du monde là-bas. ” — “ D'accord, Vincent, d'accord ! ”

» Vers cinq heures de l'après-midi environ, alors qu'on était en train de préparer une petite soupe, on a entendu le bruit d'un moteur. J'ai couru vers le haut et me suis aperçu qu'il s'approchait ; et puis je l'ai vu. J'ai retiré ma chemise et je lui ai fait signe de s'approcher, mais il a tourné comme s'il voulait faire demi-tour. Il s'est dirigé vers l'autre rive et il est revenu vers nous, tout doucement. Il se méfiait parce que là-bas les gens ont très peur des prisonniers qui s'évadent de la prison d'Araracuara. La pirogue a fini par passer tout près de nous et il m'a reconnu : c'était Pedro Pajaro qui descendait vers La Tagua. Le soir même nous nous embarquions et nous sommes arrivés à La Tagua vers huit heures du matin. Sans perdre un instant, Jorge Ruiz nous a recueillis et il nous a emmenés à Leguizamo où nous sommes restés cinq jours, à attendre un avion. Nous nous sommes envolés jusqu'à la base et nous avons attendu plusieurs jours. Enfin un gros avion est arrivé, une de ces saloperies qui se posent sur l'eau, et nous sommes allés jusqu'au Yari pour chercher le vieux gringo. Nous sommes arrivés quatorze jours plus tard ; mais ça ne faisait rien..., ah..., le vieux gringo était vraiment heureux, houla !... Nous sommes restés chasser et il a dit qu'il voulait partir tout de suite. Il est reparti avec la même saloperie d'avion. Et trois jours plus tard, lorsqu'on est retournés à Florencia, on l'a retrouvé à l'hôtel Plaza : complètement soûl, le vieux. »

Zoherlandia (Terre de Zoilo Hermosa) est la dernière propriété au sud de la plaine du Yari. C'est aussi le seul endroit où l'on peut embarquer pour naviguer en aval. La lisière de la forêt se trouve à quelques kilomètres de là et plus loin, il y a des milliers de kilomètres de terre relativement pauvre et rocailleuse, recouverte d'arbres bas et serrés à travers lesquels le soleil ne parvient pas à pénétrer.

Une semaine plus tard, Martin, Vincent et six travailleurs sont arrivés à la Bouche de Malpaso, un port naturel minuscule et dont les eaux proviennent d'un grand ruisseau qui se jette dans le Yarí. Ils se sont procuré une grande pirogue dans laquelle ils ont chargé des tentes, de la nourriture, de l'essence, deux boîtes à outils et un gros câble très long avec lequel ils avaient l'intention de repêcher l'avion au fond de l'eau, pour le remettre à flot.

Martin se doutait que l'opération serait difficile et il chercha à engager d'autres gens, mais il ne trouva personne. Il a donc demandé de l'aide à Nelson Hermosa.

— Dans ces déserts il n'est pas facile de trouver des travailleurs, mais j'essayerai de trouver quelques hommes, lui a expliqué Nelson, qui apparut six heures plus tard avec un garçon très costaud qu'il présenta sous le nom de Benjamin Cubillos.

— C'est un très bon travailleur et un homme honnête, dit-il à Martin, qui l'engagea immédiatement.

Les neuf hommes ont navigué jusqu'à l'endroit où l'avion avait coulé. Ils ont monté un petit campement sur le bord de la rivière et commencé un travail devenu banal dans cette forêt : repêcher des avions au fond des rivières, pour les réparer et les remettre en état de voler.

Vincent a organisé plusieurs groupes de deux travailleurs avec des tâches spécifiques pour chacun d'eux. Ceux qui possédaient les haches ont pénétré dans la forêt pour couper des fourches très longues et plusieurs mètres de *yaré,* une liane mince, malléable et très solide qui pend des arbres.

Grâce à ses matériaux, Vincent a pu diriger la construction d'un trépied sur le bord du fleuve. Et pour pallier le manque de poulie, il a inventé une astuce permettant de soutenir le câble à l'extrémité duquel il allait attacher l'avion.

Le troisième jour, Martin et Vincent ont plongé pendant neuf heures : il fallait traîner l'avion sous l'eau parce que le courant l'avait déplacé de plusieurs mètres en le tournant complètement de travers.

Ensuite, ils ont bien attaché les flotteurs avec le câble qui pendait du trépied et ils ont commencé à le tirer doucement.

« Le travail a été pénible parce que l'avion était rempli d'eau et s'accrochait sans cesse aux racines et aux lianes qui se trouvent au fond du fleuve... Le câble s'est cassé plusieurs fois, mais finalement on a réussi à remonter l'avion à la surface », rappelle Martin.

Deux travailleurs avaient construit deux petits canots pour transporter les flotteurs. Ensuite, avec un tuyau et une petite pompe à main, ils ont vidé l'eau qui se trouvait à l'intérieur de l'avion.

A leur tour, les bûcherons ont abattu des arbres et rapporté cinq rayons d'abeilles de la montagne. Vincent a bien bouché les trous des flotteurs avec de la cire. Ensuite, ils ont attaché l'avion par la proue et l'ont remorqué avec la plus grande pirogue. Cela faisait six jours qu'ils avaient quitté la Bouche de Malpaso.

Ils ont navigué pendant sept heures en amont du fleuve, mais le remorquage de l'avion a été très difficile parce que le courant le déviait vers le milieu ou vers les bords, et que les ailes heurtaient les arbres.

VINCENT : « Lorsqu'on s'est aperçus qu'à ce rythme-là la chose ne serait pas simple, nous avons accosté sur une plage et j'ai dit à Martin : “ On n'arrivera jamais jusqu'en haut si nous continuons comme ça, nous allons user toute l'essence et nous risquons de nous échouer n'importe où. Le mieux, c'est de démonter l'avion et de mettre les pièces dans la pirogue. Il faut construire d'autres embarcations, c'est plein de gros troncs ici. Ils nous suivront à la rame. ” Martin a approuvé et le lendemain on a conduit le petit avion sur la plage. Ils ont apporté les fourches et j'ai construit un autre trépied pour soulever le moteur. On a démonté les ailes, les flotteurs, on a attaché le tout sur les bords extérieurs des pirogues, rangé la carlingue dans le fond. Tout cela a demandé deux jours : c'est rapide. Et puis on a remonté le fleuve pendant huit jours, mais il y avait de moins en moins d'eau, la navigation devenait de plus en plus difficile, les pales de l'hélice du moteur, un 33, touchaient la boue du lit et le fond du canot frottait.

» Alors j'ai dit à Martin : “ Il faut accoster et tout décharger. On va attendre qu'il pleuve, et quand le fleuve sera plus gros, on reprendra la route ; c'est le seul moyen de ramener l'avion. ” »

Martin, Vincent, Benjamin, Kiko Saldaña et les autres ont accosté et ont déchargé l'avion, pièce par pièce, sur une plate-forme qu'ils avaient construite au-dessus du ravin, au bord du fleuve. Cela faisait vingt et un jours qu'ils étaient partis.

Lorsque les pluies ont gonflé le fleuve, ils sont revenus, mais n'ont pas réussi à trouver l'endroit où ils avaient laissé l'avion. L'eau avait tout recouvert. Vincent et Kiko ont mis une heure avant de le découvrir.

VINCENT : « Il était au fond. Quand on était debout sur la cabine de l'avion, on arrivait tout juste à avoir la bouche hors de l'eau. J'ai plongé et je l'ai touché. Toutes les pièces étaient là ; on les avait attachées avec des lianes. Alors tous, nous nous sommes mis au travail, sous l'eau, pour repêcher le matériel. Nous avons d'abord accroché deux bidons vides au moteur et l'avons ramené à la surface. Nous l'avons poussé vers le bord et l'avons chargé sur une pirogue. Ensuite, toujours avec les bidons, la carlingue a été retirée, puis les ailes, et enfin les flotteurs qui s'étaient de nouveau remplis d'eau parce que les fourmis avaient emporté toute la cire... On a tout rangé et on a embarqué : il a fallu trois jours pour remonter le fleuve et le grand ruisseau qui mène à Malpaso. »

Une fois sur place, Nelson Hermosa leur a prêté une charrette sur laquelle ils ont chargé les pièces de l'avion. Quatre hommes la tiraient et cinq autres poussaient. Le jour suivant, ils sont arrivés à Candilejas, la piste d'atterrissage de Zoherlandia ; et c'est seulement huit jours plus tard qu'un DC-3 de la force aérienne colombienne est venu prendre les éléments de l'avion amphibie pour les emmener à l'atelier de la base de Tres Esquinas. La réparation a duré neuf mois.

Martin a été privé d'avion, pendant tout ce temps. Son Cessna 180 — qui ne se posait que sur la terre ferme — avait été également accidenté. Pendant ce temps-là eurent lieu le safari et la noyade dans laquelle disparurent Abraham Wilfred Booi et Charles C. Walsh.

MARTIN : « Dès que le Beechcraft est arrivé, je suis parti avec Tony, Stan Guiesner et Vincent. Nous avons déposé les anthropologues et les autres ouvriers au camp. Vincent, les touristes gringos et moi-même nous sommes alors immédiatement rendus à l'ambassade des États-Unis pour faire part de la mort des deux autres. Ensuite, nous avons renvoyé Tony et Stan à New York... Et puis nous sommes allés à Neiva, avec Vincent, pour avertir la DAS (police secrète). Ils en ont pris note et nous ont dit qu'il n'y avait pas de problème, que nous pouvions repartir tranquilles. »

Oscar Rivera et ses compagnons venaient de subir leur première grande déception sur l'Apaporis : ils ne savaient pas extraire le caoutchouc des arbres et la faim commençait à les diminuer physiquement. L'idée de gagner facilement beaucoup d'argent et de retourner un jour dans son village pour acheter une maison, s'était complètement dissipée. La rudesse de la forêt était en train d'avoir raison de lui. Il avait travaillé de nombreuses heures sans se reposer et, quelquefois, pris du temps sur ses nuits pour apprendre son nouveau métier ; mais il n'y était jamais parvenu. Et puis, un après-midi, son patron Efraïn Sanchez était apparu, et il s'était aperçu que le travail n'avançait pas.

Oscar et les Blancs ignoraient que le caoutchouc ne coule que lorsqu'on tranche les bourgeons, et ces derniers ne poussent qu'à la cime ; alors il faut grimper jusqu'en haut, entailler l'arbre et placer un récipient pour recueillir la sève.

Sanchez n'avait pas trouvé une seule goutte de caoutchouc dans les baraques et il s'est mis en colère.

— Il faut grimper aux arbres en vous attachant au tronc avec une liane. Une fois en haut, vous saignez les branches avec la machette et vous attendez que le lait se mette à couler, a-t-il dit.

Il a ensuite distribué une paire d'éperons à chaque homme pour bien assurer les pieds en grimpant.

— Avec des lianes ? Il faut qu'on s'attache avec des lianes ? Avec notre manque d'expérience, on va les casser et dégringoler de là-haut, dit Oscar d'un ton agressif.

— C'est comme ça qu'on fait d'habitude, a répliqué Sánchez, en criant encore plus fort qu'Oscar.

— Ça se fait peut-être comme ça, mais nous on ne *l'avalera* pas.

Alors, si vous voulez qu'on travaille, vous n'avez qu'à retourner à Dos Rios et nous rapporter des câbles en acier, c'est plus sûr. Il n'est pas question qu'on s'attache avec des lianes.

Quelques jours plus tard, Sanchez était de retour avec trois mètres de câbles en acier pour chacun. Cela avait coûté — d'après Oscar lui-même — 420 pesos. Il fallait ajouter à cette somme les 123 pesos des assiettes et des cuillères qu'il leur avait données au départ.

« J'ai noté tout ça sur mon carnet ; je le retiendrai sur l'argent que vous allez gagner », a-t-il dit en haussant le ton.

Ensuite, il a expliqué comment il fallait faire.

L'après-midi, ils pénètrent dans la forêt et les indigènes repérèrent plusieurs arbres en indiquant à chaque Blanc celui qu'il fallait saigner.

« Ils savent reconnaître ceux qui donnent du lait et ceux qui n'en donnent pas, a expliqué Oscar. Mais ils nous indiquaient ceux qui ne donnaient rien du tout ! J'ai frappé le mien avec ma machette, j'ai attendu, et il n'en est rien sorti. Alors je me suis tourné vers l'indigène qui se trouvait à côté de moi et je me suis aperçu que des gouttes blanches et épaisses sont apparues au premier coup de hache. J'ai comparé les arbres pendant plus d'une demi-heure et j'ai fini par découvrir le truc : ceux qui ont du lait ont l'écorce violette, la mienne était toute blanche. Je suis allé voir mon ami Elmer, je le lui ai dit, et lui ai demandé de passer le mot aux autres. L'après-midi suivant, nous avions pris si peu de caoutchouc à nous sept qu'il n'était pas possible d'emplir une tasse à café. Alors qu'au même moment un indien est arrivé à la baraque, en rapportant cinq gallons de caoutchouc. En voyant cela, nous avons repris courage. Je leur ai dit : " On va vite apprendre comment il faut faire, et on gagnera beaucoup d'argent. " Et nous nous sommes couchés heureux. Le lendemain, le travail a été repris avec enthousiasme et nous n'avons presque rien rapporté. Alors on a décidé de surveiller l'indien qui avait récolté les cinq gallons de caoutchouc : il s'est levé très tôt et a pris sa hache. On l'a suivi sans se faire repérer. Il s'est arrêté devant de très gros arbres ; il a levé sa hache, et en a abattu un. Lorsque le tronc a été par terre, l'indien a commencé à creuser des entailles en rond. Quand il eut fini, il a fabriqué des petits cornets avec les feuilles de l'arbre. Il les a ensuite posés sous chaque entaille ; c'est comme cela qu'il recueillait le lait. J'ai appris plus tard que ces cornets s'appelaient des *tielinas.*

» Il a coupé près de deux cents feuilles et il a installé toutes les *tielinas* en quelques minutes. C'étaient des espèces d'entonnoirs bien fermés, sans ouverture en bas. Lorsqu'il eut fini, il est parti plus bas abattre un autre arbre. De temps en temps, il s'arrêtait de frapper avec sa hache pour venir vider le lait du premier tronc dans un sac spécial, et puis il remettait les entonnoirs en place. Il était justement en train de faire ça, lorsque nous nous sommes montrés. En nous voyant, il a eu très peur et nous lui avons dit : " Ah ! et alors ! tu ne voulais pas nous révéler comment il faut faire, hein ! " Il n'a rien répondu. Il nous regardait sans savoir comment réagir et *le Réserviste* lui a lancé : " Voyons si nous sommes capables de fabriquer ces *tielinas...* " Sans le lui demander, l'indien nous a proposé son aide. Il l'a fait de bon cœur. On lui a offert une cigarette... mais sans avoir confiance en lui. C'était un félin, comme tous les autres. Musclé et luisant. C'est pour cela qu'on ne lui tournait jamais le dos, et qu'on ne se laissait pas aller une seule seconde, lorsqu'on était avec lui. Il nous a expliqué pendant plus d'une heure comment il fallait faire, mais on n'a pas réussi à fabriquer une seule *tielina.* C'était quelque chose de ressemblant, mais ce n'était pas vraiment ça. Alors on s'est dit qu'on essayerait quand même parce que le temps passait et qu'on perdait de l'argent. *Le Réserviste* et moi sommes revenus vers l'endroit où se trouvaient les autres et on a commencé à leur apprendre. La fabrication était lente. Beaucoup de temps perdu et aucun résultat ! Alors, les jours suivants, dans les baraques, après le travail, après avoir mangé rapidement, nous nous mettions à fabriquer des entonnoirs jusque très tard dans la nuit.

» Les indiens nous regardaient faire depuis leurs hamacs et ils rigolaient. On leur dit alors : " On ne sait pas bien s'y prendre ? Eh bien ! On va travailler deux fois plus et on aura du rendement ! " — " Avec cette méthode-là, pas un seul Blanc n'est capable de gagner la moindre poignée de farine. Vous êtes foutus. " On n'a pas répondu et on a continué à travailler à la lueur de la torche.

» L'après-midi suivant, alors qu'on avait réussi à fabriquer quelques entonnoirs, un vieil indien, certainement jaloux, s'est adressé aux autres dans leur langue. On n'a rien compris. Ils nous ont regardés à nouveau en éclatant de rire. J'étais furieux, mais n'ai osé rien faire parce qu'on était seuls au milieu de cette forêt. Comment se défendre ? Dans des conditions pareilles, il n'est pas permis d'avoir des ennemis. On s'est concertés et *le Réserviste* a éclaté. Il leur a crié qu'ils étaient une bande de pédés. Elmer l'a retenu parce qu'il avait pris sa machette et on l'a tous tiré en arrière. Mais il a recommencé à leur crier : “ Si demain ce connard recommence à se foutre de nous, on le découpe avec la machette. Je vous jure qu'on le tue. Lui et tous les autres... ”

» Le jour suivant, on a pris nos entonnoirs et ils se sont encore mis à rire et à parler dans leur langue. Alors Elmer a dit : “ Qu'est-ce qu'ils racontent ces fils de pute ? Parlez comme nous. ” Et un indien a répondu : “ Ce n'est rien. Il n'y a rien du tout. Ils rigolent parce que vous travaillez deux fois plus que nous. ” — “ Ça ne vous regarde pas ”, leur ai-je répondu.

» On n'avait pas fini notre phrase, qu'on s'est aperçus qu'ils se levaient tous en même temps. Elmer a fait un pas en avant et leur a crié : “ Si vous avez envie de vous battre, allez-y, connards ; nous ne sommes pas manchots. ”

» Je lui ai dit : “ Il ne faut pas se battre, l'ami ; sinon c'est foutu. ” Alors il y a eu un silence. Et puis les indiens se sont mis à parler dans leur langue. Nos camarades se sont tous levés et on a regardé où se trouvaient les bâtons ou les machettes ; ils n'étaient pas très loin de nous ; un seul indien portait sa machette à la ceinture ; il venait juste d'arriver et j'ai dit à Elmer et au *Réserviste* : “ Attention à ce connard, il est armé. ”

» Les autres avaient fait trois pas en arrière et avaient décroché les machettes et quelques gourdins suspendus aux piliers de la baraque, pour venir se replacer en face de nous. L'un d'entre nous a levé son gourdin et a dit : “ On va les faire mûrir à coups de bâtons. ” — “ Qui sait ? ai-je murmuré. Qui sait ? Ils sont peut-être plus forts que nous. Ils vont nous tuer, s'échapper dans la montagne et personne ne les rattrapera jamais. ”

» On avait peur parce qu'on ne savait pas comment ils se battent. On s'est malgré tout préparés à les attaquer. Elmer a fait un autre pas en avant avec son gourdin et on s'est tous mis en garde. Les indiens se sont assis. Ils ont reculé jusqu'aux hamacs et se sont assis. Ils ont parlé dans leur langue, et nous ont regardés en silence. On est rentrés dans notre baraque et on s'est concertés. Ça devenait dangereux. On s'est mis d'accord pour poster une sentinelle tous les soirs qui surveillerait les indiens. Elmer s'est levé et a dit : " Merde alors ! On était chez nous ! Qu'est-ce qu'on est venus foutre ici ? On n'aurait pas dû entrer dans cette forêt. Maintenant nous sommes prisonniers... "

» Et lorsqu'on a compris qu'on avait été trompés, on s'est tous mis à pleurer. Ensuite, nous pleurions tout le temps.

» Nous étions jeunes. J'avais vingt-trois ans, et tous les autres avaient entre seize et dix-huit ans. Pendant le travail, quand on se reposait, on se regardait et on se remettait à pleurer. Lorsqu'il y en avait un qui commençait, les autres continuaient. Moi, je pensais à ma mère. Le jour où je suis parti, elle a pleuré pour que je reste à la maison ; et elle me répétait : " Mon fils, beaucoup de gens d'ici sont allés dans la forêt ; ils n'en sont jamais revenus. " Je lui ai répondu : " Il faut bien mourir un jour ou l'autre. " Alors la vieille n'a pas voulu me dire au revoir. Elle est allée pleurer dans sa chambre et moi je suis parti... Je me souvenais de ma vie à Landazuri : je sciais des cèdres, je mangeais bien, j'avais de l'argent. Tous les six mois, j'allais à la ville, j'achetais des vêtements, j'allais boire, je jouais au billard. Lorsque je n'avais plus d'argent, je reprenais le travail...

» Quelques jours après, Sanchez est revenu et on lui a dit que c'était fini ; qu'on ne travaillerait pas un jour de plus. Nous étions maigres, jaunes à cause du climat, du manque de sommeil, de la mauvaise alimentation. Alors il a parlé avec les indigènes et leur a dit qu'ils devaient partager tout ce qu'ils tueraient avec nous. A l'occasion d'une réunion, j'ai répété la même chose : " Si on tue deux animaux, peut-être que ce serait bien de leur en donner un. On est sept et il faut bien qu'on mange. " Efraïn a expliqué que non, qu'il fallait leur donner au moins un morceau de la moindre chose qu'on chasserait. " Il vous faut parvenir à gagner l'amitié des indiens, sinon ça va mal se passer pour vous ", nous a-t-il dit ensuite, en nous prenant à part. A ce moment-là, je me suis souvenu que c'était lui qui nous avait conseillé, à notre arrivée, de nous méfier des indiens parce qu'ils étaient dangereux. Il était responsable de tout !

» Après notre réunion nous sommes partis dans la montagne.

Nous avons tué deux sangliers. Les indiens n'étaient pas allés chasser et nous leur en avons donné un. Le lendemain, ils se sont levés de bonne heure pour aller pêcher et ils nous ont rapporté beaucoup de nourriture. Cette même nuit, on s'est réunis avec Faustino : il commandait les indiens et moi je commandais les Blancs. Il a été décidé qu'à l'avenir on allait organiser des couples : un Blanc avec un indigène. Les jours suivants, ils n'ont plus essayé de nous égarer dans la forêt. La première chose qu'ils m'ont apprise, c'est la manière d'abattre un arbre : trouver son point de chute, choisir l'endroit où il faut donner le premier coup de hache. Lorsqu'on a réussi à obtenir l'amitié d'un indien, on se rend compte qu'ils sont gentils. Ils partagent tout ce qu'ils ont ; le Blanc, lui, ne le fait pas, il est égoïste. Eux chassaient et ils pêchaient mieux que nous, mais peu à peu ils nous ont appris beaucoup de choses : d'abord à nous éclairer ; à reconnaître un arbre (le *sembe*) qui sécrète une sorte d'huile. On taille des bâtons de deux mètres, on met le feu au bout et ça reste allumé toute la nuit. Ils nous ont appris à nous servir d'une boussole pour ne pas nous égarer dans la montagne. Ils ne nous ont pas beaucoup parlé des plantes. Ils sont jaloux. La seule qu'ils nous aient appris à reconnaître, c'est celle qui guérit les morsures de serpents. Elle est amère comme du fiel et, par chance, on n'a jamais eu à s'en servir...

» Édouard, l'indigène que j'avais choisi comme compagnon parce qu'il était le fils du chef, m'a avoué que parfois on les rassurait : la nuit, ils ont peur des bruits que font certains animaux. Ils disent que ce sont des esprits. Lorsqu'ils les entendent, ils se taisent et se couvrent des pieds à la tête avec de grandes feuilles ou, s'ils en ont, avec des couvertures. Une nuit, on a entendu un oiseau que l'on appelle l'oiseau “ bœuf ” et ils se sont enfuis vers les hamacs pour se couvrir. Ils nous ont demandé de ne pas parler parce que c'étaient des esprits qui venaient nous tuer. On savait de quel oiseau il s'agissait et on s'est mis à rire et à parler fort et à appeler l'oiseau ; il chantait vraiment comme une vache. Un indien a hurlé de ne pas faire ça parce qu'il allait venir nous tuer. On lui a dit que c'était un oiseau menteur. On a fait encore plus de vacarme et l'oiseau s'est éloigné et s'est arrêté. Le jour suivant, ils nous regardaient avec respect.

» Un après-midi, on a découvert le *chunun,* c'est une plante que l'on fait prendre aux femmes pour les rendre amoureuses. On en a mangé et ça a réveillé mes appétits sexuels. Depuis ce jour-là, je n'ai pas cessé de rêver aux filles. Je travaillais et je pensais à elles. Pendant ces quelques mois, elles m'ont atrocement manqué. Je ne pensais qu'à une chose : gagner un peu d'argent et essayer d'en trouver une. Édouard m'a expliqué qu'elles ne devaient pas manger de choses salées, ni fumer, pendant trois jours avant de prendre de l'herbe. Il fallait qu'elles soient à la diète. Quelques jours plus tard, une vieille indienne, horrible et moche, a fait manger du *chundun* au *Réserviste.* Elle l'a si bien *chundunné* qu'il est tombé amoureux de la vieille. Au début, on a cru qu'il faisait du cinéma, mais on s'est aperçus qu'il n'en était rien et on a commencé à croire à la plante. Lorsque quelqu'un en prend, il ressent une véritable passion. Alors on a demandé aux indiens de nous trouver d'autres plantes d'amour, mais ils ont refusé. Ils ont dit que les Blancs ne sont pas corrects ; que nous étions capables d'en donner à toutes les femmes que nous croiserions, y compris les leurs. Nous leur avons proposé de l'argent, mais ils n'en ont pas voulu.

» Sanchez est revenu quinze jours plus tard et on lui a raconté qu'une vieille indienne pleine de rides avait donné du *chundun* au *Réserviste.* Il était tombé amoureux d'elle, et depuis, il avait toujours mal à la tête. Il était hébété et complètement mou. Alors Sanchez est parti cueillir une herbe minuscule, verte sur les bords et noire au milieu. Il lui a dit : " Mâche-la bien et masse-toi avec le jus, si tu peux faire pénétrer la pulpe ça n'en sera que meilleur. " On a bien regardé la forme de la feuille, parce que Sanchez ne voulait pas nous la montrer. Il nous semblait indispensable de la connaître. Le jour suivant, le jeune homme se sentait mieux, il avait moins mal à la tête et Sanchez nous a dit que dans vingt-quatre heures il serait complètement guéri. C'est vrai ; il a commencé à haïr la vieille ; il a cessé de l'étreindre et de l'embrasser. Alors on lui a dit : " Maintenant tu peux revenir avec nous. Qu'est-ce que tu as pu être dégueulasse ! "

» Les jours de repos, nous parcourions la forêt à la recherche de *malocas,* c'est-à-dire les huttes des indiens où se trouvent les femmes. Au début nous n'arrivions pas à les séduire parce que nous leur parlions comme on parle à une Blanche et, rien à faire ! Elles se moquaient de nous. Nous l'avons raconté à Sanchez et il nous a dit qu'il fallait leur faire des cadeaux et leur dire *jane-careyona.* Je n'ai jamais su ce que ça voulait dire, mais nous avons commencé à le répéter et à le répéter jusqu'à ce que ça reste bien gravé dans notre tête. A Sanchez, nous avons demandé de nous rapporter des savonnettes, des peignes, des brosses à dents, pour notre prochaine sortie dans les *malocas,* et nous avons réussi à les séduire grâce à ça : un cadeau et *jane-careyona.* La nuit, elles venaient nous rejoindre là où on les attendait. On n'avait pas besoin de parler ni d'attendre. Chacun pour soi...

» Je me souviens d'une jeune fille très belle. Je l'avais baptisée Rosita parce que je n'ai jamais réussi à retenir son nom en langue indigène. Elle avait des cuisses fermes et puissantes. Les seins tombants, comme les seins de toutes les indiennes, mais durs, des lèvres épaisses et des dents très belles. La nuit, dans la forêt, loin de la *maloca,* je me déshabillais et nous restions là, par terre, jusqu'à ce que le froid me pousse à me rhabiller, et puis on retournait dans la hutte. On s'asseyait en face d'un petit foyer que les indiens ne laissent jamais s'éteindre et on restait longtemps à se regarder dans les yeux. On ne parlait pas. Rosita disait qu'elle m'aimait, mais elle n'a jamais voulu m'embrasser. C'est le problème : elles n'embrassent pas, et ne se laissent pas non plus embrasser. Quand elles font l'amour, elles mordent et elles pincent. Elles ne parlent pas. Elles se soumettent et on voit l'amour sur leur visage... Sanchez nous a dit que plus on est dur avec elles, et plus elles sont amoureuses. C'est vrai, parce qu'un jour je me suis mis à frapper Rosita et ensuite, si je ne la frappais pas, elle me disait que je ne l'aimais plus. Alors je retirais mon ceinturon et, franchement avec regret, avec beaucoup de peine, je la fouettais. Elle se mettait à pleurer et elle me caressait. Je n'ai jamais su si les indiens les frappent aussi, j'ai l'impression qu'ils les traitent très bien.

» Après être allé environ cinq fois à la *maloca,* j'y suis revenu, et Rosita avait disparu. Son papa l'avait emmenée ailleurs. Alors j'en ai aperçu une autre, elle était aussi très belle, je l'ai invitée à cueillir des fruits de *milpeso* avec moi, et lorsqu'on était en train d'en prendre j'ai essayé de faire l'amour avec elle, mais elle avait une force terrible. Elle a pris un gourdin et elle a cogné si fort qu'elle m'a assommé. Elle s'est enfuie et je suis resté allongé dans la forêt, à moitié sonné. Après ça, je les ai choisies moins grandes. »

C'est aussi dans l'Apaporis qu'Oscar Rivera a vu un tigre pour la première fois. Il se trouvait à ses pieds et perdait son sang à travers une demi-douzaine de trous. Il essayait de suivre nos mouvements avec des yeux « déjà bleuâtres, et bien ouverts ». Il se souvient que c'était l'après-midi d'une journée d'août 1971.

Comme d'habitude, il était revenu seul à la baraque. Édouard — l'indien avec qui il faisait équipe — s'était attardé à recueillir le plus de caoutchouc possible et lorsqu'il est arrivé, une demi-heure plus tard, il lui a dit :

— Oscar, un tigre m'a suivi dans la brousse pendant que je rentrais. Il est très gros !

— Eh bien tuons-le, a proposé Oscar sans hésiter.

— D'accord, mais il nous faut quelqu'un d'autre, a dit Édouard ; et Oscar a appelé Elmer pour qu'il les accompagne.

Ils sont partis tous les trois dans la brousse et là-bas, l'indien a tranché une palme de *milpeso* et une liane très étroite de *yaré*. Il a fabriqué un arc et deux flèches de cinquante centimètres de long. Ensuite il a taillé deux branches de *macana*, un bois plus dur, et avec sa machette il a sculpté deux harpons qu'il a tendus à Oscar et à son ami.

Plus loin, dans la boue, ils ont repéré les empreintes de l'animal ; cela devait être un « lion », un tigre rayé, parce que le pouce n'était pas imprimé. A en juger par la profondeur des traces, il devait peser plus de cent quarante kilos et ils se sont dit qu'il s'agissait d'un spécimen énorme. L'indigène a tiré de la poche de son pantalon un petit flacon contenant le suc de plusieurs plantes. Il y a trempé la pointe des flèches et s'est tourné à nouveau vers eux. Il se sentait sûr de lui et il a pris la tête du groupe. Quelques secondes plus tard, ils apercevaient l'animal.

Il marchait lentement, la tête baissée, d'un pas assuré. Il flairait les traces d'Édouard qui, avant de s'approcher de lui, leur avait demandé de se cacher derrière un arbre. « Il y a du vent et le tigre risque de vous repérer. Les Blancs ont une odeur différente », a-t-il dit à voix basse. Ensuite il s'est caché derrière un palmier, mais le tigre l'avait déjà aperçu ; Édouard était devenu sa proie.

Après quelques secondes, lentement, l'indien et le tigre se sont fixés dans les yeux. Édouard a avancé son épaule gauche, il a arqué ses jambes en clouant solidement les pieds dans la boue, et il a bandé son arc en levant la pointe de la flèche à hauteur de son front. Les métis ont remarqué qu'il retenait sa respiration et qu'on n'entendait plus que les feulements étouffés de l'animal.

Le tigre a avancé davantage. A présent, ses pas étaient hésitants. Il s'était arrêté à trois mètres de l'indigène et a montré ses crocs jaunes et brillants. Et lorsqu'il a commencé à rugir, prêt à bondir, Édouard a décoché une flèche avec une force impressionnante.

Elle s'est pratiquement plantée tout entière dans le poitrail. Le félin s'est enfui et Édouard leur a crié de le suivre. « Ce garçon courait comme une fusée derrière le tigre. Nous n'arrivions pas à le rattraper. On l'appelait et il nous répondait ; c'était la seule solution pour le suivre. Les indigènes sont très forts pour courir dans la montagne. Rien ne les arrête, ni les lianes ni autre chose. De notre côté, on n'arrêtait pas de tomber ; lui jamais, et on perdait du terrain. Il a couru, couru, couru et il est arrivé à un endroit d'où il a crié : “ Il s'est perché ici, venez vite ” », a expliqué Oscar.

Le tigre était juché sur une branche. Il perdait très peu de sang par sa blessure, à peine teintée sur les bords d'une sorte de liquide noir comme du café. Ils se sont approchés et ils se sont aperçus qu'il se balançait « comme s'il était soûl ». Ses feulements étaient moins puissants.

Oscar et Elmer avaient perdu les harpons pendant leur course. Édouard a donc repris sa machette et a taillé trois lances. « Je vais le piquer, et quand il sautera — il devrait bondir de votre côté —, vous le recevrez comme sur une fourchette », a-t-il expliqué. Oscar a eu peur et il a proposé de faire le contraire : ce sont eux qui le piqueraient et Édouard le recevrait sur sa lance. Ils ont vite inversé les rôles et lorsque Oscar a planté sa lance dans les côtes de l'animal, ce dernier a bondi verticalement. Édouard a dirigé la pointe de sa lance vers le ventre de la bête, et ils ont entendu le tigre se déchirer d'un bout à l'autre. « Mais il s'est mis à courir malgré sa blessure. La lance était plantée dans son estomac et la pointe ressortait dans le dos. Il a couru pendant quatre mètres mais la lance était trop longue, et il s'est coincé dans les lianes. On s'est précipités et on l'a transpercé avec nos deux autres lances. Lorsqu'il a été mort, on l'a tiré par la queue. » (Oscar.)

La peau était pleine de trous et Oscar a dit à l'indien que ça ne valait pas le coup de la rapporter. Mais l'indigène leur a expliqué que c'était une des plus belles peaux qu'il eût jamais vues. Plus tard, ils ont réussi à la vendre cinquante pesos à Efraïn Sanchez. (Deux dollars.)

Lors de ce voyage, Efraïn a seulement rapporté la production de caoutchouc des indiens. La récolte des Blancs était insignifiante à côté des cinq cent quarante kilos des indigènes. D'après le contrat, le tout valait mille sept cents pesos. (Environ soixante-huit dollars.)

Efraïn leur a dit qu'il les payerait à la fin de la saison à Dos Rios. Il leur a donné des vêtements comme acompte. Une chemise coûtait là-bas, au cœur de la forêt, le prix de trente kilos de caoutchouc. C'est la quantité qu'un indien ramasse en quatre jours en travaillant durement. Il leur a aussi donné du clinquant, des radios et de la guimauve.

« Une guimauve de vingt centimètres coûtait quatre-vingts pesos. Alors une nuit, on s'est dit : " On va ouvrir les yeux à ces indiens " », explique Oscar en continuant ainsi :

« On s'est mis à leur parler franchement et ils nous ont dit que maintenant ils étaient décidés à partir. Ils ne voulaient plus travailler pour lui. On n'avait pas osé leur parler plus tôt, parce que le patron s'était arrangé pour qu'on ait peur de ce qui allait nous arriver, si on ne se taisait pas. Les indiens risquaient de nous abandonner dans la forêt sans embarcation ni rien, et nous laisser mourir. Mais à présent, on était convaincus qu'on ne ramassait même pas assez de caoutchouc pour payer la farine de manioc. On achetait des sacs de farine de trente kilos à quatre pesos le kilo. Lui les achetait trois pesos cinquante et il y ajoutait le prix de huit ou dix jours de voyage sur la rivière. Mais ce n'était pas tout. Il ne payait pas une bonne partie de la farine, puisque les indiens la lui donnaient en échange du droit de cultiver sur ses terres. On mangeait beaucoup et la farine ne durait pas. On avait aussi un paquet de sel chacun, qui nous avait coûté cent pesos. Et comme notre travail ne nous donnait pas le temps de pêcher ni de chasser, on se remplissait l'estomac de manioc toutes les demi-heures. La faim ne nous lâchait pas. On ramassait un kilo de caoutchouc dans la journée, mais on mangeait trois kilos de farine, c'est-à-dire douze pesos : c'était terrible... Et en plus de la faim, du travail, et des emmerdements, on a fini par devoir à Sanchez cinq cents pesos chacun. (Vingt dollars.)

» Les choses ont continué ainsi, et quand il est revenu peu de temps après pour prendre du caoutchouc, on lui devait encore plus d'argent. Il nous a dit que si on n'augmentait pas notre rendement, on devrait lui payer la farine qu'il nous apportait. On a protesté, et on lui a expliqué qu'il fallait nous payer les heures perdues. Il nous a envoyé sur les roses et on n'a pas répondu. On a attendu qu'il reparte et, une nuit, on a décidé de s'en aller en abandonnant les indigènes, car ils étaient incapables de conquérir leur liberté.

» Mais on avait des scrupules à laisser les indiens là-bas et on a attendu six jours de plus pour voir ce qu'ils décidaient. On leur a dit qu'on avait des sœurs et que lorsqu'on s'en serait sortis, on s'arrangerait pour que chacun de nous en épouse une. On parlait, on parlait, mais ils se méfiaient de nous. Alors nous leur avons dit : " Si Efraïn arrive à vous exploiter, il n'y a pas de raison qu'il ne nous exploite pas aussi. " Et nous étions franchement prêts à le tuer ou à nous faire tuer. Mais les indiens ne voulaient rien faire. Ils avaient trop peur... Il n'y avait qu'une pirogue pour nous sept et pour les sept indigènes. Nous ne pouvions y monter tous. *Le Réserviste* ne savait pas nager et personne ne savait bien naviguer. Nous étions de vrais débutants sur l'eau. La rivière était difficile avec des risques de noyades. J'ai, malgré tout, attendu que les indiens s'endorment, et puis j'ai réveillé mes hommes. Cinq d'entre eux sont montés dans la pirogue, et je les ai aidés à s'installer. J'ai poussé l'embarcation, et... à la revoyure ! *Le Réserviste* et moi sommes revenus vers les hamacs.

» Le jour suivant, un Blanc est arrivé au camp avec deux garçons. Ils nous ont demandé s'ils pouvaient passer la nuit avec nous et je leur ai dit de rester le temps qu'ils voudraient. Ils avaient trois petites pirogues et j'ai expliqué à mon ami : " Voilà notre moyen de transport, mon frère. " J'ai demandé au vieux qui venait d'arriver s'il n'avait pas vu les garçons en remontant la rivière. Il m'a dit qu'il les avait vus, mais qu'ils n'étaient pas près d'arriver. On était très loin. Ils avaient mis douze jours, en canot à moteur, de Dos Rios jusqu'ici... La nuit était tombée et ils sont allés se coucher. " On va leur voler un canot et un peu de farine ", ai-je dit au *Réserviste.* Il avait peur qu'ils arrivent à nous rattraper et je l'ai rassuré. On suivrait les ruisseaux en se cachant. En partant tout de suite, on pouvait naviguer jusqu'à trois heures du matin, c'est le moment où la lune se lève. Il a accepté et nous avons démarré. Il était très nerveux parce que le vieux était un champion à la rame. Il en avait entendu parler... Lorsque je suis monté dans le canot, j'ai senti qu'il était frêle et très instable ; je me suis dit que nous allions chavirer. Je l'ai approché du bord et j'ai dit au *Réserviste* : " Montez, couchez-vous et surtout ne ramez pas. " Il s'est placé bien au centre et, au bout de trois cents mètres, l'eau a commencé à entrer. " Lorsque vous sentirez qu'elle monte trop, vous la viderez, sinon on va couler ", lui ai-je dit. Il est resté couché et moi, rame que tu rameras !... Le jour s'est levé et on a regardé derrière nous. Il n'y avait personne. Alors on a foncé. Comme on voulait essayer de rattraper nos compagnons le plus vite possible, on ne s'est arrêtés nulle part. On a navigué pendant trois jours et trois nuits sans se reposer. On pissait à même le canot et, pour le reste, on passait le cul par-dessus. On s'attendait sans cesse à voir le vieux arriver, et le quatrième jour, tout allait mieux. Dans l'après-midi on a rattrapé nos compagnons qui avaient un jour et une nuit d'avance sur nous. On leur a donné un peu de farine. Ils n'avaient rien mangé, parce qu'ils n'avaient rien emporté. On avait pris quelques hameçons et un bout de fil de nylon. On s'est approchés du bord et on s'est mis à pêcher. On a attrapé plusieurs poissons, on les a préparés et mangés avec du manioc. Ensuite on a confectionné des galettes et on s'est presque évanouis. On s'est reposés une demi-heure de plus et puis je leur ai dit : " Il faut repartir parce que, moi, j'ai volé ma pirogue et je risque la mort ! " Personne n'a dormi non plus, cette nuit-là ; mais je me sentais plus détendu parce que je me disais : " Si le vieux et les deux garçons nous rattrapent, ils n'oseront pas nous attaquer. On est sept. On leur rendra leur putain de pirogue et on construira un radeau pour repartir. "

» Plus bas, nous avons rencontré des torrents, des sortes de petites cascades, très violentes et très dangereuses. Nous avons perdu beaucoup de temps à cet endroit-là. Nous nous approchions du bord, débarquions dans la forêt et passions en portant la pirogue sur l'épaule. Mais nous sommes arrivés à une cascade plus importante. Il était impossible de s'approcher du bord à cause des gros rochers. On a été obligés de se mettre à l'eau, sans pouvoir monter l'embarcation sur la rive. Alors j'ai crié à ceux qui étaient dans la grande pirogue : “ Allez-y les premiers ! votre canot est plus stable ! nous verrons comment ça se passe, parce que notre petit bateau, c'est une coquille ! ” On perdait beaucoup de temps dans les courbes du fleuve. Le courant nous envoyait sur les plages, à l'extérieur des virages. On luttait pour ne pas se laisser entraîner vers le bord. On perdait beaucoup de temps à ramer vers le centre. La nervosité grandissait. Bon, bref, la grande pirogue a fini par filer droit sur la cascade. D'abord on l'a vu bondir, faire un tour complet et puis elle s'est retrouvée dans l'eau calme. Un gros tourbillon les avait aspirés et j'ai dit au *Réserviste* : “ Il va les sucer et ils vont se noyer. ” Mais celui qui commandait l'embarcation n'était pas fou. Quand il s'est aperçu que le canot commençait à tourner sur lui-même, il a plongé sa rame de l'autre côté, il l'a maintenue solidement dans l'eau, et c'est le tourbillon lui-même qui a tout redressé. Alors ils se sont mis à ramer tous ensemble et ils s'en sont sortis.

» J'ai expliqué au *Réserviste* : “ Ouvrez les yeux et serrez les fesses, n'oubliez pas que vous ne savez pas nager !... ” J'ai réfléchi un instant et je me suis dit : “ Il va se tuer. ” Alors je me suis approché des rochers et lui ai demandé de grimper sur la rive et de marcher en suivant la rivière, pour dépasser le tourbillon de la cascade. Je voulais le récupérer juste après. Je l'ai laissé là, et je me suis dirigé vers la chute. Elle était très puissante, mais j'avais vu comment les autres avaient fait ! je me suis également servi du tourbillon pour la traverser !

» Après une navigation de quelques jours, on est arrivés chez un certain Tominejo. Ceux de la grande pirogue sont restés chez lui pour travailler, abattre des arbres et chasser. C'est là que je me suis définitivement séparé de ces garçons. Je ne les ai plus jamais revus. Chez Tominejo, j'ai pris les quelques billets verts tout mouillés qui me restaient, et j'ai acheté à manger pour tout le monde. Le jour suivant, nous sommes partis, *le Réserviste* et moi, et nous avons dû naviguer pas mal avant d'atteindre Dos Rios. »

Sur le Yari, Slim Bauer était devenu le chef du groupe de travailleurs de Martin, auquel s'étaient ajoutés Wolfgang et Fritz, les deux anthropologues autrichiens arrivés après la mort de Walsh et de Booi.

Edgard Garcia se souvient que « c'était un chef très désagréable. Il était de mauvaise humeur du matin au soir, et il ne parlait à personne ».

L'arrivée des deux Autrichiens n'avait pas plu à Bauer. Cela signifiait qu'ils allaient être obligés de retarder leur départ pour partir à la recherche de cette fameuse tribu inconnue. Il commençait à ne plus supporter le camp. L'après-midi du 15 juillet, il a écrit dans son journal :

« L'avion est arrivé vers neuf heures du matin, avec deux Autrichiens en quête d'indiens. Ils n'ont vraiment pas choisi le bon moment pour venir nous voir, mais ce n'est pas de leur faute. Tony, Stanley, Martin et Vincent sont repartis avec l'avion. L'appareil a décrit un grand cercle dans le ciel. Apparemment ils n'ont rien vu parce qu'ils se sont rapidement dirigés vers l'occident. Pas le moindre signe. Comme toujours, une pluie diluvienne. Je me suis dit que l'avion reviendrait peut-être avec les secours, mais je suppose qu'il est encore trop tôt pour organiser quoi que ce soit. Si le temps le permet, il reviendra sans doute demain. »

Beaucoup plus tard, alors que commençait l'automne 1981, j'ai fini par retrouver Fritz à l'Erbprinz, un petit hôtel au cœur de Munich. J'avais découvert son nom et sa photo quatre ans auparavant dans un journal de Bogota, en feuilletant la presse de l'époque.

Jusque-là, aucun document officiel n'avait révélé sa présence au campement. J'ai alors téléphoné à l'université de Vienne et une voix féminine, extrêmement impérative comme pour décourager toute question, m'a expliqué :

« Sans aucun doute, il existe bien un docteur Trupp et un docteur Ptak ici, mais ni l'un ni l'autre ne se trouve en Autriche... Où sont-ils ? Je ne peux pas vous le dire... De la famille ? Non. Nous ne savons pas où ils habitent. N'insistez pas : ce sont des renseignements que nous ne donnons pas d'habitude. » Elle a posé le téléphone et j'ai entendu qu'elle s'éloignait avec le pas assuré d'un officier prussien. Et puis elle a repris l'appareil : « Le docteur Trupp et le docteur Ptak seront de retour dans trois ans. Rappelez-les à ce moment-là ! »

Quarante-cinq mois plus tard, j'ai compulsé l'annuaire téléphonique d'Autriche, et le seul docteur Trupp que j'ai trouvé habitait à Attnang-Puchheim. Mais le numéro indiqué n'était pas le bon. Et puis j'ai appris, grâce à l'ambassade d'Autriche à Bogota, qu'arrivait le soir même un responsable des télécommunications autrichiennes. Ce dernier m'a expliqué, vingt-quatre heures plus tard, que les numéros avaient été modifiés à Attnang, et qu'à présent il fallait ajouter le 2 devant l'ancien numéro.

Fritz a accepté de me rencontrer, bien qu'au premier abord ses réticences — compréhensibles d'ailleurs — m'aient rappelé celles de Martin.

Pourtant, pendant cette après-midi d'octobre 1981 à Munich, il m'a semblé très sympathique, malgré cette froideur qu'il partage avec un grand nombre de sociologues.

Pour lui, l'épisode du Yari était déjà mort, il s'était efforcé de le chasser de sa mémoire parce que c'était un souvenir douloureux. Lorsque nous nous sommes rendus à Salzbourg et ensuite à Attnang-Puchheim — un petit village tranquille où il était né quarante-trois ans auparavant —, je me suis aperçu que lorsqu'il parlait de cette histoire, il devenait sombre.

Au début, j'ai cru qu'il était comme une boîte en fer qui conserverait hermétiquement un certain nombre de sentiments, mais pendant les conversations, à condition qu'aucun magnétophone ne le harcelât, je me suis aperçu qu'il était vraiment ému lorsqu'il parlait de cet épisode-là. (Le second jour après notre rencontre, nous nous sommes promenés autour d'un lac, proche de sa maison, et où nageaient beaucoup de cygnes.) Je crois qu'il était en train de revivre la frustration et la violence de la tragédie vécue sur le Yari.

Je suis convaincu que c'est un homme d'une profonde sensibilité et d'une grande modestie.

« Lorsque nous sommes arrivés au campement, m'a-t-il dit, ils faisaient tous des têtes de deux pieds de long. C'est alors que je me suis aperçu que quelque chose avait dû se passer. Aucun d'entre eux — contrairement à l'habitude, quand un avion arrive — n'avait exprimé sa joie de nous voir. Le principe de notre recherche était de vivre avec les indigènes dans leurs maisons, et de manger comme eux. Nous n'avions donc pris qu'un peu de nourriture de base. De quoi survivre pendant deux ou trois semaines : quelques conserves de viande, du riz, un peu de café, un peu de sucre, mais pas assez pour nourrir six personnes pendant cinq ou six semaines. Comme je vous le disais, notre principe consistait à manger avec les indiens pour mieux nous intégrer. On voulait travailler avec eux dans les *chagras* (vergers)... Nous avions emporté quelques cadeaux afin de les échanger contre de la nourriture : disons du cassave, du yucca, du piment, etc. Les cadeaux c'étaient des machettes, du nylon pour la pêche, des hameçons... Nous avions appris l'existence de cette tribu dès notre arrivée en Colombie, au Musée national. Ensuite à Florencia — à l'intérieur de la forêt — beaucoup de gens nous avaient parlé d'elle, et c'est Martin qui a fini par nous confirmer son existence. Nous avions obtenu une bourse de l'université pour mener à bien notre projet pendant neuf mois. Mais, comme nous le verrons plus tard, nous avons dépensé presque tout notre argent dans l'aventure du Yari. Et puis nous sommes partis passer un an de plus dans un autre endroit de la forêt. »

EDGARD GARCIA : « Nous avons eu des journées d'hiver horribles, dans la région où se trouvait le camp. Il pleuvait très fort et la viande que Martin et Vincent avaient emportée ne pouvait pas durer plus de six jours, même au prix d'un rationnement. Je ne parle pas, bien sûr, des quelques boîtes de conserve qui restaient depuis la visite des touristes gringos. Dans les cabanes, il n'y avait presque plus de vivres : quelques poignées de riz, un peu de sucre et de café, du sel, et puis les conserves et d'autres petites choses qu'avaient apportées les Autrichiens. Ils avaient préféré les garder parce qu'ils pensaient en avoir besoin pendant leur voyage. Dans la tribu des indiens inconnus.

» En ce qui concerne la nourriture, la situation au camp était épouvantable. La présence des Autrichiens compliquait beaucoup les choses ; c'est ce que m'a dit Bauer quand il les a vus descendre de l'avion et que Martin a annoncé qu'ils restaient avec nous... Bauer n'a pas apprécié du tout, et il s'est mis de mauvaise humeur : ou plutôt d'une humeur encore plus exécrable que d'habitude. Je me souviens qu'il m'a dit quelque chose du genre : " Martin n'aurait pas dû les emmener. Je me demande ce qu'on va faire, s'il ne revient pas rapidement. Bientôt on n'aura plus de nourriture ni d'essence. En plus il va falloir les conduire jusqu'à leur tribu sauvage. "

» Dès le début, les Autrichiens se sont rendu compte qu'il allait être difficile d'atteindre la tribu des indiens. Il me semble qu'ils y avaient renoncé. Ils m'ont dit qu'ils attendaient le major Médrano qui leur avait promis de revenir très vite, cinq jours plus tard, je crois. Mais le temps a commencé à passer et l'avion n'est pas arrivé. Le major nous a fait une belle saloperie ; il savait bien qu'on l'attendait ! »

De son côté, le journal de Bauer est plus fort, il décrit mieux l'obsession croissante provoquée par l'attente du vieux Beechcraft des forces aériennes, ainsi que l'accumulation incessante des problèmes, à mesure que le temps passait. Les hommes ne pouvaient plus chasser, les chiens ne les aidaient plus et la pluie ne cessait pas. Ils n'arrivaient même pas à trouver un arbre convenable pour y creuser un canot. Alors il a écrit cela :

« *Vendredi 16 juillet* : Benjamin, Edgard et les deux hôtes sont partis ce matin à la chasse. Ils ont tué un tapir, mais ils l'ont perdu dans la rivière parce qu'ils n'avaient pas de pirogue. Ils ont également tué une loutre, mais elle a coulé. Je crois qu'Edgard ne restera pas avec nous, mais cela n'a aucune importance. Je ne pense pas qu'il soit fait pour vivre ici. Il est trop sentimental et, en plus, il est paresseux. Pas d'avion aujourd'hui, il fait certainement trop mauvais pour voler. De la pluie presque toute la journée. »

FRITZ : « Le premier jour, nous avons été très impressionnés par la solitude et par le silence de la forêt... le changement était grand pour Wolfgang et moi, venus du cœur de l'Europe ! C'était notre premier contact avec la jungle. Pour des amoureux de la nature comme nous, c'était très beau. Le contraste était certainement aussi impressionnant pour un Latino-Américain qui n'y avait jamais vécu.

» Ce vendredi-là, j'ai écrit dans mon journal que le grand problème, sur le Yari, c'est le manque d'animaux. C'est aussi ce que pensaient les chasseurs nord-américains, et Morningstar et Vincent ; ils avaient tué tout ce qui bougeait autour d'eux dans la forêt. Par exemple, j'avais appris qu'ils avaient un jour abattu onze pécaris, plus que ce qu'ils pouvaient en manger. Un homme en avale difficilement un tout entier. Le résultat, c'est qu'ils ont fait fuir toute la faune. Les bruits du groupe électrogène, de la radio et de la vie du camp n'arrangeaient certainement rien. Pourtant, en temps normal, le secteur du Yari est un bon territoire de chasse. Mais en parlant de ça, je crois qu'il y a eu également un autre problème : c'est la peur de la forêt. Dans les endroits où vivent les indigènes, la forêt est quadrillée de chemins et de voies de communication ; là-bas, il n'y a rien de tout ça. Il n'y a rien du tout. La forêt vierge. C'est très dangereux de s'enfoncer pendant des heures dans la forêt, sans aucun repère pour retourner au camp.

» Un jour, nous avons failli nous perdre. En voulant retourner au camp, nous n'avons pas retrouvé les traces que nous avions laissées avec les machettes. Nous avons cherché plus de huit heures pour les retrouver. Après ça, nous n'avons jamais eu beaucoup d'enthousiasme pour retourner dans la forêt et y pénétrer pendant, par exemple, toute une demi-journée pour traquer du gibier : c'est ce qu'il faut faire pour avoir des chances d'en tuer.

» Bauer et Benjamin n'étaient pas de très bons chasseurs. Bauer était déjà, à l'époque, un petit vieux malade ; et Benjamin un paysan vaillant, c'est sûr, fort et tout ce qu'on voudra... mais ce n'était pas un connaisseur. Ce n'est pas parce qu'on a fait quelques voyages dans la région, et qu'on a vécu quelques jours là-bas qu'on peut se dire expert : Cubillos, avant de venir là, était bûcheron et ouvrier de ferme. »

Journal de Bauer :

« *Samedi 17 juillet* : Chasse, sans rien tuer. Une des raisons de cet échec, c'est que les chiens sont retournés au camp, moins de dix minutes après le départ des chasseurs. Je crois vraiment que la seule chose que soient capables de trouver ces chiens, c'est leur gamelle. Je suis allé à la pêche, j'ai pris un piranha. Les garçons sont repartis à la chasse et ont tué une dinde. Encore un jour sans apercevoir le moindre avion. J'espérais que quelqu'un viendrait aujourd'hui. Et puis, bon, c'est peut-être mieux ainsi. Plus le temps passe et moins on fera de publicité sur cette affaire. Il faut se méfier de ce genre de propagande ! Edgard est resté toute la journée au lit, il avait mal à la tête. »

FRITZ : « Je ne pense pas — comme Bauer — qu'Edgard soit paresseux. Le problème, c'est que Morningstar le paie très mal pour son travail. A sa place j'agirais de même. De temps en temps, il se défend contre ses conditions de travail.

» Bref, se samedi-là, nous sommes retournés à la chasse, mais sans succès. Encore une journée sans voir l'avion. Et puis quelqu'un a dit qu'il y avait un arbre couché, qui serait parfait pour construire un canot, de l'autre côté de la rivière. J'ai écrit dans mon journal que l'endroit était très beau : on voyait le campement installé sur les berges de la rivière, et on entendait le bruit d'une cascade. Mais je n'ai pas pris davantage de notes sur la beauté impressionnante de cette nature, à cause de ma tension psychologique. Sur le moment, je me suis dit que, dans d'autres conditions, ce pourrait être un endroit paradisiaque. Mais mon esprit était sans cesse occupé par des questions : " Quand vont-ils arriver, que va-t-il se passer ? " Etc. Ce n'était pas de l'hystérie ni de l'angoisse, d'ailleurs : seulement de l'incertitude quant à l'avion. Nous étions cependant sûrs qu'il finirait par arriver. La question était de savoir quand. Ce que je n'arrivais pas à supporter, dans ce camp, c'étaient les insectes, qui nous harcelaient sans arrêt. »

BAUER : « *Dimanche 18 juillet* : Encore une journée de passée, et l'avion n'est pas apparu. En réalité, je n'attendais personne aujourd'hui. C'est dimanche et, le dimanche, les Colombiens ne sont pas au mieux de leur forme. Benjamin est parti chasser pendant plus d'une heure et il n'a rien tué. Edgard s'est levé et a balayé le camp. Il n'a pas plu de la journée, mais la rivière continue à monter. Jusqu'à présent, je ne vois pas en quoi on peut parler d'un paradis de chasse et de pêche. On ne peut cependant pas dire qu'une heure de chasse par jour suffise. »

FRITZ : « Une journée longue, sans rien faire. Nous avons mangé une anguille et un pauxi, et joué aux cartes toute la journée. »

BAUER : « *Lundi 19 juillet* : Je suis convaincu que s'il y a des animaux dans le coin, ils sont bien cachés. Benjamin et les chiens ont parcouru tout le secteur sans apercevoir un singe ni un oiseau. On a pris quelques poissons pour demain. »

FRITZ : « J'ai tué un serpent qui traversait le chemin, entre la cascade et notre camp. Il mesurait un mètre et demi de long. On trouve presque tous les jours des serpents, dans des endroits différents. Pendant tout le temps que j'ai passé dans la forêt — y compris quand, plus tard, je suis allé sur l'Apaporis —, je n'en ai jamais rencontré autant que sur les bords du Yari. Ils ne sont, malgré tout, pas tous dangereux ou venimeux ; c'est pour cette raison que cela ne nous a jamais empêchés de pénétrer dans la forêt. Ce n'est pas cela qui nous inquiétait. A l'époque, la journée se divisait en deux parties : le moment de la chasse, et celui de la pêche aux piranhas, dans la rivière. Pour Wolfgang, c'était une sorte de rituel. Moi, je me rendais plutôt à la cascade qui se trouve un peu en retrait du camp, et je prenais un bain. Je parle, bien sûr, de la cascade sur le petit ruisseau. Pour moi, ce bain était un moyen de m'éloigner des autres. Chacun s'y rendait individuellement. »

BAUER : « *Mardi 20 juillet* : Pas d'avion, et pas de nouvelles de l'accident, à la radio. On a changé l'huile du groupe électrogène : d'après les instructions, il faut le faire toutes les cent heures. Je ne comprends pas pourquoi ils ne donnent aucune nouvelle à la radio. L'absence de l'avion empêche presque tout le monde, sauf moi, de se sentir à l'aise. La seule chose qu'acceptent les pêcheurs, c'est d'aller à la pêche ; ils ne veulent même pas s'approcher de la forêt. Il faut dire qu'avec les chiens qu'on a, je ne peux pas leur en vouloir ; en plus, ils ne savent pas chasser avec eux. On n'a pas de pirogue, et ils n'ont pas l'air décidés à en creuser une malgré le besoin de chasser. Nos deux hôtes ne s'occupent de rien ; ils tentent seulement d'établir un contact avec les indigènes. Ils ont tous un formidable appétit. Je me suis fait une déchirure dans le dos et souffre le martyre. »

FRITZ : « Nous avons trouvé un arbre, juste à côté du camp, il est parfait pour creuser une pirogue. Nous l'avons choisi assez gros. »

Inès se souvient que, ce jour-là, Benjamin Cubillos, qui cachait sa nervosité aux autres, ne cessait d'être irrité contre elle. « Il était nerveux, il transpirait un peu, marchait, s'asseyait une seconde, se relevait... On voyait qu'il était inquiet parce qu'on n'arrivait pas à quitter rapidement l'endroit. Il m'a dit que sa famille lui manquait beaucoup, et qu'il ne pouvait pas vivre loin d'elle plus de deux semaines. Les autres étaient plus calmes... »

Le jour a surpris Martin dans sa maisonnette de Cali, et Vincent Quintero entre les murs en bois de sa maison de Porto Rico, un petit village au pied des montagnes et de la forêt. Ils avaient conduit les survivants à l'avion de New York, et au retour s'étaient arrêtés à Neiva où le major Navia, ami de Martin, était chef de la police secrète.

Malgré les renseignements que les deux hommes ont donnés aux autorités, ces dernières se sont contentées de prendre des notes. Quand ils eurent fini de parler, on leur dit qu'ils pouvaient partir. Aucune enquête n'a été entamée et les témoignages sont allés directement aux archives.

A Dos Rios, Oscar et *le Réserviste* n'ont pas trouvé les frères Sanchez. Ils avaient quitté le cœur de la forêt pour suivre Efraïn jusqu'à un endroit où ils devaient récolter le caoutchouc en compagnie de sept indigènes. Mais ils ont été déroutés par ce milieu qu'ils ne connaissaient pas ; alors, une nuit, ils ont volé deux pirogues et sont partis.

Leurs compagnons avaient été embauchés comme ouvriers dans la propriété d'un colon, et ils ne les ont jamais plus revus. A présent ils se trouvaient là, en train d'attendre les Sanchez pour toucher un peu d'argent et ensuite disparaître. Ils voulaient retourner dans leurs montagnes. Ils étaient amaigris et très faibles. Les indigènes des Sanchez leur ont donné à manger et ils leur ont indiqué un endroit où s'installer provisoirement. Ils ont dormi un jour et une nuit sans interruption.

OSCAR : « Jorge Sanchez est arrivé environ trois jours après, et il m'a demandé ce que je faisais là. Je le lui ai expliqué, ajoutant que j'étais prêt à tuer ou à me faire tuer, mais qu'en aucun cas je ne continuerais à me laisser traiter comme un esclave. Il n'a rien dit, et le soir il a envoyé une pirogue à Miraflores pour rapporter de la bière. Il m'en a vendu, ainsi qu'à d'autres indiens. Ces derniers se soûlent avec seulement trois ou quatre bouteilles. Alors ils ont commencé à faire des discours. Jorge s'est mis en colère et il les a frappés avec son ceinturon en cuir. Il considérait qu'ils étaient ses enfants, et il les frappait. Cela nous a mis en colère, *le Réserviste* et moi. On s'est dit : " Merde alors, il faut s'arranger pour qu'ils s'en aillent. Il faut qu'ils quittent les Sanchez. "

» Par la suite, on leur a répété cela à chaque instant. Ils n'avaient qu'à retourner dans leur tribu, là-bas personne ne les emmerde. Au début, ils ont eu très peur ; ils disaient qu'il pouvait leur arriver malheur s'ils s'enfuyaient. On leur a dit : " Ne soyez pas bêtes. " Une semaine après, il y en a eu quinze qui se sont sauvés ; c'est nous qui les avons conseillés. La nuit où ils sont partis, on leur a dit de prendre un chemin où personne ne pourrait les trouver. Les uns s'en sont allés sur la rivière, les autres par la montagne. Quand il s'en est aperçu, Jorge m'a dit : " Nous allons faire une battue pour retrouver les indigènes. " A ce moment-là, j'avais déjà appris à conduire un bateau à moteur et j'étais son capitaine. Le jour suivant, nous avons quitté Dos Rios. J'essayais de ne pas les emmener vers l'endroit où se trouvaient les indiens. Il y en avait quelques-uns dans un lieu appelé Le Gibier ; le plus grand nombre était parti dans la forêt. Je les ai donc conduits vers Le Gibier en pensant, franchement, qu'ils n'étaient plus là. Mais à peine arrivé, j'en ai aperçu un, et je me suis dit : " Merde ! Les malheureux vont se faire reprendre. "

» Jorge a immédiatement appelé l'indien ; il essayait de l'amadouer, et pendant qu'il lui faisait des compliments, j'ai aperçu un autre indigène qui s'était aussi évadé. Je lui ai demandé s'il y en avait davantage. Il m'a dit qu'il y en avait deux qui arrivaient et je l'ai envoyé leur dire que Jorge les cherchait. Le garçon a contourné les plantations de yuccas et s'est enfui en courant. Mais la propriétaire du lieu a dit qu'elle en avait vu trois. Jorge voulait les retrouver, et j'ai commencé à faire des histoires, j'ai expliqué qu'il était tard, et qu'il fallait retourner à Dos Rios. Mais Jorge n'a rien voulu entendre. Alors, je lui ai dit : " Eh bien restez, si vous voulez. Restez ! Moi je m'en vais. " J'ai fait semblant de partir et il m'a rappelé : " Non ! Attends, Oscar ! On part tous les trois avec l'indien. " Et il l'a traîné avec nous.

» Pendant la nuit, je me suis approché du hamac du garçon et je lui ai dit de voler une autre pirogue, de partir et de rejoindre les autres pour donner l'alerte, parce qu'on avait l'intention de les reprendre. Je suis allé dans ma baraque et j'ai laissé passer le temps. Vers minuit, je lui ai demandé de se lever et je l'ai conduit à la rivière où on a volé un canot. Le lendemain il n'était plus là et cela m'a fait un grand plaisir.

» Cette histoire a circulé entre eux et, la nuit suivante, un petit vieux et son fils m'ont appelé et m'ont demandé des conseils pour l'évasion. Je leur ai dit : " Il vous faut trouver un morceau de toile, vous en faites un baluchon et vous y mettez vos habits. Vous attendez que la nuit tombe et vous allez vers le centre de la forêt. " Ils sont effectivement partis, mais une indienne révéla à Jorge que c'était moi qui les conseillait. Jorge est venu me voir et m'a dit que si je continuais à faire fuir ses gens, il allait me mettre en prison. Il m'a interdit de dormir dans leur baraque et ils m'ont envoyé ailleurs. Alors je lui ai répondu : " Faites-moi mettre en prison. Faites-le, si vous voulez. Allons-y ! Je sais que je ne peux pas perdre. " Il n'a rien dit.

» Une semaine plus tard, il m'a appelé et il m'a proposé de négocier. Je lui ai dit : " D'accord, mais ne me prenez pas pour un indigène. En plus, le jour de mon départ, j'emmènerai quelques indiens. " Il a commencé à trembler de colère et puis il m'a dit qu'il était hors de question que je lui prenne tous ses gens. A ce moment-là, une vingtaine d'indiens étaient déjà partis, et d'autres continuaient à fuir grâce à mes conseils. Je leur disais : " Volez autant de farine que vous pourrez, et j'espère que vous volerez toutes les pirogues !... " (Il en restait déjà très peu.) Ils emmenaient leurs femmes et leurs enfants, en fuyant pendant la nuit. Finalement, Jorge a tout compris et, un dimanche, avant que les gens ne partent au travail, il m'a appelé :

» — Bien, jeune homme, je vais régler ton salaire et tu t'en vas, a-t-il dit à haute voix, visiblement contrarié.

» — C'est très bien, ai-je répondu, alors payez-moi pour mon travail.

» — Je n'ai pas d'argent.

» — Alors qu'est-ce qu'on va faire, ai-je répliqué, si c'était moi qui étais patron et qu'il me fallût mettre un de mes ouvriers à la porte, j'aurais de l'argent pour le payer !

» Il s'est dirigé vers sa baraque, a apporté juste l'argent qu'il me devait, il me l'a donné en disant :

» — Tiens, et tu fous le camp d'ici. Tu n'as plus rien à y faire.

» Cela m'a mis en colère et je l'ai provoqué :

» — Je partirai d'ici quand je voudrai et non pas quand vous me le direz. Ici ce n'est pas chez vous, c'est la forêt ; alors n'essayez pas de m'humilier, ai-je crié.

» Les indiens qui étaient restés étaient en train d'écouter et moi j'essayais de parler de plus en plus méchamment pour les faire réagir. Je leur ai demandé de se réunir à sept heures du soir, au bout de la piste d'atterrissage et à mon arrivée ils étaient presque tous là. Je leur ai dit : “ Maintenant je ne pourrai plus vous aider à vous évader. Mais à l'avenir essayez de trouver des sacs. Vous y mettrez vos affaires. Vous prendrez de la nourriture et vous taillerez des rames. Vous volerez la grande barque et vous partirez tous ensemble. Étant donné qu'il n'y a pas d'autre embarcation, vous allez prendre beaucoup d'avance, pendant qu'ils en construiront une autre. En plus, si tout le monde part, personne ne pourra aider Jorge à vous poursuivre. ” L'un d'eux m'a répondu : “ Moi, c'est sûr, je ne m'en vais pas. Ça fait longtemps que je suis ici et j'aime bien Jorge. ” Je lui ai dit que chacun était maître de son cul et qu'il se démerde. C'était son problème !

» A la fin de la réunion, ils étaient tous d'accord pour partir. Je suis revenu au camp et je me suis couché. Mais, au moment où je m'endormais, j'ai entendu un garçon qui s'approchait de moi, il m'a dit qu'il avait peur. Jorge surveillait le camp un pistolet à la ceinture ; il portait un ceinturon avec des balles et des bottes de cow-boy, comme à la parade. J'ai dit au garçon : “ Calme-toi, je t'assure qu'il ne se passera rien. Tu pars avec moi et je m'arrangerai pour que tu ne sois pas repris. ”

» On est montés dans une pirogue et on s'est réfugiés chez un Blanc, près du village. L'indigène qui était avec moi s'appelait Braulio.

» Deux jours plus tard, Jorge avait perdu tous ses indiens. Alors il est descendu me trouver ; il était préoccupé et très en colère. Il m'a parlé sèchement : “ Je vais te mettre en procès, tu as fait fuir tous mes gens. Ça va te coûter cher. ”

» Je savais que je ne risquais rien et je l'ai provoqué : “ Bon, d'accord, allons voir ce qu'en pensent les autorités. ” Il n'a rien dit pendant une seconde et puis il m'a demandé : “ Laisse-moi au moins Braulio ! ” — “ Ce garçon est avec moi depuis le début, et il restera avec moi ”, ai-je répondu.

» Les Sanchez essayaient de me faire peur avec les autorités parce que le juge était un inconditionnel de leur famille. Il leur demandait des services, et aussi de l'argent et ils lui en donnaient.

Les juges qui s'installent là-bas sont très serviles avec les Sanchez qui sont les gens les plus puissants du coin. Lorsqu'un indigène s'enfuit et va se plaindre au magistrat pour un motif x ou y, ce dernier les met en prison. Ensuite il fait venir le patron, et il les lui rend. Les Sanchez sont très puissants et très riches et là-bas tout le monde courbe l'échine.

» On s'est regardés pendant un moment et Jorge a repris la parole. Ou plutôt, on s'est fixés dans les yeux, et quand je m'en suis aperçu, il avait déjà la main sur son pistolet. Alors j'ai pris le manche de la machette qui pendait à ma ceinture, j'ai fait deux pas en avant, et nez à nez, je lui ai dit : " Don Jorge, excusez-moi, mais on est de la même race. Ne vous imaginez pas que vous allez me faire avaler des sornettes, et encore moins me tuer comme un chien. " Lorsque je lui ai dit cela, il a essayé de prendre son pistolet et j'ai levé la machette : " Si vous faites le moindre mouvement, je vous coupe la tête. Allez-y, vous allez voir si je suis une lopette ! " lui ai-je dit rageusement. Alors il a écarté la main de son arme et il a répondu : " Je n'aime pas tuer, surtout de sang-froid. Vous êtes vraiment sérieux ? " J'ai gardé la machette et on a parlementé pendant plus d'une heure. Ensuite il est reparti calmement.

» La semaine suivante, la débandade des indiens a continué. Ce n'étaient plus ceux de Dos Rios — il n'en restait plus — mais ceux de son frère Efraïn, là-bas dans la forêt, de là où je venais.

» Je croyais qu'ils s'étaient tous enfuis et un matin, alors qu'on était à la pêche avec Braulio, je lui ai dit : " Regarde ce qui est en train de descendre, au milieu du courant. C'est quelque chose de bizarre. " J'ai lâché mon hameçon, on s'est levés, on a couru un peu vers le haut et on a vu plus distinctement : une chose toute ronde avec quelqu'un dessus. Nos commentaires avaient attiré plusieurs personnes et finalement quelqu'un a dit : " C'est Édouard, il est sur une grande marmite en acier, de celles qui servent à faire bouillir le caoutchouc. " Moi, je n'ai pas parlé : une vingtaine de jours auparavant, là-bas, dans la forêt de l'Apaporis où, démoralisé, je ne cessais de pleurer lorsque, avec *le Réserviste* et les autres Blancs, on avait décidé de s'enfuir, j'avais dit à Édouard — qui faisait équipe avec moi : " Il faut qu'on se sauve, on est libres, on peut le faire. " Mais il m'avait répondu qu'il avait trop peur de Sanchez. " Sanchez est blanc comme moi, il se bat comme moi. Si on s'enfuit tous les deux, il faudra qu'il me tue moi aussi. Ou alors c'est nous qui le tuerons ", ai-je dit au garçon. Il avait réfléchi pendant toute une journée, et puis il s'était approché de moi pour me dire : " C'est d'accord ! " J'avais attendu la nuit et j'étais parti avec *le Réserviste*. Les autres avaient fui avant nous, mais je ne pouvais abandonner Édouard. Je l'aimais bien parce qu'il était très fidèle. C'était un indien assez maigre mais fort, d'environ vingt ans, un bon chasseur, un bon nageur. Toujours silencieux. Je l'estimais et il m'estimait aussi. Je l'aimais beaucoup... Donc, comme il n'y avait pas d'embarcation pour lui, j'étais entré dans une cabane, j'avais pris une grande marmite et je l'avais apportée au port. J'étais en train d'essayer si elle était assez grande pour supporter une personne, lorsque le garçon était arrivé et m'avait dit : " C'est d'accord ! " On avait mis la marmite à l'eau, j'avais fait asseoir Édouard dedans en lui disant : " Reste tranquille, ne bouge pas parce que cette putain de marmite risque de chavirer, et tu vas perdre ton embarcation. Si tu tombes, tu n'arriveras jamais en bas. " Je l'avais poussé doucement vers le milieu de la rivière, et j'étais monté dans ma pirogue en criant : " Je passe devant, si je rencontre les hommes de Jorge Sanchez, je ferai un feu pour que tu te caches, si tu arrives à accoster. Si tu ne vois rien, continue, je t'attends en bas. "

» Bon, eh bien voilà Édouard qui arrivait. Il était déjà tout près de nous, il descendait lentement la rivière. Il ne bougeait pas du tout. De temps en temps, il se laissait prendre dans un remous et il tournait plusieurs fois sur lui-même avant de continuer à descendre. On est montés dans les pirogues et on est allés le chercher. Plus bas, il y avait un petit rapide où il risquait de se noyer.

» Lorsque j'ai été suffisamment près de la marmite, j'ai touché le garçon et il est tombé comme une pierre. J'ai plongé et je l'ai sorti de l'eau. Il était tout raide. Dur. Il ne pouvait bouger ni pieds, ni pattes. Je l'ai attrapé par les cheveux et je me suis approché d'une pirogue. Je me suis aperçu qu'il était mourant. Pâle, il ne parlait déjà presque plus. Il avait chié et pissé sous lui, et le pauvre sentait très mauvais. On s'est approchés du bord, et on s'est mis à plusieurs pour le porter. J'ai apporté un hamac et on l'a posé là, près du bord, bien caché. Ce jour-là, ils avaient rapporté du poisson et je lui ai fait un bouillon bien fort. Je lui en ai donné trois cuillerées et il a commencé à transpirer, et puis il a de nouveau perdu connaissance... Il n'a pu recommencer à marcher que trois jours plus tard. Je me souviens qu'il s'est levé de son hamac, il a fait quelques pas, et puis il est tombé. Il transpirait. Je l'ai relevé et je l'ai laissé se reposer deux jours de plus. Il a eu l'air de se rétablir un peu mieux. Alors il m'a raconté qu'il ne restait plus personne dans la forêt. Les autres avaient construit des canots et s'étaient enfuis aussi. Il était resté vingt jours et vingt nuits sans bouger, sur sa marmite. Lorsque je l'avais poussé vers le milieu de la rivière, il avait commencé à descendre et à se laisser aller au fil de l'eau. Il n'avait pas réussi à accoster pour dormir ou manger. Chaque fois qu'il essayait de ramer, la marmite se mettait à tourner sur elle-même. Je me demande vraiment comment il n'est pas mort. Il était tellement maigre que, le jour où je l'ai relevé, il pesait presque aussi peu qu'une feuille de papier.

» Le temps a passé et Jorge est revenu me voir, gentiment cette fois. Il m'a proposé de monter une société de chasse et il m'a demandé de prendre Braulio mais j'ai refusé :

» — Il faut laisser ce garçon en liberté dans le coin. Ça fait deux ans qu'il travaillait pour vous dans la forêt sans voir autre chose ; laissez-le chercher son chemin.

» — Alors qui est-ce que tu vas prendre ? m'a-t-il demandé avec impatience ; et je lui ai répondu en rigolant.

» — Eh bien, Édouard. Il est impeccable pour la chasse.

» — Ce n'est pas possible. Il est sur l'Apaporis en train de couper du *balata* pour Efraïn, a-t-il répondu.

» — Non, monsieur. Attendez un moment et vous verrez qu'il va arriver d'un instant à l'autre, lui ai-je annoncé ; et il a été très surpris.

» Le soir, j'ai demandé à Édouard de se montrer, et il est venu : maigre et pâle. Il n'a pas voulu parler et Jorge a pensé qu'il s'était enfui et que c'était moi qui l'avait incité. Il n'a rien dit.

» Le jour suivant, le garçon s'est réveillé très tôt et il m'a dit : “ Oscar, je n'ai plus envie de revenir dans ma tribu. Je reste avec vous. Je me sens bien avec vous. ”

» On s'est levés et on est allés chercher Jorge.

» Il nous a prêté une carabine, des cartouches et de la nourriture. Au cours des deux premières chasses, on a rapporté plusieurs peaux et on a gagné 5 000 pesos. On a payé tout ce qu'on devait à Jorge, y compris la carabine. Elle était très vieille, certes, mais maintenant elle était à nous. Alors j'ai proposé à Édouard d'aller chasser pour notre propre compte. Ce qu'on abattrait nous appartiendrait à tous les deux. Et il a accepté. " Il faut pénétrer loin dans la forêt. C'est là que se trouve le gros gibier, m'a-t-il proposé. Allons vers le Yari ! "

» Nous avons préparé une toute petite pirogue, parce que nous ne pouvions faire autrement ; et le lendemain nous avons fixé des branches sur le côté droit et nous avons construit un petit radeau sur lequel nous avons placé quelques affaires, (de la nourriture, du sel et des munitions). Et puis on a commencé à naviguer en amont d'une rivière qui s'appelle l'Ajajo.

» Nous sommes partis à quatre heures du matin. Il avait plu toute la nuit, et la forêt était couverte de brume. On ne voyait pas bien la rivière. Nous n'avions pas de lanternes parce que nous n'avions pas eu assez d'argent pour en acheter. Nous avons donc avancé à tâtons. La journée a été grise et chaude. La brise n'a pas soufflé un seul instant et le jour est tombé vers cinq heures de l'après-midi. Nous ne nous sommes pas arrêtés une seule fois. Nous ramions et nous mangions toutes les cinq heures, comme ça, sans même nous arrêter. Il fallait pénétrer davantage au cœur de la forêt. C'est là que se trouvait le tigre.

» Vers six heures de l'après-midi, on ne voyait plus rien. Mais je me suis dit qu'il fallait faire un dernier effort afin de gagner un peu plus de terrain. Et vers six heures et demie — il faisait déjà nuit noire — la pirogue a commencé à tanguer. On était sur un *barre-monte*, un rapide qui, en amont, avait arraché des morceaux de terre avec des arbres tout entiers, des cabanes, tout ce qui se trouvait sur son passage. Quand on a essayé d'accoster, on a heurté un grand tronc descendant dans la rivière, et il nous a envoyé en l'air. Nous avons perdu le sel, tout le sel, cinquante kilos de farine, environ six livres de riz, du café, un pot plein de sucre, et les vêtements que nous avions pris pour nous changer. Nous avons gagné la berge avec seulement ce que nous avions gardé sur nous, la carabine, les machettes et un sac avec de la poudre et des munitions que j'avais passé autour de mon cou.

» Cette nuit-là, il a fait très froid. Nos hamacs et les toiles qu'on devait tendre pour se protéger de la pluie étaient perdus. Alors nous avons cherché deux arbres creux — de ceux qui ont le pied comme un ventilateur — et nous nous sommes installés pour la nuit. Les arbres creux sont de bons lits parce que les écorces du tronc — lorsqu'elles sont aussi grosses que celles de cette nuit-là — protègent du vent et du froid. On se met là-dedans et on se retrouve bien coincé et confortablement installé.

» Nous nous sommes levés tôt et avons attendu le jour pour voir si, par hasard, nos affaires n'étaient pas restées accrochées aux ronces, sur le bord. Mais la rivière avait tout emporté ; le courant était très violent. Alors j'ai dit à Édouard que la seule chose qu'il nous restait à faire était de continuer vers le centre de la forêt, et d'ouvrir l'œil pour essayer de trouver à manger. Cela ne valait pas la peine de retourner, je ne voulais plus avoir affaire à Sanchez. Nous avons mangé des bourgeons de palme, quelques baies, et marché près de huit heures, sans arrêt, le long de la rivière. Lorsque la nuit a commencé à tomber, nous nous sommes arrêtés sous des arbres pour camper et nous sommes repartis à quatre heures du matin pour essayer de trouver du monde. Une heure plus tard, vers le haut du fleuve, ce fut la découverte de grands caïmitiers très verdoyants, chargés de grosses grappes de fruits. Ce sont des arbres dont le lait poisseux coule par l'écorce et les feuilles. Leurs petits fruits sont jaunes, rouges ou violets. Ceux-là étaient rouges. Édouard a grimpé sur un arbre et en a cueilli. Leur chair était blanche et cristalline et ils avaient bon goût. Le plus agréable, c'était leur odeur sucrée, peut-être à cause du lait qui se collait à nos lèvres. J'en ai mangé beaucoup et rempli les poches de ma chemise et de mon pantalon. Je n'avais pas envie de perdre du temps à chercher de la nourriture, lorsque la faim me reprendrait.

» Vers quatre heures de l'après-mdi, nous avons aperçu de la fumée, un peu plus haut, au bord de la rivière, et sommes arrivés à la petite maison de l'indien vers cinq heures de l'après-midi. Il était en train de faire fumer du poisson. C'étaient de grosses bêtes. Il nous a dit qu'on pouvait passer la nuit là. Après avoir bu un peu de *chicha*, nous sommes allés dans la montagne pour l'aider à couper du bois pour le feu. Il en faut beaucoup pour faire fumer les poissons. En général il vaut mieux prendre du bois qui ne brûle pas trop vite, pas trop gros, et qui fasse beaucoup de braise. Pour faire fumer la chair, il faut beaucoup de temps et très peu de flamme. Vers six heures de l'après-midi, nous avons fait un bon feu, et le lendemain, vers cinq heures du matin, l'indien nous a dit qu'on pouvait en manger. On s'est bien rempli la panse et on lui a demandé si on pouvait rester un jour de plus pour préparer des pièges. Il a dit oui.

» Il y a beaucoup d'animaux dans la forêt, mais pour les attraper il faut faire des pièges avec les fibres d'une variété de palme qu'on appelle le *cumare*. C'est une cordelette très fine. L'indien en avait beaucoup, et il nous en a offert un bon paquet. On s'est tout de suite mis à les tresser, à les préparer et à monter les pièges. La nuit, pendant qu'on dort, on est sûrs d'attraper assez d'animaux pour le lendemain. Il faudrait apprendre cela aux indiens.

» Nous avons passé toute la journée à monter des pièges et à faire sécher la poudre et la boussole d'Édouard près du feu.

» Le lendemain matin, nous nous sommes éloignés de la rivière et avons marché vers le cœur de la forêt. Il a beaucoup plu pendant ces quatre jours, mais nous avons réussi à tuer des singes. Nous en avons gardé quelques-uns pour manger après avoir fait sécher leur viande, et avons vidé les autres ; nous les avons attachés par le cou pour en faire des appâts pour la chasse, traînés par terre pour que le tigre, attiré par l'odeur, vienne les dévorer... C'est quand le tigre est en train de manger et qu'il commence à être bien repu, qu'on lui tire dans le cou ou dans la tête.

» On a travaillé beaucoup et on n'a pas eu de chance. On a passé une semaine, silencieux, à attendre, à attendre, et aucun tigre n'est venu. On en a conclu qu'il fallait pénétrer davantage dans la forêt.

» A un jour de marche de l'Ajajo, on a trouvé un marigot qui s'appelle La Yaya, un ruisseau large de vingt-cinq mètres environ ; c'est-à-dire la moitié de l'Ajajo, mais avec des eaux très semblables, troubles, couleur café au lait, comme dans presque tous les marigots de cette forêt.

» On a passé cinq jours près de La Yaya, à poser des appâts. Mais la viande séchée des singes et celle des autres animaux qu'on avait chassés a commencé à manquer. En plus on avait abandonné les pièges parce qu'il fallait marcher vite. Et les difficultés ont recommencé. L'indien qu'on avait rencontré dans la petite maison nous avait donné un peu de farine, et on l'avait mise de côté. Il a donc fallu manger la farine et des bourgeons de palme, parce qu'on ne voulait surtout pas toucher aux nouveaux appâts, de peur de faire fuir le tigre... si, par hasard, il s'était présenté. Mais ce fils de pute n'est pas venu, alors on a continué en amont du marigot, de plus en plus vers l'intérieur de la forêt.

» Ça devait faire sept jours qu'on était sur La Yaya ; il devait être trois heures de l'après-midi. Tout d'un coup on a entendu un moteur sur l'eau et nous nous sommes montrés. C'était Raoul Lima, le métis qui travaille pour Jorge Sanchez. Il remontait avec sa femme, Gloria, et quatre indiens. On les a appelés et ils ont accosté. Ils nous ont dit qu'ils allaient camper avec nous parce qu'ils étaient très fatigués. Jorge les avait envoyés chercher du caoutchouc, du *juansoco* * et de la gomme de sapotier *. Je leur ai demandé ce qu'ils comptaient faire, et ils m'ont répondu qu'ils avaient l'intention de rejoindre le Yari. Raoul m'a proposé de les accompagner, et comme on n'avait plus rien à manger et que je n'avais plus envie de rien étant las de m'emmerder à chercher un tigre, je lui ai dit qu'à partir de maintenant on ne formait plus qu'une seule et même équipe.

» Nous avons remonté le marigot pendant trois jours et sommes arrivés à un endroit où il n'y avait presque plus d'eau. Pour s'en sortir, il fallait ouvrir un chemin, ou plutôt une sorte de trouée étroite qui nous permettrait d'atteindre un autre ruisseau plus large. Il fallait abandonner notre embarcation et en fabriquer une nouvelle à l'autre bout du sentier. Raoul et les autres n'étaient pas associés avec Jorge, ils n'étaient qu'ouvriers, c'étaient “ ses garçons ”, comme on dit là-bas. Ils avaient des outils, et c'est pour ça qu'il ne nous serait pas difficile de fabriquer une nouvelle pirogue.

» Je crois qu'on a passé neuf heures à tracer le sentier. On a dormi au bord du nouveau marigot, et le lendemain on est allés prendre nos affaires à La Yaya. Au troisième jour, on a cherché un arbre pour fabriquer l'embarcation. On a vu quelques cèdres, parfaits pour ce qu'on voulait en faire, parce que le bois est très léger. Mais on a essayé d'en abattre dix et, au premier coup de hache, on s'est aperçus qu'ils étaient creux. Ils ne valaient rien. Une maladie, dans ce coin de la forêt, avait dû les abîmer. Alors au bout du

* Variétés de caoutchouc. (N.d.T.)

compte, fatigués, nous avons décidé d'abattre un tronc de *macapa* (c'est un bois un peu plus lourd), sain et assez large pour fabriquer une grande pirogue. Comme nous étions huit, nous en avons choisi un qui mesurait trois embrassements, c'est-à-dire trois hommes bras ouverts, embrassant le tronc. Ce travail a duré plusieurs heures parce qu'il y en avait beaucoup qu'il était impossible d'abattre. La forêt, à cet endroit-là, n'était pas bien plate et, si on abattait l'arbre, le tronc se cassait en tombant, il éclatait et notre travail était fichu. On a fini par trouver celui qu'il nous fallait et on l'a abattu.

» Le bois était dur et on s'est tous mis — la femme de Raoul travaillait autant que nous — à l'aplanir sur le dessus. Ensuite on a commencé à le creuser avec l'herminette. On a fait une longue saignée, on l'a vidé à moitié. Pendant ce temps, d'autres rabotaient les extrémités pour sculpter la poupe et la proue. Il a fallu deux jours pour finir la pirogue, ensuite on l'a retournée pour aplanir le ventre. Si on avait laissé la pirogue telle quelle, elle n'aurait pas été assez stable et aurait chaviré au moindre mouvement ; elle ne nous aurait servi à rien. Dans l'après-midi, on a fait un grand feu et on a promené des torches à l'intérieur de l'ouverture pour l'agrandir rapidement. On a fini lorsque la nuit était déjà bien avancée. C'était une bonne pirogue, bien droite, sans irrégularités. Bien sûr, elle était très lourde — comme le bois qu'on avait abattu — mais il n'y avait pas d'autre solution.

» Le deuxième jour de travail, j'ai laissé les gens creuser avec l'herminette et je suis parti tout seul dans la montagne. J'ai croisé une bande de singes et j'ai tué le dernier ; il était isolé. Je lui ai ouvert le ventre et l'ai traîné sur quatre-vingts mètres autour d'un arbre mince et flexible où j'avais décidé de l'attacher pour en faire un appât. On recherche toujours cette sorte d'arbre mince pour attacher les singes, parce que lorsque le tigre se présente et qu'il commence à attaquer l'appât, l'arbre se met à bouger et le chasseur est averti.

» J'ai fini mon travail et je me suis dit : “ J'espère que cette fois ça va marcher. ” Je suis revenu pour aider à la pirogue et le lendemain je suis allé voir. Le tigre était venu pendant la nuit ; il avait mangé. Je savais qu'il reviendrait, et j'espérais bien qu'il serait à moi. Sans perdre une minute, j'ai coupé de grosses branches, j'ai grimpé au sommet d'un arbre très haut en face du singe, et j'ai construit une sorte de plate-forme pour me coucher pendant la nuit. J'avais l'intention de l'attendre avec la carabine chargée. Quand j'eus fini, je suis redescendu, j'ai vérifié l'appât et constaté qu'il était bien attaché. Les liens ne s'étaient pas détendus et j'étais sûr qu'il ne pourrait pas l'emporter. Étant donné qu'il avait mangé un bon paquet de viande, il n'allait peut-être pas se présenter avant deux nuits. Alors je suis reparti à la pirogue.

» Cette nuit-là, j'ai rêvé d'un gros tigre vert qui sautait d'arbre en arbre en poursuivant un singe pour le manger. Je me suis réveillé très tôt et suis allé là-bas. J'ai entendu des feulements à quelque quatre-vingts mètres de là. Je me suis approché en faisant attention et j'ai grimpé sur un arbre au bord du sentier que nous avions ouvert. C'était un gros tigre très féroce, un animal rayé d'environ quatre-vingt-cinq kilos. Il s'est approché du singe et il a tourné autour de lui, regardant lentement les alentours, feulant, soufflant, sans oser s'approcher. Les feulements ressemblaient à des ronflements puissants, et j'étais très impressionné. Ce fils de pute allait être à moi ; il n'était pas question de le perdre. Il me fallait attendre qu'il eût confiance et qu'il commençât à manger, à se remplir de viande. J'ai attendu quelques minutes et il a tourné trois ou quatre fois de plus. Ensuite il s'est arrêté, a regardé de tous les côtés, a bien flairé, et s'est lancé seulement après sur le singe que j'avais accroché un peu en hauteur. Il l'a attrapé avec ses pattes et s'est mis à lui donner des coups de griffes pour le faire tomber. Mais il n'a pas réussi parce que je l'avais bien attaché par la tête et par les mains avec une liane solide. L'arbre a commencé à se plier dans tous les sens et j'ai vu le tigre enfoncer ses dents dans la chair et donner des coups de tête dans tous les sens pour arracher la première bouchée. Lorsqu'il eut réussi à la détacher, il l'a jetée par terre et il s'est mis à mâcher de bon appétit. Je suis descendu de l'arbre et je me suis dirigé vers lui ; maintenant j'étais rassuré, parce qu'il était en train de manger avidement. J'ai pu m'approcher à vingt mètres de lui, à travers le sentier, et dès qu'il m'eut flairé, il se retourna pour me regarder. J'étais glacé. Sa gueule et ses pattes étaient couvertes de sang. Il ne savait que faire : bondir sur moi ou continuer à manger. Alors j'ai essayé de repérer un arbre assez gros, et je me suis dirigé vers lui doucement, doucement, doucement. Je me cachai derrière un tronc situé sur le côté : c'est la position idéale pour tirer sur un tigre. Mais je n'ai pas eu le temps de tirer avec ma carabine parce qu'il s'est mis de face. Il me suivait des yeux, sans détourner son regard une seule seconde. Il ouvrait la gueule à demi et il rugissait doucement ; comme s'il se préparait à l'attaque. De mon côté, j'essayais d'attirer son attention pour qu'il se mît dans la bonne position ; mais au lieu de cela, il s'énervait davantage. J'avais l'impression qu'il faisait froid. Ma chemise était trempée, elle collait à ma peau. Mes muscles étaient noués et je secouais sans arrêt la tête pour faire tomber les gouttes de sueur qui coulaient dans mes yeux, et me brûlaient. Après, j'ai ouvert la bouche et j'ai respiré profondément ; je me suis mis à souffler comme le faisait le tigre. J'ai pensé que si ses rugissements arrivaient à m'effrayer, il n'y avait pas de raison pour que les miens ne produisent pas le même effet sur lui. Je lui ai parlé doucement en essayant de l'amadouer ; je lui ai dit de ne pas faire le con ; je lui ai demandé de se tourner un peu, que j'en avais besoin... il avait une peau qui devait valoir un bon prix ; j'étais certain que de toute manière il ne s'en sortirait pas. Alors pourquoi est-ce qu'il m'emmerdait à ce point ? Il a cloué ses pattes dans la sol, et il est resté là, planté, de face. Dans cette position, je ne pouvais pas lui tirer dessus : je risquais d'abîmer la peau. Ç'aurait été une catastrophe ! Jorge m'en aurait donné beaucoup moins. Je me voyais obligé de prendre énormément de risques. Pourtant à un moment j'ai failli lui tirer dessus alors qu'il était de face. Il avait fait deux pas dans ma direction. Mais il a finalement tourné la tête pour surveiller l'appât : c'est alors que j'ai visé le cou. Il n'est pas tombé. Il s'est mis à marcher lentement vers moi. J'ai eu le temps de recharger ma carabine et là, j'ai tiré de face. Il a secoué la tête deux fois ; j'ai cru qu'il allait tomber ; il était hébété. Je suis sorti de derrière l'arbre, mais il est resté debout, la gueule ouverte : il a bondi sur moi. Je me souviens de ses griffes qui sortaient pendant qu'il était en l'air. Elles étaient longues, jaunâtres et très pointues. Mais je me suis vite protégé derrière l'arbre. J'ai essayé de le tuer à grands coups de carabine parce qu'elle s'était enrayée et que je n'ai pas réussi à la charger une troisième fois... J'ai saisi l'arme par le canon et j'ai frappé le tigre chaque fois qu'il passait la tête d'un côté ou de l'autre de l'arbre... J'ai tapé de toutes mes forces et la crosse a fini par se casser. Alors l'animal s'est jeté sur moi, à grands coups de gueule. Il fallait, je le savais, éviter de trop bouger pour me fatiguer le moins possible : à chaque assaut, je lui parlais. Ce sont des animaux capables de deviner si quelqu'un est courageux. C'est pour cela qu'ils attaquent les gens : ils savent reconnaître ceux qui ont peur, qui sont lâches. S'ils s'en rendent compte, c'est foutu. Alors je me suis mis à lui parler et il m'a regardé attentivement ; moi aussi je le fixais dans les yeux. Il a eu un moment d'hésitation et j'ai eu le temps de tirer la machette qui était accrochée à ma ceinture. Je me suis mis à le frapper très fort avec le plat ; avec la tranche j'étais sûr de l'entailler et d'abîmer la peau. Ça faisait le même bruit que lorsqu'on tape sur un arbre. Il était très robuste ; on aurait dit qu'il ne sentait pas les coups. J'ai frappé, frappé de toutes mes forces et, à un moment, j'ai eu l'impression que ce fils de pute commençait à se ramollir. Il essayait de s'échapper. Alors je l'ai rappelé, je lui ai demandé de bien me regarder dans les yeux, et je lui ai dit que j'allais en faire de la merde. Et c'est à ce moment-là que les petites chiennes — celles que j'avais emmenées avec moi pendant le voyage — sont arrivées. En me voyant en mauvaise posture, elles se sont lancées sur le tigre. Elles aboyaient et elles essayaient de le mordre. Elles étaient courageuses, elles avaient vraiment des couilles ! Mais le tigre, tout blessé qu'il était, s'est mis en garde et en avant : il a commencé à envoyer des coups de gueule à l'une et à l'autre. Il ne savait pas trop laquelle choisir. Les chiennes le mordaient, et lui, il essayait de les attraper. Mais elles bondissaient en arrière et elles repartaient pour le mordre ; en faisant un nouveau bond en arrière. Le tigre se roulait par terre de tous les côtés, pour essayer de les attraper et le sang qui coulait de son cou s'est mélangé à la terre en formant de la boue. Il était fou, il ne savait laquelle mordre parce qu'on était tous les trois à le harceler. J'ai profité de la confusion et de l'effort des chiennes pour réparer ma carabine. J'ai enroulé une liane autour de la crosse et j'ai introduit une nouvelle cartouche. Je me suis mis à courir autour de la bête. Je voulais lui barrer la route ; les chiennes l'avaient beaucoup fatiguée. Et pendant que j'essayais de l'empêcher de passer, elle s'est retournée pour mordre une chienne : j'en ai profité pour lui tirer dans le cou. Elle a secoué la tête plusieurs fois, et j'ai vu des petits filets de sang qui coulaient parmi la boue collée à sa peau. Pourtant je n'avais encore pas réussi à la tuer.

» Le tigre levait la tête, c'était sûrement à cause de la douleur. Il s'est immobilisé quelques secondes et s'est mis à rugir. Alors j'ai passé la main sur mon front pour essuyer la sueur : elle me rendait complètement fou parce qu'elle coulait dans mes yeux ; j'avais l'impression de voir des petites lumières en train de danser devant moi. En poussant un grand soupir, j'ai jeté ma carabine. Je me suis précipité pour aller couper un gros gourdin : d'environ dix centimètres d'épaisseur. Alors j'ai commencé à frapper le tigre à deux mains. Quand je n'arrivais pas à l'atteindre, à cause des arbres ou des lianes, je l'attrapais par la queue et je le tirais en arrière pour l'empêcher de s'échapper. Sa queue était très massive, dure et chaude ; chaque fois que j'essayais de la saisir, elle me glissait entre les doigts : il transpirait lui aussi. Dès qu'il se sentait pris, il se retournait en tentant de me mordre. Alors moi, je lui plantais mon gourdin dans la gueule, dans les yeux, là où je pouvais. Dans ces moments-là, on frappe là où on peut. Il a tourné plusieurs fois sur lui-même et la chienne, la plus grande, la Guillermina, s'est acharnée encore plus sur lui. Mais, tout d'un coup, alors que la chienne se lançait, le tigre a réussi à l'attraper et il lui a emporté le cou. Quand je me suis aperçu que ma petite chienne était foutue, je suis entré dans une colère folle. Je me suis lancé sur le tigre et je lui ai envoyé un dernier coup de gourdin bien ajusté sur la nuque. Bien visé : il faut pas déconner ! Précis ! La bête s'est mise à trembler et puis elle s'est affaissée en pliant ses pattes. C'est alors que je l'ai rouée de coups jusqu'à ce qu'elle tombe sur le côté sans bouger. »

Fritz et Wolfgang étaient arrivés sur le Yarí depuis déjà sept jours. D'après Vincent, le pilote militaire avait fixé son retour dans un délai de huit jours. Ils ont commencé à épier le vrombissement des moteurs du Beechcraft, tôt le matin. Mais la nuit est tombée, et l'avion n'était toujours pas là. Ils ont donc commencé à réfléchir et à s'organiser dans la perspective de rester là-bas plus longtemps.

La nourriture commençait à manquer et les sorties de chasse pour tenter de pallier cette carence, s'étaient révélées infructueuses. Ils ont fini par se dire que ce n'était pas possible, qu'ils ne pouvaient pas continuer ainsi, sans même une pirogue pour simplifier leurs déplacements difficiles.

Et donc, quand ils ont compris qu'ils n'étaient pas près de repartir (« Qui sait combien de jours allait-on encore attendre dans cet endroit. »), les Autrichiens ont fait surgir à nouveau l'idée de retrouver la tribu inconnue. Et le projet, qu'ils avaient abandonné le premier jour de leur arrivée, a recommencé à prendre forme. Et ils avaient absolument besoin d'une pirogue.

Après avoir inspecté les baraques, et bien qu'ils aient utilisé des dizaines et des dizaines de cartouches pour essayer de tuer du gibier, ils s'aperçurent qu'il restait beaucoup de munitions pour les carabines et les fusils. D'après ce qu'avait dit Slim, il n'y avait plus beaucoup d'essence. C'était Slim qui était chargé de gérer les armes, les munitions, le carburant, la nourriture, les machines, le whisky et le gin. Pour l'instant, le gros problème était de trouver un moteur de bateau. Il y avait bien un « Johnson » de dix-huit chevaux, mais il était en panne. Le vieux Texan proposa de le réparer. Martin avait déposé un autre moteur dans l'une des baraques, mais il n'était pas assez puissant : à peine 3,5 CV ; un vrai jouet.

Le temps qui passait, l'absence de message, et l'éloignement avaient augmenté la tension nerveuse de Cubillos. Edgard, quant à lui — l'ouvrier le plus jeune — refusait obstinément de travailler. A première vue, Slim devait être incapable de réparer le moteur. En plus, il commençait à se sentir malade ; plus tard, ce serait le tour de Cubillos. Inès, la cuisinière, n'avait jamais touché à ce genre d'outils et les Autrichiens n'avaient aucune connaissance en la matière, ni aucune pratique.

C'est à cause de cela qu'au début, tout le monde rêva de la pirogue comme de quelque chose d'irréalisable.

BAUER : « *Mercredi 21 juillet* : J'ai encore mal à mon épaule, mais ça va mieux qu'hier. Je pense que nos chasseurs ne méritent vraiment pas le salaire que Martin leur verse. Edgard donne l'impression d'être tombé amoureux de son lit ; on dirait qu'il n'arrive plus à s'en séparer. Benjamin et les deux Autrichiens sont partis à la recherche d'un arbre pour construire une pirogue, mais ils n'en ont pas trouvé. Benjamin n'aime pas du tout cette idée ; il m'a dit que Martin avait donné l'ordre de ne rien tenter. En ce qui me concerne, c'est impeccable : à partir d'aujourd'hui je n'aurai plus à donner un seul ordre, ni le moindre conseil, à l'un quelconque des chasseurs. »

FRITZ : « Nous avons abattu l'arbre que nous avions choisi, mais malheureusement il s'est cassé à la base parce que complètement pourri. La partie saine n'était pas suffisamment longue pour faire une pirogue convenable. On avait mis plus de trois heures à l'abattre. Nous y avons tous participé, sauf Bauer resté au camp. Benjamin s'est révélé être le plus vaillant, il était aussi bien plus fort que nous. L'arbre se trouvait sur le bord du Yarí, à environ quinze minutes de marche du camp, en amont. »

BAUER : « *Jeudi 22 juillet* : Ces messieurs les chasseurs, les pêcheurs, etc., semblent ne rien vouloir faire d'autre que manger et dormir. J'essaie de les décider à construire une pirogue, mais ils ne veulent pas ; ou alors c'est peut-être parce qu'ils n'arrivent pas à trouver l'arbre convenable : lorsqu'il n'est pas trop tendre, il est trop dur. Aujourd'hui encore, ils n'ont même pas tenté de chasser.

Cela fait maintenant trois jours qu'on n'a pas mangé de viande, sauf quand les Autrichiens ont ouvert une boîte de saucisses : j'ai horreur de cela. »

FRITZ : « La nourriture était rationnée. Nous prenions un peu de riz tous les jours. Lorsque nous pêchions quelque chose, on mangeait du poisson bouilli, des haricots et du café : un tout petit peu. Heureusement que nous avions apporté quelques aliments parce que, quand il n'y a plus eu de nourriture au camp, on a pu avaler quelques pâtes et un peu de riz. Mais il a fallu partager nos provisions en six. De temps en temps on allait à la chasse et nous avons réussi à avoir un peu de viande.

» Cela faisait une semaine que nous étions arrivés au camp. Bauer avait une caisse de whisky que lui avait confiée Martin pour recevoir convenablement les touristes ; c'est lui qui était chargé de la gérer. Les premiers jours, nous n'avons pas bu une seule goutte d'alcool ; mais, ce jeudi-là, on a pensé qu'il fallait fêter notre première semaine dans la forêt et nous avons ouvert une bouteille. Bauer a pris un carnet et il a noté tout ce que nous buvions pour ensuite faire les comptes. Il marquait, un par un, combien de petits verres nous nous servions. Nous en avons bu quelques-uns en compagnie d'Edgard et de Benjamin. »

BAUER : « *Vendredi 23 juillet* : C'est une journée pareille à celle d'hier, tout ce qu'il y a de plus similaire. Je suis de la même opinion que nos hôtes : ils pensent que les deux ouvriers employés par Martin sont insupportables, ils ne veulent même pas couper du bois pour faire la cuisine. Ils sont partis à la chasse, mais, comme d'habitude, ils sont revenus les mains vides. C'est peut-être la faute des chiens : qui sait ? »

FRITZ : « On n'avait pas encore trouvé d'arbre pour fabriquer la pirogue. On partait, on marchait sans arrêt et on cherchait, on cherchait mais on ne trouvait rien. Alors nous avons fini par perdre l'espoir de découvrir un arbre adéquat autour du camp. Le problème, c'est qu'il fallait absolument que le tronc fût près du bord de la rivière. Il ne manquait pas d'arbres dans cette forêt, mais ils étaient tous plantés au centre de la montagne. Il était pratiquement impossible à quatre hommes d'en traîner un jusqu'au bord de l'eau. »

BAUER : « *Samedi 24 juillet* : C'est une journée à marquer d'une croix rouge. Benjamin et Edgard se sont enfin décidés à fabriquer une pirogue. Ils sont persuadés qu'elle va être superbe. J'aurais bien voulu aller voir ce qu'ils faisaient, mais je me sens tellement mal que je ne me suis pas senti capable de marcher jusque là-bas. Je crois qu'ils pensent que, s'ils arrivent à la finir, je vais leur donner un moteur, de l'essence, des provisions et une arme pour aller à la chasse. Il n'est pas impossible que je le fasse. Mais seulement lorsqu'on n'aura plus rien à manger et qu'on ne pourra plus faire autrement. »

FRITZ : « Nous avons fini par trouver un arbre et nous allons nous mettre à fabriquer la pirogue. L'humidité a complètement détérioré la pellicule qui se trouvait dans mon appareil photo. Tous les clichés du camp que j'avais pris depuis l'avion le jour de mon arrivée sont fichus. J'ai retiré la pellicule et je l'ai jetée à l'eau. L'humidité et les photos sont devenues depuis ce jour-là mon principal centre d'intérêt. »

BAUER : « *Dimanche 25 juillet* : C'est dimanche et tout va très lentement. Pas de poisson. Pas de gibier. Benjamin a travaillé à la pirogue. Edgard ne l'a pas fait à cause de son bras enflé. De toute manière, j'ai l'impression que ce travail ne l'intéresse pas beaucoup. J'ai démonté les pistons du Johnson 18, et j'espère qu'il marchera avant que la pirogue ne soit finie. Les invités n'ont pas perdu l'espoir de trouver des indigènes, mais ils ne sont pas à la hauteur de... » (La phrase se finit de manière abrupte.)

FRITZ : « La réalisation de la pirogue avance bien. Il y avait suffisamment d'outils au camp pour la construire. Nous y avons tous travaillé, mais c'est Benjamin qui manie le mieux les outils. Edgard s'est fait piquer par un insecte, et il a le bras enflé. Ce n'est pas bien grave.

» Tous ces jours-ci, la base de notre nourriture a été du riz, du riz et, de temps en temps, du poisson. Surtout des piranhas ; ils ont beaucoup d'arêtes très grosses et très longues. Le seul avantage, c'est que nous pouvons en pêcher à proximité du camp : dans le port où se gare l'avion ; l'eau y est très calme.

» Cette nuit devait rester inoubliable. Il est arrivé quelque chose de très étrange. Je crois que je n'ai jamais vu ça ; même pendant les années que j'ai passées, beaucoup plus tard, dans la forêt. Ce soir-là, nous nous étions réunis autour de la table, éclairés avec des bougies, et puis, soudain, une tornade d'insectes, que je n'ai jamais réussi à identifier, s'est abattue sur le camp. Ils ont pénétré dans la baraque, ils ont éteint les chandelles et puis ils sont repartis. C'était comme dans un film d'horreur, *les Oiseaux* d'Hitchcock par exemple. Il y avait aussi le bruit qui avait envahi la pièce. Les insectes formaient une sorte de tuyau d'environ quatre-vingts centimètres de diamètre. Un tube élastique qui crépitait en passant au-dessus de la flamme des bougies.

(» On s'éclairait avec des bougies parce que l'on voulait économiser l'essence et l'huile de la lanterne. D'habitude on s'en servait simplement une heure pendant la soirée.)

» Parfois, il faisait très froid la nuit, on était obligés de mettre un tricot ou autre chose pour se couvrir. C'était surtout après un orage, lorsque la température baisse brutalement. En plus, le toit de l'abri dans lequel nous dormions (c'était l'abri principal) était en aluminium et, quand il pleuvait, ça faisait un bruit d'enfer. On n'arrivait pas à fermer l'œil. L'eau qui dégoulinait tombait sur les planches où nous étions couchés et elle inondait toute la baraque. En nous levant le lendemain, le camp était plein de boue. »

BAUER : « *Lundi 26 juillet* : Bien qu'on n'ait plus de viande depuis plusieurs jours, les hommes ne veulent pas aller à la chasse. De toute manière, ils n'ont vraiment pas le temps puisque Benjamin travaille à la pirogue et qu'Edgard est sans cesse malade pour une raison ou une autre. Aujourd'hui je me suis arrangé pour aller voir la pirogue : je doute de sa fiabilité. Enfin ! Il faudra bien qu'ils l'achèvent cette semaine. »

FRITZ : « Slim travaille à la réparation du moteur Johnson 18 et nous, nous continuons à creuser la pirogue. Aujourd'hui nous avons construit un pont au-dessus d'un marigot pour traverser plus facilement un petit rapide qui se trouve entre le camp et notre lieu de travail. Nous l'avons assemblé avec des morceaux de bois et des lianes. Quelle ironie ! A trois heures, nous avons entendu à la radio une émission autrichienne qui donnait des nouvelles du pays aux gens qui se trouvaient en Amérique latine. C'était vraiment grotesque : se retrouver dans la forêt, isolé du reste du monde, et entendre des nouvelles de Vienne. Dans notre situation, cela paraissait absurde. »

BAUER : « *Mardi 27 juillet* : Aujourd'hui, j'ai fini de réparer le Johnson 18. Je ne pourrai être sûr qu'il fonctionne bien que lorsque les hommes apporteront la pirogue au camp. Ils devraient le faire demain. Elle pèse un âne mort, on ne pourra dire que c'est une pirogue que quand on l'aura vue flotter. Pour le moment, elle est au bord de la rivière, demain on la mettra à l'eau. Si la pauvre petite ne coule pas, on pourra sûrement se déplacer plus facilement pour chasser. Sinon, je me demande combien de temps vont encore durer nos provisions : nous sommes six, plus six chiens et un singe. »

FRITZ : « La pirogue est prête ; nous l'avons poussée de une heure à trois heures de l'après-midi pour la traîner jusqu'à l'eau. Il n'y avait que cinquante mètres à faire et nous avons mis, c'est ça : deux heures. Mercredi nous ferons nos premiers essais. Mes pieds et mes jambes sont enflés à cause des piqûres de moustiques et d'un insecte qui ressemble à des tiques. Il s'incruste sous la peau en provoquant des démangeaisons horribles, surtout pendant la nuit. »

BAUER : « *Mercredi 28 juillet* : Voilà, les garçons ont fini la pirogue. Ils l'ont apportée au camp ce matin. Elle n'a rien d'extraordinaire, mais elle devrait remplir ses fonctions puisqu'elle flotte et qu'elle ne prend presque pas l'eau. En plus, le moteur marche mieux que je ne l'espérais. Il a pourtant été maltraité. Peut-être que tout ça va pouvoir fonctionner assez longtemps pour qu'on puisse tuer quelques animaux et régler les problèmes de nourriture. Le moteur ne marche pas à merveille, mais il marche. On verra bien demain. »

FRITZ : « La pirogue flotte dans le marigot qui se trouve au nord du camp. Elle n'est vraiment pas assez grande pour que nous puissions tous y monter. Il y a de la place pour deux ou trois personnes seulement. C'est un vrai problème : si le moteur marche, nous n'arriverons pas à tous embarquer. En plus, elle est bien trop lourde, elle prend l'eau et s'enfonce énormément. Celles que fabriquent les indigènes sont plus minces et plus fines. La nôtre, à côté des leurs, n'est qu'un vulgaire tronc d'arbre creusé grossièrement. Lors de notre premier essai, nous avons réussi à traverser la rivière sans cesser de vider l'eau qui pénétrait à l'intérieur.

» Slim a voulu essayer le bateau, mais il a failli y laisser la vie. Il est monté tout seul dans la pirogue et il a tenté de traverser la rivière pour aller sur la rive opposée à celle du camp. Mais quand il s'est trouvé au milieu, le moteur s'est arrêté. Alors le courant l'a fait dériver : il a commencé à se diriger vers le rapide où sont morts les touristes. Nous étions tous en train d'admirer l'essai non seulement du bateau, mais aussi du moteur qui venait d'être remis en état ; et lorsqu'il a toussé et qu'il a démarré, une grande émotion s'est emparée de nous. Mais, quelques secondes plus tard, la situation est devenue très angoissante, lorsque le moteur a calé et que Slim a commencé à dériver en aval. Au début, il a essayé de diriger la pirogue à la rame, en voulant la ramener au bord, mais il n'y arrivait pas. Alors, quand il s'est trouvé près du rapide, que la situation était pratiquement perdue, il a réussi à s'accrocher à une liane qui descendait d'un arbre penché sur la rivière. Et, peu à peu, il est parvenu à s'approcher du bord. Une fois sur la rive, il a attaché la pirogue avec la liane, et il s'est mis à tenter de faire redémarrer le moteur qui a fini par repartir. Et puis, lentement, il est revenu au camp en luttant contre le courant qui, à cette époque-là, était très violent. Pour nous, l'image de Bauer au milieu de la rivière, luttant avec son moteur, rappelait *le Vieil Homme et la Mer.* Ce jour-là, le Yari a failli engloutir une nouvelle victime. »

BAUER : « *Vendredi 30 juillet* : Je vais un peu mieux et j'ai remonté le marigot pendant deux heures, avec ma 22 long rifle. J'ai aperçu deux corbeaux : j'en ai tiré un, et je l'ai raté ; je n'en avais pas vraiment envie. Benjamin, Edgard (les deux invités?) et deux chiens sont partis à la chasse en amont de la rivière et ils sont revenus à midi avec un pauxi. Ils ont dit qu'ils avaient vu beaucoup de trous creusés par des cochons sauvages. Mais les chiens n'ont pas suivi. J'ai peur qu'ils ne soient trop dépendants de ces animaux. J'ai entendu parler de certains chasseurs qui tuent beaucoup de gibier sans l'aide de leur bête. Je répète que celles-là sont capables de poursuivre seulement des choses visibles par des aveugles. Et puis bon, après tout : " un tiens vaut mieux que deux tu l'auras " ! »

Le fait de rêver en permanence à de la nourriture abondante, à un avion qui n'arrivait pas et à une embarcation qui a longtemps semblé une chose impossible, s'ajoutait à une pluie incessante et au mauvais caractère de Bauer qui n'arrêtait pas de se disputer avec Edgard. Le résultat, c'est qu'il a régné, pendant les seize derniers jours qu'ils ont passés au camp, un climat des plus tendus et des plus angoissants (surtout à cause d'Edgard).

Il se rappelle combien ces semaines ont été dures et tristes pour lui : « Je crois que, pour Benjamin, c'était pareil. Il me parlait tout le temps de sa femme et de ses enfants qui lui manquaient beaucoup. Il se faisait énormément de souci pour eux, tout en se disant que don Martin ou don Vincent s'en étaient certainement occupés. Ils avaient sûrement donné un peu d'argent à sa femme : de toute manière, c'était de l'argent qui lui appartenait, puisqu'il l'avait gagné en travaillant. Lorsqu'on est partis pour rejoindre le camp, il ne lui avait laissé que cinquante pesos ; c'était tout ce qui lui restait alors dans la poche. Voilà pourquoi lorsque je lui ai dit, sur le Yari, qu'il fallait penser à s'en aller à la première occasion, sans s'occuper de personne (je pensais qu'on ne viendrait pas nous chercher de si tôt), il m'a répondu qu'il n'osait pas le faire, car le gringo allait dire qu'il avait abandonné son travail, et ne le payerait certainement pas.

» Moi, j'étais écœuré par Bauer qui traitait les ouvriers comme des esclaves et était vraiment méchant. La preuve, c'est qu'on a su (c'est lui-même d'ailleurs qui l'a raconté) qu'il avait eu affaire à la justice des États-Unis et avait réussi à s'échapper pour venir s'installer ici. C'est pour cette raison qu'il ne quittait jamais la forêt... Je vous assure que Bauer n'est pas quelqu'un de bien propre. »

Pendant mon travail de recherche, et plus tard lorsque j'ai tenté de reconstituer cette histoire, la personnalité de Bauer est toujours apparue aussi trouble et obscure que son passé. Personne — y compris Morningstar — ne semblait rien savoir sur lui ; ou alors ils n'ont pas trop voulu m'en parler. Tout au long de l'entretien que j'ai eu à Attnang-Puchheim, il en a été de même. Chaque fois que Fritz se référait à quelqu'un d'autre que lui, il se montrait évasif, pesait ses mots et surveillait ses phrases.

— Bauer ? Comment était-il ? Martin le décrit toujours comme un homme neurasthénique qui avait horreur des gens et de leur agitation. Il n'était pas sociable du tout ; il préférait s'isoler, rester seul et silencieux...

— J'ai aussi eu cette impression. Il n'aimait pas la vie citadine. C'était un homme de la campagne. Je crois que quand il était au Texas, il habitait aussi à la campagne. C'est pour ça qu'il a aimé la Colombie.

— Est-ce qu'il vous a dit qu'il ne pouvait pas retourner aux États-Unis ?

— Oui, une fois, après avoir bu quelques verres, il nous l'a dit. Il a eu des ennuis là-bas, mais je n'ai jamais su lesquels... Bauer ne nous donnait pas beaucoup de détails, vous savez. Au fond il a toujours été très correct avec moi. Il était très grand. On l'appelait « Slim ». Il avait un grand nez, des lunettes et un humour très froid, comme les Anglais.

D'après Fritz, l'ambiance du camp, à l'époque, était caractérisée par un grand silence. En général, tous les six préféraient ne pas ouvrir la bouche. Ils ne parlaient presque jamais de ce qui risquait d'arriver si personne ne venait les secourir. Il n'y a jamais eu de geste d'agressivité, « sauf peut-être une ou deux fois quand Edgard s'est accroché avec les autres. Il ne voulait pas couper du bois, ni nous accompagner à la chasse, ni aller à la pêche, ni même nous aider à fabriquer la pirogue ».

Cependant, vers la fin de la semaine, la routine a changé. Leur obsession s'était reportée sur le moteur de la pirogue, sur la rivière qui était en crue et qui descendait très vite, et sur un endroit en amont qui est devenu une véritable malédiction : c'est l'embouchure de La Raya, une rivière qui se jette dans le Yari.

Le 31 juillet, c'était un samedi, les Autrichiens ont fait une première tentative d'embarquement. Ils voulaient remonter la rivière pour trouver les indiens. C'était une idée fixe depuis qu'ils étaient arrivés. Ils sont partis à neuf heures et demie du matin, en compagnie d'Edgard et de Benjamin. Pour assurer plus de stabilité à la pirogue, ils ont attaché des bidons d'essence vide sur les côtés : ils pensaient qu'elle n'était pas du tout fiable. Ces bidons leur faisaient perdre beaucoup de vitesse, mais ils se sentaient beaucoup plus en sécurité. Dès le départ, Benjamin a dit à Fritz et à Wolfgang que ce ne serait pas facile de trouver les indiens, car ils ne viennent sur les bords du Yari que pour pêcher pendant la saison sèche, et à l'époque, il pleuvait sans cesse dans toute la région : la rivière devenait de plus en plus grosse.

Vers dix heures, un orage très violent s'est abattu sur eux et Benjamin a expliqué que le moment n'était peut-être pas très bien choisi pour aller à la pêche, ni pour chercher des indiens. Les Autrichiens se sont couverts avec deux morceaux de toile cirée qu'ils avaient emportés. Mais l'humidité qui montait de la pirogue et la pluie ont fini par les tremper des pieds à la tête. Par la suite ils se sont habitués à vivre cet état de choses qui dure pendant les neuf mois de l'hiver tropical.

A midi, le moteur paraissait toujours en parfait état de marche et ils ont même réussi à tuer un gros canard. Mais un peu plus tard, quand ils sont arrivés en vue des eaux de La Raya, le moteur a commencé à avoir des ratés et il a fini par s'éteindre. Edgard et Benjamin ont essayé plusieurs fois de le remettre en marche : il toussait, marchait pendant quelques mètres et puis s'arrêtait de nouveau. La pirogue dérivait en aval de la rivière, et s'ils réussissaient à gagner une vingtaine de mètres, ils en perdaient ensuite cinquante pendant que les ouvriers essayaient de faire démarrer le moteur.

Au bout d'un moment, lorsqu'ils s'aperçurent qu'il fallait renoncer à continuer, ils relevèrent le Johnson, ils firent demi-tour et ils se sont laissés flotter plusieurs heures jusqu'au camp.

Ce jour-là, Bauer a écrit :

« *31 juillet* : On a commencé la journée en sursaut. On a entendu un avion qui venait du nord-est. J'ai cru qu'on était enfin sauvés, mais l'avion a continué son joyeux voyage vers le sud. J'ai envoyé Benjamin, Edgard et les deux garçons autrichiens en amont de la rivière pour qu'ils chassent du gibier et des indigènes. J'ai cru que les Autrichiens allaient me rendre fou avec l'histoire de leurs maudits indiens et leur projet ! J'espère qu'ils vont en trouver et qu'ils me ficheront la paix. On est dans une situation où je ne sais vraiment que faire. On n'a plus beaucoup d'essence et la nourriture diminue jour après jour. En plus, quand ce matin j'ai dit à Edgard qu'il fallait remonter la rivière, il s'est rebiffé. On dirait qu'il ne pense qu'à dormir et à manger. Les garçons ont rapporté de là-haut, sur La Raya, un superbe gros canard : ça fera toujours un peu de viande pour demain. »

Au matin suivant, Bauer a une fois de plus démonté le moteur pour le réparer, mais Edgard a de nouveau causé des difficultés. Et le vieux a noté dans son journal :

« *Dimanche 1er août* : J'ai promis aux Autrichiens qu'Edgard et Benjamin les conduiraient lundi matin en amont de la rivière jusqu'au village indigène. Je pensais que j'allais pouvoir me débarrasser d'eux, mais Edgard en a décidé autrement. Il ne veut pas y aller, il préfère rester au lit, manger et dormir. Un type qui ne travaille pas ne devrait pas avoir le droit de manger. Franchement, s'il n'en tenait qu'à moi, il se prendrait quelques coups de ceinturons sur les fesses. Et, en plus, les invités lui avaient proposé 100 pesos supplémentaires pour qu'il les accompagnât. Benjamin, lui, est d'accord pour y aller, mais il ne peut pas partir tout seul et, de mon côté, je n'ai pas la moindre intention de bouger d'ici. Surtout à cause d'un morveux qui a envie de s'asseoir et de ne rien faire. »

FRITZ : « *Lundi 2 août* : Il a fallu qu'on paye notre nourriture et notre couchage à Bauer : 1 500 pesos, plus de 20 pesos par personne et par jour pour couvrir seulement les dépenses de nourriture. En plus de tout ça, on a payé 300 pesos pour l'essence que nous avons dépensée au cours de l'excursion de la veille ; et on a donné 200 pesos à Benjamin et 200 à Edgard pour leur journée de travail. Tout ça, c'était, pour eux, de l'argent en plus ; ils recevaient certainement déjà un salaire par ailleurs.

» *Mardi 3 août* : Bauer s'est levé à trois heures du matin. Il a fait un tel vacarme que personne n'a réussi à se rendormir. On est partis à six heures du matin mais, deux cents mètres plus haut, on a été obligés de faire demi-tour : le moteur était tombé en panne. »

BAUER : « De bon matin, de nouveau la poisse ! Les Autrichiens sont partis très tôt, en compagnie de Benjamin et d'Edgard, mais ils avaient à peine remonté un kilomètre de rivière qu'ils ont recommencé à avoir des difficultés avec le moteur. Ils sont revenus tout de suite au camp. Benjamin et Edgard sont partis à la chasse en début d'après-midi, ils en ont profité pour essayer le moteur, mais ils n'ont pas eu beaucoup de chance, ni à la chasse ni pour la mécanique : ils n'ont pas trouvé un seul animal, et au retour le moteur sifflait comme une bête. J'ai passé presque toute la journée à essayer de le réparer pour qu'ils puissent, le lendemain, se remettre à la recherche des indiens. Aujourd'hui, j'ai également testé le petit moteur Honda : c'est une petite merveille, mais il n'est vraiment pas assez puissant.

» *Mercredi 4 août* : Cette maudite rivière monte chaque jour davantage. Si ça continue, il va falloir se réfugier dans la montagne. Ils ont enfin réussi à remonter la rivière en amont du camp. Ils sont partis vers sept heures du matin ; j'espère que le moteur va tenir le coup... Ils ne sont revenus que vers sept heures du soir. Ils n'ont vraiment pas de veine : le moteur ne marche pas bien ; la pirogue est trop lourde et le courant trop fort. Ils ont décidé d'attendre que Martin revienne, j'espère qu'il ne va pas tarder. Hier on a entendu un avion, mais il a continué sa route. Les garçons ont tué deux canards et pêché trois poissons : demain, on va donc bien manger. »

FRITZ : « Nous sommes partis vers six heures quarante en emportant un petit équipement. Pour alléger au maximum le canot, nous n'avons mis dans la pirogue que les choses les plus indispensables. Nous avons remonté la rivière pendant quatre heures et nous avons à nouveau atteint La Raya. Benjamin a tué deux canards et Wolfgang a eu des débuts de problèmes musculaires dans le dos. Il n'arrive pratiquement plus à bouger. On a aperçu quelques anguilles sur le bord : elles avaient la bouche ouverte. Et, un peu plus tard, nous nous sommes heurtés au même problème : le moteur a calé quelques minutes après avoir franchi l'embouchure de La Raya. On a réussi à le réparer, mais il s'est remis à tousser, et il s'est définitivement arrêté. La nuit nous a surpris pendant que l'on flottait vers le bas de la rivière ; il était six heures de l'après-midi. On a pu se rendre compte de la quantité de méandres que forme le Yari. Dans la journée, en montant, on ne s'en aperçoit pas trop parce qu'on coupe les virages pour gagner du temps ; mais à la rame, on constate que la lune apparaît tantôt devant, tantôt dans le dos, et parfois sur la droite... On a vu un tapir qui traversait le Yari... Par rapport à d'autres coins de la forêt, c'est un endroit où il y a beaucoup d'animaux. »

Oscar Rivera et Édouard s'étaient joints aux ouvriers de Jorge Sanchez : ils avaient quitté l'Ajajo parce qu'ils l'avaient remonté si haut que le manque de profondeur gênait la navigation. Ils s'enfoncèrent trois jours dans la forêt, se guidant sur de petits ruisseaux, et ils tombèrent sur un marigot plus important qu'ils ne réussirent pas à identifier parce que les poissons y étaient très différents de ceux qui se trouvent dans les rivières qu'ils avaient vues auparavant.

Ils se dirent qu'ils devaient certainement se trouver dans un endroit de la forêt que personne n'avait encore foulé. Pourtant ils ne tentèrent pas de faire demi-tour, pensant en effet que « la chasse serait meilleure ».

Raoul Lima a fait le point de la situation et il en a conclu que même les indigènes n'étaient jamais venus dans cette zone. « Il n'y avait pas de sentiers ni de huttes, la forêt était restée intacte » et, en accord avec Oscar, ils ont décidé de fabriquer une nouvelle pirogue dans laquelle ils ont embarqué en direction du bas de la rivière, à la rame.

Le moteur et la grande pirogue dans laquelle Lima, sa femme et quatre ouvriers avaient quitté Dos Rios furent abandonnés sur les rives de l'Ajajo : « C'était trop lourd. Il n'était pas possible de charger tout ça sur l'épaule pour traverser la forêt. Il y avait une pirogue, un moteur et des bidons d'essence ; et on a décidé de tout laisser sur place, avec d'autres choses qui nous ont semblé inutiles pour la suite du voyage. » (Oscar.)

Mais, à cause de la qualité du bois, la nouvelle embarcation était trop lourde. Et six jours plus tard, pour alléger la pirogue et accélérer la progression, Oscar a décidé de couper un palmier, de le vider de son cœur et de construire un esquif très léger. Il a suivi les autres pendant plusieurs jours. L'esquif ne devait pas être très facile à manœuvrer parce que les bords dépassaient à peine : quatre centimètres affleuraient de l'eau. Heureusement pour lui que le marigot n'était pas trop agité.

Il semble que le temps se soit écoulé très lentement pendant les deux semaines qui ont suivi. Ils ont très peu chassé et les journées qu'ils passaient sur la rivière — de six heures du matin à cinq de l'après-midi sans interruption — étaient très épuisantes. Lorsque la nuit tombait, ils accostaient, et pendant que sept d'entre eux éclaircissaient la brousse pour avoir un endroit où accrocher son hamac, un autre partait à la pêche. Ils dînaient vers huit heures à la lueur des torches de *sembe* * qui restaient allumées jusqu'au matin suivant. Ils dormaient sans la moindre inquiétude.

Quelquefois, le soir, la discussion se poursuivait plus longtemps : « Le sommeil ne nous prenait qu'à huit heures et demie, alors que la forêt est complètement silencieuse. Les animaux qui vivent le jour font beaucoup de bruit et, à cette heure-là, ils commencent à s'endormir. La dernière à crier, c'est la poule d'eau, elle ne se tait que vers huit heures. Et, de huit heures du soir jusqu'à une heure du matin, on n'entend pas un bruit. Ensuite le *tente* commence à chanter, c'est un oiseau tout noir qu'on trouve beaucoup dans la montagne. Pourtant, entre huit heures et une heure, on distingue beaucoup de bruits. On peut entendre le tigre en chasse, là-bas, très loin, ou alors un tapir en train d'aspirer des flaques d'eau salée. Au bord de la rivière, si on fait bien attention, on entend des chauves-souris toute la nuit. Elles font clapoter l'eau du bout des ailes. Et quand elles rentrent dans la forêt, elles crient comme des souris : il y a des endroits où c'est impossible à supporter. Il est rare qu'un tigre s'approche d'un camp, pendant la nuit. Si quelques-uns s'y risquent, c'est parce qu'ils ont l'habitude de manger des animaux domestiques, des chiens par exemple.

» Justement, une nuit, alors qu'on était en train de discuter avec Édouard (celui qui dormait à côté de moi), il m'a soudain demandé

* Arbre tropical dont le bois brûle comme une torche. (N.d.T.)

de cesser de remuer son hamac. Je lui ai répondu que je ne touchais rien et il a brusquement soulevé la tête. Nous nous sommes arrêtés de parler et il m'a répété : " Oscar, quelqu'un est en train de faire bouger mon hamac. " Je me suis relevé d'un seul coup et on a entendu un tigre qui déguerpissait en dessous de nous. Édouard s'était couché avec la petite chienne qu'il fallait soigner, et le fauve était venu la manger. Vous vous rendez compte ? Ce fils de pute est venu juste à côté de nous pour attraper la bête. Il a profité du moment où les torches se sont éteintes. Oui ! mais quand le danger du tigre a été écarté, Édouard a posé la petite chienne par terre et il a voulu poursuivre l'animal. Je l'ai vu partir et j'ai couru derrière lui, mais, après plusieurs mètres je lui ai demandé de faire demi-tour parce qu'on risquait de se perdre. La nuit était très noire, il n'allait pas tarder à pleuvoir et il était vraiment très dangereux de continuer, on risquait de s'égarer et d'être obligés de dormir par terre en attendant l'aube. Je crois lui avoir dit : " Revenons au camp, on le cherchera demain. " » (Oscar.)

Lorsque le jour s'est levé, tout le monde a commencé à se préparer pour continuer le voyage, mais Oscar leur a demandé de faire attention, parce que le tigre de la veille devait certainement se trouver dans les parages.

« Et effectivement, m'a-t-il raconté, alors que je tenais le gouvernail sur la partie arrière de la pirogue (c'est Édouard qui avait pris l'esquif, ce jour-là), je ne sais pas ce qu'avaient les autres, ils devaient être complètement endormis, en tout cas, moi, quand j'ai tourné ma tête pour regarder là-bas, en face, à cent mètres, sur le bord, j'ai aperçu un tigre (ça devait être le même !) qui s'était sans doute approché de la rivière pour boire de l'eau. Il avait l'air très calme. Alors j'ai crié à Raoul : " Regarde ! Un tigre ! Réveille-toi et tire-lui dessus ! " Il a pris son revolver et a tiré six coups, mais n'a pas réussi à le toucher. Le tigre ne s'est même pas écarté, il est resté tranquillement là où il était. Alors j'ai pris ma carabine et je me suis bien calé dans la pirogue ; j'ai longuement visé et tiré : j'ai réussi à le toucher à la tête, mais la balle n'a pas été très efficace : on se trouvait à peu près à cinquante mètres de l'animal. Tous les autres se sont mis à ramer pour essayer de s'en approcher ; mais il a sauté un grand ravin et il s'est sauvé dans la montagne. Sans perdre de temps, j'ai appelé les chiennes et j'ai plongé dans l'eau avec elles. On a nagé pendant quelques mètres, on a atteint le bord et on s'est lancés à la poursuite du tigre. Je crois que j'ai couru pendant plus de deux kilomètres sans m'arrêter, à travers la brousse. Quand je n'arrivais pas à passer, je me mettais à quatre pattes, comme un animal, et je courais à hauteur des chiennes. Le terrain était très accidenté et le bas des descentes était couvert d'énormes flaques verdâtres qui sentaient la pourriture. Je me guidais d'après les aboiements des bêtes. J'étais sûr d'avoir touché le tigre parce qu'il y avait des taches de sang partout. Mais soudain, la Petaca, une de mes chiennes, a perdu la trace en contournant un étang plein de roseaux. Je me suis arrêté : la sueur et la boue mêlées dégoulinaient le long de mon visage, de mon dos et de mes jambes ; partout ! J'étais vraiment découragé. La peau de ce tigre devait coûter très cher : je ne pensais qu'à cela et, tout d'un coup, j'ai reçu une branche d'arbre sur la tête. Je me suis frotté le crâne et j'ai senti quelque chose de froid et humide. J'ai regardé en l'air et j'ai aperçu le tigre perché sur l'arbre. C'était la bête la plus grosse que j'aie jamais vue dans ma vie ! Elle devait avoir au moins un mètre et demi de haut ! Elle était juchée sur une branche morte, les jambes repliées, prête à bondir comme un ressort en lançant son corps en avant, et demeurait parfaitement immobile. Son pelage était complètement blanc sous les aisselles et le reste était rayé. Dans la forêt on appelle ça un coquelicot : jaune et noir. Tous ses poils étaient hérissés et plusieurs filets de sang coulaient le long de sa gorge. J'ai pointé ma carabine vers l'animal sans même viser, et je l'ai touché à la mâchoire. Pas question de faire attention à la peau : la bête était trop énorme !

» A peine a-t-elle reçu la balle qu'elle est tombée par terre, la tête la première, sans même déplier les pattes. Cela a fait un bruit sourd et elle s'est relevée en marchant de travers, de plus en plus, de plus en plus de travers. Elle s'est affaissée un peu plus loin, sans même montrer le bout de ses crocs. Comme elle était tombée sur ses pattes, je n'y suis pas allé tout de suite ; j'ai d'abord fait le tour de l'animal, mais il n'a pas bougé. Je me suis approché de lui lentement, un pas après l'autre, et quand je suis arrivé à sa hauteur, j'ai posé un pied sur ses flancs et j'ai poussé : il a roulé sur le côté. Il pesait au moins deux cents kilos. Je vous assure que je n'ai jamais vu un aussi gros tigre. »

Quand les compagnons d'Oscar sont arrivés, il était déjà en train de dépecer sa prise. Ils l'avaient retrouvé grâce aux coups de feu. Gloria, la femme de Raoul, était restée dans la pirogue. Ils ont achevé leur travail et, au moment de retourner à la rivière, ils ne savaient plus quel chemin prendre.

Ils s'étaient tous précipités pour rejoindre Oscar et personne n'avait eu l'idée de prendre la boussole. Ils n'avaient même pas regardé la position du soleil. La nuit commençait à tomber et Oscar était complètement épuisé.

« Je me suis éloigné de l'endroit où je me trouvais et qui était plein de boue, je me suis appuyé contre un arbre très feuillu. En poursuivant le tigre, je m'étais blessé aux mains, aux pieds et à la tête... Mon corps n'était plus qu'une immense plaie. Quand je passais la main sur mon visage, elle se couvrait de sang. J'avais deux grosses coupures au front et à la jambe gauche. La sueur des bras et celle qui dégoulinait de mes genoux me brûlait. Mes pieds étaient également très abîmés. Quand je me suis assis, on ne voyait déjà presque plus rien. J'ai quand même demandé à Édouard de retirer les épines qui étaient plantées dans mes pieds. Il l'a fait avec une encore plus grosse que l'on trouve dans les buissons. Je devais en avoir au moins sept bien plantées sous chacun de mes pieds. Comme il faisait complètement noir, il tâtonnait un peu et moi je le guidais : " Là, oui, là, il y en a une, vas-y, enfonce la pointe ! " Et il se mettait à gratter pour trouver la tête de l'épine qui était enfoncée. Quand je sentais qu'elle allait enfin sortir, je me mettais à crier pour soulager un peu ma douleur. Trois d'entre elles sont restées bien enfoncées et j'ai attendu le lendemain pour me les retirer parce qu'elles m'empêchaient de marcher rapidement.

» Quand je me suis senti un peu plus en forme, j'ai essayé de m'orienter ; mais ce n'était pas très facile. J'ai expliqué aux autres qu'il valait mieux dormir sur place, que le lendemain on essaierait de partir vers la droite : on était arrivés là en tournant à gauche, il fallait donc se diriger carrément vers le bas. Il ne devait être que six heures de l'après-midi, mais à cette heure-là, dans la forêt, il fait déjà nuit. Ils n'ont pas voulu m'écouter et ont tourné en rond plusieurs fois avant de revenir à leur point de départ. Alors je leur ai recommandé le calme, mais Raoul s'est mis à protester. Il a dit qu'il fallait partir tout de suite pour gagner du temps pendant la nuit, et qu'ainsi on atteindrait le marigot au début de la matinée. Il ne voulait pas laisser sa femme toute seule. Je lui ai expliqué que c'était impossible : j'avais peur des serpents qui sortent surtout la nuit et sont très dangereux. On n'a pas réussi à s'entendre et il est parti avec ses hommes. Moi, je suis resté tout seul, avec Édouard. Il a vraiment été très chic avec moi. Mais, une demi-heure après, on a entendu des coups de feu ; ils avaient dû se perdre et voulaient que je leur réponde. Alors j'ai dit à Édouard : “ Laisse faire ! Qu'ils aillent se faire foutre. Ne leur réponds pas ! La prochaine fois, ils ne m'insulteront pas ! En plus, ils m'ont traité de pédé ! ”

» La lune est apparue vers huit heures du soir et Édouard a réussi à me convaincre de leur répondre par un autre coup de feu. Ils sont arrivés vers dix heures sans dire un mot et on s'est mis en route. On n'apercevait la lune que par quelques trous, en haut, dans la frondaison des arbres. En regardant loin devant moi, je distinguais une lueur ; c'est là-bas qu'il fallait aller. On a marché lentement sans faire beaucoup de chemin et vers minuit on s'est reposés au pied d'un arbre.

» Lorsque le jour s'est levé, j'ai regardé autour de moi et je me suis aperçu que nous avions marché vers l'intérieur de la forêt. En effet, la végétation était beaucoup plus épaisse à l'endroit où nous nous trouvions. C'était vraiment la forêt vierge. En voyant cela, Raoul s'est de nouveau mis en colère contre moi et, sans même un adieu, il a fait lever ses hommes et ils sont tous partis dans une mauvaise direction. Je l'ai rappelé mais il m'a envoyé promener :

» — Qu'est-ce que tu veux ? Si on est perdus, c'est à cause de toi ! J'aimerais bien voir de quel côté tu vas partir, toi ?

» — Tout droit et puis sur la droite, lui ai-je répondu ; mais il a continué à grommeler sans s'arrêter.

» — Non ! Tu dis n'importe quoi ! C'est par ici ! De toute manière, moi je vais par là, même s'il me faut des années pour retrouver la rivière !

» — Écoute-moi, Raoul ! Je te dis que c'est par là qu'il faut passer, en face, je te promets que c'est là que se trouve la rivière.

» Il s'est arrêté et il m'a regardé avec haine :

» — Tu dis n'importe quoi ! La forêt te tape sur les nerfs !

» — Mais non, Raoul ; je t'assure ! Hier soir on avait trop tourné... Et personne n'avait de boussole. Je suis sûr que le marigot se trouve sur la droite. Le soleil se trouvait là-bas lorsque nous avons quitté la pirogue.

» J'ai voulu le convaincre, mais il m'a tourné le dos et il a disparu avant même que je ne finisse de parler.

» Alors Édouard et moi sommes partis à grandes enjambées. J'ai mis l'espèce de sac que je m'étais fabriqué pour porter la peau du tigre sur mon épaule, j'ai passé la carabine avec laquelle j'avais tué la bête à mon compagnon, et en avant ! On a rejoint le marigot vers deux heures de l'après-midi. On a coupé un palmier, vidé le cœur — ça ressemble à de la canne à sucre écrasée —, et on a navigué en aval. A six heures de l'après-midi, nous étions à la pirogue où nous avons retrouvé Gloria qui pleurait. (J'avais franchement pensé qu'on ne la reverrait plus parce que, la nuit, les gros animaux en profitent pour aller boire.) Elle nous a demandé de chercher Raoul et on n'a pas voulu. A partir de maintenant, chacun pour soi ! Nous avons regagné le bord et, malgré la lumière qui baissait, réussi à abattre un palmier plus gros. Nous avons creusé un nouvel esquif et nous y avons rangé la peau du tigre et les affaires laissées dans la pirogue. Ensuite, ce fut le départ. Les autres étaient toujours dans la forêt. J'étais sûr qu'ils allaient s'en sortir parce que Raoul est très expert. »

En octobre 1975, je me suis rendu pour la première fois dans un coin de la forêt colombienne qui s'appelle Araracuara. On venait juste de fermer la colonie pénitentiaire la plus cruelle qu'ait jamais connue l'histoire. On a organisé le voyage avec le maître Carlos Caicedo : c'est un grand photographe avec lequel j'ai parcouru le pays pendant huit ans, alors que je travaillais à *El Tiempo*.

C'était alors un vieux renard du journalisme. Il connaissait parfaitement l'Amazonie et était capable de nous guider jusqu'à Araracuara. Il fallait attendre quelques semaines avant de partir, mais il était d'accord pour tenter l'expédition.

Notre projet était de réaliser une série de reportages sur deux sujets particuliers : les racines historiques pourries de notre régime pénitentiaire et les traces qu'avait laissées un demi-siècle d'exploitation du caoutchouc dans cette région.

Nous avons réussi notre travail, mais nous avons été obligés de vivre là-bas pendant près d'un mois en attendant qu'un avion nous ramenât à Bogota.

Quarante-huit heures avant notre retour, nous nous sommes rendus sur les rives du Caqueta pour regarder la nuit sur la rivière : grâce à la lune qui se reflétait sur l'eau, nous avons pu voir des dizaines de chauves-souris en train de chasser des insectes volants. Et puis l'un des colons qui nous accompagnaient s'est mis à nous parler des nuits sur le Yari. C'est lui qui a écrit un peu plus tard : « Je me suis perdu par là-bas et j'ai retrouvé le squelette abandonné d'un homme, dans un abri. » Ce colon s'appelait Oscar Rivera.

A l'époque, j'avais déjà relevé les détails de cet épisode, mais je n'avais vu son nom nulle part, aussi bien dans les articles publiés par la presse locale que dans les maigres révélations des enquêteurs officiels.

Les conditions de la découverte du premier squelette demeuraient une énigme. Et même six ans plus tard (c'est le temps qu'il a fallu attendre pour que l'enquête fût rendue publique), je me suis aperçu que les juges n'avaient jamais pris connaissance de l'existence d'Oscar.

Dans l'histoire du Yari, le matériel photographique a connu un tragique destin.

En effet, à l'occasion d'un déménagement du journal *El Tiempo,* les photos d'Oscar qu'avait réussi à prendre le maître Caicedo ont été noyées dans la masse des archives. Quant aux photos que Fritz avait prises au camp, elles ont été détériorées par l'humidité. La collection de Martin demeure incomplète et moi-même ai perdu deux pellicules de Raoul Lima, prises pendant un voyage sur le Vaupés que j'ai effectué en 1976.

Je n'ai réussi à obtenir que deux photos d'Oscar. Elles datent de 1980, et c'est grâce à Jorge Sanchez qui, à Bogota, a fait tomber de sa poche un paquet de cent cinquante négatifs pris pendant son expédition sur le Yari, un peu avant la découverte des restes de Cubillos.

En 1972, Fabio Serrano et Henry Holguin, deux journalistes du magazine *Cromos,* ont essayé d'atteindre le camp pour photographier le squelette. Cela dura trois semaines parce que la saison des pluies interdisait d'utiliser l'avion, et ils ont fini par renoncer. Le journal *Occidente,* à Cali (à qui Martin avait cédé en exclusivité tous les documents existants) « a brûlé toutes les archives photographiques au moment où était modernisé leur système d'impression », si l'on en croit le sous-directeur, Raoul Echevarria Barrientos.

Pourtant, malgré les horribles photos qui se trouvent dans l'album de Sanchez, il me semble bien saisir la personnalité d'Oscar (qui est mort noyé deux mois après notre rencontre) :

Il est à la fois maigre et très musclé, ses favoris semblent venir tout droit d'un livre sur l'histoire de la patrie. Il donne l'impression d'être secret et très malin. Quand on nous l'a présenté ce soir-là, à Araracuara, les colons nous ont dit que c'était certainement l'homme qui savait se guider avec le plus de maîtrise et de sécurité sur les marigots de la région.

Dans ces endroits-là, on acquiert le respect des autres par le courage pour affronter la forêt et ses secrets, et par l'habileté dont on fait preuve en traversant les torrents à la nage.

Et pourtant il a fini par mourir dans la rivière : c'est une anguille qui lui a envoyé plusieurs décharges électriques. Il est mort en essayant de rattraper une petite embarcation qui s'en allait toute seule sur le Caqueta avec un enfant à l'intérieur : c'était un après-midi de janvier 1976.

Comment était-il arrivé à Araracuara ? Il paraît que vers la fin de son aventure sur le Yari, il avait connu une indigène qui s'appelait Rosa. C'était une indienne comme toutes les indiennes que l'on trouve sur l'Apaporis, mais il était tombé amoureux d'elle. Il en a oublié son désir de retourner au village accroché à la montagne, celui où il était bûcheron, où il se rendait tous les trois mois pour acheter des vêtements neufs, jouer au billard, boire de la bière jusqu'à ce qu'il ne lui restât plus un peso. Alors, et seulement à ce moment-là, il retournait au travail, et il ne se reposait plus pendant deux ou trois mois.

Oscar était un homme simple mais il avait une intelligence et une tête aussi ordonnées que celles de Vincent Quintero. Oscar et Vincent ne se sont pourtant jamais connus, mais leur existence a été simultanément marquée par la magie et la férocité de ces forêts.

Malgré la série d'échecs qu'ils avaient essuyés à cause des défaillances du moteur, Wolfgang et Fritz étaient prêts à faire une nouvelle tentative pour atteindre la tribu inconnue qui, supposaient-ils, était demeurée culturellement intacte : à part de rares rencontres avec Martin et Vincent, aucun Blanc n'avait eu de contacts avec elle.

En s'apercevant qu'il serait impossible de les faire renoncer à leur projet, Bauer décida d'essayer un nouveau moteur : le Honda de 13,5 CV. Bien qu'il ne fût pas très puissant, il représentait le dernier espoir des Autrichiens.

Et lorsque cette solution fut clairement exposée, une chose à laquelle il n'avait jamais ouvertement pensé auparavant commença à apparaître : Benjamin et Edgard avaient peur. Le seul à avoir osé s'aventurer dans la région où vivent les indiens était, en fin de compte, Vincent. Mais ce dernier n'était pas avec eux : peut-être souhaitait-il que les Autrichiens échouent. Ils n'étaient pour lui que de vulgaires chercheurs de trésors, et la seule chose qu'il espérait était de les voir loin de la région. En tout cas, c'est ce qu'il avait dit à Martin avant de s'en aller ; et ce dernier avait même donné des instructions à Bauer pour qu'il leur mît des bâtons dans les roues. C'est Slim, lui-même, qui a avoué une après-midi à Fritz : « Martin m'a dit de ne pas vous donner de nourriture. » Encore aujourd'hui, après tout ce temps, Vincent n'a pas réussi à concevoir que le seul but poursuivi par ces Autrichiens fût la tribu indienne. Il pense qu'ils étaient venus avec l'intention de visiter ce plateau brillant, très plat et quadrillé de parcelles, qu'il avait découvert avec Martin un peu au-dessus du camp.

FRITZ : « *Jeudi 5 août* : Dès le départ, tout le monde nous a dit qu'il ne restait pas suffisamment d'essence pour faire des expéditions avec la pirogue à moteur. Il devait y avoir certainement deux raisons à cela : la première, c'est qu'ils voulaient mettre le carburant de côté en prévision de la venue d'autres touristes ; et la seconde, c'est la peur des indiens. Je pense que c'est pour cela que Benjamin et Slim nous ont toujours affirmé qu'il n'y avait presque plus d'essence. Aujourd'hui, nous avons eu l'idée de vérifier les bidons et on s'est aperçus qu'il y en avait plus qu'il ne fallait. A présent c'est certain : le carburant n'est pas un problème.

» *Vendredi 6 août* : On a essayé l'autre moteur de 5 CV, mais il n'était pas assez puissant. On a tout juste réussi à traverser la rivière. Vendredi, Edgard et Benjamin ont fait un voyage jusqu'à La Raya et, apparemment, le moteur a bien fonctionné. Ils n'ont mis que trois heures pour se rendre sur les lieux. »

BAUER : « Cette région est certainement la plus désagréable, pour la pêche et la chasse, que je connaisse en Colombie. Même au Texas, où là-bas il n'y a presque rien, les endroits sont mieux pourvus. Benjamin et Edgard ont remonté la rivière avec le petit Honda et ils n'ont pas vu le moindre gibier. Ils étaient partis avec trois chiens et ces derniers sont retournés au camp avant eux, en suivant la berge. Ce sont vraiment de grands chasseurs de banquets ! Ils ont laissé le pauvre Mago au camp, je crois que les jours du vieux chien sont comptés. On a attrapé trois poissons minuscules. J'ai l'impression que les touristes vont encore nous demander de remonter la rivière, demain, avec le Honda. Cette idée n'est pas faite pour me déplaire ; c'est une manière comme une autre de passer le temps.

» *Samedi 7 août* : Une nouvelle grande journée dans l'histoire du Yari. Les astronautes ont débarqué sains et saufs. Benjam' et Edgard ont remonté la rivière et ils ont rapporté quatre oiseaux. On arrive encore à manger à notre faim et à en donner un peu aux chiens. Benjam' et les deux Autrichiens vont une nouvelle fois tenter d'atteindre le village indien. Je voulais qu'Edgard parte avec eux, mais j'ai l'impression qu'il n'a pas l'intention de quitter le camp. Je crois qu'il a envie de se faire prier, mais personne ne se sent le courage de le faire.

» *Dimanche 8 août* : Benjam' et les deux Autrichiens sont repartis à la recherche des indiens. Je ne comprends pas ce qui se passe. Ils sont revenus vers six heures de l'après-midi, à la rame. Le moteur tombe toujours en panne au même endroit : là-bas, du côté de La Raya. Ils n'ont remonté la rivière que pendant quatre heures. Edgard n'était pas avec eux. »

FRITZ : « Nous sommes partis avec Benjamin. Nous avions pris le petit moteur et, une fois de plus, nous n'avons pas réussi à dépasser l'embouchure de La Raya. Cela devient un point magique, pour nos voyages en amont. Ce coup-ci, le moteur a vraiment rendu l'âme. On arrive jusque là-bas sans problème et puis il n'y a pas moyen de remonter un mètre de plus. C'est de la vraie sorcellerie. Après celui de la nourriture, le problème du moteur est devenu une véritable obsession. Bauer a essayé de le réparer, il l'a secoué, il lui a tapé dessus, il a fait tout ce qu'il a pu, mais... rien à faire... ! On est descendus au camp à la rame en cinq heures. »

A partir de ce moment-là, la vie est devenue de plus en plus difficile. Le Yari était sur le point de déborder et la faune semblait avoir définitivement déserté l'endroit. Le rationnement de la nourriture est devenu beaucoup plus strict. Malgré cela, les aliments se volatilisaient à vue d'œil. Toutes ces conditions ont contribué à l'arrêt des expéditions à la tribu indienne ; sans compter que tout le monde, sauf Bauer bien sûr, commençait à penser sérieusement que personne ne viendrait les secourir, et qu'ils se trouvaient bel et bien prisonniers de la forêt vierge.

Dans le seul entretien que Fritz et Wolfgang ont concédé sur ce sujet au journal *El Tiempo* (du samedi 25 mars 1972), on peut lire ceci ; c'est d'ailleurs ce qui m'a conduit jusqu'à eux :

> ***Le moteur qui était trop faible, la rivière en crue et notre propre poids ajouté à celui de l'équipement nous ont conduits à abandonner l'expédition. En plus de cela, on usait des hameçons et des balles sans aucun résultat : la chasse et la pêche étaient nulles. On s'est alors sérieusement dit que nous devions penser à nous en sortir par nous-mêmes parce que personne ne viendrait plus nous secourir.***

La tentative des Autrichiens pour retrouver la tribu indienne n'est pas la seule dont on ait entendu parler. Bien avant eux, au début du siècle, des dizaines d'exploitants de caoutchouc s'y sont aventurés. En apprenant l'existence des indigènes, ils se sont dit que c'était un bon moyen d'avoir de la main-d'œuvre.

Le problème de nos forêts est moins de posséder des terres que d'obtenir — à n'importe quel prix — des bras pour l'exploiter. Les communautés indigènes constituent donc un des buts primordiaux de celui qui vient de l'intérieur du pays pour tenter de faire fortune.

Une légion de missionnaires de toute obédience a joué un rôle dans ce combat qui est devenu plus violent pendant plusieurs décennies. Il était pour eux indispensable de s'approprier ces âmes impies qu'ils voulaient tenter de conduire sur le chemin du bien. Pour cela, ils faisaient alterner cantiques, travail et production de richesses.

Les anthropologues ont également joué un grand rôle. Ils étaient somme toute moins nombreux et bien plus honnêtes. Bien que scientifiques, ils ont toujours pensé que les quelques indiens qui n'ont encore eu aucun contact avec notre civilisation s'en tirent à l'heure actuelle beaucoup mieux : « J'ai vraiment changé d'avis quant à l'étude de groupes isolés tels que celui-ci, dit Fritz. Je crois que les anthropologues ou tout autre catégorie de personnes feraient mieux de les laisser en paix. »

De toute manière, la zone dans laquelle se trouve cette communauté est très difficile d'accès ; et la mobilité des indiens est tellement efficace que jusqu'à présent ils ont réussi à éviter l'intrusion des Blancs.

A part ceux de Martin et de Vincent, on n'a que très peu de renseignements sur eux. Les deux hommes ont écrit un récit sur leurs propres découvertes, un récit qui ressemble beaucoup à certains passages de l'invasion de l'Amérique en 1492 :

MARTIN : « On volait très bas et, pendant un virage, j'ai aperçu un verger en plein milieu de la forêt. Il y avait beaucoup de ces fruits qu'on appelle les *cachipay* *, et j'ai dit à Vincent : " On va se poser,

* Fruits exotiques. (N.d.T.)

j'ai envie d'en manger quelques-uns ; c'est très bon ! " On s'est posés, on a amarré l'avion et on est allés jusqu'au verger. On a aperçu quelques indiens qui étaient en train d'y travailler. Lorsqu'ils nous ont vus, ils se sont mis à courir. Ils étaient tout nus. Tous : les hommes, les femmes, les enfants... Les enfants étaient en train de s'asperger d'eau au bord d'un petit marigot qui traverse la forêt ; ils nageaient comme de vrais poissons. On a continué à marcher pendant une centaine de mètres... et on s'est aperçus que le verger était plein de *chontaduros,* et d'une sorte de petits ananas sauvages, très succulents : du pur miel. Ils ne possédaient pas un seul outil de Blanc. Tout était primitif. Ils chassent avec des tubes en bois, des sortes de sarbacanes avec lesquelles ils lancent des flèches empoisonnées, en soufflant dedans. Ils avaient des flèches, des arcs et des pièges pour attraper les animaux, ainsi que beaucoup d'outils en pierre. Je ne crois pas qu'ils aient eu des couteaux. »

VINCENT : « Dans ce verger, il y avait beaucoup de *guacuri* – c'est un fruit recouvert d'huile, on appelle ça le beurre des indiens –, et aussi des fruits d'inga très mûrs, des *guajos,* produits par un palmier qui a des feuilles minuscules ; ils en coupent les extrémités et ils les mangent comme si c'était de petits arbres... Quand on les a vus, ils étaient en train de planter des *guajos* dont beaucoup fermentaient dans une flaque d'eau, ensuite ils les mangent et ils boivent le liquide. Il y avait également beaucoup de coca. Tous les champs en étaient entourés. On pouvait voir aussi des outils pour écraser les aliments et énormément de crânes de tigres. Un peu plus loin, nous avons découvert une grande hutte avec quatorze peaux de tigres : de belles bêtes qu'ils avaient dû attraper au piège. Il paraît qu'ils les dépècent avec des griffes de fourmiliers ; j'en ai trouvé dans la hutte. Bien sûr, les peaux ne sont pas très nettes : ils n'ont pas de couteau, juste ces griffes de fourmiliers. D'autres outils étaient fabriqués avec des mâchoires de piranhas, qui constituent de véritables scies, en haut comme en bas. Ils y attachaient une poignée et ils s'en servaient pour aiguiser les flèches et pour polir les sarbacanes. Il y avait aussi des haches de pierre, des grosses et d'autres plus petites. J'ai bien regardé leurs champs et je me suis aperçu qu'ils n'abattaient jamais les gros arbres. Avec les haches qu'ils possédaient, ils n'y seraient jamais arrivés car ce sont des massues sans tranchant. Ils raclent l'écorce de l'arbre et ils attendent qu'il sèche. Ensuite ils le brûlent. Ils sont vraiment très forts pour faire du feu avec les pierres qu'ils ramassent dans les rapides. Pour qu'il prenne plus rapidement, ils arrachent les poils qui se trouvent sur les feuilles des *milpesos* *, et ils les placent entre les pierres qu'ils cognent l'une contre l'autre. Tchac ! Tchac ! L'étincelle fait prendre la laine... et en avant !... souffle que tu souffleras : le feu est vite allumé. Ils font ça aussi avec des bouts de bois qu'ils cognent les uns contre les autres. Une fois, il y a bien trente ans, je me suis retrouvé dans cette forêt et mes allumettes étaient foutues ; l'indigène avec qui je me trouvais portait deux bouts de bois attachés à sa ceinture et je me demandais à quoi ça pouvait bien servir. " Toñitos, que je lui ai dit, comment on va faire pour avoir du feu ? " Il s'est mis à frotter les deux bouts de bois, et vas-y, et vas-y : cinq minutes plus tard, il n'y avait toujours rien. " Ne sois pas têtu, ça ne fera jamais du feu ton truc ! A minuit on y sera encore ! " — " Mais non, m'a-t-il répondu, ça fait du feu, je t'assure que ça fait du feu ! " — " Ne te fous pas de moi, ça ne fait rien du tout. " J'ai tiré sur un arbre et on a vite eu du feu... En revanche, avec deux pierres, ils sont très forts ! Où que vous les rencontriez dans la forêt, où qu'ils aillent, ils ont leurs deux petites pierres et ils font du feu. Ils mangent beaucoup de viande fumée. Ils ont de petits séchoirs (de toutes petites plates-formes), ils allument un feu dessous et ils y mettent la viande. Elle reste là toute la nuit et, quand le jour se lève, c'est du vrai jambon. »

MARTIN : « Vincent a cherché de tous les côtés pour trouver les indiens. Il n'y avait plus personne dans le verger. Mais il a aperçu un trou, près d'un tronc qu'ils avaient abattu. Et dedans, couché au fond, il a aperçu un indien qui se cachait. Il l'a tiré vers lui et l'a entraîné jusqu'à l'avion. On voulait mieux le connaître, c'est pour cela que j'ai dit à Vincent : " On le ramène au camp. " »

VINCENT : « Quand les indiens nous ont aperçus, ils se sont tous sauvés. " Attends-moi ici, ai-je dit à Martin, reste dans l'avion, j'y vais tout seul. " J'ai cherché pendant un moment et, évidemment... toutes les traces menaient à un grand ravin : ils avaient tous

* Variété de palmier. (N.d.T.)

sauté à cet endroit. C'est comme ça qu'ils se défendaient. J'avais pris les chiens avec moi, et surtout la chienne qui s'appelle *Mule*. Lorsqu'elle flairait un indien ou un tigre, elle baissait les oreilles, mettait sa queue entre les pattes et venait à mes pieds, et là : aboie que tu aboieras ! (Elle en avait horriblement peur !) Quand je suis arrivé là-bas, elle a fait exactement ça, alors je me suis dit : " Y'a un tigre ou un indien dans les parages ! " Oui, elle aboyait en direction d'un tronc d'arbre couché par terre. Il y avait un grand trou à côté. " Ce doit être un tout petit tigre ! " Et la chienne continuait à aboyer, et à aboyer ; elle allait vers le trou et puis elle revenait à côté de moi. Si bien que je me suis approché doucement et que je me suis penché pour regarder : un indien ! Il s'était caché au fond de la grotte parce qu'il était terrifié par les aboiements. Ils ont une peur bleue des chiens ! Je l'ai bien regardé et il a regardé vers moi. Je lui ai dit de se relever, de s'approcher de moi ; je lui ai exactement dit : " Mañacueto. " (Approche-toi.) Mais il faisait semblant de ne pas m'avoir vu et restait au fond de son trou. Alors je me suis dit : " Je vais attraper cette crapule par la tignasse et je vais te le sortir de là. " Il avait des cheveux très longs tombant sur ses épaules. J'ai tendu la main, mais il ne voulait pas se laisser attraper. Au bout d'un moment, j'ai réussi à lui agripper les cheveux, je lui ai saisi une main et l'ai tiré de toutes mes forces. Quand il a été dehors, il a essayé de me mordre. Il me lançait de grands coups de dents... on aurait dit un chien sauvage, cette espèce de bourrique ! Quand il tentait de me mordre, je lui tirais les cheveux en arrière pour l'empêcher de m'atteindre. S'ils vous prennent le doigt, ils ont des dents capables de s'y planter comme dans une banane. Sûr qu'ils le déchiquettent. Je ne sais pas si vous vous rendez compte de la force de leur mâchoire, mais ils sont capables de couper des fèves de coumarou : ce sont des noix de coco naines. Moi, j'éloignais sa gueule, je la poussais le plus loin possible et j'appelais Martin qui ne devait pas être très loin : " Martin ! Martin, viens m'aider ! " Il n'y avait rien à faire. " Viens m'aider, Martin. J'ai attrapé l'indien. Allez, viens m'aider ! " Rien du tout ! Il ne voulait pas. Méfiaaaaant, le gringo ! Quand j'ai vu ça, j'ai poussé l'indien vers l'avion. Je le tenais par une main et par les cheveux, et lui, avec sa main libre, il s'accrochait aux arbres. On passait à côté d'un tronc et il l'attrapait. Moi, je le tirais, mais il n'y avait pas moyen !... A la fin,

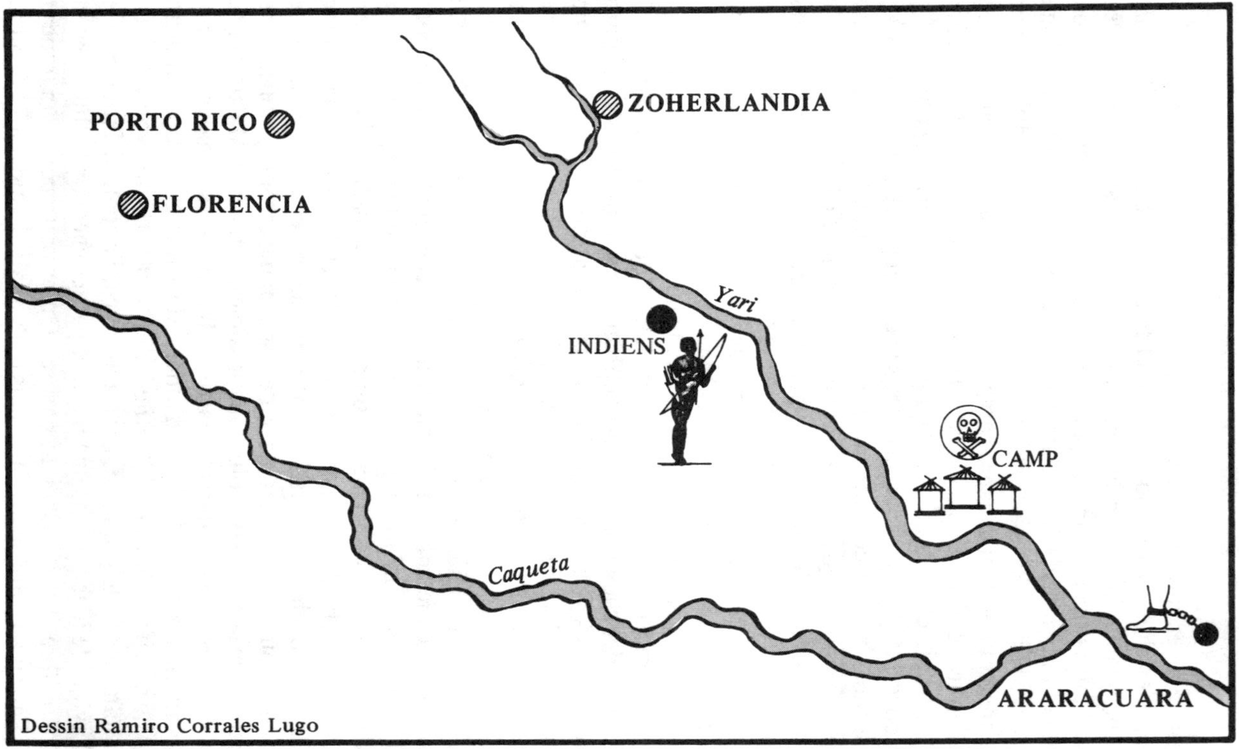
PORTO RICO
FLORENCIA
ZOHERLANDIA
Yari
INDIENS
CAMP
Caqueta
ARARACUARA
Dessin Ramiro Corrales Lugo

Martin est arrivé et je lui ai dit : " Attrape-le par une main, moi je le tiendrai de l'autre. Il ne faut surtout pas que je lui lâche les cheveux parce qu'il risque de nous mordre. " – " Houlala, a fait Martin, non, il n'est pas question de toucher ce fils de pute, il va me mordre ! " – " Il ne peut pas te mordre ; tu vois bien que je le tiens ! " Alors on l'a attrapé chacun par une main et on l'a entraîné là-bas, vers l'avion. La chienne aboyait et il avait très peur. Mais on a fini par l'emmener jusqu'à l'avion ; il avait plus peur de l'animal que de nous. Martin m'a dit : " Vincent, tu feras attention que ce fils de pute ne me morde pas pendant que je pilote. " – " Ne t'en fais pas, on va le mettre là-bas, complètement dans le fond, dans la queue, et on fera coucher les chiens sur la banquette arrière entre nous et lui. " Quand on a été au pied de l'avion, je lui ai dit : " Najai-jicua " (Qu'il prenne des biscuits et qu'il les mange.) Il n'a rien voulu savoir. Alors j'ai dit à Martin : " Grimpe, je vais te le faire passer ! " – " Quel fils de pute, celui-là ! Grimpe toi-même, c'est moi qui vais le pousser pour le mettre dans l'avion. " C'est ce qu'on a fait. On a réussi à l'embarquer et on a installé les chiens entre l'indien et nous. Martin a démarré et on a décollé. Pendant le voyage, j'ai tendu deux paquets de biscuits sodés à l'indien, mais il roulait dans tous les sens et il fermait les yeux : on voyait bien qu'il était complètement terrorisé. Il a pris un paquet de biscuits dans chaque main et, au moment où on a touché l'eau pour se rendre au camp, je lui ai dit : " Mañajarire ! " (Allons-y !) Il ne voulait plus descendre. On a ouvert la porte et il a fallu le pousser pour le faire sortir de l'avion. On a tout de même réussi à le décharger. Une fois sur la terre ferme, il a recommencé à avoir peur des chiens. On l'a libéré et il n'avait plus envie de nous mordre. Il regardait partout, surveillait surtout les chiens et suivait chacun de mes pas. Oui ! c'est ça ! à peine je faisais un pas, je l'avais sur mes talons ! Au bout d'un moment je me suis aperçu que ses paquets de biscuits étaient complètement en miettes : il avait tellement peur ! " Qu'est-ce qu'on va faire de ce péteux ? ai-je demandé à Martin, il va certainement crever ! " Martin m'a répondu : " Mais non, il ne crèvera pas. On va le garder. J'irai au village en avion et je lui rapporterai des pantalons et des vêtements. " Il était à poil, complètement à poil. Ils se font des pantalons avec une espèce de liane de coumarou : ils l'attachent autour de leur taille et ils y coincent leur bite en faisant plusieurs tours ; et les boules se balancent à l'air... Bon ! Alors, Martin est reparti à Porto Rico pour aller lui chercher des vêtements. »

MARTIN : « Je suis parti à la ville et j'ai acheté un jean, une chemise, une paire de chaussures en caoutchouc et quelques couteaux, des haches et des machettes. Je voulais lui en faire cadeau. Je suis allé chez moi et j'ai pris des bonbons et un peu de nourriture américaine en conserve que j'avais mise de côté. Le jour suivant, j'étais de retour au camp. »

VINCENT : « Le jean que lui avait apporté Martin était vraiment trop long. Je le lui ai enfilé et je l'ai serré avec une liane. J'ai retourné le revers du pantalon que j'ai attaché avec une autre liane... Il marchait très maladroioioitement. Il écartait les jambes. Il n'arrivait pas à mettre un pied devant l'autre. Je lui ai passé la chemise toute neuve apportée par Martin, et je la lui ai boutonnée. Je lui ai remonté les manches et il regardait sa chemise avec admiration ; ils sont très vaniiiiteux. “ Mareje. Mareje ! ” lui ai-je dit. (Elle est superbe. Elle est superbe !) Il ne m'a pas répondu. On n'avait pas de ciseaux au camp, mais ma machette était parfaitement aiguisée, alors j'ai dit à Martin : “ Je vais lui couper les cheveux. ” J'ai commencé à les lui tailler et il ne me laissait pas faire, il gigotait dans tous les sens. Je lui ai fait des escaliers partout. Il fallait quand même les lui couper pour que ça ne le gêne pas quand il baissait la tête : il ne voyait rien avec tous ces cheveux dans les yeux ! »

MARTIN : « Une fois, on a réussi à revoir les autres indiens. J'étais revenu avec le père Cayetano qui avait déjà sous sa protection huit autres indiens. Tous s'étaient coupé les cheveux. C'était devenu à la mode dans la tribu. »

VINCENT : « Un jour, on l'a conduit jusqu'au ruisseau pour qu'il puisse se laver. Il a plongé dans l'eau, mais il n'a pas osé s'échapper à cause des chiens... On lui a prêté du savon. On l'a frotté tant qu'on a pu, mais le savon est allé dans ses yeux. Il ne voulait plus les ouvrir : ça brûlait trop fort. Alors je lui ai rincé le visage pour retirer le savon et, au bout d'un moment, ça allait mieux. Il est sorti de l'eau et il n'a plus voulu se baigner. Il a enfilé le blue-jean ; il avait juste enfilé une jambe et il s'est remonté le pantalon jusqu'en haut ; je me suis dit : " Quel imbécile !... C'est pas comme ça qu'il faut faire ! Regardez-moi cet abruti ! " Je me suis approché de lui, je lui ai descendu le pantalon et je le lui ai remis comme il faut... J'ai remonté la fermeture Éclair et j'ai retroussé les bas. Je lui ai mis la chemise et puis on est retournés au camp. L'après-midi, je lui ai proposé d'aller à la chasse au tapir et nous sommes partis. Mais une fois que nous nous sommes trouvés assez loin, bien enfoncés dans la forêt, il a retiré son pantalon, et il l'a porté à la main. Il a aussi essayé d'enlever la chemise, mais comme il n'y arrivait pas, il a tout arraché ; il a tiré et il ne restait plus un seul bouton. J'ai fait un nœud avec les pans et nous sommes repartis. Ces imbéciles deviennent vraiment des bêtes, dès qu'ils sont dans la jungle. On a un peu marché et puis il m'a dit : " Suruma. " (Un tapir.) Il avait enfin fini par me parler. J'ai bien regardé et je me suis dit : " Ce sont effectivement des traces... " Un tapir avait dû passer par là. Je lui ai dit : " Maña, maña. " (Allons-y. Suivons-le.) On s'est lancés à sa poursuite. Il suivait bien sa trace. Ce fils de pute était aussi doué qu'un chien. Un peu plus loin, il s'est arrêté et je lui ai demandé ce qui se passait. Il m'a dit : " Eroi, eroi. " (Regarde.) L'animal était couché à deux pas de nous et je lui ai tiré dessus. En entendant le coup de feu, l'indien s'est complètement recroquevillé, mais le tapir s'est enfui à toute allure. Je l'avais touché, pourtant il s'est quand même sauvé. J'ai dit à l'indien : " Maña, maña. " (Poursuivons-le avant qu'il se cache !) La carabine était bouchée, je l'ai décoincée avec un bout de bois et je l'ai rechargée. Je me suis lancé à sa poursuite, moi aussi... L'indien s'était arrêté à quelques mètres devant moi. Il m'a montré où se trouvait le tapir et j'ai de nouveau tiré... C'était bon !... On a coupé quelques branches de palmier et j'ai rapidement fabriqué un brancard. C'était une sorte de panier avec deux courroies, deux bretelles que j'ai mises autour du cou de l'indien. J'ai placé une cuisse du tapir et ses deux flancs dedans, mais il m'a dit que c'était trop lourd. Alors j'ai enlevé la cuisse et je l'ai chargée sur mon épaule ; le poids des deux flancs était supportable. C'était un tapir qui devait peser cent quatre-vingts kilos : on en a bien rapporté la moitié. A peine arrivé au camp, j'ai commencé à débiter un peu de viande pour les chiens et j'ai dit à l'indien : " Najai jicua. " (Mange.) La viande était encore chaude. Je l'avais posée sur une plate-forme pour qu'elle refroidît. Cela devait faire deux jours qu'il n'avait pas mangé. Il a sauté sur le morceau, l'a pris entre ses deux mains, l'a coincé par terre et a mordu dedans comme l'aurait fait un tigre. Il a avalé presque tout le flanc du tapir. J'ai pensé : " Quelle brute ! Il va crever ! " Il avait bien dû manger six kilos de viande. J'ai vraiment cru qu'il allait mourir. Il avait tout avalé jusqu'au dernier morceau : tout ce que lui avait donné Martin. C'est leur manière de faire... Ensuite il est allé se coucher dans un coin et il est resté comme ça, complètement repu : il s'est couché parce qu'il ne pouvait plus bouger. Il n'en pouvait plus. Je me souviens qu'il s'est levé dans la nuit et que je me suis dit : " Il veut s'échapper, le bandit ! " J'ai éclairé avec ma lanterne et je me suis aperçu qu'il s'était accroupi derrière un tronc d'arbre pour vomir. Je lui ai dit : " Najai jicua. " Mais rien. Il n'a pas répondu... Il est resté comme ça plus de trois heures. Lorsque le jour s'est levé, il est revenu et il s'est recroquevillé sur son hamac ; il est resté ainsi. Le lendemain, Martin et moi sommes repartis avec lui dans la pirogue. Nous sommes arrivés sur un *chuquio*, un endroit plus large, qu'un tronc permettait de franchir comme un pont. Et j'ai dit : " Regarde ces traces. Les indiens sont passés par là la nuit dernière. Ils cherchaient certainement notre ami. " Ils avaient dû arriver jusqu'à une dizaine de kilomètres du camp, en amont. On a commencé à prospecter autour de nous et le chien s'est mis à aboyer. Alors je me suis dit : " Il vaut mieux partir, parce que, si c'est un tigre, il va me bouffer le chien. " On a commencé à s'éloigner et l'indien est resté là, sans bouger, à faire l'andouille. Je lui avais passé un couteau et une machette et il a refusé de nous suivre. " Il va nous échapper ", ai-je dit à Martin. Et il m'a répondu : " Laisse-le faire. " Nous sommes revenus à l'endroit où se trouvaient les chiens, qui avaient levé plusieurs pécaris. Nous avons réussi à en tuer un. Nous avons regardé si l'indien était encore là, mais il s'était sauvé ! Il avait abandonné la machette et le couteau dans la proue de la pirogue. »

MARTIN : « Il est resté neuf jours au camp avec nous. Il a été très heureux, et ne voulait plus s'en aller ; il m'aimait beaucoup et dormait toujours à côté de moi. Il avait envie de goûter la nourriture américaine. Il aimait les bonbons. Au début, il mangeait même le papier, et puis je lui ai montré comment il fallait faire pour le retirer. Il faisait tout ce que je lui disais. Il était très habile, très intelligent et très, mais vraiment, très gentil ! La veille de son départ, on s'est doutés que les autres étaient en train de le chercher parce qu'on a entendu du bruit qui ne venait pas de la forêt, pendant la nuit. Ses amis l'appelaient (ils soufflaient dans leurs mains en imitant le bruit d'un cor de chasse) de l'autre côté de la rivière. Et puis Vincent a trouvé leurs empreintes sur un tronc d'arbre. Je suis retourné plusieurs fois à l'endroit où il a disparu et j'ai déposé des machettes, des marmites en aluminium et des bonbons. »

VINCENT : « La deuxième et la dernière fois que nous avons vu les indiens, ça se passait avec le père Cayetano Mazzoleni, celui de Caqueta. Le curé nous a dit qu'il ne pouvait pas s'absenter plus de trois jours parce qu'il était trèèèèès occupé. Il a demandé où se trouvaient les indiens, et je lui ai dit qu'ils étaient en amont. On s'est rendus à l'endroit où on avait trouvé le premier et je lui ai dit : " Regardez, mon père ; ils sont passés ici, aujourd'hui. " Ce soir-là, on a campé sur une plage de la rive opposée à celle où se trouvaient les indiens. Et puis, lorsque la journée était déjà avancée, un garçon a crié : " Regardez ! Un tapir ! " J'ai levé la tête, j'ai bien regardé, et qu'est-ce que j'ai vu ? Un fils d'enculé de serpent (un serpent d'eau) ; il était énorme, il sortait la tête pour essayer de mordre un chien. Alors j'ai demandé au garçon de me passer la carabine en vitesse. L'animal s'est échappé et, quand je m'en suis aperçu, il était déjà en train de remonter sur la plage. Il était gros, le salaud, il faisait au moins un mètre. J'ai crié à Jean : " Passe-moi ta hache. Avec la machette, c'est impossible ! Si je lui tire dessus, il va s'échapper au fond de la rivière. " Il a pris la hache et s'est dirigé vers le serpent. Je lui ai crié : " Vas-y ! " Et lorsqu'il est passé près de lui, il lui a envoyé un grand coup sur la tête. L'animal s'est recroquevillé et est reparti avec l'arme clouée dans son corps. " Ah ! La brute ! Il a piqué la hache ; c'est la seule qu'on avait ", ai-je crié. Dans ces endroits-là, c'est un instrument indispensable. Le serpent a continué à avancer ; il allait vers une haie qui se trouvait un peu plus loin. Quand je m'en suis aperçu, les buissons étaient déjà en train de bouger. Et quand je suis arrivé, la hache émergeait de l'eau, le serpent refaisait surface. J'ai attrapé le manche et il est venu en même temps qu'une tache de sang se répandait dans l'eau. Pendant un moment, je ne l'ai plus vu et puis il a ressorti sa tête un peu plus haut. Alors j'ai tiré un coup de carabine. Il s'est recroquevillé, recroquevillé dans l'eau, et on ne l'a jamais plus revu. Après cela, tout le monde a commencé à avoir peur, et le lendemain matin, le curé a dit : " Il faut aller les chercher ! En avant ! " On est partis et pendant toute la journée on a vu des traces qui étaient très fraîches. De temps en temps, on les entendait dans des champs de laîches et on se mettait tout de suite à leur poursuite ; mais, à la fin, j'ai dit : " Non, non, mon père. Poursuivre un indien, c'est comme vouloir attraper un éclair par la queue, en plein jour. " Dans l'après-midi, on a atteint un verger, plein des pousses de baies de palmier, très belles. J'ai pris ma machette, j'en ai coupé une branche et l'ai mise dans ma musette. Mais le curé m'a dit : " Non, Vincent, il ne faut pas leur voler ça. Ils risquent de se vexer et ils vont essayer de nous piéger. " — " Pas question, lui ai-je répondu, j'ai faim et ce soir vous serez bien content de les faire cuire et de les manger ! " On est repartis, et on est arrivés au camp vers quatre heures. Tout de suite, nous avons traversé sur l'autre rive par peur de rester sur la berge où se trouvent les indiens. Un moment plus tard, nous nous étions arrêtés pour nous reposer et, en regardant droit devant moi, j'ai crié : " Ils sont là-bas, mon père ! " Ils étaient perchés sur des arums plantés sur un talus ; ces fils de chienne ressemblaient à des singes. " Regardez-les ! " Et il m'a répondu : " Allons-y ! " — " Non ! Il n'est pas question d'aller là-bas. Vous avez envie que ces abrutis nous lancent des flèches ? Vous voyez bien qu'ils nous ont repérés ! Il vaut mieux attendre ! Cette nuit, j'en attraperai un. " Comme ils se trouvaient au-dessus du sentier qui mène au gué, je me suis dit : " Ce soir, ils vont rester chez eux ou dans les trous qu'ils creusent pour dormir. Je les suivrai et j'en attraperai un en cours de route. Il aura beau crier, je le coincerai quand même. " Et cela se passa ainsi. La nuit a commencé à tomber, et je leur ai dit : " Bon, j'y vais. Conduisez-moi sur l'autre rive avec la pirogue et revenez au camp. Dès que vous entendrez un coup de feu, revenez me prendre. " Je suis parti avec Jean, le nègre, Jean Pérez. On est arrivés à l'endroit où ils se trouvaient, et je me suis caché derrière un arbre. Vers quatre heures du matin, un todier s'est mis à chanter, c'est un petit passereau. J'ai tendu l'oreille et je me suis aperçu que le bruit des pas des indiens se rapprochait. " Les voilà ! " Je n'ai pas bougé, j'ai attendu qu'il y en ait un qui passe à ma portée, et je l'ai attrapé. Il s'est mis à crier comme un âne et tous les autres se sont enfuis. Ils avaient des grappes de *chontaduro*, deux anguilles, et trois tambours... Beaucoup de nourriture ! un peu de *mojojoyes* enveloppé dans des feuilles... Ils ont tout laissé tomber. Et ces fils d'enculés se sont mis à courir. J'ai bien agrippé l'autre et j'ai crié à Jean : " Viens ! Dépêche-toi ! " Pendant que je l'attendais, j'ai attrapé l'indigène par un bras et je l'ai plaqué contre un arbre. Il essayait de se retourner pour me mordre et j'ai dit à Jean : " Vite, attrape-lui l'autre main ! " Il la lui a prise et, avec une corde, il l'a attachée : " Ça y est, il est à nous ! " Il se tordait dans tous les sens et j'ai demandé à Jean : " Eh ! Le nègre ! Attache-lui l'autre main. Cet imbécile va nous échapper ! " Il l'a fait, mais ce fils de chienne ne voulait pas avancer. " Eh ! Le nègre ! Coupe une branche, ai-je dit à Jean, on va l'attacher dessus et on le portera comme ça, sur l'épaule... " La rivière n'était pas loin... " Dépêche-toi, lui ai-je dit, on va l'accrocher comme un singe paresseux. " Il m'a expliqué qu'il valait mieux qu'il l'attrape lui par les pieds et moi par les bras. On le porterait comme un ivrogne. Je lui ai dit " d'accord " et on a fait comme ça. On s'est dirigés vers le bas du talus et on est arrivés à la rivière. Et puis, comme je l'avais dit, j'ai tiré. On a immédiatement entendu le moteur de la pirogue. " Ils arrivent ! " Au moment où j'ai tiré, l'indien est tombé par terre, les quatre fers en l'air. Il m'a fait une de ces peurs, le fils de chienne ! Pendant qu'ils étaient en train de nous rejoindre, j'ai dit à Jean : " Ne le lâche pas, il fait l'andouille pour se jeter dans la rivière. S'il plonge, on ne le revoit plus. Fais bien attention, c'est une véritable sardine ! " Jean l'a bien serré ; et quand la pirogue est arrivée, il regardait tout le monde, complètement effrayé. L'embarcation était petite, mais ils étaient quand même tous montés dedans : il y avait le curé, un autre gringo qui était venu avec lui, il y avait encore Martin... Quand j'ai vu ça, je leur ai dit : " Nooooon ! Mais qu'est-ce qu'il vous prend ? Pourquoi vous êtes tous venus ? Maintenant il faut que quelqu'un reste ici pour surveiller l'indien et je vous ramènerai là-bas avant de retourner ! Si on met l'indien dans la pirogue, c'est sûr qu'on va tous se noyer ! La pirogue va se retourner et on va se faire bouffer par les piranhas. " — " Restez ici avec l'indien, ai-je dit au curé, vous commencerez à l'interroger pour avoir vos renseignements. " Il m'a répondu : " Non, mon petit Vincent ! Non, non... " Alors je leur ai dit qu'ils n'avaient qu'à repartir ; Vincent a démarré et il est revenu nous chercher. Arrivés de l'autre côté, il a fallu porter l'indien qui refusait de descendre. Alors j'ai dit au curé : " En voilà déjà un ! Ne le laissez pas s'échapper, parce qu'il n'est pas question que je m'emmerde à en attraper un autre ! Je me suis trop fait chier avec celui-là. " — " Bien-sûr, mon petit Vincent, a-t-il répondu, mais qu'est-ce qu'il faut faire ? " — " Enfermez-le dans une tente. " Ils l'ont fait entrer dedans et ils ont baissé la fermeture Éclair. Moi, je suis allé me coucher dans mon hamac. Ernest, le vieux gringo, a crié : " Eh ! Oh ! Vincent, viens boire un coup ! " — " Non, je suis trop fatigué. " Ils m'ont réveillé vers neuf heures et le curé m'a dit : " Viens voir, mon petit Vincent. " — " Qu'est-ce qu'il y a ? " — " L'indien est en train de gratter à la tente. " — " Il essaye de s'enfuir. Faites attention, parce que, s'il plonge dans la rivière, vous ne le reverrez plus. Ce sont de vraies sardines. " Ils se sont mis en garde au quatre coins de la tente, mais, ils ne savaient que faire d'autre et le curé est revenu vers moi : " Viens nous aider, mon petit Vincent. " Il avait emporté avec lui une bouteille de vin de messe et je lui ai dit : " Si vous me donnez votre bouteille, je veux bien m'occuper de lui. " Il n'a pas hésité : " D'accord, d'accord, je te la donne. C'est d'accord, je te la donne. " — " Tout de suite, je veux le goûter. " Il est allé la chercher et j'ai commencé à boire. Et vas-y que je buvais. Je parlais à l'indien à travers la toile de la tente. Je lui parlais, mais il ne me répondait pas. Alors, j'ai ouvert la fermeture Éclair et je l'ai vu ; il était accroupi tout recroquevillé. Ses cheveux étaient très longs. Je lui ai dit : " Maña jarire. " Il ne m'a pas répondu. Alors je suis entré dans la tente et je lui ai dit : " Najai. " (Bois.) Il s'est mis à regarder la bouteille, il n'arrêtait pas de la regarder... Je me suis dit : " Il a envie d'en boire, ce con. " Alors je l'ai débouchée, et je lui ai versé un peu de vin que j'ai approché de sa bouche. Il se régaaaaalait, il se régaaaaalait. Il a tout bu. Je me suis dit : " Je ne lui en donne pas davantage, parce qu'il ne me restera plus rien, putain de merde ! " Le lendemain, je les ai réveillés vers quatre heures du matin, à jeun, et on est tous passés sur l'autre rive. Le curé m'a expliqué : " Celui-là va nous livrer toute la tribu, mon petit Vincent. " — " Vous vous trompez, le diable lui-même ne réussirait pas à le faire parler. " L'indien est venu avec nous et cette fois on l'a attaché par la taille avec une corde. On s'était dit que s'il s'échappait dans la forêt, on ne le rattraperait plus jamais... L'indien marchait en crabe, à quelques pas devant nous. Je me suis approché de lui, j'ai commencé à lui parler, et vas-y que je lui parlais. Il ne me répondait pas. Et puis, plus bas, on a commencé à découvrir quelques pièges qui leur appartenaient. J'ai dit à Martin : " Faites attention aux chiens ; s'ils se font prendre dans un piège, ils sont foutus. Ça sert à prendre des tigres, des tapirs, de tout. " Ils les fabriquent avec des bouts de bois très dur. Il y en a en haut et en bas : lorsque l'animal arrive, il marche sur les morceaux de bois du bas et tous les putains de troncs qui se trouvent en haut lui tombent sur la gueule et l'emprisonnent. Les indiens les laissent là et ils attendent qu'ils meurent. Oui, c'est ça, ils ne prennent l'animal que quand il est mort. Quand un tigre se fait prendre, il lutte pour ne pas mourir et il creuse d'énormes trous par terre avec ses griffes. Il n'arrive jamais à se délivrer. J'ai répété à Martin : " Attrape les chiens ! " Nous avons continué à marcher et sommes arrivés à une grande hutte. Il n'y avait personne à l'intérieur. " Je suis sûr qu'ils étaient encore là ce matin ", leur ai-je dit. Ils avaient fait fumer de la viande et avaient mangé. J'ai grimpé au sommet d'un pilier de la hutte et j'ai trouvé une dizaine d'énormes crocs de tigres, de ceux qu'ils attrapent et mangent ensuite. Je les ai pris et j'en ai donné trois ou quatre à chaque homme. Mais le curé m'a dit : " Donne-moi aussi les tiens. " — " Bon ! Si vous voulez. " Je lui en ai donné une dizaine. Dans la hutte, il n'y avait pas un arc, ni une sarbacane. Ils avaient dû partir à la chasse. Juste quelques flèches, marquées à la pointe et qui devaient être empoisonnées. " On les prend ", a dit le curé. " C'est ça, lui ai-je répondu, prenez-les, comme ça, si par malheur vous vous en plantez une, vous y passerez tout de suite ! N'importe où que ça vous pique, vous mourez sur l'instant. " Il n'a plus rien demandé. La hutte devait se trouver à trois kilomètres de la rivière ; il y avait, dans chaque coin, des litières en duvet : c'est là qu'ils dorment. Du duvet de *poporó*. On aurait dit des nids de canard. Ça doit tenir très chaud. Ils ne se couchent pas, ils s'entassent autour du foyer. Il devait bien être neuf heures et je leur ai dit : “ Il faut partir. ” On est revenus vers le camp, et en chemin, on a trouvé des traces : les indiens avaient arraché des bourgeons de *yagé* * pour faire du poison. “ Ils sont à la chasse ”, leur ai-je répété. On a continué à marcher et j'ai dit au curé : “ Mon père, qu'est-ce qu'on en fait ? Il ne nous a pas dit où se trouvait la tribu et il est bientôt onze heures... ” — “ Il faut qu'on le ramène au camp. ” — “ Nooooon, mon père, si on le ramène il va crever, lui ai-je dit. Les animaux que l'on capture trop vieux crèvent aussi. ” Et puis j'ai ajouté : “ Lâchons-le ! Laissons-le partir ! ” — “ Tu as raison, de toute façon l'avion vient me chercher demain et nous n'avons plus le temps. ” Ensuite il m'a expliqué qu'il retournerait nous voir plus calmement. Il avait vraiment l'intention de revenir. On a caché les haches, les machettes et les bêches qu'il avait volées, au fond d'un de ces trous qu'ils creusent pour dormir. Quand ils chassent, ou qu'ils pêchent, ils font toujours des trous pour se cacher. Ils repèrent un rocher et ils creusent, ils forment des sortes de tunnels avec des entrées étroites. A l'intérieur, c'est assez large. Lorsque la nuit tombe, ils rentrent là-dedans et ils barricadent la porte avec des bouts de bois pour que les tigres ne puissent pas y pénétrer et les manger... C'est près de l'un de ces trous qu'on a déposé les armes du curé. Et puis on est repartis sur la pirogue. Je suis repassé au même endroit quinze jours plus tard et il ne restait plus rien. »

Déclaration du père Cayetano Mazzoleni au juge Abelard Daza, un an après. (Copie du rapport.)

« Je menais une enquête sociologique sur les populations du Haut-Yari et j'ai été amené à me rendre dans ces lieux très reculés... J'ai rencontré les indigènes et cela fut très amical. Nous avons tous été très heureux de mieux connaître la culture de ces populations. »

Avant de renoncer définitivement, les Autrichiens avaient fait quatre tentatives : ils ont navigué pendant vingt-sept heures, pour tenter d'atteindre la tribu inconnue. Le 8 août, ils avaient définitivement abandonné leur projet et ils se sont réveillés avec l'espoir

* Plante tropicale vénéneuse. (N.d.T.)

que Martin viendrait les secourir, bien que ce fût dimanche. Martin ne vint pas et, le lundi, l'espoir naquit à nouveau. La nuit tomba sans que le Beechcraft fît son apparition au-dessus de la cime des arbres. Seul, Bauer ne s'inquiétait pas, à l'époque. Tous les autres étaient très anxieux : l'incertitude, la solitude de la forêt et le manque de nourriture rendaient la situation chaque fois plus difficile.

En s'aidant de son journal, Fritz a fait un effort pour se souvenir d'autres détails, mais il ne se rappelait rien d'autre. Une fois de plus, il s'est montré gêné.

« Je ne me souviens pas pourquoi, mais tout le monde pensait que Martin allait arriver dimanche. Je ne me souviens pas très bien... C'est pourtant le lundi 9 qu'il devait revenir. Ce jour-là nous n'avons pas du tout bougé ; on était très nerveux. »

BAUER : « *Lundi 9 août* : Je vais commencer à attendre à partir de demain, puisqu'il paraît que l'avion sera là le 10. De toute manière, je suis toujours prêt à quitter cette saloperie de région. Et encore une bonne nouvelle : la radio est tombée en panne ce matin. J'essayerai de la réparer demain ; si on n'avait pas ça, je crois qu'on deviendrait fou.

» *Mardi 10 août* : Ça n'est pas vraiment d'un grand réconfort, mais on a réussi à réparer la radio. Benjam' est malade et Edgard fait comme les chiens : il ne s'éloigne jamais de la cuisine ou de son lit. Ce matin, on est allés dans la forêt, tout près du camp, et on est tombés sur de magnifiques terriers d'ocelots. Tout le monde attend l'arrivée de Martin. Quand bien même il aurait réussi à réparer son avion, je ne pense pas qu'il arrive avant la fin de la semaine. J'espère que cette panne ne posera pas trop de problèmes. De toute manière, s'il n'arrive pas au début de la semaine prochaine, il va me falloir faire preuve de décision pour évacuer le camp : la nourriture commence à se faire rare. »

FRITZ : « La seule chose sûre, c'est que personne n'est venu. J'aimerais bien pouvoir dénoncer ce type à Bogota. C'est un irresponsable. Je voudrais arriver à le dénoncer à l'ambassade, au consulat, dans les journaux. On n'a pas le droit de traiter ainsi les gens avec qui on a passé un contrat. On n'a pas non plus le droit de traiter ses ouvriers de la sorte. Mais, dans le journal, je critiquerai aussi le major Médrano qui est à la base aérienne. J'aimerais bien le compromettre dans cette affaire : il est responsable lui aussi.

» Aujourd'hui Slim Bauer a tenu les propos les plus horribles que j'aie jamais entendus. Il n'arrive pas à aligner trois mots sans sortir des grossièretés épouvantables. De temps en temps, ça nous fait même rire. Ce sont les expressions les plus sales que l'on puisse imaginer. Il les dit tantôt en anglais et tantôt en espagnol. *Son of a bitch*, est la chose la plus douce que j'ai entendue.

» J'ai l'impression que Cubillos a des parasites dans le ventre. Il avait du sang dans les selles. Il est revenu nous le dire et on lui a passé des médicaments contre les amibes. En plus, de temps en temps, il a de la fièvre. Je crois que c'est la malaria. Il a aussi pris du *aralen*. Cubillos m'a dit qu'il avait déjà eu de la fièvre et je pense que ce n'est pas la première fois qu'il est dans cet état.

» *Mercredi 11 août* : Si Morningstar n'arrive pas avant le 15, Wolfgang et moi avons décidé de trouver une solution pour quitter le camp. Qui viendra avec nous, et comment on s'y prendra, personne ne le sait. J'ignore comment on va faire et avec qui, mais je suis certain qu'il faut tenter quelque chose. Je dis ça aujourd'hui, parce que ça devient vraiment critique : il faut prendre une décision. Voilà déjà quatre semaines que nous sommes arrivés au camp et nous avons perdu un mois entier du temps imparti pour notre projet de recherche en Colombie. On ne fait qu'attendre et dépenser l'argent de la bourse. On est repartis à la chasse : un fiasco total. On a acheté une bouteille de gin à Bauer pour conjurer le mauvais sort. Dans la journée, j'ai eu des ennuis avec Wolfgang ; c'est notre situation qui provoque ce genre de choses. C'est la première fois que nous nous disputons et que nous sommes aussi agressifs. Notre différent n'avait pas d'objet précis : c'était la conséquence d'une tension psychologique. C'est logique. »

BAUER : « Benjam' et Edgard ont fini par abattre un tatou. C'est la seule chose qu'ils aient réussi à tuer depuis trois semaines. A part ça, la journée a été ennuyeuse, on a passé le temps à se demander quand Martin allait arriver. En tout cas, je sais maintenant comment faire pour ramener ces sept hommes et ces sept chiens à la civilisation. C'est une aventure intéressante... et je ne parle pas de l'ensemble de l'équipement.

» *Jeudi 12 août* : Dans la matinée, Benjam' et Edgard sont partis à la chasse. Ils ont abattu un des plus gros tatous que j'aie jamais vus de ma vie. Le moment de prendre une décision approche. Il va falloir quitter le camp et essayer de remonter la rivière. Si j'arrivais à savoir comment Martin a fait pour s'en sortir lors de son dernier safari, il n'y aurait pas de problème. Je ne comprends plus ce qui se passe. Je ne peux quand même pas courir le risque de manquer de provisions : dans cet endroit, il est absolument impossible de se nourrir. »

FRITZ : « Benjamin a rapporté un gros tatou. On ne sait plus ce qu'il faut faire. On n'a presque plus rien à manger : juste un peu de riz. »

BAUER : « *Vendredi 13 août* : On a commencé à préparer la pirogue pour remonter la rivière. Benjamin a encore très mal au ventre et cela le gêne beaucoup ; cet après-midi, il allait pourtant un peu mieux et il nous a aidés. Edgard s'est cogné la tête, et lui aussi est mal en point. Je commence à croire que l'endroit est maudit. J'espère que Martin va venir demain et pourra emmener quelques-uns d'entre nous. S'il n'y avait pas les deux Autrichiens et les chiens, je tenterais d'atteindre la ferme qui se trouve en amont avec mon personnel. Bon ! De toute manière on a bouclé la journée en beauté : Benjam' a percé la pirogue ; un trou splendide et énorme ! C'est peut-être parce qu'on est vendredi 13 : ce matin, nous aurions dû rester tous couchés.

» *Samedi 14 août* : J'ai réparé la pirogue comme j'ai pu, avec ce que j'avais sous la main. Benjam' est toujours malade et Edgard n'attend qu'une chose : qu'Inès le plaigne à cause du coup qu'il a reçu sur la tête. Mieux vaudrait encore être chargé de faire marcher un hôpital ! En fait, je me sens encore plus malade que tout le monde. J'aurais bien voulu voir comment aurait fait Martin pour supporter toutes ces prime donne. En ce moment, la seule qui reste sereine, c'est la vieille : elle au moins fait son travail régulièrement.

» *Dimanche 15 août* : La journée a été ennuyeuse, sauf le temps que j'ai passé à finir la réparation de la pirogue. Je crois qu'on va partir demain, ou après-demain. J'ignore qui va me suivre, mais cela m'est égal : je sais très bien comment on fait pour piloter un bateau à moteur. La pirogue a l'air assez bien, maintenant. »

FRITZ : « Les dernières journées que nous avons passées au camp ont été désagréables : nous n'avions pas de nourriture et la tension psychologique montait de plus en plus. La pirogue a été réparée. On a réduit l'épaisseur des côtés et on y a passé du *juansoco* (une variété de caoutchouc) parce qu'il y avait des infiltrations d'eau. On n'a pas encore fixé le jour du départ. Peut-être après-demain ; et si tout se passe bien ils viendront nous recueillir au mois de septembre. »

Cette nuit-là, Fritz et Wolfgang organisèrent une réunion. Il fallait qu'ils s'en aillent et pour ça, il n'y avait que les possibilités de partir en aval et affronter le danger de la chaîne de rapides et de cascades ; ou se diriger en amont, et ils n'auraient peut-être pas assez d'essence. Ils ont décidé d'aller en amont. Dans leur reportage, les Autrichiens ont raconté :

« Nous avons organisé une réunion avec les survivants. Bauer, Cubillos et nous-mêmes sommes tombés d'accord : il fallait quitter les lieux. Ensuite, on a décidé de choisir, disons, deux émissaires : le premier connaissait bien la mécanique et les armes, le second était un spécialiste de la survie en forêt. Quant à nous, on devait les attendre au camp avec la vieille Inès en essayant d'économiser au maximum le riz, le café et le sel : c'était tout ce qu'il nous restait, à part quelques hameçons et des balles pour la carabine et le revolver. On avait décidé que les émissaires emporteraient toute l'essence qui subsistait, une bonne quantité de riz, du sel et du café ; il n'y avait plus de sucre. »

Malgré les accords au sujet de l'évacuation du camp, il semble que la matinée du lundi 16 ait été marquée par un grand nombre de disputes :

FRITZ : « On s'est assis autour de la table et on a de nouveau parlé des gens qui partiraient. Des discussions très vives, des disputes ont éclaté tout au long de la matinée. Edgard voulait partir avec Benjamin et le vieux " Slim ", et nous laisser au camp avec la cuisinière. Mais celui-ci ne voulait pas partir avec eux deux. Peut-être à cause du poids, peut-être y avait-il aussi d'autres raisons. Finalement, à onze heures et quart, Bauer a démarré avec Benjamin. La décision avait été prise à la majorité et tout le monde l'accepta. " Slim " expliqua que Wolfgang et moi devions rester parce que nous n'avions pas assez d'expérience de la forêt. Nous n'étions pas capables de quitter le camp et d'atteindre un point fixé à l'avance. L'idée était de remonter la rivière jusqu'à la vallée du Yari (Zoherlandia) ; et, une fois là-bas, de demander de l'aide pour venir récupérer ceux qui étaient restés au camp. Wolfgang et moi, avec Edgard, ou tout seuls, avons alors décidé de remonter aussi la rivière à la recherche de la Vallée (en suivant la rive du cours d'eau). Nous avons fait une petite fête pour célébrer le départ de Bauer et de Benjamin : chacun a bu un verre de whisky. Ce soir-là, Bauer m'a raconté quelque chose de très intéressant : Martin lui avait soi-disant donné l'ordre de ne pas nous vendre de nourriture. " Je la réserve pour mes clients ", avait-il déclaré. Comme on l'a toujours payé régulièrement, on n'a jamais eu de problèmes avec Bauer. Ensuite, les rations ont été distribuées et ils sont partis. »

BAUER : « Après une longue dispute pour savoir lesquels partaient et lesquels restaient, on a fini par quitter le camp. Je suis parti avec Benjam' à onze heures quinze du matin et on a voyagé jusqu'à cinq heures de l'après-midi. Le moteur n'est pas très puissant, mais il fonctionne bien. J'espère qu'il va marcher comme ça pendant les dix prochains jours. On dépense à peu près quatre gallons et demi d'essence toutes les six heures. La seule chose qui me préoccupe, c'est le carburant. »

Le mardi 17, à dix heures du matin — vingt-trois heures après le départ de Bauer et de Cubillos —, Wolfgang, Fritz, Inès et Edgard se sont précipités au bord de la rivière. Le garçon avait entendu, dans le lointain, le bruit d'un avion. Deux minutes plus tard, ils ont vu le Beechcraft des forces aériennes se profiler pour se poser sur l'eau. L'appareil s'est immobilisé à hauteur du camp et les moteurs qui étaient encore en prise ont provoqué d'immenses remous. Ils ont aperçu dans la cabine un pilote militaire qui n'était pas le major Médrano, ainsi qu'un autre homme.

C'était le sous-lieutenant Manuel Augusto Suarez Arenas qui, plus tard, a rédigé le deuxième rapport officiel :

« J'ai décollé de la base à sept heures trente du matin pour effectuer l'ordre de vol : " 426 Congasur ". J'avais pris comme passager un citoyen de nationalité nord-américaine qui s'appelait Leonhard Wilson et qui, je crois, venait pour photographier l'endroit où s'était noyé son beau-père, un certain M. Walsh.

» Les mauvaises conditions météorologiques m'ont forcé à ne me poser au camp qu'à dix heures quinze du matin, après avoir survolé la région pendant deux heures et quarante-cinq minutes à la recherche du camp susnommé. Nous avons recueilli quatre personnes qui ont emporté leurs affaires personnelles, et nous les avons conduites à la base. Nous avons laissé le camp complètement vide, à l'exception de trois chiens que nous n'avons pas pu emmener. »

Wilson avait mis près de quatre semaines pour avoir l'autorisation de ce vol, avec l'aide de l'ambassade des États-Unis. Après avoir obtenu cette permission, il lui a fallu attendre encore quinze jours à la base avant de s'envoler.

D'après les archives, l'ordre a été signé par le commandant le 30 juillet après-midi, c'est-à-dire exactement dix-sept jours plus tard.

Le jour du vol, la forêt était couverte d'un manteau de nuages livides qui se déchiraient par endroits en découvrant, en bas, le Yari. Un peu après avoir décollé, Inès et Edgard ont distinctement aperçu Bauer et Cubillos qui naviguaient sur le côté gauche. Le sillon que traçait derrière elle la pirogue était très court, et ils se sont dit qu'ils devaient remonter très lentement vers la vallée : ils en ont parlé au pilote. Celui-ci leur a expliqué qu'il était impossible de se poser de nouveau. Les réservoirs étaient à moitié vides ; le voyage pour atteindre le camp avait été bien plus long que prévu ; de toute manière il n'y avait plus de place dans l'avion. Ils ont continué leur route.

BAUER : « *Mardi 17 août* : A sept heures moins vingt-cinq, après avoir passé la nuit, nous avons quitté un camp improvisé sur les rives du Yari. Onze heures de voyage sans s'arrêter ! Nous avons tué un pauxi et bien mangé, malgré la pluie. Un hydravion est passé au-dessus de nos têtes vers dix heures du matin, et puis nous l'avons revu vers cinq heures de l'après-midi. On aurait dit l'avion de Martin, mais il n'a pas fait demi-tour. Peut-être que c'était lui, peut-être que ce n'était pas lui. »

FRITZ : « Nous avons atterri à Tres Esquinas, et nous n'avions plus une goutte d'essence. On a vraiment fait un voyage pénible : nous n'étions pas sûrs d'avoir assez de carburant. Quand nous sommes arrivés, nous avons appris que le major Médrano avait été remplacé le 5 août. On nous a fait payer 330 pesos chacun pour le retour. Pour sauver sa vie, ce n'était pas cher !

» Nous sommes restés à la base du mardi au jeudi, et nous avons dit à tous les gens que nous avons rencontrés, y compris les autorités militaires, que deux hommes étaient restés tout seuls sur la rivière, sans nourriture et sans rien. Nous leur avons expliqué qu'il était urgent d'aller les secourir. »

Bien que les Autrichiens en aient informé tout le monde, personne ne s'est occupé de cela. Plus tard, on n'a trouvé aucune trace relatant la condition de ces deux hommes. Le lendemain — ignorant ce qui s'était passé au camp pendant leur absence —, Bauer et Benjamin ont changé de stratégie et ont continué en amont.

BAUER : « *Mercredi 18 août* : Nous sommes repartis à sept heures quarante-cinq, après avoir transvasé les grands jerricanes dans des bidons de seize gallons. Nous avons abandonné les jerricanes BP dans une anse du village indigène, et voyagé pendant neuf heures et quart. On dépense un bidon toutes les heures et demie, mais on remonte la rivière deux fois plus vite. »

Pourtant, il s'est passé quelque chose d'assez inexplicable le lendemain : après trois jours de navigation, pendant lesquels ils se sont déplacés vingt-huit heures, en prenant des décisions qui semblaient correctes, (par exemple celle d'alléger le poids de la pirogue en abandonnant une partie de l'essence sur le bord de la rivière), ils ont décidé de retourner au camp en perdant le bénéfice du chemin qu'ils avaient déjà parcouru, et toute chance de jamais atteindre un endroit où quelqu'un pourrait les secourir.

Il semble que la terreur de Cubillos ait été plus forte que le caractère de Bauer qui a écrit, cet après-midi-là :

« *Jeudi 19 août* : Hier à onze heures, j'ai eu une très belle surprise : Benjam' est venu me réveiller pour me dire que la pirogue avait coulé. Et c'était vrai, il ne s'était pas du tout trompé. Heureusement qu'on avait bien attaché les bidons d'essence et que le moteur ne s'était enfoncé que de six pouces. On a tout tiré de l'eau et on n'est repartis que vers midi, après avoir tout nettoyé. On avait fait un bon bout de chemin vers le haut de la rivière, mais Benjam' a commencé à se dire que c'était vraiment trop dangereux de continuer à remonter. On a tué un canard et on s'est arrêtés pour camper, vers six heures de l'après-midi. Moi, j'aurais bien continué, mais je n'avais plus le courage d'affronter Benjamin qui était complètement affolé à cause de l'état de la pirogue.

» *Vendredi 20 août* : Partis vers six heures, nous sommes arrivés au camp de base vers onze heures. A la faveur du courant, le moteur marche très bien. On a tué trois canards ; c'est la seule chose positive qui se soit passée pendant notre voyage. Voilà donc la grande nouvelle : Benjamin a décidé de retourner au camp et, quand nous sommes arrivés, tout le monde était parti. Il a été très déçu par Martin qui n'a même pas essayé de nous retrouver en suivant la rivière. Il n'est pas différent des autres : il pense que tout le monde doit être là, à sa disposition. Je suis vraiment content que Martin ait réussi à les faire tous partir d'ici.

» *Samedi 21 août* : J'ai très bien dormi la nuit dernière, et ce matin, je me sens en pleine forme. J'ai nettoyé le groupe électrogène et le moteur de la pirogue. Je n'ai plus rien à faire, sinon essayer d'être le plus odieux possible. Je vais attendre le retour de Martin parce qu'il n'est plus question de penser à repartir en amont : Benjamin ne quitterait le camp pour rien au monde. Martin a toujours pensé que c'était un type formidable, mais moi je suis sûr du contraire. Quand les chiens nous ont vus arriver, ils nous ont fait la fête. »

Pendant ce temps, Wolfgang et Fritz avaient quitté la base militaire pour se rendre à Florencia, la première ville importante avant d'entrer dans la forêt. Ils sont allés voir les autorités civiles pour leur expliquer que Bauer et Cubillos avaient besoin d'une aide urgente parce qu'ils se trouvaient en danger de mort. L'entrevue qu'ils ont eue avec le père Cayetano a été très courtoise, ils lui ont exposé le même problème. Et puis ils ont raconté l'histoire à des dizaines de personnes qu'ils avaient connues avant d'entreprendre leur aventure. « Tout le monde disait qu'il fallait les aider », m'a expliqué Fritz.

Ensuite ils se sont rendus à Bogota « et, ajoute-t-il, nous avons averti le consulat des États-Unis qu'un Américain nommé Bauer était coincé sur la rivière sans nourriture et sans aucune chance de s'en tirer. Nous leur avons expliqué qu'il s'agissait de l'employé d'un autre Américain qui s'appelle Morningstar, qu'il se trouvait avec un Colombien, Benjamin Cubillos, et qu'il était indispensable de leur porter secours, sinon ils allaient mourir.

» Nous sommes également allés à l'ambassade d'Autriche et nous leur avons expliqué que nous tenions à participer aux secours dans la mesure de nos moyens. Et puis on a essayé de retrouver Morningstar à Cali, mais nous avons échoué. On a essayé à nouveau un peu plus tard, et on a réussi à l'avoir au téléphone. Il nous a répondu que ce n'était pas grave ; parce qu'ils ne manquaient pas de nourriture, là-bas. Ce n'était vraiment pas notre avis. On a donc abandonné notre projet d'étude et on s'est consacrés à chercher de l'aide pour les sauver. L'argent de la bourse et l'emprunt que nous avions demandé pour terminer nos recherches commençaient à partir en fumée. »

A partir de là, le compte à rebours de la mort a commencé pour Bauer et Cubillos. Ils sont devenus les deux nouvelles victimes du Yari. A quelle date ? Il est impossible de le dire avec exactitude : les dernières choses qu'ils ont écrites sont très imprécises. Ce qui est sûr, c'est que Cubillos a été parfaitement conscient de vivre son dernier après-midi, et qu'il l'a attendu avec cette angoisse solitaire qui le poursuivait depuis ses plus jeunes années, lorsque la campagne colombienne a été couverte de sang et qu'il a été obligé de fuir dans la forêt.

Bauer, en échange, se montre sûr de lui dans son journal. Il était prêt à affronter ce crépuscule qu'il n'avait, semble-t-il, jamais imaginé si proche. Il faut dire qu'il avait déjà plusieurs fois frôlé la mort dans des circonstances comparables :

C'est pour cela qu'il n'avait pas peur des nuits passées seul dans la forêt, des jours humides, de la faim et de la maladie. Peut-être en pensant à la loi de ce qu'on appelle l'éternel retour, a-t-il toujours été persuadé de retomber dans le même piège.

D'après les archives de la police secrète colombienne, le vieux était né le 13 octobre 1913 à Smith Ville et il avait été marié à Alice Grawa Ford. Sur sa carte de séjour, on avait indiqué qu'il était physicien ; pourtant il avait toujours dit à Martin qu'il était musicien. Il avait posé sa candidature dans une entreprise pétrolière, en tant qu'expert en forage de puits.

Quelques détails nous montrent qu'il venait de la forêt péruvienne où il avait travaillé avec Nolan Burrow, un autre Américain qui avait monté une agence de safaris, aussi connue que Wilderness en Colombie, dans le petit village de La Tagua.

D'après les autorités, Burrow a disparu en abandonnant Bauer dans un camp en ruine, en pleine forêt. C'est là-bas que Martin l'a recueilli alors qu'il était mourant.

Jairo Hurtado, à cette époque-là maire du village, explique à travers un article de presse :

« Ernest " Slim " Bauer est arrivé dans la région en 1968 : il était maître de chasse et interprète pour les groupes qui venaient des États-Unis chasser des animaux sauvages. Il a été employé par l'agence de safaris que dirigeait Nolan Burrow et qui a fait faillite. Ce dernier a réussi à quitter le pays en trompant la police et en abandonnant son collaborateur, M. Bauer, ainsi que son ouvrier Lyndon Byron. Ce dernier a également quitté la région.

» Burrow a encore de nombreuses dettes avec des commerçants et des pauvres gens qui ont travaillé pour l'agence. Des groupes de chasseurs américains sont restés bloqués à plusieurs reprises chez nous, et Burrow n'a jamais payé la compagnie locale d'aviation qui s'est occupée de leur rapatriement que devait normalement effectuer M. Bauer.

» M. Bauer s'est présenté à la mairie pour nous mettre au courant de la situation. Il venait tout juste de se rétablir d'une maladie qui l'avait cloué au lit pendant plusieurs jours. Burrow l'ayant abandonné au camp à bout de forces, il était devenu la proie des fourmis, des taons et des moustiques.

» M. Bauer est resté étendu par terre pendant plusieurs jours et plusieurs nuits. Et puis le citoyen américain Martin Morningstar l'a découvert, l'a recueilli et l'a ramené ici. Auparavant, il lui avait retiré l'épaisse couche d'insectes qui recouvrait son corps affaibli. Convaincu que ses compagnons avaient essayé de le tuer en l'abandonnant au camp, il a quitté La Tagua et il est parti avec son compatriote, M. Morningstar. »

MARTIN : « J'ai eu une énorme pitié pour Bauer, on aurait dit que tout le monde l'avait abandonné. Le jour où on a atteint le camp qu'avait déserté Nolan, il était pratiquement mort. Je l'ai emmené à ma propriété de Porto Rico. Je l'ai fait soigner et je lui ai acheté toutes sortes de vêtements et même un dentier : il avait perdu le sien pendant les derniers jours de son isolement. Il s'était engagé là-bas parce qu'il avait eu affaire avec la police, et c'est pour cette raison qu'il ne voulait plus quitter la forêt, vous comprenez ? Après sa convalescence, quand il a recommencé à vivre comme un être humain, il s'est mis à nous accompagner d'un côté et de l'autre. Je lui donnais un peu d'argent pour les services qu'il me rendait et je le nourrissais comme un prince. Mais Bauer était un emmerdeur qui avait horreur du tapage, surtout de celui des êtres humains. Je me demande s'il a réussi à vraiment bien s'entendre avec Cubillos : ils n'avaient pas du tout le même caractère... Cubillos était très exubérant.

» Quant à Nolan, je ne sais presque rien de lui. Au début, il se trouvait sur le Magdalena — au centre du pays. Il a travaillé dans le tourisme pendant plusieurs années. Je dis cela parce que ce n'était pas la première fois qu'il montait une entreprise. Il a gagné sa vie en chassant des caïmans et toutes sortes d'autres animaux. Il revendait les peaux à l'étranger. Ensuite, il est allé dans les forêts du sud : il chassait, il vendait les peaux et il organisait des parties de chasse pour des groupes d'Américains. Mais il n'était pas assez organisé, et il a fini par faire faillite. Ensuite, il a disparu. Nolan était un *play-boy* et Bauer avait réussi à devenir son bras droit. »

Pour Vincent « Bauer ne connaissait pas très bien la forêt, ni Cubillos d'ailleurs. Ce n'est pas parce qu'on a passé quelques années dans la forêt, qu'on parvient à bien s'y déplacer, qu'on sait comment il faut faire avec les chiens quand on est à la chasse, qu'on sait bien s'orienter grâce au courant des marigots et qu'on sait reconnaître une plante amère d'une plante douce. Vous voyez ce que je veux dire ! Ils ne savaient rien de tout cela ; ils ne savaient même pas suivre un sentier. »

De retour au camp — après avoir gâché toute possibilité de s'en aller, alors qu'ils avaient déjà remonté le Yari pendant deux jours —, Bauer s'est senti complètement coincé par Cubillos : il ne voulait ni tenter une nouvelle expédition, ni prendre une quelconque autre décision, malgré l'urgence que les circonstances imposaient. Au fond, Cubillos se sentait incapable d'affronter les difficultés de la forêt, et en plus, il avait peur que Martin ne revînt et ne le trouvât pas en train de travailler.

Pendant les deux mois qu'ils ont passés au camp, ils avaient dépensé beaucoup d'essence pour rien et il n'en restait sûrement pas assez pour tenter une nouvelle remontée de la rivière. C'est cet état de chose qui s'est mis à tourner sans arrêt dans la tête du vieux. Il était de plus en plus persuadé qu'ils n'auraient jamais dû faire demi-tour : ils avaient déjà effectué un bon bout de chemin !

A partir du 21 août, ils ont commencé à avoir faim et à être angoissés : Bauer en parle dans son journal :

« *Dimanche 22 août* : Ça fait deux mois que je me trouve hors circuit. Je ne crois pas que cela ait arrangé quoi que ce soit. J'aimerais que l'avion arrive, enfin. Il me semble que deux mois, c'est bien payé ! Le sucre me manque.

» *Lundi 23 août* : Il n'y a rien à faire, sinon attendre que Martin vienne nous chercher, cette semaine. Je suis vraiment persuadé que nous aurions dû continuer à remonter la rivière. Heureusement qu'on ne l'a pas fait, parce que les chiens ne seraient pas très en forme aujourd'hui, après trois semaines. Je ne cesse de penser à tous ces endroits où j'aimerais habiter et qui ne ressemblent pas du tout à celui-ci. C'est peut-être parce que c'est lundi. De tous les chiens, c'est celui de Benjam' qui mange le mieux. Quand on n'aura plus de beurre, ça va vraiment être dur pour Benjam' : il aime tellement ça !

» *Mardi 24 août* : On est allés à la chasse, en amont, on est restés environ une heure. Comme d'habitude on n'a rien trouvé : juste quelques canaris et un couple de cormorans. Je suis de plus en plus persuadé qu'on aurait dû continuer à remonter la rivière : on serait déjà certainement à El Libano. J'aimerais bien que mon estomac reste tranquille. Et, comme d'habitude, il pleut. Je me demande s'il existe vraiment une saison sèche, ici. »

Pendant tous ces jours-là, Martin avait regagné sa propriété de Porto Rico, aux commandes d'un nouvel avion pour piste. Il venait de remplacer celui qu'il avait détruit quelques jours avant de tomber dans le Yari avec son hydravion Cessna. Les deux accidents ont eu lieu l'un après l'autre, juste avant que ne commençât le safari.

VINCENT : « Il était vraiment content le jour où il est arrivé avec l'avion à roues qui devait remplacer celui qui avait été accidenté. Vous comprenez, il a d'abord eu un accident avec un avion et puis après, ça a été le tour de l'hydravion. On venait de Penjamo quand on s'est écrasés avec le premier. Nous arrivions de la propriété de Martin et on allait à El Lobo. Martin avait dit : " Allons à la propriété de Miro. " Nous sommes montés dans l'avion et avons décollé. Mais une fois en l'air, je lui ai crié : " Regarde ce qui s'amène ! Une tempête terrible ! " — " Ce n'est pas grave, on va la contourner. " — " C'est ça ! fous-toi de moi ! Tu vois bien qu'elle s'amène droit sur nous ! " — " Mais non ! je te dis qu'elle passe à côté ! " Et... Houlala... ! On est entrés en plein dedans et l'avion s'est mis à trembler de partout. " Ne sois pas têtu ! Fais demi-tour et pose-toi ! " Une pluie de petits cailloux s'abattait sur l'avion et on avait l'impression qu'ils n'allaient pas tarder à trouer les ailes : c'étaient de gros grêlons qui faisaient un vacarme épouvantable. On a finalement fait demi-tour et, au moment d'entamer la descente, le vent nous a pris par-derrière, sous la queue : un putain de fils de pute de vent ! Il faut vous dire que la piste s'arrête juste à ras de la falaise ; alors je lui ai dit : “ Si tu vas tout droit, on va s'écraser contre la montagne... Tourne ! ” — “ Tourner ici ? Avec ce vent ? Ça ne va pas ?... ” — “ C'est bien pour ça ! Tourne ! ” L'avion ne tenait plus sur ses roues ; il a fait comme ça... comme ça... et comme ça... dans tous les sens ! un demi-tour et a touché la piste. Mais en touchant le sol — cet idiot ne vérifiait jamais rien —, une roue, qui était mal serrée, s'est arrachée. De mon côté, il n'y avait plus de roue. “ Ah ! Fils de pute ! ” ai-je crié. “ Penche-toi et regarde ce qui se passe ! ” m'a-t-il demandé. “ Il ne se passe rien. Il n'y a plus rien ! Il n'y a plus de roue ! ” — “ Mais non ; je t'assure qu'on s'est posés sur trois appuis ! ” — “ Nooooon ! mooonsieur ! ” — “ On perd toute l'essence. ” On a regardé la jauge et elle marquait : FULL. “ Pourquoi est-ce qu'on perd tout ce carburant ? ” — “ Qu'est-ce que j'en sais moi ? Il vaudrait mieux revenir à la piste ; l'orage est déjà passé là-bas. ” (On ne pensait qu'à une seule chose, c'était atterrir.) “ Ne t'en fais pas, je suis un spécialiste de l'atterrissage ! ” Houlala !... On est partis contre le vent, on a touché le sol, et bien sûr on est sortis de la piste. Il s'était posé sur deux roues et il essayait de stabiliser l'appareil et... merde !... on a glissé jusqu'à la clôture en fil de fer et on a foncé dedans. L'avion a capoté et il s'est complètement disloqué. Houla !... Une aile s'est arrachée, le bout de la queue aussi, et le train d'atterrissage a fini de se briser : on était enfin arrêtés. Et merde alors,... nous n'avons pas eu une seule égratignure.

» Nous sommes partis à pied vers la maison et en laissant l'avion là-bas. Martin abandonnait toujours les avions à l'endroit où ils tombaient. Il n'en avait rien à faire. Je vais vous dire : à l'époque on retrouvait des ailes dans tous les coins ! On trouvait des flotteurs, il y avait des morceaux d'avions de Martin de tous les côtés.

» Bon, eh bien le jour où il est arrivé avec son nouvel avion, pour remplacer celui de l'accident, il était tellement content, l'imbécile, qu'il est venu me chercher ! Il était avec Clarence, un de ses frères, et ils étaient venus avec deux gyroptères. Ce sont des sortes de vélos à moteur avec un réservoir d'essence et une hélice dessus. Ça ressemble à de tous petits hélicoptères. Il s'est mis à me faire des démonstrations et puis, au bout d'un moment, il m'a proposé d'essayer. Il voulait retirer un réservoir d'essence, et il pensait qu'avec le poids qu'il gagnait, il n'y aurait aucun problème pour que je monte avec lui. J'ai refusé : “ Ne sois pas bête ! Tu vois bien qu'on va tomber ! ” – “ Mais non, Vincent ; ça ne tombera pas. Je te dis que ça va tenir ! ” – “ Nooooon ! Je n'ai pas envie de me tuer dans cette coque de noix ! ” L'idée de Martin était de le vendre aux gens pour leur permettre de survoler la forêt sans problème, et d'aller chasser dans la vallée du Yari. D'habitude c'est lui qui faisait les démonstrations ; mais, au moment où on s'y attendait le moins, son frère commençait à faire le con avec ! Un dimanche, alors qu'il était en train de faire des démonstrations. Martin a aperçu Gustavo Giraldo, *le Cachaco,* qui marchait sur la route. Alors il s'est mis à le suivre pour lui faire des farces. Et puis, par là-bas, près du pont suspendu de *l'Esmeralda,* ses roues ont accroché les fils électriques. Et il est resté suspendu comme ça un moment, à quatre-vingts mètres du sol, et puis il s'est écrasé par terre. Il n'a plus essayé de faire de conneries ensuite ; c'est d'ailleurs la dernière fois qu'il est monté sur un gyroptère.

» Il a eu une autre idée : il a fixé un moteur d'avion à l'avant d'une pirogue. Il a coupé les bouts de l'hélice pour qu'ils ne trempent pas dans l'eau et il a démarré. C'est parti à une vitesse incroyable sur la rivière... Il faut dire qu'il ne touchait pratiquement pas l'eau. Quand ça démarrait, on avait intérêt à se tenir à la rampe... Eh bien, mon vieux, la vitesse vous faisait sauter n'importe où !

» Mais, le pire, c'est qu'il se soûlait et puis qu'il partait avec la pirogue. Je lui disais bien : “ Laisse-moi conduire. Tu es complètement soûl ! ” – “ Non ! Moi capable ! ” répondait-il. Il s'asseyait, il démarrait et, si on ne se méfiait pas, on se retrouvait perché sur le ravin, tout en haut, bien au-delà de la plage. D'ailleurs, avec cette pirogue, il n'y avait aucun problème pour traverser les plages. (Personne d'autre que nous n'osait y monter.) Une fois qu'il était encore soûl, je lui ai dit, comme d'habitude : “ Laisse-moi conduire. ” – “ Nooon ! Moi aussi sais conduire ! ” Il démarre et on part. Mais il a pris un virage trop serré et la pirogue est allée se planter sur l'autre rive... Patatrac !... On a plongé à l'endroit le plus profond. On a regagné le bord à la nage et je lui ai dit : “ Maintenant il faut repêcher la pirogue ! ” – “ Non, laisse-la là cette fille de pute ! On en fabriquera une autre. ” Et il a tout planté là, même le moteur. Il n'en avait rien à faire. Il abandonnait tous ses avions là où il les cassait. Il n'y avait pas de raison que ce fût différent avec la pirogue. De toute manière, il abandonne tout. »

Au camp, la situation était toujours la même. Bauer a écrit presque à la fin de son journal :

« *Mercredi 25 août* : Je pensais bien que Martin serait déjà revenu avec les deux Autrichiens, mais manifestement ils n'en ont rien à foutre. Si on n'était pas revenus, les chiens seraient déjà morts de faim, ou alors ils se seraient entre-tués. Benjam' aimerait bien qu'on parte demain, mais je pense qu'on ne s'en ira pas avant dimanche ou lundi, à moins d'un imprévu.

» *Jeudi 26 août* : Une nouvelle misérable journée à attendre je ne sais quoi. Pas de pêche, pas de chasse et très peu de nourriture : on n'en aura bientôt plus. Je préférerais être perdu avec n'importe qui plutôt qu'avec Benjamin. Ce pauvre imbécile ressemble à un type en train de chevaucher un tigre : il a peur de rester sur son dos, mais il craint encore plus de descendre. Il veut partir, mais il a peur que son patron ne le trouve pas au travail. Ce n'est pas quelqu'un de spécialement sympathique. Je comprends bien ça ; c'est le dernier de la famille et, en plus, il a quelquefois travaillé avec la DAS (la police secrète) ; il aurait dû continuer. La vie serait beaucoup plus simple pour moi si j'étais seul. Même les chiens me posent moins de problèmes. Il est vraiment comme tous les autres : bien qu'il ne soit pas très attiré par le travail, ça ne l'a pas empêché de me demander combien lui devait Martin. Je crois qu'il se prépare une belle surprise. »

Après cette dernière note, il s'est passé un bon moment avant que Martin ne reprenne la plume. D'autres indications me permettent d'affirmer que Cubillos est tombé de nouveau malade et qu'il a eu beaucoup de fièvre. Il a vécu une période de grand épuisement et d'hystérie qui s'est accentuée de plus en plus. Bauer, de son côté, luttait pour ne pas s'emporter avec son compagnon. Il en avait malgré tout besoin pour se tirer de là.

Il a écrit à la page qui correspond au lundi 20 septembre :

« Vous trouverez quelques pages blanches à partir du 26 août. Il faut le voir pour le croire. Figurez-vous qu'on a décidé aujourd'hui de repartir en amont. Je suis sûr que nous n'avons plus assez d'essence, mais nous essayerons d'aller le plus loin possible. Si jamais ils arrivaient avant la fin de la semaine, il faudrait qu'ils nous cherchent sur la rivière, si ça ne leur pose pas trop de problèmes. Je suis désolé d'être obligé de partir, mais je ne supporte pas de voir les chiens mourir de faim en même temps que nous. Les armes se trouvent dans la remise. »

Dans ces conditions-là, la décision d'affronter une nouvelle fois le courant ne peut s'expliquer que par l'angoisse de se sentir définitivement coincé dans cet enfer. Au point où ils en étaient, ils étaient capables de jouer n'importe quelle carte. Les atouts s'étaient évanouis au même rythme que l'essence. Ils l'avaient gaspillée pendant toutes les tentatives de réparation des moteurs et surtout avec le renoncement de Cubillos.

Malgré tout, ils ont passé plus de deux semaines — pendant le mois d'août — dans une lutte stérile, obsessionnelle et angoissante pour dévorer les kilomètres qui les séparaient de la maison de Cubillos, dernier point civilisé. Mais ils ont été déroutés une fois, deux fois, trois fois..., mille fois.

A partir de ce moment-là, le journal perd sa régularité. Bauer revient à la page marquée 30 août, où il écrit :

« Bon, eh bien on a essayé de remonter la rivière à trois reprises sans succès. »

Des témoignages recueillis un peu plus tard permettent d'établir que, pendant ces derniers voyages, ils ont emporté toute l'essence qui restait au camp et qu'ils l'ont déposée sur la rive gauche de la rivière. Il est possible qu'ils aient cherché à remonter par étapes, et qu'ils aient étudié le poids de la pirogue pour obtenir la plus grande rapidité. Ou alors, ils déposaient du poids sur la berge à chaque fois que le moteur tombait en panne et ils revenaient au camp pour réparer et repartir.

Le moteur Honda a rendu l'âme lors de leur dernier voyage. Bauer a essayé de le réparer avec une corde inappropriée qu'il a tendue entre le moteur et les pales — immergées — propulsant l'embarcation. Cet effort n'a donné aucun résultat. Ils ont déchargé le moteur et l'ont abandonné sur la rive en le couvrant avec une toile plastique.

Ce qui est sûr, c'est qu'ils ont regagné pour la dernière fois le camp à la rame. Ils savaient qu'ils avaient très peu de chances d'être sauvés et qu'ils étaient certainement perdus. Ils ont décidé d'envoyer un message en demandant asile au directeur du pénitencier d'Araracuara qui se trouve à plusieurs jours en aval, après la chaîne de rapides qui isole le camp.

Pour être sûrs que cela arriverait à destination, ils ont pris un bidon d'essence vide et ils ont écrit avec un pinceau et du vernis : *Au secours, il y a un message dans le bidon.*

Le texte est écrit de la main de Bauer, et il est assez dramatique pour qu'on puisse en conclure que le vieux s'est aperçu trop tard que la loi des probabilités ne marche pas toujours et que, cette fois, il n'y avait pas de doute, il venait d'être condamné par cette même forêt qui l'avait protégé pendant de si nombreuses années :

> ***Au secours RP 25 au secours.***
> ***A l'attention de M. le commandant Araracuara.***
> ***Cher commandant,***
> ***S'il vous plaît, dites au major de la FAC à Tres Esquinas de venir nous chercher tous les deux au camp de Martin Morningstar dans le Haut-Yari. Apparemment M. Morningstar nous a abandonnés, nous et son camp. Nous sommes malades et n'avons presque plus rien à manger. Rendez-nous ce service rapidement parce que nous ne savons pas combien de temps nous pourrons tenir ici, sans manger. Merci pour votre attention. Ernest Bauer, Camp Morningstar, Yari. Message au dos.***
>
> *AU SECOURS. URGENT.*

Le papier sur lequel avaient été écrites ces lignes avait été introduit dans un flacon. Ce dernier avait été à son tour placé à l'intérieur du bidon fermé hermétiquement. Ils l'ont ensuite jeté dans le courant de la rivière qui l'a emporté jusqu'au premier rapide.

Mais combien de temps le message allait-il mettre pour atteindre Araracuara ? Les deux hommes fatigués, malades et conscients de ce que chaque minute perdue signifiait pour eux une chance de moins de s'accrocher à la vie, avaient décidé de ne plus attendre. Bauer voulait jouer encore une carte :

« *Lundi 30 août* : Aujourd'hui on va essayer d'aller à Araracuara. Je ne pense pas qu'on ait beaucoup de chances, mais il me faut bien tenter quelque chose, parce que cet homme qui est avec moi devient complètement fou. Si je dois le supporter quelques jours de plus, je vais devenir aussi fou que lui. Il passe sa journée à ressasser ce qui nous arrive et, la nuit, il se met à pleurer en demandant pardon pour ses péchés. Il a déjà essayé de me tuer à quatre reprises, mais il n'a pas assez de couilles. Pour le moment, à bientôt. » (Slim.)

Le testament de Cubillos montre bien que, pendant un court laps de temps, son angoisse et sa fièvre sont devenues très intenses. Bauer était convaincu qu'il ne pourrait jamais plus compter sur lui et qu'il devait affronter le destin tout seul. Alors, avec en en-tête la même date, il a pris le carnet de Cubillos et il a écrit au verso :

« Pour celui que ça pourrait intéresser :

» *30 août* : Je ne vois pas un autre moyen pour sortir de cette situation que de descendre la rivière vers la prison d'Araracuara. Je n'ai pas assez d'essence pour la remonter et en plus je pense que le moteur 18 ne pourra pas me pousser. Je ne peux pas rester un jour de plus avec cet homme qui est devenu complètement fou. Il passe la journée à évoquer l'enfer, il crie, il hurle. La seule chose que je puisse espérer, c'est que la chance soit de mon côté. Slim Bauer. »

Après avoir signé, il a abandonné Cubillos et il s'est dirigé vers le bas de la rivière. En naviguant ? En marchant sur la rive ? Je ne sais pas.

La première éventualité ne me semble pas très plausible :

« Le premier torrent est très violent et très dangereux. Depuis l'avion, on peut apercevoir qu'il forme un grand coude où la rivière frappe le rocher. Elle donne l'impression de revenir en arrière et de produire une série de tourbillons et de vagues très dangereux...

» La navigation est pratiquement impossible dans ces rapides. Seule une personne expérimentée est capable de s'en sortir.

» A notre avis, pour arriver à passer, il faudrait longer le bord de la rivière et, pour plus de sécurité, s'accrocher aux branches. Si on prend par le milieu de la rivière, on est sûr d'aller taper contre les rochers et de revenir ensuite se noyer dans les tourbillons. » (Juge Moyano.)

La seconde éventualité pourrait être réalisable, mais Bauer avait contre lui son état physique : il était malade, affaibli par la faim, et vieux. Ce ne sont pas les conditions idéales pour affronter la forêt. Les berges de la rivière, à l'endroit des chutes, sont très escarpées. Même Vincent qui est le plus costaud de la bande a eu des difficultés pour y passer :

« ... A cet endroit-là, le bord de la rivière est très accidenté, la pente est très forte et les failles très profondes et très larges. » (Juge Moyano.)

Peut-être que Bauer a pensé faire les deux choses pour sortir de là. N'importe quel amateur aurait l'idée de marcher d'abord pendant quelques kilomètres, alors qu'un autre attend plus haut le moment opportun pour lancer la pirogue dans le courant. Il suffit alors de la récupérer après les rapides.

Mais cette éventualité-là n'est pas non plus imaginable à cause de l'état fébrile et délirant de Cubillos. C'est bien pour cette raison que Bauer l'a abandonnée.

Il y aurait bien une quatrième et dernière solution : Bauer aurait pu lui-même lancer la pirogue et courir derrière elle pour la récupérer plus bas.

Ce qui est sûr, c'est que le vieux a dû choisir une de ces quatre possibilités dans l'échiquier de sa vie, et puis il s'est lancé. Son squelette a été découvert quelques mois plus tard par des chasseurs qui traquaient des loups d'eau près d'Araracuara.

Quelques heures après le départ de Bauer, Cubillos a dû se sentir tout seul et il a réagi. On dirait qu'il avait lui aussi pris une décision. Il a griffonné ces quelques mots sur son carnet :

« Si quelqu'un vient, il me trouvera environ à six heures vers le kas de la rivière. Je suis allé chercher don Ernest — Benjamin. » (Sic.)

En fait, il n'a pas dû partir parce que la phrase suivante, qui occupe la moitié de la page, est écrite avec le même crayon. Et plus loin, après une série de recommandations pour sa famille, il note :

« Nestor est à environ six heures sur le bord de la rivière. »

A partir de ce moment-là, Cubillos a décidé d'affronter la mort dans ce camp qu'il avait refusé d'abandonner parce qu'il a eu peur de perdre un emploi stable qui pourrait lui garantir — comme il l'a dit en faisant ses adieux à sa femme — « une vie meilleure ».

Il a pleuré : « Il était onze heures du matin et je me suis mis à penser à mes frères et à mes sœurs. Personne n'est venu me voir. Si vous aviez vu le tableau !... j'ai même pleuré. »

Dans certains moments de colère, il a pris son couteau et il est parti dans la forêt. Il s'arrêtait devant les troncs d'arbre et il gravait les lettres MM, ensuite il les attaquait au couteau. Parfois il gravait un revolver et il dessinait les lettres MM au bout du canon. Et puis il les détruisait à nouveau à coups de couteau. Ensuite, il retournait au camp et il prenait son carnet pour y écrire toute une série de phrases incohérentes qui révèlent bien son angoisse devant la mort qu'il connaissait, qu'il avait flairée, qu'il avait toujours pressentie, dès son enfance là-bas, dans les plantations de café d'où il avait dû s'enfuir un jour. Son testament commence ainsi.

Chers frères et petites sœurs, neveux et enfants.
J'écris aujourd'hui ce testament par amour pour ma famille. Pour que vous vous souveniez toujours de moi, comme je me souviens à présent de vous. Je vais mourir au camp de Martin M. Je vous demande seulement de conduire toute ma famille à Cisneros.
J'ai vécu avec Dieu et je pars avec Dieu. J'ai perdu la notion de temps. Que Firmin prenne la Bible et les vêtements que j'ai laissés. Ne les lui refusez pas. Ils sont rangés dans la chambre de la petite.

Je lègue mon âme au diable

Adieu Firmin.
Je t'embrasse.

Ces feuilles sont pour Félix. Félix, je te confie mes enfants et mes petits frères que je ne reverrai certainement plus.
J'ai passé trois mois dans ce maudit camp. Les chiens et tout le reste sont morts. Dieu soit loué, nous n'avons jamais manqué de nourriture. Je suis malade et monsieur aussi.

Au camp, les dates n'existent plus. Il est n'importe quel jour, n'importe quel mois. Mais plus loin, à des centaines de kilomètres, c'est le mois de novembre. Sur le journal de Fritz c'est le dimanche 14 :

« Nous sommes partis de Bogota et nous sommes allés à Florencia et puis à Porto Rico. Nous avions appris que Morningstar travaillait dans la région avec son avion. Il organisait des voyages pour les exploitants. Nous l'avons attendu plusieurs jours à Porto Rico : une attente insoutenable et, en plus, Morningstar n'a pas eu le temps de nous parler. Nous avions l'intention de louer son avion pour survoler le camp du Yari et lancer des vivres et du matériel à Benjamin et à Slim. Mais Morningstar était occupé ; il a refusé de nous recevoir ; il ne voulait pas entendre parler du camp. Alors nous sommes revenus une nouvelle fois à Florencia et nous avons à nouveau évoqué la nécessité d'organiser des secours. Nous avons été reçus par le maire, mais nous n'avons jamais su s'il y avait eu des suites. Notre devoir éthique et moral était d'informer tout le monde pour essayer de tenter quelque chose. A la base, ils disent que le Beechcraft est en panne. On va retourner à Porto Rico pour mettre en place un vol de secours avec l'avion à roues. »

VINCENT : « A l'époque Martin avait acquis un nouvel avion à roues : il y avait beaucoup de travail ; et comme il adore voler, il ne faisait plus que cela. Parfois je l'accompagnais. Je me souviens qu'un jour, c'était dimanche, on est allés dans le sud, à Berlin. Martin avait fait un pari avec Guillermo Valencia et don Angel : il disait qu'il était capable de faire tomber, avec le bout de l'aile de son avion, une bouteille de bière posée sur un poteau de clôture. Je lui ai dit : “ Ne sois pas fou, tu es complètement soûl ! Tu vas voir deux bouteilles et c'est le pieu que tu vas toucher ! ” Je le regardais dans les yeux : il est venu vers moi et il m'a crié : “ Tu as peur ? ” — “ Et merde... Oui j'ai peur !... Tu vas toucher le pieu !... Bon... Si tu veux !... on y va ! ” Je suis monté dans l'avion et on est partis. Et, bien sûr, il a bien touché la bouteille, mais en passant le pieu a raclé l'aile en dessous, et ce fils de pute l'a trouée. On est partis de travers... comme un poulet qui vient de recevoir un coup derrière la tête... et on s'est pris une branche d'arbre qui se trouvait juste devant nous... elle s'était accrochée dans nos pattes... oui enfin... au train d'atterrissage. Et puis on a réussi à se stabiliser et on est repartis. “ On ne va pas aller voir ces fils de chienne tout de suite ! Ils vont se foutre de nous. De toute manière, on a fait tomber la bouteille. On retourne à Penjamo. ” Mais le vent qui s'engouffrait dans le trou de l'aile nous secouait salement... faut pas déconner ! En arrivant à Penjamo, on a bouché le trou avec un morceau de tôle qu'on a fixé avec du sparadrap et du papier collant. Et puis on est retournés à Berlin dire qu'on avait gagné notre pari.

» — Et qu'aviez-vous parié ?

» — Rien !

» Un peu plus tard Gustavo Giraldo et *le Cachaco* sont arrivés. Martin ne cessait pas de les regarder ; il les surveillait ; alors il me dit : “ Je dois 7 000 pesos à *Cachaza.* ” Ils ont parlé un moment et puis Martin a proposé à *Cachaco* de faire un tour d'avion. Il a accepté et son ami aussi. Ils ont décollé et Martin est monté très très haut ; environ quinze mille pieds, m'a-t-il dit. Lorsqu'ils ont été là-haut, Martin a dit : “ Dis-moi, *Cachaza,* je te dois bien 7 000 pesos ? J'espère que tu vas me faire une fleur sinon on risque de se tuer ! ” — “ Mais nooon, Martin, tu sais bien que tu ne me dois rien ! ” Mais l'autre n'était pas d'accord : “ Pas question, fils de pute ! Il faut qu'il rembourse. ” Alors Martin a stoppé le moteur et ils sont descendus de là-haut en chute libre ; ils piquaient en faisant des vrilles, houlala !... Quand ils ont atterri, le fameux *Cachaco* est descendu à moitié mort. Il était tout pâle, le con ; il n'arrivait même pas à parler. J'ai oublié de dire qu'ils avaient déjà fait la paix avant l'atterrissage : Martin ne lui devait plus rien... Je me souviens d'un autre jour où il l'a fait tomber dans le corral !... On revenait de la propriété et Martin me dit : “ Regarde *Cachaza* là-bas ; on va lui faire peur à ce fils de pute ! ” Il est descendu en rasant la tête du *Cachaco* qui était à cheval. En entendant le bruit de l'avion, l'animal a pris peur et a jeté le *Cachaco* par terre... vous l'auriez vu les quatre fers en l'air ! Ensuite on a repris de l'altitude et on est allés déconner au village. Martin m'a dit : “ Il ne faut pas aller chez *Cachaza,* Vincent ; le vieux doit être furieux. ” Mais, dans l'après-midi *Cachaco* est venu chez moi pour me dire : “ Ce fils de pute de gringo a failli me tuer. Il m'a foutu une de ces trouilles !... Ah ! nom de dieu ! ” »

Il n'avait plus de pirogue, plus de moteur, plus de compagnie, et Cubillos n'a plus bougé de son petit abri.

Les armes que Bauer avait ramassées et rangées ne pouvaient plus lui servir à rien. Il avait compris qu'il demeurerait là-bas jusqu'à la fin et il avait recouvert les murs de la cabane avec des toiles de tente pour bien se protéger de la pluie. Maintenant, l'hiver n'allait plus tarder.

D'après ce que lui et Bauer ont écrit, quatre chiens sur sept étaient morts. Il ne restait plus dans la baraque qu'un peu de riz, du sel, trois bocaux de sauce piquante et un peu de café. Apparemment, la fièvre l'a empêché de couper du bois et d'allumer le poêle. Il avait mis une marmite pleine d'eau à côté de l'estrade sur laquelle il dormait, pour boire.

Pour Cubillos, la vie a toujours eu une signification très particulière : il était né aux côtés de la mort.

> ***C'est comme si on m'enterrait vivant. Je vous embrasse et ne vous abandonne pas.***

Son testament est très court et très simple. L'écriture change selon ses états d'âme :

> ***Si je n'écris pas en pleurant, c'est que Dieu ne le permettrait pas. C'est lui qui m'a donné la vie et c'est lui qui me la reprend. Je meurs dans un enfer. Le diable vient me rendre visite tous les jours et essaye de m'emmener.***

Je lègue mon âme au diable

Lorsqu'elle a lu pour la première fois cette phrase, les petits yeux de lynx d'Ana Judith — la sœur de Cubillos qui l'a élevé — sont devenus brillants et n'ont pas pu se fixer plus longtemps sur le papier. Elle a regardé ailleurs et a longtemps gardé le silence. Elle serrait les photocopies du testament dans ses mains et elle n'a réouvert la bouche que pour me demander si je voulais bien lui en faire cadeau. Je lui ai dit oui.

Elle (ainsi que Fritz, Edgard, la famille de Booi et Martin lui-même) refusait d'évoquer le passé.

Je suis allé l'attendre pendant cinq jours de suite à l'aéroport de Bogota et, chaque fois, j'ai entendu les mêmes explications de Robespierre Rodriguez, au téléphone : « Madame Judith a encore refusé de venir. Que faisons-nous ? »

Je me suis rendu à quatre reprises, en trois ans, à Florencia, pour essayer de la retrouver mais je n'ai pas découvert la moindre trace de sa famille. On a donc décidé de lancer un message personnel, que les trois émissions de radio de la ville ont diffusé sans arrêt. Et puis, lorsque tout semblait indiquer qu'ils se trouvaient tous à six pieds sous terre, une jeune femme s'est présentée à « La voix de la forêt ». C'était la fille de Judith. Elle nous a expliqué que sa mère était dans une autre ville, mais qu'elle devait rentrer le soir même. Deux jours sont passés, trois, quatre et personne ne s'est présenté. Je suis donc reparti non sans avoir préalablement fait connaissance avec son milieu et une partie de la famille.

Une semaine plus tard, Robespierre a enfin réussi à entrer en contact avec elle ; mais la première attitude de la femme a été le refus. Elle ne voulait pas parler de ça. Je l'avais enfin en face de moi, assise et grelottant à cause du froid de Bogota et du voyage qu'elle venait de faire : vingt-trois heures de bus. Ses yeux étaient humides, et son regard s'était fixé loin des deux phrases de Benjamin qu'elle ne parvenait pas à lâcher.

« C'est tellement difficile... après tout le temps que j'ai mis à essayer de l'oublier ! Vous comprenez ! Est-ce que vous comprenez bien ? C'est tellement difficile... Bon, enfin... Parlons-en. Parlons de Benjamin. Étant donné qu'il était le dernier, le dernier d'une série de quinze, il a été celui qui... je vais vous expliquer... Firmin est l'aîné, après Firmin il y a Antoine, et Jesus Maria, après Jesus Maria il y a Abelard, et après Abelard, Abelino, Evelia, et après Evelia un autre Abelino, parce que le premier était mort, et après l'autre Abelino, Hernando, et après Hernando, Soledad, et après Soledad il y a Louis Albert, et après Louis Albert, moi, Ana Judith, et après moi, Félix Arthur, et après Félix Arthur il y a Eunice. Après Eunice, Rosalba, après Rosalba, Noël, et après Noël c'est Benjamin. C'est ça... Benjamin est le dernier.

» Bien avant la naissance de Benjamin, quelqu'un avait dit à mon père (qui était très pauvre) qu'il pourrait peut-être acheter une propriété abandonnée que le gouvernement vendait à Restrepo. Alors on est partis là-bas, mais quand on est arrivés, on s'est aperçus qu'il n'y avait pas de maison, pas même une écurie. Ce n'étaient que des cailloux et de la brousse : mon père a quand même décidé que c'était la meilleure terre du pays. Il a construit une baraque et puis un homme qui habitait très loin (peut-être à trois heures de marche) nous a offert des bananes et nous a prêté un petit cheval pour les emporter chez nous. A force de travail et de patience, le vieux avait réussi à transformer ces quatre-vingts hectares en une exploitation de café : on se trouvait en pleine chaîne des Andes. Il possédait des chevaux, son propre troupeau, des cochons ; c'était vraiment l'abondance. A l'époque, nous avions chacun notre cheval et, comme nous étions nombreux, il a fait construire une école à côté de la maison. Il avait bâti une alcôve, une cuisine et un salon pour la maîtresse. C'est là-bas que nous avons appris à lire et, comme j'aimais beaucoup les études, on m'a envoyé à Buga pour préparer le bac.

» Ça devait être en 1949 ou en 1950, je ne me souviens plus très bien, et mon père m'a demandé de ne pas retourner à la campagne parce qu'on assassinait les hommes et qu'on violait les femmes. Il s'agissait, bien sûr, d'hommes, de femmes et d'enfants d'une même couleur politique. On était au début de " la Violence ". Je n'arrivais pas très bien à comprendre ce qui se passait parce que j'avais toujours été élevée dans une atmosphère de paix.

» Quelques jours plus tard, on a réussi à avoir des informations au lycée : du côté de Salonique, de Ceylan et de Betania, on avait tué tous les membres de la famille d'une fille qui était dans ma classe. On leur avait arraché la tête et les bras avant de les tuer. Certains autres avaient eu leur maison brûlée, et tout le monde se précipitait vers les villes... Je crois que la première image de cette " Violence " dont je sois consciente remonte à une journée où nous sommes sorties du lycée. Nous avons vu de nombreuses familles assises au centre de la place principale de la ville ; elles avaient des valises, quelques poules et des chiens. Ils étaient tous là, abandonnés. " Ça fait plusieurs nuits qu'ils dorment ici, livrés aux intempéries ", a dit un professeur. Et je lui ai demandé pourquoi. Elle m'a répondu : " C'est ' la Violence ' ! " »

On appelle « la Violence » toute une décade de terreur qui est née en 1948, et pendant laquelle ont péri autant de gens qu'à la guerre de Corée, d'après ce que disent des historiens comme Falz Borda, Guzman Campos et Umaña Luna.

En Colombie, on naît conservateur ou on naît libéral, et cette filiation politico-partisane — au sein d'un pays malade et sous-alimenté — a été la cause première de la mortalité pendant un siècle et demi.

A l'époque de « la Violence », des centaines de gens mouraient à cause de leur couleur politique ; ou alors on les dépouillait de leurs biens, on les torturait et on les chassait tout couverts de sang. Seuls les dirigeants, qui ont poussé à ce carnaval d'atrocités, n'ont jamais fait couler une seule goutte de sang. Les paysans s'en sont chargés tout seuls.

L'histoire de la Colombie s'est trouvée complètement partagée en deux à l'époque de « la Violence ». Les conséquences ont été tellement terribles que le quotidien des couples de paysans s'est brisé, au point qu'il est devenu difficile pour un homme de vivre en compagnie de son épouse.

JUDITH : « Malgré l'interdiction de mon père, je me suis rendue à Volcanes (c'est comme ça que s'appelait notre maison) avant que les vacances ne commencent, je voulais savoir comment allait ma famille. Et quand je suis arrivée, j'ai trouvé... j'ai trouvé, oh ! mon Dieu... tout était différent, rien ne ressemblait à ce que j'avais laissé derrière moi lorsque j'étais partie pour faire mes études... Papa vivait dans une pièce (derrière la maison) avec les hommes et maman vivait à part, comme une inconnue, dans une autre chambre, avec les petites. Il n'allait plus soigner les animaux, ni s'occuper des cultures de café : il restait toute la journée à la maison. La nuit, c'était terrifiant : parfois on dormait dans le couloir, d'autres fois — selon les nouvelles qui venaient de tomber — dans les haies du jardin. Certains sommeillaient, d'autres montaient la garde, en attendant qu'on vienne tuer papa et les autres hommes. Ils n'avaient pas les mêmes idées politiques que le gouvernement au pouvoir.

» A ce moment-là, Benjamin était très petit. Il me semble que je le vois encore : il était blond, à moitié nu, il retirait toujours ses vêtements, le visage un peu sale, il jouait avec tout ce qu'il trouvait par terre. C'était le plus petit, il m'aimait beaucoup et j'ai fini par devenir sa nourrice. Vous voyez comment sont les choses : il marchait à peine et ses jouets préférés étaient déjà des petits morceaux de bois, des petites branches, des bouts de meuble qu'il transformait en revolver ou en fusil. Et puis tout d'un coup " la Violence " est tombée sur Volcanes.

» Les premiers moments d'angoisse sont encore restés gravés dans ma mémoire : la nuit s'annonçait et, comme d'habitude, on dormait à l'intérieur de la maison ; on s'enfermait de bonne heure en barricadant toutes les portes. Maman avait allumé six cierges devant les saints ; on essayait de s'endormir et, tout d'un coup, on a entendu derrière la maison (il y avait un ravin où coulait un petit ruisseau), sur le pont, le bruit d'une galopade. Maman a dit : " Mes pauvres petites filles, ils vont nous tuer ! " Elle s'est levée et elle nous a embrassées. J'ai pris Benjamin et je l'ai embrassé, je l'ai embrassé très fort et puis j'ai embrassé ma mère. Eunice est vite allée vers l'autel, elle a éteint les bougies et puis elle est revenue vers nous pour nous embrasser également. Mon père se trouvait dans la pièce de derrière avec les garçons. Je ne crois pas qu'il nous ait entendues parce que ma mère parlait doucement et nous, nous pleurions sans faire de bruit. Lorsqu'ils ont frappé à la porte, on se trouvait au centre de la pièce : on n'a pas osé bouger. Ils ont frappé de nouveau et ma mère nous a laissées pour aller ouvrir. Je l'ai suivie avec Benjamin dans mes bras : lui aussi pleurait doucement parce qu'il nous avait vues faire. Il y avait quatre hommes dehors et l'un d'eux m'a demandé d'apporter une bougie. Je suis allée en chercher une et lorsque l'allumette a pris j'ai senti qu'il m'observait ; il a dit :

“ Judith est terrorisée, vous ne trouvez pas ? ” C’était des gens que nous connaissions, mais ils appartenaient à l’autre parti politique : de vrais criminels avec des machettes et toutes sortes d’armes à la main. Ils ont fouillé les lits et puis ils sont allés dans la pièce où se trouvaient les hommes, ils les ont réveillés et ils les ont dévisagés l’un après l’autre. On pensait qu’ils allaient les tuer et on a éclaté en sanglots. Mais ils n’ont rien fait, ils les ont bien regardés de nouveau, ils ont cherché sous les lits et ils sont repartis sans dire un mot : ils en avaient après Joaquim Gomez, un ami de mon père, qui avait dormi à la maison la nuit dernière. Joaquim se trouvait sur la liste et son heure était arrivée. Il avait commis l’erreur d’être du même parti politique que sa famille. C’était un homme simple, il habitait en face de chez nous où il avait une petite épicerie. Il s’en est tiré parce que cette nuit-là il avait couché dans le four à pain. Le lendemain, il s’est levé de bonne heure et il est parti ailleurs, dans la montagne ; il a tout laissé, absolument tout abandonné : ses terres, sa maison, les animaux. Il s’est sauvé avec ce qu’il avait sur lui et il n’a jamais pu revenir à Volcanes.

» Ça, c’est mon premier souvenir, mais à partir de ce moment-là nous n’avons plus eu un seul instant de paix. A la fin de cette semaine-là, ils ont tué Joël Torres, un enfant de dix ans, débile mental. Ils cherchaient Lionel, son frère de treize ans, mais comme ils ne l’ont pas trouvé, ils ont tué le petit fou. Ils ont dit que, de toute manière, c’était le fils d’un athée.

» Le temps a passé et Benjamin a grandi avec la peur et l’épouvante qui ne nous quittaient jamais. Il devait avoir six ans et un jour il est arrivé à la maison pâle et tremblant. Les ennemis l’avaient aperçu en train de jouer sans faire de mal à personne et ils sont venus vers lui : il a cru qu’ils allaient le tuer. Et, en effet, ils l’ont poursuivi avec un revolver à la main ; mais il courait comme un lapin, et il leur a échappé dans les bambous, il a plongé dans la rivière, nagé, il est passé de l’autre côté et il a couru jusqu’à la maison. Il nous a raconté qu’ils lui criaient qu’il devrait mourir tôt ou tard puisqu’il était le fils d’Elias Cubillos.

» Une semaine plus tard, on les a entendus devant la maison d’Everardo Casallas. Ils ont frappé plusieurs fois à la porte et, comme il n’ouvrait pas, ils l’ont défoncée. Ils l’ont attaché avec une corde, ils l’ont tiré dehors et ils sont montés à cheval. Ils l’ont conduit au ravin qui se trouve à côté de la rivière, en face de la propriété qui s'appelle " El Bosque ", et ils se sont mis à le frapper jusqu'à ce qu'il meure. Ensuite ils l'ont jeté du haut d'un rocher. Le lendemain, Victor Arias, le majordome de la propriété, leur a dit qu'ils ne pouvaient pas lui laisser un cadavre là, devant chez lui. Alors ils sont revenus et ils ont enterré le corps un peu plus bas. Mais il y a eu un orage et la rivière s'est mise en crue en emportant les restes qui sont restés coincés devant notre propriété, à moitié recouverts par le sable. Une des jambes dépassait ; elle brillait au soleil. Benjamin a voulu voir le reflet de plus près et il est descendu ; il est revenu très ému. Casallas était aussi un homme bon, propriétaire – comme tous les autres – d'une très belle exploitation de café.

» Après Everardo, ça a été au tour de Mario Cifuentes. Il s'était enfui et habitait à Tulua, mais deux ans plus tard il a voulu rentrer au bercail, et il a regagné discrètement sa propriété. Cet après-midi-là, un enfant est venu nous voir à la maison et il nous a demandé de lui prêter la carabine parce que don Mario allait dormir chez lui. Je me souviens de lui avoir expliqué que toutes les armes du monde ne serviraient à rien, s'il se trouvait sur la liste, on avait déjà une longue expérience. De toute manière, on lui a prêté la carabine. L'enfant est venu nous la rendre le lendemain matin en disant : " Ils ont tué don Mario, il n'a même pas eu le temps de la toucher. Quand ils sont arrivés, il était dans le couloir, ils lui ont demandé du feu pour allumer une cigarette ; mais il n'avait pas encore sorti ses allumettes quand ils l'ont abattu. "

» C'est de cette manière que sont tombés, un à un, les hommes les plus travailleurs de la région. Ceux qui avaient les plus belles exploitations de café, et ceux qui appartenaient à notre parti. Lorsqu'ils ne les tuaient pas dans leur maison, pendant la nuit, ils les assassinaient le dimanche, au village. On avait l'habitude de voir des cadavres, sur la place, en allant à la messe... Je n'oublierai jamais la mort de Juan Porras ; j'y ai assisté en compagnie de Benjamin qui en avait été bouleversé et s'était mis à pleurer. Nous revenions de l'église et nous avons vu un homme qui courait dans la rue, poursuivi par trois autres : c'était Juan ; une balle l'avait déjà blessé au bas-ventre, et il ne savait où se cacher. Tout d'un coup, il a aperçu la porte du père Nelson Guerrero Garcia qui était ouverte :

c'était le curé de la paroisse et il est entré. Et c'est le père Garcia en personne qui l'a mis dehors au lieu de le protéger. On l'a alors entendu crier : “ Ah, mon Dieu, protégez-moi ! ” — “ Regarde comment il te protège, espèce d'athée ! ” Et ils ont commencé à le bourrer de coups de pieds et à le traîner vers le milieu de la place pour le tuer à coups de machette. Plus tard, Benjamin m'a dit qu'il n'avait jamais pu oublier cette scène. Celle-là et toutes les autres, il y en a eu beaucoup.

» Mon père possédait alors deux propriétés et il avait décidé de les vendre. Nous commencions à être des jeunes filles et il était très angoissé par le sort qui était réservé aux femmes. C'est pour cette raison, et à cause du climat de violence, qu'ils ont pris, avec ma mère, la décision de partir. A cette époque-là, les seuls qui achetaient encore des terres étaient ceux de l'autre parti : ils ne les payaient pas cher, pratiquement rien, il n'y avait rien à faire, il fallait mourir ou les leur vendre. Il a vite trouvé un acheteur, un dénommé Epitasio Restrepo qui lui avait proposé 10 000 pesos (la propriété en valait dix fois plus). Il lui en a donné 3 000 et il lui a dit qu'il lui remettrait le reste quinze jours plus tard.

» Mon père nous a dit qu'il allait acheter une petite maison ailleurs avec 8 000 pesos, et qu'on ferait bien quelque chose ; que de toute manière il était urgent de s'en aller. Quelques jours passèrent et quand arriva la date de toucher l'argent qu'il restait, écoutez-moi bien ! On est venu nous dire qu'il y avait une fête à la propriété des “ Z ” : c'étaient eux qui commandaient les assassins. Notre première réaction a été de refuser... mais si on n'y allait pas, ce n'était pas bon non plus. Cette nuit-là, mon père a rêvé qu'il était en train de flotter dans une lagune et qu'il s'était noyé. Il m'a raconté son rêve le matin même du jour de la fête et je lui ai répondu : “ Petit papa, c'est un présage de mort. ” On était en train de parler de ça, lorsque des chevaux bien sellés envoyés par les “ Z ” sont arrivés ; il a fallu que nous nous mettions en route. A notre arrivée, nous avons surveillé papa pour qu'il ne se soûle pas, il y avait beaucoup à boire, à manger et de la musique. Les musiciens faisaient partie de la famille du propriétaire : Celio, don Manuel et Moncho... La fête a dû commencer à trois heures de l'après-midi, un jeudi ; et vers les quatre heures du matin du vendredi, mon père a commencé à boire et à six heures il nous a appelées, ma mère et moi, et il nous a demandé de rentrer. Il a grimpé sur le cheval de l'un des " Z ", et il est descendu au village. Il est resté à boire avec eux pendant tout le samedi et il était déjà très tard lorsqu'il nous a fait parvenir la viande de la semaine par Benjamin et Noël qui étaient descendus au village. Mon parrain, Hector Tangarife, l'a vu avec eux vers sept heures du soir dans une cave et l'a emmené avec lui. Il l'a conduit à sa maison ; mais, vers quatre heures du matin, ils sont venus le chercher pour continuer à boire. Et puis, le dimanche matin, alors que le jour se levait à peine, une voisine qui habite en face de la cave, a entendu la voix de mon père par la fenêtre : " S'il vous plaît, si vous devez me tuer, tuez-moi ici : ne me jetez pas à la rivière. Je veux que mes enfants me voient une dernière fois, même mort. " La dame dit qu'elle l'a vu sortir quelques secondes plus tard. Il avait une main sur sa poitrine. Il a posé l'autre sur une pierre et il s'est couché dessus. Ensuite, elle a vu la pierre couverte de sang et elle s'est dit : " Ils l'ont tué ! " Les fils de Joaquim Sarta, encore des enfants, sont passés et ils ont vu mon père. Ils se sont approchés et ils lui ont dit : " Venez avec nous, don Elias, vous êtes complètement soûl, on va vous aider. " Il leur a tendu la main et ils se sont aperçus qu'un filet de sang coulait sur sa poitrine. Ils l'avaient poignardé au cœur.

» Ils sont venus nous avertir et nous sommes arrivés avec Benjamin. Le pauvre était complètement transformé : on aurait dit que ce n'était plus le même enfant qui se trouvait là, devant le cadavre de mon papa. Quelqu'un est allé chercher le père Nelson Guerrero Garcia, c'est le curé de la paroisse. Il venait souvent à la propriété pour donner à mon père un certificat sur lequel il y avait écrit qu'Elias Cubillos était parrain du Saint Cœur de Jésus et de la Très Sainte Vierge. Et quand mon père lisait ce certificat, il demandait qu'on lui apportât un cheval et il le chargeait avec du café, des haricots, du maïs, des fromages, des œufs, des poulets... Parfois, le père Guerrero repartait avec deux chevaux bien chargés. Mais le jour où mon père est mort, il n'était plus parrain du Saint Cœur de Jésus ni de la Vierge Marie. Le père Guerrero a dit à celui qui était allé le chercher pour les saintes huiles : " Il n'est pas question d'administrer quoi que ce soit à cet athée ! " (Le père Guerrero appartenait aussi à l'autre parti politique.)

» Trois jours plus tard, les autorités nous ont enfin remis le permis d'inhumer, et on l'a enterré à Tulua, loin du village. C'était pour que la famille ne coure aucun risque et que les amis puissent se rendre au cimetière. On tuait quelqu'un et on ne le laissait même pas en paix le jour de son enterrement.

» On a enterré papa en même temps que don Antonio Moreno qu'ils avaient assassiné à onze heures du matin ce même dimanche. Moreno était un voisin et il habitait la propriété de son beau-père avec Custodio Quiceno assassiné quelques mois auparavant.

» Cette année-là, la récolte de café était exceptionnelle, mais personne n'osait aller au champ pour la ramasser ; ceux de l'autre parti arrivaient et, sous la menace des pistolets, ils emmenaient les enfants les plus âgés pour les obliger à ramasser le café dans les propriétés des morts et des fuyards.

» Ils ont commencé par celle d'Antonio Moreno, ensuite ils sont passés à celle de Rosario Sanchez, une veuve qui avait suivi ses enfants en fuite. Cette exploitation était devenue la propriété de celui qui avait tué son mari et qui avait fait fuir ses enfants... Après, ils sont allés travailler dans la propriété de don Juan Marin, parti lui aussi ; ceux qui l'avaient menacé avaient non seulement gardé le café, mais aussi les terres. Don Juan n'a jamais pu revenir.

» Mes frères ont été obligés de travailler très dur pendant cette récolte et, quand ils eurent fini, les hommes leur ont dit qu'ils pouvaient s'estimer heureux d'avoir la vie sauve. Ils ont descendu le café au village et ils l'ont vendu très cher. Cette année-là, les prix ont beaucoup augmenté. C'est ce qu'on appelle une *bonanza.* Mais la *bonanza* des prix a été terrible, nous l'avons payée avec encore plus de sang. »

— Qu'est-ce que vous voulez dire ?

— Eh bien, lorsque le prix du café augmente, les terres augmentent aussi et elles sont beaucoup plus convoitées : il faut donc tuer davantage de paysans pour avoir plus de terres et récolter plus de café, pour ainsi gagner plus d'argent. Vous comprenez ? C'est ce qu'ils appelaient la *bonanza* du café.

« Mon père était mort et mes frères poursuivis ; il fallait absolument partir et nous avons abandonné la propriété. Celui qui l'a achetée n'a rien signé... Figurez-vous que le seul papier qui reste de cette affaire, c'est le certificat de décès de mon père !

» Où aller ? C'était bien le problème. A la ville ? A Tulua, chez

Efraïn Bernal, un monsieur qui avait aussi perdu ses terres à Volcanes, une nuit où il a été obligé de fuir ? On s'est tous installés là-bas, dans une seule pièce, mais la vie était trop difficile, mes frères ne savaient rien faire en ville : ils étaient habitués à commander et à diriger les ouvriers de la propriété.

» On a été obligés de revenir ; on est allés à “ Las Nieves ”, notre deuxième propriété, mais quelques jours après notre arrivée, ma sœur Eunice (qui était mariée avec un homme de l'autre bord) a envoyé quelqu'un pour nous avertir qu'ils avaient l'intention de nous tuer pendant la nuit. On a pris le peu de vêtements qu'on a pu et on est allés se cacher dans les caféiers. A l'époque, j'étais enceinte de ma première fille et nous sommes restés là-bas jusqu'au matin. On a entendu une fusillade pendant la nuit et le lendemain matin, Oliva, ma belle-sœur, est allée voir les militaires. Une patrouille bien armée est venue nous chercher et nous a escortés jusqu'à la ville. Là-bas, nous nous sommes séparés et chacun est parti de son côté. La famille s'est trouvée complètement disséminée par petits groupes, on cherchait tous un parent, un ami ou un voisin qui habitât très loin pour aller chez lui. J'avais pris Benjamin avec moi, il devait alors avoir douze ans.

» Ma mère, sans son mari, sans ses enfants, sans rien, matériellement sans rien du tout, est tombée malade. Les médecins l'examinaient et ils ne trouvaient rien : c'était le chagrin qui était en train de la ronger ; ce dernier a fini par la tuer.

» Pendant tout ce temps-là, on a vécu avec l'argent que nous prêtait Victor Arias, mon beau-frère, qui appartient à l'autre parti. Mais il a dû se fatiguer de nous avancer de l'argent et il nous a dit que la seule solution était de lui vendre notre propriété. On la lui a vendue bien moins cher qu'elle ne valait. Et quand on a fait l'affaire, elle était déjà à lui à cause de tout l'argent qu'on lui devait. Il restait juste un petit solde et il nous a signé des reconnaissances de dette de 1 800 pesos. Quelques jours plus tard, je lui en ai vendu une pour 500 pesos : j'avais vraiment besoin d'argent.

» Après, c'est devenu la débandade totale dans ces forêts où nous vivons aujourd'hui... et puis je ne sais pas... Benjamin a toujours été un révolté à cause de tout ce qu'il avait enduré. Rendez-vous compte, il a souffert depuis qu'il était tout petit et il a vraiment été une victime de la politique. Il s'est mis à grandir avec une haine terrible pour tout ce qui est injustice, pour tout ce qui nuit à autrui. Je crois que mon frère était un homme bon. Oui. C'était un homme très bon ! »

Des millions de Colombiens ont partagé la même vie que Cubillos ; acculés par la barbarie ; ils ont commencé à se cacher dans la forêt à partir des années 50.

> ***Que Morningstar paie à ma veuve sept mois de salaire à 1 500 pesos.***
> ***Je crois que ma mort doit être une des plus terribles.***
> ***Je suis mort avec des envies de sucre.***

A mesure que les jours passaient, au camp, le délire de Cubillos est devenu de plus en plus pathétique et, dans les dernières pages du testament, on découvre son obsession pour Satan et pour l'enfer. Cela doit avoir une relation avec la forme noire qu'Oscar découvrit dans le frigo lorsqu'il a trouvé le squelette :

> ***Je n'ai pas tué les chiens pour les manger, parce que j'ai eu pitié. Bientôt ce sera à mon tour de mourir de faim, comme eux. Je lègue mon âme au diable.***

Dieu et le diable. Le bien et le mal. La fièvre semble avoir lié le père Nelson, curé de la paroisse de Ceylan, avec la famille " Z ", en train de courir, sans trouver d'issue, dans un endroit clôturé par des milliers et des milliers d'arbres de sang.

> ***Je suis mort dans cet enfer. Le diable vient tous les après-midi pour m'emmener. Dieu est avec moi, mais mon âme sera au diable : il me regarde, et il sort de la rivière sous les traits d'un cochon. Aujourd'hui, il s'était déguisé en chien : une tête noire avec deux longues oreilles. Il veut prendre mon âme. J'ai la fièvre et je ne peux presque plus marcher, je suis tout seul. Que Firmin s'occupe de mes enfants.***

Le 15 novembre, Wolfgang et Fritz ont quitté Florencia pour se rendre à Porto Rico, à la propriété de Martin. Ils l'ont attendu avec l'intention de réaliser un vol jusqu'au camp avec l'avion à roues. Le projet des Autrichiens était de survoler l'endroit et de jeter aux deux hommes, qui étaient restés coincés là-bas, des vivres et des médicaments : pendant ce temps on pourrait organiser les secours. Mais Martin n'est pas venu.

FRITZ : « Alors on a décidé de se rendre à Puerto Leguizamo pour trouver un guide qui puisse nous accompagner au Yari. Il s'agissait de Eudoro, c'était un homme qui parlait plusieurs dialectes indigènes, et notamment le *carijona* : on pensait que ces indiens devaient être des *carijonas*. On a trouvé Eudoro et nous l'avons engagé, mais finalement on n'a pas pu faire le voyage. On voulait tenter à tout prix quelque chose et on est retournés à Porto Rico. Martin nous avait promis qu'il reviendrait le 13 décembre, alors on a décidé d'attendre deux semaines de plus, pendant lesquelles on s'est rendus à Florencia et on a continué à expliquer aux gens qu'il fallait absolument aller les secourir. Le 13, nous étions à nouveau à Porto Rico, mais Martin n'est pas venu cette fois-là non plus. Il était occupé avec sa compagnie aérienne, et il n'a pas pris le temps de venir comme nous le lui avions demandé. J'ai noté la chose suivante, sur mon journal :

» " On a perdu six semaines à Porto Rico et à Florencia. On a dépensé presque tout l'argent de la bourse et on se demande bien avec quoi on va vivre. A Porto Rico, on a pu parler avec le père Cayetano et il nous a dit que, ce qui l'intéressait dans l'affaire du Yari, c'était de *sauver une race*. On est fourbus, il ne nous reste presque plus rien et on va écrire en Autriche pour que notre famille nous envoie de l'argent. En attendant, on dort au fin fond du village, dans une baraque qu'ils appellent un hôtel. " »

VINCENT : « Martin volait beaucoup, il travaillait énormément avec son avion, il était toujours d'un côté et de l'autre pour rendre service aux gens, en les aidant du mieux possible. Il s'occupait beaucoup de tout ce qui se passait dans la région. S'il y avait un malade, il y allait, il le prenait et il l'emmenait à l'hôpital. S'il fallait transporter des choses dans les propriétés, il y allait sans perdre de temps. Un jour, je suis allé avec lui et puis on est rentrés ; on venait d'atterrir et on roulait vers les hangars quand tout à coup il a aperçu une grosse pierre sur la piste. Alors il s'est arrêté et il m'a dit : “ Regarde, Vincent, c'est bon pour arracher une roue ; descends et jette-la ! ” Je suis descendu, j'ai attrapé la pierre, je l'ai jetée sur le côté et je suis remonté dans l'avion. Quand on est arrivés pour garer l'avion, un lieutenant est venu vers nous et nous a dit que je venais de livrer un paquet de cocaïne, là-bas, sur la piste. Bon ! eh bien ! ils ont arrêté Martin, et ils l'ont emmené. Alors tout le village a dit que ce n'était pas possible, que Martin était un homme bien, un homme vaillant, qu'il rendait beaucoup de services à la population. A la fin ils l'ont relâché. Il était déjà libre depuis plusieurs jours, et un jour il a rencontré le lieutenant et il lui a dit : “ Mon lieutenant, est-ce que vous aimez monter en avion ? ” — “ Ouiiiii ! Bien sûr. Faites-moi faire un tour, j'ai envie d'apprendre. ” Il commençait déjà à faire nuit et Martin lui a proposé : “ Demain, je vous attends à six heures et demie sur la piste. ” Le lendemain, on était au rendez-vous et le lieutenant est arrivé avec quelques soldats qui sont restés à terre. Martin est monté dans l'avion en me disant : “ Je vais le faire chier dans son froc, ce fils de pute ! ” Le lieutenant a embarqué et Martin a décollé, il s'est élevé et il est allé tout droit vers un rocher, et quand il était presque dessus, il a pris de l'altitude et l'a évité, et vas-y on recommence, houlala ! Et une fois encore, et il repart et il revient vers le rocher... Il a atterri au bout d'une dizaine de minutes ; le lieutenant est descendu de l'avion, blanc comme un linge, et je lui ai demandé : “ Comment avez-vous trouvé le vol, mon lieutenant ? ” — “ Je ne remonterai jamais avec ce type ! ” — “ C'est parce que vous nous avez accusés de transporter de la cocaïne. ” — “ Mais non,... Je me suis trompé, merde ! Ce type est un grand monsieur ! ” »

Après une période de gros problèmes économiques, Wolfgang et Fritz avaient fini par recevoir de l'argent de leur famille, avant la fin de l'année. Ils ont continué leurs efforts pour essayer de secourir Bauer et Cubillos.

FRITZ : « On a loué la chaloupe *Farolito* appartenant à un homme qui ne parle presque jamais ; il était très renfermé et les autres l'appelaient *le nœud.* Notre projet était de descendre avec lui le Caguan pour arriver le plus vite possible au Yari. Une fois là-bas, on voulait tenter une traversée avec un hydravion, mais tout s'est à nouveau écroulé et nous sommes revenus à Porto Rico.

» On a fini par retrouver Martin et on a préparé un vol jusqu'au camp pour leur porter secours. Wolfgang et moi avons acheté de la nourriture qu'on avait emballée dans des sacs solides et bien attachés. Martin nous a dit qu'il voulait bien nous emmener, mais qu'il fallait le payer. Il a fallu qu'on lui signât un papier. Nous n'avions pas d'autre solution : il fallait bien le payer. On a décollé, mais le ciel ressemblait à une mer de nuages ; nous n'avons pas pu poursuivre le voyage et dix minutes plus tard c'était le retour vers Porto Rico. Martin a calculé combien coûtaient, d'après ses tarifs, vingt minutes de vol et on l'a payé jusqu'au dernier sou. »

A partir de ce moment-là, Wolfgang et Fritz ont perdu tout espoir de venir en aide à Bauer et Cubillos. Complètement déroutés, ils ont décidé de quitter la région en emportant avec eux une amertume qu'ils possèdent encore, malgré les tentatives qu'ils ont faites pour oublier.

Mais même s'ils avaient réussi avec le petit avion de Martin, il était déjà trop tard : on était dans les dernières journées de décembre 1971 et cent trente-cinq jours étaient déjà passés depuis qu'ils avaient abandonné cet enfer. Quatre mois et demi pendant lesquels s'était évanouie la vie de ces deux hommes qu'ils avaient abandonnés malades et sans nourriture, un après-midi d'août sur la rive gauche du Yari.

Sur le petit carnet de Cubillos on peut voir ces dernières annotations, l'écriture est tremblotante et à peine marquée au crayon :

Trois mois dans ce camp horrible. Les chiens sont morts. Je veux que Martin me ramène à la maison, même s'il ne doit ramener que mes restes, qu'il les donne à ma famille, mais par pitié qu'il ne me jette pas par ici. Qu'on s'occupe bien de mes enfants, ils sont orphelins. Je ne suis pas mort noyé, je n'ai simplement trouvé aucune issue.

Sur les sept chiens qui se trouvaient au camp, l'un d'eux est tombé dans la bouche d'un tigre pendant le safari, trois autres sont morts de faim pendant les jours de solitude, et les trois derniers, qui avaient réussi à survivre malgré la tragédie, avaient abandonné Cubillos, sûrement lorsqu'ils se sont aperçus qu'il n'existait plus.

Le jour de Noël, pendant la matinée, Victor Chani, un colon qui habite sur les bords du Caguan, à trois cents kilomètres du camp à vol d'oiseau, a quitté sa maison pour aller chercher des œufs de tortue enfouis sous le sable de la plage et que les pluies mettent à jour à cette époque de l'année, alors que le soleil tape comme une chape de plomb.

« A une demi-heure de ma maison, en amont de la rivière, raconte-t-il, j'ai vu un animal qui bougeait et je me suis approché. C'était un chien, long, brun et qui portait un collier. J'ai tout de suite vu que c'était Tarzan, le chien de Vincent Quintero ; il portait la cicatrice d'une griffe de tigre sur le front. C'était un bon chien de chasse, réputé dans le village. Je me suis approché un peu plus et l'animal faisait pitié : il était si maigre qu'on pouvait deviner tous ses os. Et quand je suis arrivé à côté de lui, le pauvre Tarzan m'a regardé avec des yeux qui imploraient mon aide. Il n'arrivait plus à tenir debout et il était couché sur le côté. Il était complètement pelé et il avait une longue blessure sur le dos qui semblait avoir été provoquée par une branche pleine d'épines. Il était sanguinolent et couvert de sueur. J'ai vu qu'il était en train de mourir de faim et je lui ai donné un morceau de viande que j'avais emporté pour manger. Il n'a même pas réussi à le mâcher. Alors j'ai découpé des petits morceaux et je les lui ai mis dans la gueule doucement ; je lui en ai laissé à côté de lui pour qu'il continue à manger. Il en mangeait un petit peu et puis il était tellement faible que sa tête retombait sur le sable. Il me regardait avec ses yeux grands ouverts et puis il recommençait à manger. Je l'ai soulevé et je l'ai placé à l'ombre, sous un arbre. Ensuite je me suis dit que j'allais aller ramasser des œufs, et qu'à mon retour je l'emmènerais chez moi pour le sauver. J'ai dû marcher pendant une heure ou plus et, qu'est-ce que je vois ? un autre chien sur la plage. Il était roux avec le museau rouge, il n'était pas aussi gros que Tarzan, mais presque. Lui, était mort, en revanche. Il était couché, les yeux grands ouverts et la langue repliée dans la bouche. Je crois qu'il n'avait pas réussi à arriver jusqu'au bord de la rivière pour boire. Je pense qu'il n'était pas mort depuis longtemps parce qu'il était encore couvert de sueur et il ne sentait pas mauvais. Je me suis dit que ça devait être le compagnon de l'autre parce qu'il était aussi couvert de boue, très pelé et plein de piqûres d'insectes sur les pattes et sur le ventre. Il était très maigre, la pauvre bête était vraiment très maigre. Je l'ai enterrée sur place.

» Ensuite j'ai ramassé beaucoup d'œufs, et quand mon sac a été rempli, j'ai fait demi-tour et je me suis dit : je vais aller chercher Tarzan et l'emmener à la maison. Mais quand je suis arrivé, merde... il était vraiment mal en point, très mal en point. Il a réussi à arriver jusqu'à la maison et puis il est mort un instant après. Je pense qu'ils avaient réussi à sortir de la forêt, et quand ils se sont aperçus qu'ils étaient arrivés dans un endroit familier, ils se sont couchés pour attendre la mort. Ils étaient vraiment courageux, ces chiens ! »

VINCENT : « L'autre chien s'appelait Mago, un animal que m'avait offert Carlos Martinez. C'était un très bon chien de chasse, beaucoup plus intelligent que Tarzan. Il se mettait à l'avant de la pirogue et il flairait, il flairait bien, et dès qu'il sentait un tigre ou quoi que ce soit, pam ! il démarrait et plongeait dans l'eau. Il partait en nageant et on était sûrs qu'il y avait une proie. Je le suivais et j'étais certain de la trouver. Tarzan, c'était un chien cabotin, très pratique, je l'avais acheté à Edgard Andrade. Ils devaient être avec Gitane, mais elle a dû mourir ou se faire manger par un animal...

» Ce que je pense, c'est qu'en se sentant seuls au camp, ils ont dû traverser le Yari et ont marché tout droit pour essayer d'atteindre le Caguan. Ils se sont bien orientés et ils ont marché pendant deux mois pour arriver là où ils voulaient. Lorsqu'ils sont sortis de la forêt, ils se sont dit qu'ils avaient réussi et qu'ils n'avaient plus qu'à mourir. C'étaient mes propres chiens, alors quand Victor m'a raconté cela, je lui ai dit : " C'est Tarzan et Mago. " Ils ont dû marcher pendant trois cents kilomètres dans la forêt, c'est la distance à laquelle se trouvait le camp, et ils sont venus mourir chez eux. »

Pendant les premiers jours de janvier, Oscar Rivera et son compagnon Édouard ont atteint les rives du Yari. Ils avaient laissé derrière eux Raoul Lima, sa femme et quatre ouvriers qui les accompagnaient. Ils s'étaient perdus dans la forêt après la capture d'un tigre, et à la suite d'une nuit d'incertitude et de disputes, ils avaient décidé de se séparer.

Lima et ses hommes s'étaient égarés au milieu de la montagne mais, grâce à son expérience, Oscar n'a jamais douté de pouvoir regagner sous peu l'endroit où la femme était restée seule à garder la pirogue.

OSCAR : « Le marigot est complètement couvert par la forêt mais, à mesure qu'on descend, il devient de plus en plus large et le plafond s'ouvre progressivement. En bas, il mesure à peu près douze mètres de large, et le soleil pénètre comme il faut : il est très brûlant, à cette époque-ci, la navigation pendant tant d'heures tous les jours est vraiment quelque chose de pénible.

» On a dû naviguer sept jours, et puis un après-midi, vers cinq heures, on a aperçu une rivière très large, bien qu'on fût en été. Elle descendait vite et on s'est dit qu'il devait y avoir beaucoup de courant. L'eau avait une couleur café au lait, mais comme la nuit tombait et que le soleil était devenu tout rouge, vraiment rouge, le reflet qu'il produisait sur l'eau du Yari pouvait faire croire qu'elle était rose. Nous étions fatigués et sommes restés un moment, immobiles, à regarder droit devant nous l'arc-en-ciel qui venait de se dessiner sur la rivière. Et puis il a commencé à faire nuit et la chaleur de la journée s'est dissipée peu à peu. Ça faisait longtemps qu'on n'avait pas vu un aussi bel après-midi d'été. Cela faisait

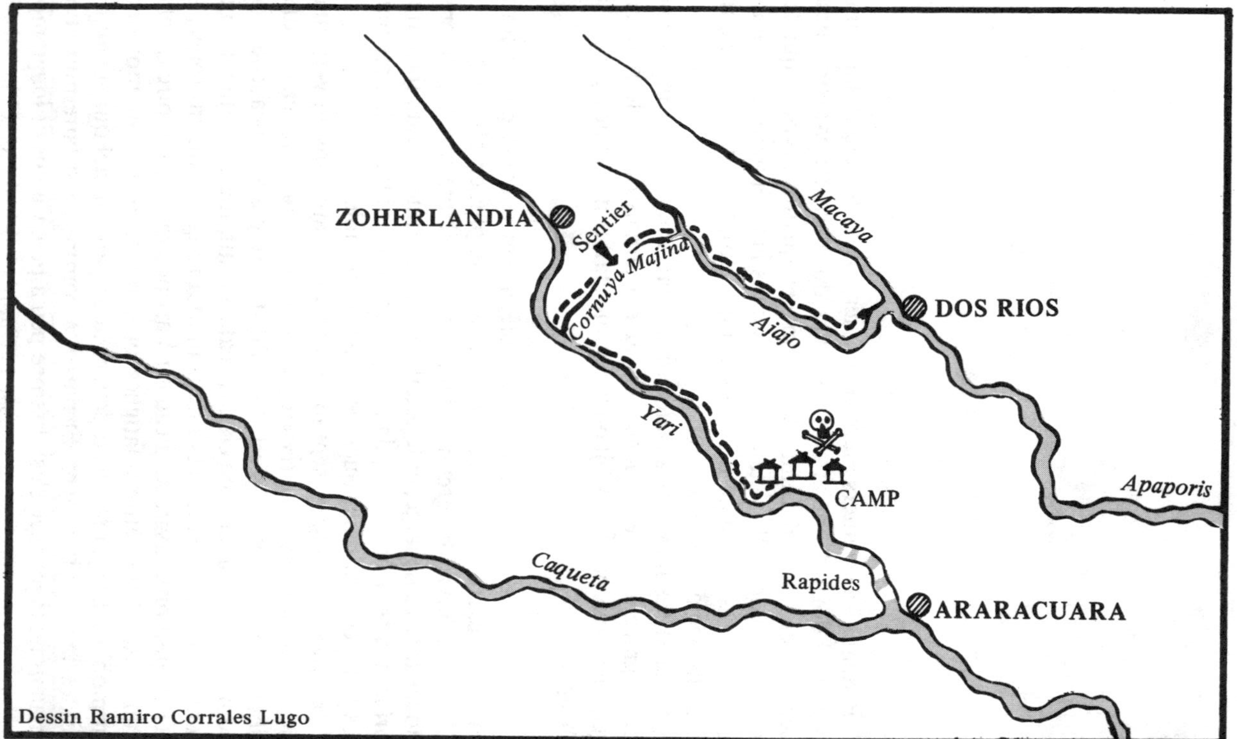

Dessin Ramiro Corrales Lugo

tellement de temps que nous étions en hiver (et aussi à cause de ce marigot complètement enfermé), que nous avions l'impression d'avoir oublié à quoi ressemblait le soleil.

» Bon, on était enfin arrivés au Yari et on a senti que le courant nous faisait avancer un peu plus vite ; lorsque la nuit a commencé à tomber, j'ai dit à Édouard qu'on allait s'arrêter pour se reposer.

» Le lendemain, nous étions affamés, avec une envie incroyable de manger de la viande légèrement salée ! Croyez-moi ! Et on n'avait rien d'autre qu'une petite poignée de manioc. On continuait à avancer sur l'eau et tout à coup Édouard m'a crié que Raoul et les autres étaient en train de nous rattraper. On leur a fait signe et ils se sont approchés de nous. Comme ma colère était déjà bien passée, nous les avons salués et sommes redevenus amis. Ils m'ont dit de monter sur la grande pirogue. J'y suis allé et on s'est remis tous en route. On a navigué toute la matinée sans mot dire ; la chaleur du soleil continuait à brûler notre visage. Et soudain, nous voici arrivés sur une ligne droite et, plus bas, nous avons aperçu les reflets du toit d'une baraque, nous y sommes allés et c'est là qu'a été trouvé le squelette, vous vous souvenez ?

» On a dû rester une heure ou une heure et demie au camp, et je leur ai dit qu'il vaudrait mieux s'éloigner avant que la nuit ne tombe, parce que cela pouvait être dangereux de rester là. " Qui sait ce qui s'est passé, nous sommes-nous dit, ce sont peut-être des indiens sauvages, ou des prisonniers évadés d'Araracuara qui ont tué cet homme... " On lui a récité un " Notre Père " et on a continué.

» Plus bas, il y avait un torrent très violent et on a suivi le bord pour descendre le plus loin possible en pirogue. Ensuite on a tout déchargé et un peu exploré les alentours vers le bas, mais en s'apercevant qu'il n'était pas possible de passer : le courant était trop violent. On est revenus vers l'eau calme et on s'est dit que certains resteraient dans la pirogue, pendant que d'autres les suivraient avec le chargement, sur la berge. Dans la pirogue, on a continué sur un bras plus calme et lorsqu'on a atteint un endroit sans vagues, on a attaché la pirogue et on a escaladé les rochers pour aller aider les autres. En bas, près de la cascade, il y a un rocher plus gros sur lequel l'eau frappe très fort en hiver. Mais le torrent était moins abondant et on pouvait apercevoir une grotte. J'y suis allé et je l'ai explorée. Une caisse à outils pour réparer les moteurs de bateaux se trouvait contre la paroi de gauche ; et tout à fait au fond, complètement coincée dans les rochers, la transmission d'un 33 avec une hélice. On voyait que la rivière les avait poussées là-dedans et les avait foutues comme de la merde. J'ai ouvert la boîte à outils et j'ai trouvé des clés, des pinces et d'autres trucs, mais n'ai rien pris. Plus bas, il y avait un baril d'essence et à droite un autre plus petit, vides. Une fois remontés dans la pirogue, on est descendus avec l'intention de nous éloigner le plus possible de ce camp.

» Environ trente mètres plus bas, il y a un autre rapide ; il n'était pas très violent et on l'a facilement passé pour arriver sur une grande plage au milieu de la rivière, c'est comme une île. Raoul a proposé de passer la nuit là-bas, mais j'ai rétorqué qu'il valait mieux descendre davantage : on était trop près du camp et je ne voulais courir aucun risque supplémentaire. " Avançons encore pendant deux heures, la nuit s'annonce claire et nous pourrons naviguer sans difficultés ", leur ai-je dit ; et ils ont été d'accord. Vers huit heures, on a aperçu une clairière sur le bord et on s'est arrêtés. La nuit a été formidable, nom d'un chien ! douce, avec une lune extraordinaire.

» Le jour suivant, on s'est remis en route, mais nous avions très faim et étions découragés, avec la migraine. Nous étions abattus : quatre jours sans rien manger ! La rivière était calme et le courant ne présentait aucun danger. Vers le milieu de la matinée, on a été pris par une faim terrible et on a débarqué pour aller chercher des palmiers dans la forêt. Il n'a pas été difficile d'en trouver, car il y en avait beaucoup ; on a arraché une centaine de rameaux avec des bourgeons et on les a mis dans la pirogue pour les manger en continuant vers le bas.

» On avait trouvé du sel au camp et chacun de nous l'avait enveloppé le mieux possible parce que c'était notre seul espoir de salut, vous voyez ce que je veux dire ! Moi, j'ai versé ma part dans une poche en plastique et je l'ai attachée autour du cou pour qu'elle ne prenne pas l'humidité. Le sel a duré plusieurs jours... Après avoir mangé les bourgeons, on diluait le sel dans un peu d'eau et on buvait notre ration. On faisait chaque jour la même chose et je crois que cela nous a permis de nous maintenir pendant assez longtemps en bonne forme.

» La rivière est restée calme pendant trois jours et au quatrième, vers sept heures du matin, je me suis aperçu que Guillermina, ma chienne, commençait à parcourir la pirogue d'un bout à l'autre : elle était désespérée. Je l'ai appelée, j'ai étendu un sac et la chienne est venue se coucher dessus ; ensuite je ne m'en suis plus occupé. Et une heure plus tard, j'ai entendu crier un chiot. Je me suis retourné et j'ai vu qu'elle venait d'accoucher de quatre petits chiens qui se tortillaient dans le sac. Ensuite ils ont commencé à téter, mais je pense que la bête ne devait pas avoir beaucoup de lait parce qu'elle avait très peu mangé pendant ces dernières semaines. Alors j'ai pris du sel dans ma poche en plastique, je l'ai mélangé avec de l'eau de la rivière, et j'en ai donné à la pauvre chienne : elle a tout dévoré. Elle était aussi affamée que nous.

» Bon ! On a continué à descendre et vers dix heures du matin on a trouvé un rapide très violent, vraiment très violent. Je pense qu'on a dû se tromper en calculant la force de l'eau avant de retomber et on est entrés là-dedans de travers. Il n'a fallu que quelques secondes pour se faire aspirer par la courant. La pirogue a disparu et le rapide nous a traînés pendant un bon moment avant d'arriver en bas, là où le courant est plus calme. Moi, je me suis laissé entraîner et, quand je suis arrivé en bas, je me suis dirigé vers le bord, mais j'ai aperçu un des petits chiots qui tournait à la périphérie d'un tourbillon. Je suis allé l'attraper. Et je l'ai sauvé ! La rivière a avalé tous les autres. J'ai nagé avec l'animal et j'ai atteint la berge, je l'ai examiné et il était en forme. C'était une chienne qui, pensais-je, me porterait bonheur parce qu'elle avait nagé juste à la naissance. Je l'ai baptisée Hirondelle et je l'ai passée à Édouard pour qu'il s'en occupe pendant que je réfléchissais avec Raoul à ce qu'il fallait faire. La rivière avait tout emporté : la pirogue, les peaux et tout.

» La première chose qu'on ait faite, c'est de dresser un inventaire pour voir ce qui restait exactement : j'ai réussi à sauver une machette que je porte toujours à la ceinture et ma carabine qui était en très mauvais état ; eux, ils avaient le canon sans crosse d'une 22. Aucun d'entre nous n'avait de chaussures. Raoul avait gardé son revolver et, Édouard, Hirondelle : voilà tout ce qui avait été épargné !

» Ensuite on s'est dit qu'il fallait trouver la pirogue où qu'elle fût parce qu'il était impossible de continuer sans embarcation. Alors on a décidé de descendre un bon bout de chemin en suivant le bord et on est arrivés à une plage de rochers que la rivière avait dégagée au début de l'été. Il y avait des flaques partout et, un peu plus loin, une sorte de gros tronc d'arbre énorme, et tout noir ; je me suis dit qu'il était vraiment étonnant d'en trouver à cette époque de l'année ; la force du courant aurait dû balayer complètement toutes les plages. Bon ! On s'est tout de même approchés et quand on n'était plus qu'à une dizaine de mètres, Édouard m'a crié : “ Un boa, Oscar ; c'est un boa ! ” — “ Mais non ; où as-tu vu un serpent aussi gros ? C'est un tronc d'arbre... ce que je me demande c'est comment il est arrivé jusqu'ici. ” Il m'a regardé en se moquant de moi : “ Ça, un tronc ? Dans la région on appelle ça un boa ! ” On s'est approchés doucement, doucement, et je me suis aperçu que c'était bien un serpent. “ Tu vois bien que c'était un boa ! Regarde il est en train de s'étirer pour se faire dorer au soleil ! ” Le serpent ne nous avait pas encore vus. Un bout de sa queue trempait dans la flaque d'où il avait dû sortir ; comme il était gros ! Je vois bien que vous ne me croyez pas, mais je vous assure qu'il mesurait au moins vingt mètres de long, et il était gros comme... eh bien, il était bien plus gros que moi. Disons un mètre de diamètre. Ça devait être un vieux serpent, vraiment vieux et très costaud. Le garçon m'a dit qu'il fallait le tuer et je lui ai répondu : “ Comment veux-tu faire ? ” — “ On prend tous les deux une grosse pierre et on la lui fout sur la margoulette. On peut faire ce qu'on veut puisqu'il ne nous a pas vus. Regarde-moi ce fainéant ! ” Je lui ai dit d'accord et puis j'ai hésité. J'ai expliqué à Édouard qu'il fallait bien calculer son coup parce que le serpent pouvait être dangereux. Il pensait qu'il n'était pas dangereux du tout, mais il m'a dit que si nous voulions en être certains, nous n'avions qu'à demander à Raoul de lui tirer dessus avec son morceau de carabine. Je n'étais pas d'accord : “ Ça va pas, non ! Bon viseur comme il l'est, il va dépenser le peu de balles qui lui reste et il ne sera même pas capable de toucher la rivière. Il n'y a qu'à essayer de le tuer avec une pierre, et puis on enlèvera la graisse et la peau pour le cuisiner, parce qu'on ne va pas tarder à crever de faim. ” La graisse des serpents est très nourrissante, et puis c'est un bon médicament, vous savez ! Dans la région, on s'en sert pour les infections ou pour les rhumatismes (ça chauffe incroyablement). D'ailleurs on les mange aussi, c'est aussi bon que le poisson.

» Raoul est arrivé sur ces entrefaites et il nous a demandé ce que c'était. On lui a répondu : " C'est un tronc d'arbre. " Il a rigolé et il s'est avancé davantage. Quand il s'est aperçu que c'était un serpent, il a crié : " Merde alors ! quelle bête ! elle est difforme ! Je n'ai jamais rien vu de pareil de toute ma vie. S'il pénètre dans la forêt, il s'ouvre un chemin seulement avec son poids. Il écrase tout. On va l'abattre avec le revolver parce que, si ça continue, on va crever de faim. " On a préparé de grosses pierres qu'Édouard venait de rapporter, et on a commencé à s'approcher lentement, par-derrière, sans que le serpent nous vît. Sur la terre ferme, ils sont très lents, alors il n'est pas difficile d'arriver très près de leur tête. Ce jour-là, Raoul a eu une chance de cocu parce qu'il a réussi à lui tirer du premier coup en pleine nuque. Il lui a foutu la tête comme de la merde, l'animal a commencé à trembler comme si on venait de lui faire passer du courant à l'intérieur : il avait des sursauts incroyables. Et immédiatement on lui a écrasé la gueule et on la lui a mise en bouillie. Lorsqu'il n'a plus bougé, j'ai pris ma machette et je me suis mis à le vider. Il était froid et très ferme. On a délicatement retiré la peau et on l'a étendue au soleil. Ensuite on a recueilli la graisse.

» Le lendemain matin, de bonne heure, on est revenus et on a continué à chercher la pirogue parce qu'il n'y avait pas moyen de quitter cet endroit autrement que par la rivière. On est descendus un peu plus et on l'a aperçue là-bas, perchée sur un grand rocher, au milieu de l'eau. Dès que je l'ai vue, j'ai crié : " Ça doit être notre pirogue, il faut la récupérer. " Et Raoul a demandé qui voulait aller la chercher. Je lui ai proposé d'essayer d'aller jusque là-bas avec Édouard : Édouard était un bon nageur et je n'avais confiance en aucune autre personne, aussi n'ai-je pas fait attention à Raoul quand il a fait des histoires en prétextant que c'était Braulio qui devait y aller... Raoul était parfois très désagréable : têtu, il pensait toujours que lui seul avait raison.

» Avant de me lancer à l'eau, j'ai expliqué à Édouard qu'il fallait à tout prix récupérer la pirogue, même si elle était foutue, parce que, des morceaux de bois, ça flotte, et qu'une fois sur le bord on pourrait essayer de la réparer. Et voilà ! On est d'abord remontés vers la chute et je lui ai répété : “ On y va avec la conviction de périr ou de sauver tout le monde, parce que si on n'arrive pas à rattraper la pirogue on va crever dans ce coin. ” Il était tout à fait d'accord et il m'a expliqué qu'il croyait avoir vu quatre-vingts mètres au-dessus, à l'endroit où le courant est si violent, des *tulas* appartenant à notre chargement et que la rivière avait rejetés. Oui, vous savez bien, les *tulas*, ce sont des sacs que l'on imbibe de caoutchouc à l'intérieur et à l'extérieur pour les rendre imperméables : ainsi on peut s'en servir pour de multiples usages. On est allés les chercher et on les a gonflés, on les a bien attachés et fixés sur notre dos, comme une bouée, ensuite on s'est jetés à l'eau.

» On a parcouru les premiers mètres à une vitesse incroyable et, un peu plus bas, on est passés juste au bord d'un tourbillon. Si on était tombés dedans, il nous aurait complètement aspirés. Mais nous avions bien calculé l'endroit où il fallait plonger pour arriver directement au rocher qui nous intéressait ; quelques mètres de plus et nous avons atteint un rocher juste en face de celui qui nous intéressait. La première étape était réussie, à présent il fallait foncer au milieu, là où se trouvait la pirogue.

» J'y suis allé le premier, j'ai choisi l'endroit où il y avait le moins de courant et j'ai réussi à atteindre le rocher. J'ai grimpé, essayé de soulever la pirogue pour la décoincer, mais je n'y suis pas arrivé. Alors j'ai crié au garçon resté un peu plus haut de venir m'aider, mais il m'a dit que le courant était trop fort. Avant de partir, je m'étais enroulé une longue corde autour de la taille ; je l'ai déroulée et la lui ai lancée pour qu'il s'y accroche et qu'il plonge. Il s'est jeté à l'eau et je l'ai aidé à arriver jusqu'à moi. A nous deux, nous avons réussi à retourner la pirogue, et puis nous avons regardé ce qu'elle avait. Elle s'était fendue sur un mètre de longueur : ce n'était pas si grave que ça ! On l'a descendue, on l'a réparée tant bien que mal avec des lianes et nous avons embarqué en ramant avec un morceau de bois. On a atteint la rive et alors on l'a ficelée plus solidement. On a tous embarqué à nouveau et continué à descendre la rivière où il y avait des courants de plus en plus rapides. Quatre d'entre nous ramaient et les quatre autres écopaient. A chaque arrêt, il fallait sortir la pirogue de l'eau pour qu'elle ne coule pas. Le lendemain matin, j'ai attrapé mon bout de machette et je suis rentré dans la forêt ; j'ai trouvé un arbre de caoutchouc et j'ai recueilli de la sève. Je l'ai rapportée et on a soudé la fente du mieux qu'on a pu. Et en avant !

» Ça faisait quelques heures qu'on descendait et j'ai commencé à voir de l'écume, la végétation était basse, il y avait des endroits où viennent manger les tapirs et j'ai dit à Raoul : “ Il y a une cascade. Une cascade énorme ! Ça doit être dangereux parce qu'elle est encaissée entre deux rochers dans un virage ! ” Mais lui, toujours têtu, m'a répondu : “ J'ai bourlingué plus longtemps que toi sur ces rivières et je les connais mieux que toi. ” — “ Tu les connais peut-être très bien, mais moi je vais près de la rive droite, celle qui va directement vers le rivage. ” Il m'a dit non, qu'il fallait aller de l'autre côté.

» “ Non, il n'est pas question que j'ouvre. Si tu veux je t'emmène de l'autre côté, mais moi, c'est sûr, je prends le côté droit, c'est au centre que la cascade est la plus dangereuse. ”

» Il n'a pas beaucoup aimé ce que je lui ai dit, mais il n'a pas répondu et j'ai continué à diriger la pirogue de mauvaise grâce. Il était vraiment emmerdant. Il se prenait pour un expert et il n'y avait pas de quoi.

» Bon, eh bien on a continué avec beaucoup de précautions et, bien sûr, quand on est arrivés au virage, j'ai crié à Raoul : “ Attention on y va ! ” J'ai entendu Raoul : “ Sainte Vierge ! ” et on a dévalé la cascade. Elle devait bien faire six mètres de hauteur, on est descendus violemment et on est restés cloués au fond. La dernière chose que j'ai pu voir, c'était l'écume.

» La première à ressortir la tête a été la fille. Tout de suite après, ça a été Édouard, et ensuite moi. Tous les trois, nous avons nagé jusqu'au bord et regardé à quel endroit ressortaient nos compagnons, pour les secourir. Ils se sont montrés les uns après les autres à vingt, trente ou trente-cinq mètres de nous. Ils étaient hors d'haleine, n'arrivaient pas à nager et risquaient de se noyer. On leur lançait la corde depuis la rive et on les tirait.

» Ils s'en sont tous sortis ; le seul qui a eu du mal, c'était Raoul : il tendait la tête et puis il coulait de nouveau, il sortait, il essayait de bouger les bras et il coulait. Alors la fille m'a dit : “ Je vais chercher mon mari. ” — “ Non, laisse-le se noyer, c'est une brute. Il m'a bien dit qu'il connaissait parfaitement la rivière ? qu'il était un grand expert ? Laisse-le, qu'il aille se faire foutre ! En tout cas, moi, je ne vais pas le chercher, la cascade est trop laide ! " Mais, pendant que j'étais en train de lui dire ça, elle s'était jetée à l'eau et elle l'avait atteint. Elle l'a pris par les cheveux et (au milieu de ce torrent), elle l'a ramené en nageant d'une seule main.

» On s'est reposés et on a repris nos esprits, mais la pirogue n'avait pas refait surface. On a pensé qu'elle avait fini de se détruire. Je me suis approché de l'endroit où se trouvait Raoul et, quand j'ai vu qu'il pouvait enfin parler, je lui ai dit : " Qu'est-ce qu'on va faire sans bateau ? " – " On va continuer vers le bas, il faut bien que la pirogue soit quelque part, même en miettes. On n'aura plus qu'à ramasser les morceaux, à les attacher comme on pourra et à repartir comme ça... on verra bien ! " – " Je crois que je ne vais pas continuer le voyage avec vous, j'ai trop peur qu'on se noie. " Il m'a dit de faire ce que bon me semblait ; alors j'ai réfléchi et j'ai résolu le problème : " Allons chercher les morceaux. "

» Édouard m'a entendu et il m'a expliqué qu'il valait mieux repartir à travers la forêt, mais je lui ai fait remarquer qu'on devait être encore loin et qu'il valait mieux continuer à descendre en bateau comme nous avions déjà passé les rapides (on se trouvait dans un endroit où la rivière est calme), quelques-uns se sont jetés à l'eau et sont passés de l'autre côté. On s'est déployés sur les deux rives et peu de temps après avoir commencé nos recherches, un garçon a crié, de l'autre côté, que la pirogue se trouvait plus bas, dans une anse et qu'il lui semblait qu'elle servirait encore. On lui a crié d'y aller et de regarder si on pouvait embarquer. Au bout d'un moment il nous a annoncé que c'était possible. Il a pris des bouts de bois, s'est jeté à l'eau, il est monté dans la pirogue et il est revenu tout doucement en ramant avec les bâtons.

» Il n'était pas question de construire une autre embarcation, on n'avait plus d'outils à part le morceau de machette.

» Le problème, c'est qu'on avait également perdu les rames et qu'on n'avait vraiment pas le temps d'en tailler d'autres, cela aurait été trop long. Alors on a dit au garçon qui ramenait la pirogue de continuer vers le bas et d'essayer de trouver des rames. Il a fait oui avec la tête et il est descendu ; il a fini par les retrouver.

» On a navigué un peu plus, mais la nuit est tombée très vite et on a accosté vers cinq heures et demie. J'ai dit à Raoul : " Essayons d'aller voir s'il n'y a pas un peu de gibier pour manger. " Il m'a répondu qu'il était très fatigué et qu'il préférait ne pas manger. Il n'y a rien eu à faire ; on s'est endormis comme ça.

» Le lendemain, on s'est levés tôt, après avoir voyagé une heure, on a vu un rapide, et sur les bords beaucoup de *moriches* (palmiers). Il y avait à coup sûr des tapirs. En général, ça ne rate pas. On a traversé le rapide sans difficultés et, lorsqu'il a été dépassé, la chienne noire s'est jetée à l'eau. Il devait y avoir des tapirs pas loin ! Je leur ai dit : " Je vais m'approcher avec la pirogue et on va essayer d'en tuer quelques-uns. Nous mangerons de la viande fumée, et s'il le faut, sans sel. " Je me suis mis à suivre la chienne et j'ai entendu une galopade derrière des palmiers : je ne l'avais pas vu mais je leur ai crié qu'il était là : " Ne le laissez pas s'enfuir vers la montagne. Encerclez-le par le haut, on va essayer de l'obliger à se jeter à l'eau et on l'attrapera plus facilement. " Ils ont fait ce que j'avais dit et une chienne l'a trouvé, une autre y est allée et, entre toutes les deux, elles l'ont poussé vers la rivière.

» Comme la pirogue se trouvait vers le bas, je me suis mis à courir et je l'ai ramenée, on a tous embarqué et j'ai dit au garçon : " A toi de piloter, moi je vais me placer devant pour essayer de tuer ce tapir. " On le voyait, là, devant nous : il coulait, il ressortait, il coulait, il ressortait. Il prenait beaucoup d'avance à cause de toute l'eau qui entrait dans la pirogue. Peu à peu, on a fini par le perdre de vue, il s'est approché du bord et il s'est enfui. Mais devant nous, à quelques mètres de la bête, les chiennes suivaient. Quand le tapir s'est enfui, elles sont sorties de l'eau et on les a entendues aboyer dans la montagne, on a suivi les aboiements, vers le bas de la rivière et, évidemment, elles l'ont ramené dans l'eau. Dès qu'on l'a vu, on a repris la poursuite et il était déjà vraiment très près de nous lorsque, de nouveau, il s'est enfui sur le bord. J'ai dit à Raoul : " Ce n'est pas la peine ! On ne réussira jamais à le tuer ! Il ne peut pas se fatiguer dans une rivière aussi large ; et puis qu'est-ce qu'on peut faire avec toute cette eau dans la pirogue ? " Mais comme il était têtu, il a dit qu'il fallait remonter la rivière et continuer à poursuivre le tapir. On a fait demi-tour et on est tout juste arrivés pour voir que les chiennes l'avaient à nouveau poussé dans l'eau. Cette fois, il nageait plus lentement. Il était fatigué et les chiennes arrivaient presque à lui mordre la queue, elles nageaient côte à côte et aboyaient pour nous appeler. Quand le tapir s'enfonçait, elles s'enfonçaient aussi.

Je ne devais avoir que trois balles dans ma carabine et elles étaient trop faibles pour abattre un animal aussi gros qu'un tapir. J'ai demandé à Raoul s'il ne lui restait pas des balles plus puissantes. Il m'a répondu qu'il lui en restait une, mais qu'il allait le tuer avec son revolver. Je l'ai laissé faire : je connaissais son arrogance et j'ai décidé de maintenir la pirogue immobile avec une rame parce qu'on se trouvait au milieu de la rivière. Il a visé et tiré trois fois. Il l'a raté et alors je me suis mis en colère : " Mais nooooon, mon vieux, c'est pas la peine d'avoir une arme ! " – " C'est parce qu'il va trop vite. " En vérité, il allait très lentement, il était très fatigué ; et là où il se trouvait, au milieu de la rivière, c'est plus difficile parce qu'il y a beaucoup plus de courant. Il fallait bien qu'il justifie ses fanfaronnades ! " Que ce soit à cause de ce que tu voudras, il ne fallait pas le rater, lui ai-je dit, et puis, quand tu as tiré, tu aurais dû y aller à toute vitesse parce que les tapirs, dès qu'ils se sentent blessés, se laissent couler. " Il a hésité un instant et puis il m'a dit : " Tu n'as qu'à tirer toi-même, je vais t'en donner l'occasion. " (Quelle amabilité !). Je leur ai demandé de placer la pirogue de face pour que le tapir nous croise sur le côté et ils se sont exécutés, j'ai chargé ma carabine avec la balle que m'avait donnée Raoul et j'ai tiré : dans le cou ! Le tapir a toussé et a craché un jet de sang. On s'est approchés et, quand on se trouvait déjà près de lui, j'ai déroulé la corde qui se trouvait toujours autour de ma ceinture ; j'ai fait un lasso et je l'ai lancé. Il l'a retiré avec ses pattes. Je l'ai ramené, je l'ai relancé et je l'ai attrapé par le cou. Je l'ai ramené doucement. En se voyant perdu, il a abandonné toute résistance. Il s'est résigné et à commencé à mourir.

» Nous avons fait fumer la viande le jour même, et deux heures après avoir allumé le feu, alors qu'elle était encore à moitié crue, on a commencé à la manger. On a bouffé à s'en faire péter la panse ; je regardais tout le monde à tour de rôle et je me suis aperçu qu'ils étaient tous très pâles. Et puis ma tête a commencé à tourner et je me suis appuyé à un tronc d'arbre. Je ne me sentais pas très bien, vraiment pas très bien, et j'ai entendu les autres qui gémissaient. On s'est tous retrouvés couchés autour du feu. Je n'avais même pas la force de soulever une main et j'ai commencé à avoir des sueurs froides. J'ai cru que j'allais mourir et j'ai perdu toute notion de temps. Je ne me souviens plus jusqu'à quelle heure je suis resté endormi ; en tout cas, je me suis réveillé au même endroit, comme les autres. Le matin, j'ai mangé à nouveau et je me suis senti mal une fois de plus avec des sueurs froides ; mais moins fort que la veille. On est allés chercher les hamacs et on s'est recouchés. A midi, on a encore mangé et on a eu de nouveaux malaises, mais ils devenaient de plus en plus légers. On est resté là pendant trois jours et trois nuits, à manger et à dormir sans arrêt.

» On avait beaucoup de viande parce que le tapir (qui n'était pourtant pas énorme) pesait environ soixante-quinze kilos ; ça nous a permis de récupérer un peu. Je crois que nous étions restés plus de quinze jours sans avaler quelque chose de sérieux. Pendant deux semaines, nous n'avons mangé que des bourgeons et bu un peu d'eau avec du sel. Il est certain qu'avec un pareil régime et les efforts physiques que supposaient la marche à travers la forêt, la traversée des chutes et des rapides, des heures de nage pour essayer de récupérer le peu qu'il nous restait, nous nous épuisions de plus en plus.

» On a eu de la viande pendant trois jours et à la fin, déjà moins fatigués, moins épuisés, avec du sang neuf, on a décidé de continuer notre chemin. Le lendemain matin, on a tout rangé et chacun d'entre nous a pris un morceau de viande, de cinq ou six kilos environ, pour le voyage... Une fois qu'elle est fumée, on peut la conserver une vingtaine de jours. Alors on l'a emportée pour la distribuer les jours suivants et on a commencé à redescendre la rivière.

» Je crois que c'est le lendemain que la rivière a commencé à s'enfoncer entre les rochers de plus en plus hauts de chaque côté. Et puis on a fini par se retrouver dans un endroit très encaissé. Les rochers qui se trouvaient sur les rives n'étaient pas très élevés, mais on s'est aperçus qu'il y en avait un très haut devant nous ; la rivière disparaissait derrière. Il n'y avait aucun doute, il s'agissait bien d'autres chutes qui devaient être très violentes. J'ai crié à Raoul : “ On arrive à un rapide qui doit être très long et bien méchant ! ” Alors on a accosté et on est montés sur les rochers. On a retiré la pirogue de l'eau et on l'a traînée pour éviter le rapide. Et tout d'un coup, à cinquante mètres devant nous, Édouard a vu un autre boa plus petit que le précédent : “ On va le tuer, on a perdu la graisse et la peau de l'autre au fond de l'eau ! ” Celui-ci devait faire huit mètres de long environ et cinquante centimètres de grosseur. J'ai demandé à Raoul de m'aider à le tuer, mais il n'a pas voulu. J'ai donc dit à Édouard qu'il allait falloir le tuer avec des pierres. Il en a trouvé une bien grosse et il l'a rapportée. Comme l'animal avait déjà posé sa tête sur une autre pierre, on a frappé très fort et la bête a commencé à se tordre dans tous les sens. Après nous être un peu éloignés, nous avons pris deux bâtons que la rivière avait ramenés ; et nous l'avons achevé à grands coups de matraque. Maintenant, le problème était de savoir où on allait mettre la graisse. Édouard est parti dans la forêt et il a rapporté un tronc de *macana* * (très creux) ; on a fait un bouchon en bois d'un côté et on y a mis la graisse, en bouchant l'autre extrémité avec des feuilles. Ensuite on a étendu la peau au soleil, allumé du feu pour avoir de la cendre et on l'a éparpillée sur la peau pour qu'elle ne s'abîme pas. Le lendemain, on a embarqué et on a continué à descendre. Mais, quelques mètres plus loin, la rivière est redevenue violente. Il y avait un endroit recouvert d'écume et Raoul, qui dirigeait la pirogue, m'a demandé de changer ; il voulait que je passe derrière pour conduire à mon tour. J'ai dit à Édouard de se mettre sur la proue, à cheval sur le devant de la pirogue, pour bien surveiller et me dire de quel côté je devais diriger l'embarcation. Mais, pendant le changement de places, on a dû descendre plus de soixante mètres, l'eau a commencé à s'agiter violemment et à nous emporter en avant de plus en plus vite. Raoul a dit : “ Si tu t'aperçois que la rivière devient vraiment trop dangereuse, essaye d'accoster et, si on n'y arrive pas, on saute à l'eau et on laisse la pirogue descendre toute seule. Mais en attendant, essayons de bien la soigner parce que c'est notre seul espoir de salut. ”.

» Quoi qu'il en soit, on s'est approchés du bord pour déposer trois ouvriers avec les *tulas*, la graisse, la petite chienne et le peu de choses qu'il restait. On a continué : Raoul, sa femme, Édouard, Braulio et moi. En descendant un peu, on est arrivés en face d'un autre rocher très haut, on a traversé un passage très mauvais et on s'est retrouvés sur des vagues qui soulevaient carrément la pirogue, elles nous envoyaient d'un côté et de l'autre et, tout d'un coup, on a senti un horrible creux à l'estomac : on venait de tomber deux

* Arbre tropical. (N.d.T.)

mètres en contrebas et je me suis aperçu que la rivière devenait de plus en plus mauvaise. J'ai crié à Édouard (mais le bruit des chutes était assourdissant), je lui ai crié d'essayer de s'approcher du bord, mais il ne m'a pas entendu. Alors je lui ai répété : " Tiens-toi bien, je vais tenter de virer parce qu'on va aller droit sur la chute. " J'ai fait la manœuvre et je l'ai réussie. Édouard a attrapé les arbres de la rive et on a pu accoster. La forêt était très haute. En face de nous se dressait un mur de rocher et on avançait comme on pouvait. On s'est glissés sous les arbres qui recouvraient la rive ; mais il n'y avait pas moyen de passer. Nous étions prisonniers, la paroi était très haute et très lisse, comme la façade d'un immeuble. J'ai coupé une branche fourchue avec le morceau de ma machette, avec laquelle Édouard s'est accroché aux branches pour maintenir la pirogue. On a commencé à descendre comme ça, doucement, doucement, bien accrochés à la végétation. A cet endroit-là, la rivière formait une ruelle étroite et très profonde ; on a continué comme ça, en se maintenant tout près du bord ; et puis on est arrivés à un passage où il était impossible de s'accrocher à quoi que ce soit, même avec la fourche ; on ne pouvait rien attraper, même pas avec les mains, le rocher était glissant et recouvert de mousse verte. En face de nous, vers le milieu de la pente (qui s'accentuait de plus en plus) il y avait une petite île et je leur ai dit qu'il fallait l'atteindre. On ne pouvait plus continuer à suivre le bord, la pierre était lisse et l'eau la frappait en faisant d'énormes vagues qui risquaient de nous balancer dans la rivière. Quand la vague arrivait, elle nous jetait contre le rocher, (on tendait les bras pour amortir le choc, on avait peur que la pirogue finisse de se détruire) et, quand elle repartait, on s'accrochait aux branches avec la fourche. Mais l'eau est devenue horriblement agitée et celui qui tenait la fourche a failli tomber et l'a lâchée. Quand j'ai vu ça, j'ai viré et j'ai laissé la pirogue s'en aller en direction de l'île. Évidemment, le courant nous y a emmenés tout droit, mais on n'a pas réussi à débarquer parce qu'il y avait beaucoup de vagues autour des rochers. La pirogue avait été réparée avec des lianes et elles ont commencé à se déchirer ; l'embarcation s'est cassée et le courant nous a emportés, aspirés en quelques secondes en nous dirigeant au milieu. La pirogue a disparu et nous avons quitté la tempête pour arriver à un endroit plus calme ; mais au moment d'atteindre le bord, nous avons été pris par un nouveau courant, très violent celui-là, qui nous a ramenés au milieu de l'eau ; elle nous a enveloppés, bien enveloppés et elle ne voulait plus nous lâcher.

» Ceux qui étaient restés sur le bord sont descendus en courant entre les rochers, comme ils pouvaient. Ils ont coupé une liane et nous l'ont lancée dans l'eau pour qu'on essaie de l'attraper ; mais on n'y arrivait pas à cause de la chute. Elle m'avait enveloppé comme si c'était un ventilateur et elle me faisait tourner, et moi je luttais, je luttais pour essayer de m'en sortir, mais elle m'aspirait et m'envoyait au fond. Alors, elle me relâchait un peu, elle me faisait remonter et, une fois à la surface, elle m'aspirait de nouveau... Je ne sais plus combien de temps j'ai combattu. Je crois que cela à été long parce que, après ça, je suis arrivé à un endroit plus calme et puis a un autre ventilateur : et, à nouveau, au fond, mon frère ! Quand j'ai refait surface, je me suis aperçu que j'étais près de la rive et j'ai vu les autres dans une espèce de brouillard. Quelqu'un m'a attrapé par les cheveux et quand j'ai senti qu'il me tenait bien, j'ai baissé les bras. Mais à ce moment-là de l'eau est rentrée dans mon nez et... et, je ne sais pas. Je ne sais vraiment pas. Je me suis réveillé un peu plus tard sur la berge : ils disaient que personne ne s'était noyé.

» Je me suis reposé longtemps et, quand j'ai eu la force de m'asseoir, j'ai regardé autour de moi et, bien sûr, on se trouvait sur la rive gauche, opposée à celle où étaient les garçons et le matériel qui restait. On a calculé ce qu'on pouvait faire, et il n'y avait pas d'autre solution que de retraverser ce fils de pute de rapide, violent comme il l'était. Mais comment faire ? Raoul a proposé de couper des morceaux de bois et de les attacher entre eux pour faire un radeau. Il fallait le mettre à l'eau bien plus haut, remonter au-dessus de la cascade précédente, et là-bas le courant lui-même — si on le prenait comme il faut — nous conduirait sur l'autre rive. Bon, c'est bien ce qu'il fallait faire : mais ce serait pour le lendemain ! A présent, on était trop fatigués, complètement épuisés, on était de vraies merdes, et la seule chose qu'on avait encore envie de faire, c'était de dormir comme des loirs. Édouard est allé dans la forêt et il nous a rapporté des bourgeons de palmiers ; ensuite on s'est couchés sur des feuilles posées sur les rochers, parce que les hamacs étaient restés de l'autre côté.

» Le lendemain, je me suis réveillé complètement hébété, comme si j'avais bu des tonnes de bière pendant toute la nuit. On a marché vers le haut et on est arrivés très près de ce fils de pute de rapide : je me demande comment il a fait pour ne pas nous écraser contre les rochers. C'est un miracle. Comme je ne me séparais jamais de mon bout de machette, même pas pour aller chier, je l'ai tiré de ma ceinture et on a coupé quelques bouts de bois, on les a égalisés, on a coupé des lianes et en avant ! trois heures plus tard, on avait construit un petit radeau. Qui veut monter ? La femme a dit qu'elle n'avait pas besoin du radeau pour passer de l'autre côté, il lui fallait juste un tronc d'un mètre et ça lui suffirait. Alors je lui ai dit : " Si vous traversez avec un tronc, moi, je traverse sans rien ! " On a poussé le radeau – J'aimais beaucoup cette femme, merde ! – et quand j'ai voulu le lui dire, elle avait déjà plongé, je n'ai pas eu d'autre solution que de me lancer également. On est descendus très vite, on a rattrapé le radeau et on s'y est accrochés. L'un d'un côté et l'autre de l'autre et en avant. On est restés un moment comme ça, mais on s'est aperçus que le radeau n'avançait presque pas. La fille a lâché et elle s'est rapidement dirigée vers le bord. J'ai essayé de faire comme elle, mais je n'ai pas pu. Je n'ai pas réussi parce que j'étais trop fatigué et je ne pouvais plus nager. Quand elle a grimpé sur la rive, il me manquait encore vingt mètres. Je l'ai entendue qui me demandait si j'étais fatigué, mais je n'ai même pas eu la force de lui répondre. Alors, elle m'a dit de me retourner, le ventre en l'air, et de me laisser aller pour me reposer un peu. Mais que diable, j'étais trop épuisé et je lui ai crié que j'allais tomber dans la cascade. Elle m'a dit de nager comme les chiens et je l'ai écoutée : je nageais comme un chien, comme un chien, mais non ! La cascade était tout près et j'ai eu peur (pourquoi le nier ? j'ai pissé de peur) et j'ai repris des forces pour remuer les bras à nouveau. Et allez ! et allez ! et je me suis approché du bord et, je devais être à peine à cinq mètres de la cascade lorsque la fille m'a tendu le bout de bois pour que je m'y accroche.

» Quand on s'est à nouveau tournés vers la rivière, on s'est aperçus que le radeau, au lieu de se diriger vers notre rive, était resté au milieu de l'eau, et allait droit sur la cascade. Il y avait beaucoup de courant et ils ont commencé à prendre de la vitesse ; alors ils se sont jetés à l'eau et ils ont nagé en amont, en amont pour ne pas se faire aspirer. Quand la femme a vu ça et qu'elle s'est rendu compte que la rivière rétrécissait (elle ne devait plus mesurer que trente mètres de large) et qu'ils ne pouvaient pas revenir parce qu'ils étaient en plein milieu du courant, elle m'a dit : " Ils n'y arriveront jamais, Oscar, on va courir en bas pour essayer de les aider. " Et bien sûr, mon vieux, ils sont tous tombés dans la cascade. On était seuls sur la rive, avec la fille, parce que personne n'avait réussi à atteindre le bord. En voyant ça, on est partis en courant et on a descendu la rivière pour voir si on les trouvait. On a fini par les apercevoir en train de tourner au milieu d'un tourbillon. Ils n'arrêtaient pas de tourner et on ne voyait que leur tête qui sortait et qui coulait. Le tourbillon les remontait et puis il les faisait couler : ils n'arrêtaient pas d'agiter les bras, et vas-y qu'ils agitaient les bras, il faut pas déconner ! On est allés couper une liane, elle était très mince, et on est revenus en courant pour la jeter à l'eau. Elle était trop courte et on leur a crié de s'approcher parce qu'on n'en avait pas d'autre. Ils ont essayé de revenir vers nous, mais une vague les a renvoyés dans le tourbillon : l'eau frappait contre le rocher, elle revenait en arrière et formait un tourbillon... Tout ce qui se trouve pris dans un tourbillon se met à couler, est relâché au fond, repris par la vague et écrasé contre les pierres. Mais heureusement, l'un d'eux les a pris et les a rejetés de l'autre côté du rocher. Alors ils ont réussi à sortir un par un, ils étaient comme soûls. Mais Raoul n'apparaissait toujours pas et la fille a dit : " Oscar, mon mari va se noyer ! mon mari va se noyer ! je me jette à la l'eau ! " — " Non, allons chercher une autre liane, on l'ajoutera à la première, il peut tenir un peu plus sans se faire piéger ! " Mais elle ne voulait pas quitter la rive. Alors je suis parti chercher une liane et j'en ai trouvé une. Je l'ai appelée pour qu'elle vienne m'aider et elle est venue. On a tiré et on a réussi à l'arracher. Il y en avait une autre dans un arbre à côté et on l'a arrachée aussi, on les a nouées ensemble et on a attachée une pierre au bout pour pouvoir la lancer à l'endroit où se trouvait Raoul qui s'était éloigné davantage. A présent il était vraiment loin, le courant l'avait entraîné.

» J'ai posé la pierre par terre, j'ai remonté la main le long de la liane et quand j'en ai eu un mètre, je l'ai soulevée et j'ai commencé à la faire tourner au-dessus de ma tête comme une hélice et vlan ! nom de Dieu ! en plein milieu de la rivière : la pierre est retombée sur les côtés de Raoul ! Houla ! Il s'est retourné et il l'a attrapée et on lui a dit de s'aider avec une main, en nageant, parce que la liane était verte et l'humidité de la rivière risquait de défaire les nœuds. Il s'est accroché d'une main et il a nagé un peu de l'autre. De notre côté, on tirait la liane, on tirait et on a fini par le récupérer. Mais, franchement, je crois que si on avait mis trois minutes de plus, il se noyait. Il était vraiment épuisé et, à cet endroit-là, le Yari est très violent. Rendez-vous compte si ça a été difficile ; on s'était mis à l'eau vers midi et on n'a repêché le dernier homme qu'à trois heures de l'après-midi ! Trois heures de galère !

» Depuis que nous avions coulé la dernière fois, nous n'avions parcouru que trois kilomètres. On voyait bien qu'il y avait encore beaucoup de rochers en descendant. On n'avait plus de pirogue, mais, de toute manière, il était impossible de naviguer à cet endroit-là. La seule solution, c'était de grimper — je me demande bien comment — sur la rive et de continuer à pied au-dessus du défilé qui devait bien faire cinq kilomètres de long ; il était en plus très pentu.

» On le leur a proposé, mais Raoul n'a pas voulu, il nous a dit que sa femme et les ouvriers allaient construire un radeau et continuer vers le bas. On leur a répondu que chacun était libre de faire ce qu'il voulait : Édouard et moi avions décidé de poursuivre à pied. On a mis les quatre choses qui nous restaient dans une *tula* et on leur a dit au revoir. Ils sont restés là à couper des bouts de bois et des lianes pour fabriquer le radeau. En aval la rivière était violente. »

On était au mois de janvier et la femme et les enfants de Cubillos attendaient encore son retour. Elle avait essayé de quitter plusieurs fois la propriété à cause de la faim et de la pauvreté ; mais elle savait que, sans aide, elle ne parviendrait jamais à traverser la plaine qui la séparait du reste du monde. Cependant, par l'intermédiaire de certaines personnes qui s'étaient aventurées dans ce désert, elle avait envoyé plusieurs messages, non seulement à la famille de Benjamin pour les avertir de son absence, mais aussi à Martin qui était le seul capable de la conduire dans un endroit civilisé.

Pendant le procès qui fut entamé quelques semaines plus tard, elle a déclaré devant le juge Abelard Daza :

« Martin possède une propriété du côté de notre baraque ; il volait souvent et il atterrissait là-bas, derrière la propriété où j'habitais avec mes six enfants. Nous étions très pauvres, nous n'avions rien à manger et je l'ai plusieurs fois supplié de nous sortir de là parce que je souffrais beaucoup et les enfants aussi. Pendant deux fois, il m'a fait dire de me tenir prête avec mes enfants parce qu'il allait venir me chercher, mais Martin n'est jamais venu. »

PASSAGE DU TESTAMENT DE CUBILLOS :

Je demande à tous mes amis d'aider ma veuve et mes six enfants à quitter la baraque. Ils sont orphelins... Que Martin donne ma paie à ma femme et à mes enfants pour qu'ils puissent partir.

A cette date-là, on commençait à peine à prendre connaissance de la noyade des deux Américains dans un autre coin de la forêt. Et les frères de Benjamin ont commencé à avoir des soupçons sur son absence inexpliquée.

Martin et son aide travaillaient à la construction d'une nouvelle piste d'atterrissage et ils ont vu, dans la visite du frère de Benjamin, une belle occasion pour négocier. Le problème primordial était le manque de main-d'œuvre :

« Si vous nous aidez à finir la piste et ensuite à construire une paire de pirogues pour aller jusqu'au camp récupérer les choses qui y sont restées, on vous aide à ramener votre frère », ont dit Martin et Vincent. Cubillos a été d'accord.

Et juste après ça, ils sont montés tous les trois dans l'avion et ils ont décollé pour Zoherlandia, la nouvelle piste. Mais Martin n'a pas réussi à contrôler son avion à l'atterrissage et il a eu un nouvel accident qui les a obligés à rester là-bas pendant quelques jours.

Voici la déclaration d'Avelino devant le même juge :

« Après l'accident, Martin m'a envoyé à la base militaire de Tres Esquinas pour récupérer, m'a-t-il dit, un petit avion pour sauver Benjamin. J'y suis allé, mais l'avion n'a servi qu'à secourir don Martin. Ensuite on a continué à travailler sur place avec mon frère Félix Cubillos, à la construction de la piste, avec l'espoir que le gringo aille chercher mon frère dans la forêt.

» Les gringos sont vraiment bizarres : un jour, j'étais en train de travailler en plein soleil et, sans aucune raison, il s'est jeté sur moi et il m'a donné une grande tape dans le dos qui m'a coupé la respiration ; ensuite il m'a dit : “ Tu n'aimes pas ça ? ” Je n'ai pas répondu. Je voulais bien le supporter, à condition qu'il fît tout son possible pour aller chercher Benjamin au camp, mais il ne l'a jamais fait.

» On a fini la piste avec Félix, et tous les gens nous disaient que Benjamin allait mourir abandonné dans la forêt. Tous les voisins voulaient bien aller le chercher, mais on avait besoin d'un bon moteur et d'essence. Martin avait tout ce qui nous était nécessaire. On est allés une nouvelle fois lui demander de l'aide, on lui a dit qu'on fournissait tout ce qu'on avait : des gens et une petite pirogue, mais il n'a rien répondu. Au lieu de cela, il nous a chassés en nous déclarant qu'il n'y avait plus de travail. Moi, je n'avais travaillé que dans l'espoir de sauver mon frère. »

FÉLIX CUBILLOS (devant le juge) : « J'ai d'abord rencontré Quintero et je lui ai demandé des nouvelles de mon frère Benjamin et du vieux gringo. Il m'a répondu qu'ils étaient bien gros et barbus. Ce jour-là, Quintero et Martin étaient en train d'essayer d'amener l'avion accidenté jusqu'à la piste de Candilejas parce que l'accident avait eu lieu à Zoherlandia, sur une piste qui n'avait pas été légalement agréée par l'aviation civile.

» J'ai dit à Quintero que mon frère allait mourir, abandonné dans la forêt, et il m'a répondu qu'il allait fabriquer une pirogue pour aller le chercher et pour rapporter tout le matériel qui était resté là-bas. Mais ça ne s'est pas passé comme ça parcc qu'ils se sont ensuite mis à construire une autre piste dans une propriété qui s'appelle Los Balcanes. Alors je suis allé les aider avec mon frère Avelino pour qu'ils acceptent de nous aider à secourir Benjamin. »

D'après toujours les mêmes documents officiels, et simultanément dans un autre lieu de la forêt, Noël Cubillos venait de recevoir une lettre de sa sœur Judith qui disait :

> ***Benjamin est parti pour le Yari il y a maintenant sept mois, il aurait déjà dû être de retour. On ne sait rien de lui. Rosalba et les enfants vivent dans des conditions épouvantables. Nous sommes très inquiets et il faudrait faire quelque chose immédiatement pour savoir ce qui se passe. Il faut qu'il se rende au tribunal de Florencia pour témoigner au sujet de la mort de deux gringos qui se sont noyés dans la rivière.***

Noël a voyagé pendant deux jours pour se rendre à Florencia et il n'a rien pu apprendre... Il est donc allé voir Martin à Porto Rico. « Je l'ai trouvé, dit-il, et je lui ai demandé des nouvelles de Benjamin ; il m'a répondu en criant :

» — Et qu'est-ce que ça peut vous faire Benjamin ?

» — C'est mon frère et il nous faut savoir s'il est vivant ou mort.

» — Non, Benjamin est en bonne santé au camp. Il ne meurt pas de faim. En plus, j'ai envoyé de nouveaux vivres sur la rivière.

» Le temps a passé et je suis revenu à Porto Rico le 16 janvier, a raconté Noël au juge. Je n'avais plus d'argent et j'ai demandé à Quintero de m'en prêter ; puisqu'il disait qu'on allait chercher mon frère le lendemain, je les lui rendrais à ce moment-là. Quintero m'a répondu : " Non, il vaut mieux que tu me les envoies un jour, quand tu pourras. " Cette réflexion m'a conduit à penser très sérieusement que Quintero doutait que mon frère fût encore vivant. »

MARTIN : « La femme de Cubillos n'a jamais dit la vérité au juge. C'est le contraire : je lui apportais toujours des tonnes de nourriture avec mon petit avion. Pendant tout le temps que Benjamin est resté dans la forêt, j'ai fait passer des vivres à son épouse.

» Et en plus, j'ai envoyé l'avion de la base pour aller les chercher ; mais quand il est arrivé, ils étaient partis en amont. Ils n'y étaient plus. C'est tout ! Qu'est-ce qui est arrivé au camp ? Ils avaient assez de nourriture pour survivre très longtemps, ils avaient du fil de pêche, des hameçons, des tonnes de munitions, des armes en bon état, des moteurs neufs et de l'essence en quantité suffisante. Qu'est-ce qui s'est passé ? Je n'en sais rien !

» Tenez, après le vol qu'a effectué Wilson, je suis allé plusieurs fois à la base pour aller chercher Bauer et Cubillos au camp, eh bien je n'ai pu y arriver. J'y suis allé plusieurs fois... En plus, ils avaient déplacé le major Médrano qui était un ami et me rendait souvent des services. Je n'ai jamais bien connu le major Diaz qui l'a remplacé... »

Ma conversation avec Martin a été brève et tendue ; il ne voulait vraiment pas parler une nouvelle fois de tout ça : « Les journalistes... Certains journalistes m'ont calomnié, ils se sont acharnés sur moi et je suis innocent de tout ce dont on m'a accusé, vous comprenez ? Innocent ! Innocent ! »

Plutôt que de parler, Martin préférait s'en remettre aux coupures de presse de l'époque, qu'il conserve en désordre avec quelques photos dans une boîte en carton. Il m'en a tendu quelques-unes et puis il a choisi un entretien qui semblait très important pour lui. Sur le papier déchiré et jauni d'un journal, on peut lire :

— Je ne cherchais qu'à développer le tourisme et je n'ai jamais abandonné personne dans les forêts. Cubillos était un homme que j'aimais beaucoup, il avait toute ma confiance ; c'était quelqu'un de loyal. Il est vraiment absurde de penser que j'aie pu l'abandonner », a dit Martin Morningstar avant de commencer. Ensuite il a parlé de Bauer et de Cubillos :

« Il restait six personnes au camp et j'ai réussi à décider le général Rincon de donner des ordres pour aller tous les chercher en un seul vol. Mais, quand l'avion est arrivé, Bauer et Cubillos n'étaient pas là. Les autres sont revenus. Il y avait plus de huit cents kilos de nourriture au camp, plus de dix armes, beaucoup de munitions, des médicaments de toutes sortes, de la pénicilline, des sérums pour les morsures de serpents, un frigo... Il y avait même des cachets pour les maux de tête. Il devait y avoir de la nourriture pour huit mois... »

Les reporters lui ont demandé ce qu'il pensait de la mort de Cubillos, dont le squelette avait été découvert au camp, et il a répondu :

— Pour moi, c'est un vrai mystère. Il n'est pas possible que Cubillos soit mort de faim : c'est impensable. Je ne crois pas non plus que ce soit à cause d'une maladie, il n'y a pas d'animaux venimeux dans cette région. Pour moi, c'est vraiment un mystère. »
— Vous savez que l'Américain avait apporté avec lui une grosse somme d'argent. Est-ce que vous croyez qu'il a pu se passer quelque chose entre les deux hommes ? » lui avait demandé un journaliste. Et il a immédiatement répondu :
— Bauer devait avoir quelques milliers de pesos. On avait apporté trois caisses de gin et de whisky et il les a vendues. En plus de ça, il avait fait une affaire de deux mille cinq cents pesos avec les Autrichiens : il leur avait loué une pirogue et un moteur, mais ils n'ont pas réussi à se rendre là où ils voulaient, c'est-à-dire dans une tribu indienne. Les Autrichiens

m'ont affirmé que Cubillos ne leur a jamais rendu leur argent... Écoutez bien ça : les touristes américains ont versé vingt dollars à Cubillos et vingt dollars à Bauer. Lorsque nous nous sommes rendus au camp avec le juge et un officier de l'armée, pour la levée du corps, Cubillos n'avait plus ses vingt dollars sur lui. Il n'avait absolument rien. Il restait seulement une boîte avec quelques vêtements pour la famille.

On a demandé à Morningstar si le camp où ont été abandonnés les deux hommes est effectivement une prison verte et il a immédiatement répondu, sans hésiter :

« C'est faux. Si on prend en aval, il n'y a que cinq jours de marche pour arriver à Araracuara. Je veux bien qu'on en fasse l'expérience, qu'on me laisse seul là-bas, complètement seul, et je rejoins Araracuara sans problèmes ! Il me faut juste une carabine et deux livres de sel... Les hommes qui sont restés avaient des armes, et il reste encore du sel au camp. Qu'on me laisse tout seul et je vous démontre qu'on peut s'en tirer. »

Morningstar a démenti les rumeurs qui avaient circulé dans les milieux policiers et selon lesquelles il aurait organisé des grandes chasses à l'indien dans la forêt. Au contraire, il s'est présenté comme un défenseur des tribus voisines du camp, et a prétendu leur avoir offert des haches, des marmites et d'autres choses qu'il jugeait susceptibles de leur être utiles. Il a aussi affirmé que les indigènes étaient ses amis et il a cité comme témoin le père Cayetano de La Consolata, qu'il prétend avoir conduit dans ces tribus :

« Le curé Cayetano est témoin qu'il y a un indien qui m'apprécie spécialement beaucoup. Quand j'y suis allé avec lui, l'indien m'embrassait et il voulait que je reste dans sa maison. »

Les questions ont à nouveau fait allusion à la mort de Cubillos et il s'est référé à l'une des principales preuves qui semblent exister contre lui, c'est-à-dire le journal découvert juste à côté du squelette.

« C'est moi-même qui ai remis ce journal au juge qui nous a accompagnés, a dit Morningstar. Je l'ai lu et

j'ai remarqué une chose très importante ; Cubillos y dit : " Grâce à Dieu, nous ne manquons pas de nourriture. " Il est impossible que Cubillos soit mort de faim. En plus, c'était un bon chasseur et il connaissait bien la forêt. Je ne comprends pas ce qui s'est passé. »

Dans la petite boîte en carton, il y avait d'autres coupures de presse que Martin a ressorties en désordre. Sur certaines d'entre elles sont imprimées les seules photos qui restent aujourd'hui du camp. Pendant que je les regardais distraitement il a ajouté :

— Je vous répète que les problèmes sont apparus pratiquement le jour où j'ai perdu mon avion au fond de la rivière. S'il avait été en bon état, tout ça ne se serait certainement pas passé.

— Combien a duré la réparation ? lui ai-je demandé.

— A peu près neuf mois. Ça a été très difficile et très long. Normalement, cela aurait dû prendre trois ou quatre semaines, mais souvenez-vous que la base se trouve en pleine forêt et ils ne possèdent pas toujours toutes les pièces ni tous les outils pour ce type de réparation. Tenez, je vais vous expliquer : en général, il manquait toujours quelque chose..., disons une petite vis, eh bien, il fallait prendre l'avion, aller à Neiva qui se trouve très loin et l'acheter ! Il manquait un outil ? Il fallait prendre un autre avion, partir à Neiva ou à Bogota pour aller le chercher. On a passé neuf mois à faire ça ! On n'a fini de réparer l'avion qu'au mois de janvier.

VINCENT : « Eh bien, si j'ai bonne mémoire, c'est au mois de janvier que la base militaire a remis l'avion à Martin. Quand il a été prêt, on est allés le chercher avec Milton — un autre gringo — qui nous a emmenés jusque là-bas avec son avion. Mais cette saloperie ne marchait pas très bien, le moteur tournait pendant quelques mètres et puis s'arrêtait. Quand j'ai vu que, malgré plusieurs tentatives, ça faisait toujours la même chose, j'ai dit à Martin : " Il ne faut pas partir avec ce truc, parce qu'on est sûrs d'aller se tuer un peu plus loin ! " Et il a répondu : " Mais non, Vincent, on va voler en plein milieu de la rivière ! S'il s'éteint on se pose sur l'eau ! " — " Et il faudra le tirer une nouvelle fois du fond ! " — " Oui, mais on est sûrs de ne pas se tuer. " — " Bon, eh bien allons-y, prends le centre du fleuve. Mais tu n'as pas intérêt à t'écarter ! " Il me l'a promis et on est partis. On a décollé à Tres Esquinas et on a survolé l'Orteguaza. Ça fait une courbe quelques mètres après la base et Martin a dit : " On va couper ! " Je lui ai répondu : " Ne fais pas l'imbécile ! Suis la rivière ! " — " Mais non, si on part en planant on y arrive ! " — " Non, je te dis, fais le tour ! " Il a suivi la rivière et quand on en était à la moitié du virage, bien sûr ! on s'est aperçus que les pales du moteur étaient toutes rouges ! Ça chauffait trop et on a été obligés de se poser sur la rivière. J'ai attrapé un seau et en avant ! vas-y que je te bourre le radiateur d'eau. Il a fini par se refroidir. Martin a essayé de redémarrer et je lui ai dit : " Il vaut mieux attendre qu'une pirogue passe et on s'en va avec. On n'a qu'à laisser ce truc ici. " — " Mais non, il marche bien. " — " Pas question ! Moi je ne continue pas après Puerto Lara, cette merde va tomber sur la route et nous on va aller se faire foutre ; on ressortira en bouillie. " — " Bon, alors on va jusqu'à Lara... " Et on a continué à voler, mais comme ça, par petits bouts sur l'Orteguaza : dites-vous bien qu'on a dû se poser au moins quatre fois pour refroidir le moteur avec des seaux d'eau ! Quand on est arrivés à Puerto Lara, on l'a laissé et Milton est venu nous chercher avec son avion. Des mécaniciens ont posé quelques jours après un moteur tout neuf. Après ça, Martin est parti à Cali et il l'a vendu. Il n'avait plus d'hydravion. »

Après leur dernier naufrage, Oscar décida de continuer à descendre à pied sur la rive du Yari. Raoul, sa femme et les autres préférèrent défier une nouvelle fois la violence des eaux et ils se mirent à construire un radeau. Ils manquaient d'outils et Oscar leur prêta sa machette cassée pour qu'ils puissent couper quatre troncs d'arbres en bois léger. Et puis le quinzième jour de la traversée, après leur départ du camp, il a décidé de ne pas attendre davantage et il a commencé à escalader avec Édouard les rochers qui dominent la rivière.

OSCAR : « Étant donné qu'à cet endroit-là le Yari n'a pas de berges, il était très difficile de suivre le bord vers le bas, là où on pensait que l'eau redevenait calme. Mais comme on s'est dit que passer par la rivière devait être encore plus dangereux, on a décidé de prendre le risque d'escalader. Dans ce coin, les rapides sont très violents, le passage se rétrécit beaucoup et c'est comme si la rivière coulait à travers des immeubles d'une trentaine d'étages chacun, elle va de plus en plus vite parce que le couloir est très pentu et long. Il doit y avoir trois kilomètres de descente.

» Au début, on a marché quelques mètres presque à ras de l'eau et puis on est tombés sur des rochers plus irréguliers, du haut desquels descendaient des lianes. C'est là qu'on a commencé à grimper en s'accrochant aux branches et aux lianes. Les irrégularités étaient de plus en plus importantes et un peu plus haut on a trouvé, taillé dans la roche, un chemin très étroit ; il ne devait pas mesurer plus de vingt centimètres, mais comme il y avait beaucoup de lianes et de branches, on n'avait pas trop de mal à s'accrocher. Une demi-heure plus tard, je me suis retourné et j'ai vu la rivière complètement encaissée en bas. L'eau descendait très vite ; on pouvait voir l'écume gicler d'un côté et de l'autre à cause des virages ; le passage est très long et on n'arrivait pas à en voir la fin.

» On avait énormément grimpé, mais le sommet n'était pas encore atteint, alors on s'est arrêtés un moment pour se reposer ; et puis j'ai demandé à Édouard s'il voulait continuer. Il m'a dit qu'on n'avait qu'à y aller mais qu'à son avis on se dirigeait vers un surplomb et on n'arriverait pas à passer. On a poursuivi notre escalade et le rocher est devenu de plus en plus glissant, couvert de mousse humide, et, tout au long de l'ascension, les branches et les lianes se faisaient de plus en plus rares et il y avait de moins en moins de choses où s'accrocher. On a un peu grimpé jusqu'à un surplomb, un plafond de pierre au-dessus de notre tête. Impossible de monter davantage. En bas, la rivière rugissait, on voyait l'écume qui jaillissait lorsque l'eau frappait contre le rocher. “ Il faut qu'on redescende ”, m'a dit Édouard ; mais je n'ai pas voulu. En descendant un tout petit peu et en marchant de côté, tout en s'accrochant aux lianes, on pourrait peut-être contourner le surplomb et atteindre le sommet. C'est ce qu'on a fait. On a commencé à descendre en se laissant glisser le long du rocher ; on s'accrochait aux lianes et on faisait très attention en marchant pour ne pas tomber dans la rivière.

» Il devait être deux heures de l'après-midi et il fallait absolument sortir de là avant la nuit, parce que, après, il n'est plus possible d'avancer et la corniche est tellement étroite qu'on ne peut même pas s'accroupir pour dormir. On avait perdu nos chaussures dans la rivière, nos pieds étaient complètement coupés, en sang, à force de marcher sur les pierres ; ce rocher avait fini de les abîmer. Donc, on est descendus doucement, doucement, comme des singes, en nous accrochant à ce qu'on trouvait. On coupait les lianes, on les attachait aux troncs et on s'ouvrait lentement un chemin.

» Nous avons réussi à contourner le surplomb vers cinq heures de l'après-midi, mais nous avons découvert que nous étions arrivés à l'extrémité du rocher ; il n'y avait presque plus de lianes. Heureusement que les irrégularités de la pierre étaient plus importantes, ça nous a permis de mieux nous accrocher et de monter plus rapidement. On est arrivés au sommet à six heures et demie il faisait déjà nuit. La forêt était très épaisse ; on a nettoyé un petit coin et on s'est couchés là, sur le bord du rocher.

» Le jour suivant, nous avons trouvé beaucoup de fruits de caïmitiers * et de palmiers. On s'est rempli la panse et on en a mis dans une des *tulas* vides qu'on avait emportées. Ensuite, on a décidé de s'enfoncer dans la forêt, pour prendre un raccourci et arriver plus bas sur la rivière. On a marché pendant huit heures vers le centre de la montagne et, l'après-midi, j'ai dit à Édouard : " Qu'est-ce qu'on fait ? Il me semble qu'on s'enfonce un peu trop vers le centre ! On s'éloigne peut-être de la rivière. " Il a répondu que mieux valait s'arrêter là, et qu'on déciderait le lendemain ce qu'il fallait faire : continuer tout droit, ou couper vers le bas pour rejoindre le Yari. Ce jour-là, nous sommes restés sur place, en mangeant des fruits et en buvant un peu de sel avec de l'eau ; ensuite nous avons suspendu les hamacs... Mais il s'est mis à pleuvoir pendant la nuit. Vers dix heures du soir, il y a eu une bourrasque et il a fallu décrocher les hamacs et se réfugier au pied d'un arbre pour s'abriter parce qu'on avait perdu la bâche au fond de la rivière. Le sol de la forêt très pentu, couvert de bosses et très meuble, était recouvert d'un tapis de feuilles très épais dans lequel on s'enfonçait énormément lorsqu'on y posait le pied.

» Le lendemain, on a décidé de rejoindre la rivière, mais en marchant sur le côté et vers le bas, pour gagner du terrain. On a tellement bifurqué qu'on y est arrivés l'après-midi. Elle se trouvait encore très bas, dans un endroit assez plat où elle coulait calmement. On avait dépassé la partie dangereuse, mais nos pieds étaient gonflés et très coupés ; on avait très mal aux jambes et aux genoux. J'ai expliqué au garçon que je ne pouvais plus faire un pas et il m'a dit que le lendemain on taillerait des troncs et des lianes pour fabriquer un radeau et s'embarquer vers le bas. On se trouvait sur la rive droite et j'ai été d'accord. Pour l'instant, nous allions manger quelques fruits, un peu de sel avec de l'eau et puis nous nous reposerions. J'étais épuisé.

» Le lendemain, nous sommes restés couchés jusqu'à dix heures à peu près, jusqu'à ce que la chaleur nous chassât des hamacs, et je lui ai dit qu'il fallait couper des troncs pour construire le radeau. La

* Arbre tropical. (N.d.T.)

rivière Mesay débouchait juste en face de nous, sur la rive gauche. On était en train de chercher des arbres bien précis quand, tout à coup, j'ai entendu des cris. “ Il y a du monde ! ”, ai-je dit à Édouard. On s'est arrêtés de donner des coups et on a écouté. On n'a rien entendu, mais une minute plus tard on a entendu les mêmes cris qui se rapprochaient ; de plus en plus près. C'étaient des cris bizarres et j'ai commencé à avoir très peur. “ Il faut se dépêcher d'aller sur la rivière ”, ai-je dit à Édouard. Et, comme on avait déjà coupé quelques troncs, il m'a dit qu'on allait les attacher tout de suite et s'embarquer rapidement. J'avais très peur parce que j'entendais les hurlements de plus en plus près ; ils étaient longs, horribles ; on n'arrivait pas à dire si c'étaient des hommes ou des animaux.

» Édouard m'a dit que c'était peut-être la *Mère Montagne* et je lui ai demandé ce qu'était ce truc-là.

» “ Une femme qui erre à travers la forêt et qui emporte les gens qu'elle croise ; elle les traîne vers le milieu des bois et elle les égare pour qu'ils meurent de faim parmi les troncs d'arbre ”, m'a-t-il répondu. Il m'a fait très peur et je lui ai crié : “ Je vais sur l'autre rive ; y en a marre ! ” J'ai attaché la *tula* sur mon dos, j'ai tendu les bras, et en avant : dans l'eau. La rivière est calme, mais très large là-bas ; elle doit bien faire quatre cents mètres. J'ai plongé et je ne devais pas avoir fait plus de trente mètres quand j'ai entendu crier Édouard : “ J'arrive, moi aussi ! ” Et je me suis retourné pour voir dans quelle direction il partait ; je voulais l'attendre pour qu'on arrivât ensemble sur l'autre rive. Mais je me suis aperçu qu'il commençait à descendre, à descendre, à descendre, il n'arrivait pas à remonter le courant. En voyant cela, je me suis laissé aller et j'en ai profité pour me reposer un peu parce que ça devait bien faire une demi-heure que j'étais en train de nager. Je suis arrivé jusqu'à lui et on s'est mis à nager lentement pour ne pas se fatiguer. On a fait comme ça pendant une heure, doucement, de temps en temps nous nous laissions porter par le courant pour ne pas trop nous épuiser ; de toute manière, on gagnait du terrain, on se mettait sur le dos et on coupait vers la rive. Deux heures plus tard, nous avons encore entendu des cris, qui venaient de l'endroit où on se trouvait un peu plus tôt. On a bien regardé, mais on n'a rien vu. Les cris ont continué un long moment et ensuite ils ont cessé. Très fatigués, nous avons décidé de coucher là cette nuit, par terre, parce que les hamacs étaient trempés.

» Il devait être trois heures de l'après-midi et le garçon m'a laissé tout seul, couché sur la petite plage, pour pénétrer dans la forêt et voir ce qu'il pouvait trouver. Il est revenu au bout d'un instant et il m'a dit qu'il avait vu beaucoup de fruits et qu'on pourrait en prendre pour la route. J'ai saisi une *tula* et je m'étais à peine enfoncé de quelques mètres lorsque j'ai vu des troncs d'arbres pelés sur les côtés ; alors je lui ai dit : “ Il y a du monde dans les parages, peut-être des indiens sauvages ! ” Et il m'a répondu que je ne savais pas ce que je racontais avec mes indiens sauvages, que je n'avais qu'à manger des fruits et que je cesse de faire le con. On n'en a plus parlé et on a grimpé chacun sur un arbre. Mais soudain on a entendu un hurlement tout près de nous. “ Ce sont des indiens sauvages, m'a dit Édouard, allons-nous-en en vitesse, sinon ils vont nous tuer. ” On est descendus en avançant avec précaution et, bien sûr, on a vu plusieurs chemins. Des sentiers qui avaient été tracés depuis des années. La terre était bien tassée et Édouard m'a dit qu'il était très dangereux de les suivre parce que c'est par là que passaient les indiens pour aller cueillir des fruits ou pêcher à la rivière. On était en train de parler et on a entendu un autre hurlement ; tout près de nous, celui-là... et en avant, fils de chienne : on s'est mis à courir avec ce qu'on avait dans les mains ; pas question de s'orienter ni de regarder la position du soleil, ni de s'embarrasser de merdes ! Tu cours et c'est tout ! On est montés un bon moment dans la montagne, on a contourné des palmiers, on a retrouvé le bord de la rivière et en avant, en avant avec tout ce que pouvaient donner nos jambes, et plus loin la végétation du bord était bourrée de lianes ! on aurait dit une toile d'araignée ; alors on a repris vers le centre pour chercher un endroit plus praticable et avancer plus vite. On a dû courir jusqu'à quatre heures de l'après-midi et on était complètement épuisés, alors j'ai dit à Édouard qu'il fallait rejoindre la rive pour suspendre nos hamacs et se reposer. On n'avait mangé que des fruits parce qu'il ne nous restait presque plus de sel et qu'il fallait l'économiser : il devait y en avoir une cuillerée pour tous les deux. Je n'avais plus de forces et je lui ai dit : “ Je suis malade. ” Il n'a pas voulu en tenir compte, il m'a dit qu'il fallait faire un effort pour aller plus loin. “ Ce n'est pas possible ! Je n'en peux plus ! Je n'arrive même pas à me mettre debout. " Il m'a alors proposé d'aller chercher un palmier pour fabriquer une embarcation et descendre la rivière. Je lui ai dit qu'il y aille tout seul, que j'étais trop fatigué et que je ne pouvais pratiquement plus marcher : mes pieds étaient incroyablement gonflés... Je les ai bien examinés et je me suis aperçu que les blessures s'étaient un peu infectées sous la plante du pied et sur les jambes : ce qui faisait des sortes de bosses et du pus verdâtre coulait de plusieurs d'entre elles. Le garçon m'a dit qu'il y allait et je lui ai dit " d'accord ". La seule chose que je voulais, c'était franchement rester là un moment pour me reposer. J'ai déroulé mon hamac, je l'ai suspendu et suis tombé comme une masse. J'étais découragé, j'avais mal à la tête et, lorsque je regardais la lumière, la chaleur du soleil me brûlait les yeux.

» Édouard a trouvé un palmier de deux mètres de long. Il l'a complètement vidé, il l'a mis à l'eau et il m'a aidé à décrocher le hamac. Je suis allé sur le bord et il m'a dit : " Monte dans le palmier et ne bouge plus ! Je vais ramer pour que tu puisses te reposer. Vraiment, je trouve que tu n'es pas bien ! " Je lui ai dit " d'accord " et j'ai embarqué. Il a ramé, c'est lui qui a tout fait parce que je n'ai même pas été capable de l'aider : en tout, il a mis deux jours et, ce qui l'a le plus retardé, c'est cette maudite rame. Rendez-vous compte ! avec un bout de machette qui ne taillait plus ! Le lendemain, il a fabriqué l'esquif et il l'a apporté. On a embarqué un peu après midi et je ne me sentais pas bien du tout. J'étais resté couché pendant tout ce temps : dans la journée, j'avais très chaud, et la nuit, je tremblais de froid. On a mis Hirondelle dans l'esquif, c'est la petite chienne qui avait surmonté tous les naufrages, il faut dire que c'était elle qu'on soignait le plus. Par exemple, la dernière fois que nous avons traversé la rivière, je l'avais attachée dans mon dos avec les *tulas*. Ensuite nous avons jeté les deux hamacs et le morceau de machette à côté de la chienne : c'était tout ce qui nous restait. On n'était pas bien montés. Les autres deux chiennes, très fortes pour chasser et nager, nous ont suivis sur la berge à la même allure que l'esquif. Si on traversait la rivière, elles la traversaient aussi à la nage : elles allaient toujours du côté où on se trouvait... ah, ces deux petites chiennes, nom de Dieu ! On s'éloignait souvent un peu de la berge ; alors elles se penchaient au-dessus de l'eau, sur la rive, et elles se mettaient à aboyer pour qu'on ne les oublie pas. Et on revenait et on s'approchait très près du bord pour qu'elles ne se jettent pas à l'eau... Lorsqu'elles nous voyaient tout près d'elles, elles se calmaient et recommençaient à marcher.

» C'est comme ça qu'on a voyagé ce jour-là, et vers six heures de l'après-midi, on a accosté près d'une clairière pour passer la nuit. “ Qu'est-ce qu'on donne à manger aux chiennes ? ” m'a demandé Édouard. “ Et qu'est-ce que tu veux qu'on leur donne ? On n'a rien du tout. Elles n'ont qu'à supporter la faim, on la supporte bien, nous ! Fais un peu d'eau avec du sel pour la petite, celle-là, la pauvre, il faut qu'elle prenne quelque chose ! ” Il a fabriqué un petit récipient avec une feuille et il a mélangé de l'eau avec une toute petite pointe de sel. Il l'a tendu à la petite chienne et elle en a bu trois ou quatre gorgées ; il a donné le reste aux deux autres.

» Le lendemain, nous avons continué à descendre et, une demi-heure après notre départ, nous avons aperçu un bidon coincé par des morceaux de bois au bord de l'eau. “ Allons voir ce qu'il y a là-dedans ”, ai-je dit à Édouard. On s'est approchés, on a attrapé le bidon et vu qu'il y avait des inscriptions dessus ; quelque chose du genre : “ Il y a un message à l'intérieur. ” On l'a débouché, retourné et on a trouvé un flacon en verre avec une grande ouverture, et à l'intérieur du flacon un morceau de papier replié sur lequel on avait écrit au crayon. Le morceau de papier était imbibé d'essence pour que le message ne pût pas s'effacer, mais l'essence avait séché. On l'a lu et on s'est aperçus qu'il s'adressait au commandant d'Araracuara pour qu'il avertisse la base de Tres Esquinas de venir les chercher en avion parce qu'ils étaient malades et n'avaient plus rien à manger. C'était signé par un certain Bauer... Je me demande combien de temps ça faisait que ce bidon s'était coincé là ! Il était recouvert de boue séchée : il était à moitié dans l'eau et à moitié pris dans les ronces de la berge dans un tournant du fleuve.

» Après avoir pris connaissance du message, Édouard m'a dit qu'il fallait l'emporter. Je n'étais pas d'accord car je craignais des ennuis ; mais il a insisté : “ C'est le mort du camp qui a dû écrire ça, si on sort d'ici, il faut le transmettre. ” Et je me suis résigné.

» On a continué à descendre la rivière et, en fin d'après-midi, alors qu'on cherchait une plage et une clairière pour passer la nuit, on a aperçu une pirogue retournée flottant près d'une des rives. Elle mesurait environ sept mètres et on y avait attaché un bidon de chaque côté pour l'empêcher de se retourner, mais visiblement cela n'avait pas servi à grand-chose : cela avait dû se passer dans ces cascades qui sont si violentes ! Ils avaient certainement dû la fabriquer au camp, parce que je me souviens qu'on avait trouvé des copeaux de bois dans un tout petit ruisseau où les eaux étaient très claires. On n'a pas réussi à savoir si elle avait été taillée dans du bois vert ou sec, parce que dans l'eau tout change de couleur... On voyait bien qu'elle avait été faite à la main. Nous avons regardé autour de la pirogue et nous n'avons pas vu de rames. Nous nous sommes approchés et j'ai dit à Édouard qu'il restait peut-être quelque chose à l'intérieur. " Ce n'est pas la peine de nous fatiguer, elle est trop lourde, et vraiment mal faite ! " Je suis tout de même monté dessus pour essayer de la retourner et je n'ai pas réussi : elle était trop large, et vraiment trop courte pour une telle largeur, et elle n'était pas assez effilée dessous ; elle était carrée et n'avait même pas de proue pour couper les vagues. On voyait bien que c'était un quelconque apprenti qui avait dû construire ça, et en plus à la va-vite. Comme il était impossible de la retourner et que certainement elle ne devait pas être très stable, nous avons continué en l'abandonnant là où elle était.

» Le matin, nous avons entendu des gens qui remontaient la rivière et nous avons été très émus : " Des gens qui discutent, il y a des gens qui remontent ! " Nous avons surveillé pour voir qui c'était : eh bien, c'étaient deux garçons ! On s'est approchés de la berge et on s'est mis à les appeler. Ils se sont approchés de nous et ils nous ont demandé qui on était : " Nous sommes des gens qui descendent la rivière. " Ils nous ont dit qu'il s'agissait du Yari et ils se sont mis à rire. " Personne ne peut descendre le Yari. " — " Eh bien, nous avons bien descendu cette rivière, ça fait des jours et des jours qu'on navigue ! " Ils ne nous croyaient pas, mais ils se sont tout de même approchés davantage pour venir nous parler. Ils avaient du manioc et on ne savait comment faire pour leur en demander... C'est certain, ils nous regardaient bizarrement parce que nous étions sales, complètement griffés et barbus. Nous ne sentions pas vraiment mauvais parce que nous nous lavions tous les jours ; nous nous lavions sans savon mais tout le corps !

» Ils nous ont demandé ce que nous faisions sur le Yari et on leur a raconté pourquoi on était là et ce qui nous était arrivé. Ils ont passé la nuit avec nous à écouter notre histoire. Ils allaient à la chasse et ils avaient emporté pas mal de nourriture. Je leur ai demandé de nous vendre un peu de manioc et un peu de riz et ils nous ont répondu qu'ils ne pouvaient nous donner que du manioc, parce qu'ils allaient remonter encore la rivière et que nous n'étions plus très loin. " Plus très loin d'où ? " leur a-t-on demandé. Ils nous ont dit d'Araracuara.

» — Et on est à combien d'Araracuara ?

» — Comme vous faites, à la rame, à huit jours à peu près. Mais il vous faudra ramer dur pour avoir une bonne allure.

» J'ai senti une sorte de détresse : huit jours ! Ils nous ont donné un peu de manioc, environ un kilo, c'est rien du tout ! Et comme j'ai vu qu'ils en avaient pas mal, j'ai dit à Édouard : " Ce soir, quand il fera nuit noire, on ira leur en voler un peu plus pour nous nourrir pendant le voyage. " — " Ne dis pas de conneries, tu ne vas pas faire ça ! Ils nous donnent à manger et tu veux les voler ! " — " Si tu ne veux pas le faire, je m'en occuperai ; pour nous, c'est une question de vie ou de mort ! "

» Nous nous sommes tous endormis vers huit heures, et je me suis réveillé vers deux heures du matin. Je suis descendu doucement de mon hamac et je suis allé jusqu'à la pirogue. J'ai ouvert le sac et pris environ deux kilos de manioc que j'ai mis dans ma *tula*. Ensuite, j'ai caché mon butin dans la montagne.

» Le lendemain matin avant de partir, les garçons sont allés vérifier leur pirogue et l'un d'eux a crié : " Ah, putain de chiens voleurs ! Ils sont venus manger du manioc pendant la nuit. " " Les pauvres petites chiennes, ai-je répondu, ça fait tellement longtemps qu'elles n'ont pas mangé. Vous n'auriez pas dû laisser le sac de manioc dans la pirogue. C'est dommage ! "

» Les garçons se sont préparés à partir et ils n'avaient pas encore démarré quand Édouard m'a dit : " On part les premiers ! " — " Non, laisse-les s'éloigner ; je leur ai volé un peu de manioc cette nuit ! " — " Mais, c'est vraiment pas possible que cette saloperie soit allée piquer du manioc ? " — " Je t'avais bien averti que si tu ne le faisais pas, je le ferais moi-même. Tu n'y es pas allé, alors... Vraiment tu ne te rends pas compte dans quelle situation on se trouve ! "

» Avant de nous quitter, les garçons nous ont dit qu'ils nous croyaient : qu'on était vraiment les premiers à avoir réussi la descente du Yari ; qu'avant nous, personne n'avait traversé ces torrents et qu'ils nous félicitaient. “ Beaucoup de gens ont essayé et ils se sont tous noyés : ils l'ont descendu un peu plus tard, mais morts. ” Ensuite ils nous ont raconté que parfois il y avait des messages qui descendaient et qu'à Araracuara ils en avaient trouvé plusieurs ces dernières années ; mais plus personne n'en faisait cas parce qu'ils étaient remontés plusieurs fois jusqu'où ils pouvaient, et les fois où ils ont trouvé quelqu'un, ils l'ont trouvé mort. La plupart du temps, ils ne trouvaient rien du tout. On leur a dit que des amis étaient encore en train de descendre, cinq hommes et une femme.

» — Où çà, à quelle distance ?

» — On ne sait pas. On s'est séparés ; ils ont construit un radeau, tandis que nous, on a continué à pieds. Ça fait plusieurs jours qu'on navigue, on ne sait pas s'ils sont déjà passés ou s'ils arrivent derrière nous.

» — Non, ils ne sont pas descendus, parce qu'on n'a vu personne d'autre, ont-ils expliqué avant de dire quelque chose qui m'a complètement démoralisé : ça fait neuf jours qu'on remonte la rivière.

» — Neuf jours !... Nooon !... Ce n'est pas possible ! Alors là, on est morts. S'il vous plaît, faites-nous descendre un bout de chemin dans votre pirogue, leur ai-je demandé.

» Mais ils n'ont pas voulu, ils ont dit que ça leur ferait perdre du temps et ils sont partis.

» Quand je les ai vus disparaître au tournant du fleuve, je me suis précipité dans la forêt pour prendre le manioc, je l'ai mis dans le même sac que celui qu'ils nous avaient donné, j'en ai pris une petite poignée pour chacun et on l'a mélangé avec de l'eau pour faire du *chivé.* On en a préparé un peu plus et on en a donné à nos petites chiennes qui ne cessaient pas de nous regarder sans nous quitter des yeux. Elles salivaient, les pauvres ! Elles ont mangé un peu et elles étaient contentes. Et à nouveau dans l'esquif, et à nouveau à l'eau ! On a chaviré quelques mètres plus loin, et il a fallu nager, le retourner et se remettre dedans : ça devait faire la neuvième fois qu'on se retournait. Le premier jour qu'on y est montés, on est tombés quatre fois à l'eau ; ensuite on a commencé à savoir l'équilibrer et on chavirait moins souvent. Chaque fois qu'on se retournait, il fallait attraper la *tula* et la petite chienne et s'approcher de la rive avec l'esquif pour le vider et continuer notre route.

» Quand on était sur la rivière, les bords de l'esquif ne dépassaient pas de plus d'un doigt au-dessus de l'eau : on ne pouvait pas du tout bouger.

» Moi, j'étais plutôt couché qu'assis, j'avais des fourmis dans les jambes et dans le cul : vous savez, il était complètement aplati ! J'avais des fourmis dans tout le corps, de la taille jusqu'en bas. Le garçon était assis sur mes pieds et, comme je me sentais incapable de conduire, si jamais on changeait de position, on était sûrs de chavirer. Il se trouvait devant, assis sur mes jambes, sans bouger.

» Chaque fois que ce fils de chienne d'esquif se retournait, on perdait au moins une heure : il nous fallait bien ça pour attraper les *tulas* et regagner le bord. Celui qui prenait Hirondelle était obligé de nager d'une main. Une fois arrivés sur la rive, nous déposions les *tulas* et les hamacs et nous nous remettions à l'eau pour ramener l'esquif, nous le ramenions, le vidions, y remettions le matériel, et nous nous installions à nouveau... Disons, putain de merde, que c'était un vrai foutoir ! On s'est mis tellement de fois à l'eau que la petite chienne a appris à nager et, à la fin, quand elle s'apercevait qu'on allait chavirer, elle se jetait d'elle-même dans la rivière. Quand elle était fatiguée, on l'attrapait et on la ramenait au bord.

» Ce jour-là, on n'a pas eu de chance. A peine venait-on de repartir, après avoir redressé l'esquif, que quelques mètres plus loin, on a chaviré de nouveau. On a nagé vers la rive et, putain de merde !, on est tombés sur une haie, il y avait un grand rideau de branches rempli d'épines et j'ai dit à Édouard : " Tiens bien la petite chienne, elle n'a pas l'habitude et si elle se met dans les épines, elle est foutue, la pauvre ! " On a contourné et on a continué à nager vers le bas de la rivière. On a laissé les *tulas* derrière nous, on est arrivés et on s'est dirigés vers un endroit sans épines. On a attendu sur le bord et une demi-heure plus tard les *tulas* et l'esquif sont arrivés. On a plongé et on est allés les chercher, et en remontant sur le bord, Édouard m'a dit : " Écoute-moi, Oscar, prends l'esquif et entraîne-toi à le conduire, on perd trop de temps et à ce rythme-là on est foutus ! " Je lui ai répondu " d'accord " et il est d'abord monté tout seul ; il a fait plusieurs tours pour me montrer comment il fallait le manœuvrer. Et puis il s'est approché : " A toi, maintenant. On va voir si tu sais. " J'ai embarqué et je me suis retourné sur place. Je n'y arrivais pas, alors que lui vous conduisait ça avec une facilité incroyable, il bougeait, il se secouait et il n'arrivait rien ! Il a fallu se rendre à l'évidence, je n'y arriverais jamais, alors on a continué à faire comme avant. Moi, j'étais à moitié couché et le garçon était sur moi et m'écrasait les jambes. " Je n'ai que ce que je mérite ; je n'ai qu'à pas être aussi con ", me suis-je dit.

» Comme il nous restait très peu de manioc, il fallait vraiment l'économiser et ne pas manger trop souvent. On en mangeait un peu le matin, et un peu l'après-midi. C'était comme si on n'avait rien avalé, parce que, en principe quand on en prend un kilo et même plus — quand il y en a suffisamment, bien sûr — on se sent bien calé, mais une heure plus tard on a de nouveau faim... Rendez-vous compte de la situation : on n'en mangeait qu'une petite poignée à chaque voyage...

» Il me semble que deux jours après on n'avait déjà pratiquement plus de manioc et quand nous nous sommes arrêtés, à la nuit tombante, nous avons bien examiné les feuilles dans lesquelles on l'avait enveloppé et il y avait juste de quoi y tremper la langue. Alors Édouard m'a expliqué qu'il valait mieux faire un *migao.* Je ne savais pas ce que c'était et je lui ai dit " d'accord " : qu'il le fasse. Il est rentré dans la forêt et il a rapporté des morceaux de l'écorce d'un arbre qu'on appelle *carguero* : son écorce est très épaisse. Il a taillé un petit récipient en forme de marmite, il y a versé de l'eau et il a allumé le feu. Il a attendu qu'il y ait des braises, et il a mélangé le peu de manioc qui nous restait avec l'eau, il a bien remué et cela a fait une soupe très épaisse. On a obtenu une bouchée pour chacun et une autre pour les trois petites chiennes et terminé ! Plus de manioc !

» — Bon et maintenant qu'est-ce qu'on fait ? lui ai-je demandé.

» — On n'a pas d'autre solution que de continuer à descendre le plus possible la rivière et espérer arriver quelque part en vie pour qu'on puisse trouver quelqu'un ; ensuite on ira chercher les autres, ils doivent être mal en point !

» — Oui ! tu as raison ! Il n'y a pas d'autre solution !

» On est descendus encore une journée de plus et on est arrivés à un endroit où se trouvaient des camps exploitant le caoutchouc. On a vraiment ressenti de la joie et j'ai dit à Édouard : “ On ne doit plus être très loin ! ” Ça faisait quatre jours qu'on avait rencontré les garçons et ils nous avaient dit qu'il nous faudrait huit jours, alors j'ai fait la soustraction et j'ai dit : “ Ça y est ! on arrive ! ” On a passé la nuit à cet endroit-là et j'ai demandé à Édouard : “ Demain, on se lèvera tôt et peut-être qu'on va tomber sur d'autres camps, ou sur des cabanes habitées, ou quelque chose d'autre. ” »

« Cette nuit-là, il ne nous restait plus rien à manger. Nous n'avons rien avalé et vers quatre heures du matin nous sommes repartis sur la rivière pour ne pas perdre de temps, avec un véritable espoir d'atteindre un endroit où il y aurait du monde. Édouard m'avait lancé :

» — Béni soit Dieu ! à présent c'est sûr qu'on va trouver quelqu'un !

» — On peut en trouver, mais on peut aussi ne trouver personne, lui ai-je répondu.

» — Qu'est-ce qu'on fait ce soir ? On s'arrête ou on continue pendant la nuit, m'a-t-il demandé avec un immense désir d'arriver quelque part ?

» J'ai réfléchi et j'ai conclu :

» — Il ne faut pas naviguer la nuit dans cet esquif parce que, bien que j'aie pris un peu plus d'assurance et d'équilibre, on ne verra rien et le moindre tronc d'arbre risque de nous faire chavirer. La nuit on va tout perdre : la *tula,* les hamacs ; et la petite chienne va se noyer.

» — Non, il faut naviguer aussi la nuit, a-t-il insisté.

» — Non, monsieur ! Il n'est pas question de naviguer la nuit. On va accoster parce que la nuit commence à tomber ! Fais ce que je te dis ! Tu vois bien qu'on avance déjà difficilement même pendant la journée, alors la nuit !... Je sais bien qu'on est pressés, mais il faut se préserver avant tout !

» On a accosté.

» Il est allé dans la forêt et il a trouvé une liane solide et très fine. Il lui restait quelques hameçons dans le fond de ses poches et il en a pris un qu'il a accroché à la liane. Un appât ? Et on s'est mis à gratter la terre jusqu'à ce qu'on réussisse à attraper un ver de terre. On a mis une demi-heure à le trouver. Il a lancé l'hameçon tout près, et à la seconde même un piranha a mordu. Je lui ai dit de tirer doucement, parce que la liane risquait de se couper et ce serait foutu. Je crois que ça devait être un gros piranha. Il a avalé un bout de liane, puis un autre bout, et crac ! il l'a tranchée avec sa gueule et a tout emporté, ce fils de pute, hameçon et tout ! On est restés une fois de plus sans manger.

» On essayait de s'endormir, mais on n'y arrivait pas. Je l'entendais qui se retournait dans son hamac, et moi je ne cessais de m'agiter aussi, et vers neuf heures il m'a dit : " La faim m'empêche de dormir, Oscar. " — " Moi aussi, qu'est-ce qu'on fait ? " — " On n'a qu'à essayer de pêcher quelque chose avec le bout de machette. Il doit y avoir beaucoup de poissons dans cette rivière, parce que, cet après-midi, ça a piqué du premier coup quand j'ai lancé l'hameçon... On va tenter notre chance ? " — " Bon, allons-y, allons tenter notre chance ! "

» On a fait quelques pas, il est monté dans l'esquif et je l'ai entendu crier. Je me trouvais à quelques mètres derrière lui et je lui ai demandé ce qui se passait. Il n'a pas répondu. J'ai couru voir ce qui était arrivé. Je voyais tout avec netteté parce que la lune était pleine et je l'ai aperçu couché dans le fond de l'esquif ; il ne répondait pas. Il était sans connaissance et, avant de le toucher, j'ai fait un pas en arrière, sur la plage sans même effleurer l'esquif ; je me suis dit que ça devait être une anguille électrique (c'est une anguille qui lance des décharges) ou un serpent. J'ai bien regardé autour de l'esquif et, bien sûr, il y avait une anguille électrique, elle devait faire quinze centimètres de grosseur et elle s'était collée à l'embarcation. L'anguille électrique, c'est tout noir, ça ressemble à un morceau de caoutchouc, c'est lisse et brillant. J'ai à nouveau appelé le garçon et il ne m'a toujours pas répondu. Il était encore sans connaissance, c'est parce que quand il est monté dans l'esquif, l'anguille lui a envoyé une décharge électrique et il s'est écroulé tout de suite. Par bonheur, il est tombé dans l'embarcation, s'il était tombé dans l'eau, il serait déjà mille fois mort : en général, l'anguille vous envoie une décharge, elle vous laisse récupérer, attend que vous reveniez à la surface, et quand vous commencez à flotter elle revient et vous en envoie une deuxième, et ainsi de suite trois, cinq décharges jusqu'à ce qu'elle parvienne à vous embrouiller la cervelle et qu'elle finisse par vous noyer. Elle s'acharne sur sa proie avec une violence incroyable. C'est un animal très cruel et chacune de ses décharges est très puissante.

» Comme je voyais que le garçon n'allait pas bien du tout, je me suis dit que l'anguille devait être en train de lui envoyer des décharges répétées ; l'humidité de l'esquif devait conduire le courant ; et j'ai réfléchi à la manière dont je pourrais la tuer. Il ne fallait pas perdre de temps... Comment faire pour la supprimer ou pour la faire fuir ? Bien sûr ! Un harpon ! Vite un harpon ! Je suis allé dans la forêt à tâtons et j'ai coupé une branche avec le bout de machette, je l'ai taillée et voilà : je vais l'utiliser comme une lance. Il faut que je me dépêche parce que le garçon risque de mourir.

» Je suis revenu près de l'esquif et je me suis dit que, si je n'arrivais pas à la tuer, je la mettrais au moins en fuite ; et ça me donnerait le temps de le sortir de là. J'ai calculé mon coup, je me suis baissé pour regarder, par chance il y avait une lune salement énorme et je voyais tout avec netteté. J'ai réfléchi et j'ai à nouveau appelé Édouard ; toujours pas de réponse ; j'ai pensé : " Il est mort. Elle a tué le garçon. " Je voyais bien l'anguille et je lui ai lancé le pieu de toutes mes forces, j'ai senti que je l'avais transpercée, putain ! La lance était bien entrée dans son corps et je la lui maintenais très fort. Alors elle a envoyé un grand coup de queue et elle s'est sauvée. Je me suis penché comme il faut et je me suis aperçu qu'elle n'y était plus. Je ne voyais plus la forme luisante de l'animal et je me suis dit qu'elle était partie mais pouvait revenir. Il fallait que je sorte Édouard de là le plus rapidement possible. J'ai lâché ma lance et je suis monté dans l'esquif : " Qu'est-ce qu'il t'arrive, mon garçon ? Qu'est-ce qu'il y a ? Dis-moi quelque chose, fils de pute, tu n'es pas mort ? "

» Il m'a dit avec une toute petite voix : " Une anguille électrique. " Il était endormi, hébété, hébété. J'ai attendu un petit moment et il est revenu à lui, j'étais vraiment tout à fait soulagé ; je l'ai tiré par la main pour le tirer en vitesse de là-dedans. Il a essayé de se mettre debout, mais il a chancelé et vlam ! Nous sommes tombés tous les deux à l'eau ; il a perdu l'équilibre, il m'a poussé et tous les deux sommes tombés dans la rivière. J'ai eu peur que l'anguille ne revienne nous piéger tous les deux et qu'il n'en reste pas un plus conscient que l'autre pour sauver son compagnon. Je l'ai lâché tout de suite et je me suis éloigné de lui, j'ai hésité et puis je l'ai appelé : " Édouard ! Édouard ! " Je l'entendais à peine qui faisait clapoter l'eau. L'endroit n'était pas profond et je lui ai demandé s'il pouvait nager. " Non, je ne me sens pas bien du tout, Oscar ", m'a-t-il répondu avec une voix geignarde qui tremblait un peu.

» Moi, j'avais très peur. J'avoue que cette fois-là j'ai été lâche. Je lui ai crié : " L'esquif s'approche, je vais le pousser vers toi, tends les bras et essaye de t'y accrocher. " J'ai rapidement poussé l'embarcation vers lui et je l'ai entendu qui faisait clapoter l'eau, mais les clapotis s'éloignaient de plus en plus, vers le bas, très rapidement ; le courant était en train de l'entraîner. Il m'a crié par deux fois : " Je vais me noyer ! Je vais me noyer ! "

» Je suis monté dans l'embarcation pour le rattraper et je me suis dirigé vers l'endroit où je l'avais entendu crier, mais rien ! Je l'ai appelé à nouveau ; il n'a pas répondu. J'ai entendu un petit clapotis, très léger. Je me suis dirigé vers lui. Il ne disait rien et j'ai entendu un autre bruit, encore plus léger. Je me suis dit : " Il est en train de se noyer, ce fils de pute. Il est en train de se noyer. " J'ai continué un peu et tout d'un coup, au bas de l'esquif, juste sous mon nez, j'ai vu qu'il sortait la tête. J'ai lancé mon bras comme un éclair et l'ai attrapé par les cheveux. Je l'avais bien agrippé et je l'ai maintenu un moment comme ça, pour qu'il récupère. Quand il a pu parler et qu'il m'a dit que maintenant il sentait à nouveau ses bras, je me suis dirigé vers le bord et l'ai tiré sur la rive. Je l'ai couché, j'ai tâté son ventre : il était énorme ! Alors je me suis agenouillé sur son estomac et j'ai forcé, mais en faisant très attention. Il crachait de l'eau par tous les côtés. Il ne se plaignait pas, il ne disait rien, il était hébété. Et ça crachait de l'eau par la bouche, par le cul, par tous les trous, putain de merde ! Après lui avoir pressé les tripes pendant un moment, j'ai vu qu'il ne sortait plus d'eau, et je lui ai demandé comment il se sentait. Je lui avais vraiment écrasé le ventre.

» — Je suis en train de revenir. Je reviens à moi !

» — Tu sens ton estomac lourd ?

» — Quoi lourd ? J'ai horriblement mal !

» — C'est sûr, je ne t'ai pas fait de cadeaux avec mes genoux !

» — C'est toi qui étais sur moi ?

» — Bien sûr que c'était moi ! Si je ne l'avais pas fait, tu serais déjà mort. Tu te serais étouffé, avec la quantité d'eau que tu avais à l'intérieur !

» — Merci, Oscar. Ça fait deux fois que tu me sauves la vie !

» Il m'a dit cela et puis il s'est mis à pleurer. Je lui ai répondu qu'il ne fallait pas penser à ça, que ce n'était pas pour rien que nous étions des frères. Et pendant un moment, nous n'avons plus parlé.

» On se trouvait bien plus bas de l'endroit où on avait accroché les hamacs, alors je lui ai dit de me faire signe quand il irait mieux parce qu'il fallait remonter. Un quart d'heure plus tard, il a lancé : " En avant ! " On s'est levés et on s'est mis à marcher en suivant le bord. On était très loin. On marchait pas à pas, le garçon avait passé son bras autour de mon cou parce qu'il se sentait encore très faible. Nous avons dû marcher une heure environ, et nous sommes enfin arrivés, morts de fatigue et nous nous sommes endormis profondément. »

Pour le moment, Martin semblait avoir éliminé le camp de ses préoccupations. Il n'était intéressé que par les histoires fantastiques que lui racontait de temps en temps Vincent.

Quand il était encore très jeune, ce dernier avait fait partie (comme d'ailleurs des milliards de Colombiens de l'époque) des guérilleros qui ont contribué à la pacification de la région, alors contrôlée par l'esclavagiste Hernando Palma et sa bande de malfaiteurs. Les gens du coin se souviennent encore d'eux comme des bandits les plus sanguinaires et les plus cruels qui aient foulé leur terre.

Le vieux avait plus tard découvert les plaines du Yari. Il récoltait le caoutchouc et avait parcouru les coins les plus isolés. Et comme il avait aussi été bûcheron, il était allé plus loin que personne.

Quarante ans d'expérience avaient appris à Vincent à quel endroit naissait et débouchait le moindre marigot. Il savait où se trouvaient les tribus indiennes et à quel endroit se couchait le soleil à chaque période de l'année.

Mais parmi toutes les histoires que racontait Vincent, Martin était particulièrement fasciné par celle des rivières d'or qui coulent silencieusement dans un endroit très éloigné, découvert par le vieux à l'époque de la pacification.

Bien que Martin ait toujours fait une confiance aveugle à son écuyer, il lui avait fait répéter plusieurs fois chacun des passages de cette histoire et à la fin, possédé de la même fougue qui avait poussé Orellanas à dévorer l'Amazone d'un bout à l'autre, il a tout laissé de côté et il a entrepris une nouvelle aventure.

VINCENT : « Cela faisait tellement d'années que je n'étais pas retourné là-bas, que je ne m'en souvenais même plus. Et puis une nuit, j'étais assis devant la maison de Martin, j'ai allumé une cigarette et je me suis mis à lui raconter des histoires, et tout d'un coup je me suis rappelé l'épisode de l'or ; quand il a entendu cela, il est devenu fou. Il est venu me chercher le lendemain matin très tôt et il a fallu que je le lui raconte de nouveau. Une semaine plus tard, il organisait une expédition pour se rendre là-bas : c'était très loin ! Il ne voulait en parler à personne et on est partis avec son frère, avec un Noir qui m'aidait toujours et avec une femme qui s'est mariée plus tard avec son frère.

» On a préparé une grande pirogue et on y a chargé de la nourriture, des hamacs, des couvertures, des armes, des outils et beaucoup d'essence. Ensuite nous sommes partis en amont, sur le Caqueta, pour rejoindre l'embouchure d'un marigot qu'on appelle la Zabaleta. Nous avons navigué pendant sept jours. Nous nous arrêtions, grattions la rive, mais sans rien trouver. J'essayais de me souvenir de l'endroit, mais je n'y arrivais pas et je lui ai dit : " Allons-nous-en, ça ne doit pas être par ici ! " Mais Martin était obsédé par cela et il n'a pas voulu ! Il fallait trouver l'or ou mourir. Alors on a continué à remonter pendant quatre jours de plus. Cet endroit, c'est de la pure forêt vierge, très épaisse, très accidentée : on a escaladé les rochers, creusé des trous dans la rive, mais on n'a rien trouvé. On a traversé de l'autre côté en faisant la même chose ; on n'a pas vu l'or et Martin était toujours aussi obsédé ! Il ne parlait que de ça : il disait que nous allions devenir très riches et je n'osais pas le contrarier. Je répondais : " Mais oui, on va devenir très très riches ! "

» Enfin, un après-midi, nous voilà arrivés à l'embouchure d'un autre marigot qu'on appelle le Caño de l'Anguila et, là, j'ai commencé à bien m'en souvenir ! On l'a remonté pendant deux kilomètres et eux, qui sont des spécialistes, examinaient bien les rochers et ont dit : " C'est ici que se trouve l'or ! " Et bien sûr que c'était là ! Plus haut, on a trouvé de grands tas de pierres que les indiens avaient empilées, allez voir depuis combien d'années ! Ils devaient exploiter de l'or avant la Conquête. Bon ! eh bien ! on s'est arrêtés à cet endroit-là et Martin a dit : “ On va tenter notre chance ! ” On a essayé et on a commencé à trouver nos premiers échantillons d'or. On est montés un peu plus et on en a trouvé davantage ! Plus on montait, plus il y avait de l'or. En voyant cela, Martin a déclaré qu'il fallait creuser la terre. On l'a fait et on a encore découvert de l'or. A quelque endroit que l'on creusât un trou (il fallait qu'il ait un mètre de profondeur), on sortait de l'or. On mettait la terre dans des assiettes, on la lavait et on trouvait des petites plaques d'or au fond, elles étaient aussi grandes qu'un ongle et cela faisait de gros grains. On a travaillé plusieurs jours et on en a trouvé pas mal. Mais comme on n'avait plus rien à manger, on a été obligés de tout planter là et de faire demi-tour !

» On a organisé une autre expédition une semaine plus tard. Martin avait décidé de construire une piste d'atterrissage pour pouvoir y aller en avion : c'était le meilleur moyen pour apporter de la nourriture et des outils. Il était impossible de faire la piste près de l'endroit où se trouvait l'or et on l'a tracée un peu plus loin, à environ deux kilomètres.

» On a travaillé très dur pendant cinq semaines, du lever au coucher du soleil. On coupait des arbres gigantesques, on traînait les troncs, on nettoyait bien et on laissait le sol aussi lisse que le dessus d'une table, pour poser l'avion. On n'a fini qu'un mois ou un mois et demi plus tard ! On est redescendus prendre d'autres provisions et on est retournés de nouveau à l'endroit où se trouvait l'or. On en a trouvé pas mal avec les assiettes et même pratiquement avec les ongles ! Martin a expliqué qu'il fallait apporter des machines parce qu'il y avait là-bas tout l'or du monde. Alors on est repartis et il s'est rendu à Cali pour acheter beaucoup de choses et il les a apportées petit à petit dans son avion ; on rangeait tout sur la piste à mesure.

» Il a fait plusieurs voyages et a enfin dit que nous étions prêts. Quand tout le matériel a été déchargé, il a fallu s'organiser parce que la piste devait se trouver à environ trois kilomètres de l'or. Il fallait transporter les machines (qui étaient très lourdes) à travers la forêt vierge. C'était emmerdant, très emmerdant... Rendez-vous compte ! Il y avait des pièces en acier et des choses qui pesaient beaucoup. On a porté toute cette machinerie en la posant sur des morceaux de bois que l'on mettait sur l'épaule. On a mis cinq jours pour transporter des pièces à travers quelques kilomètres de forêt. On s'écorchait les épaules et le matin, quand on reprenait le travail, les blessures saignaient encore. Ça a été très dur et on n'a pas réussi à apporter la moindre pièce là où se trouvait l'or.

» En voyant que c'était si difficile, on a apporté d'autres machines sur le marigot jusqu'à un certain point, et de là, on a essayé de continuer sur la terre ferme, mais le terrain était trop accidenté et même le retour est devenu difficile !

» Un après-midi où nous avons beaucoup travaillé et où nous n'avons pas pu faire plus de deux cents mètres dans la forêt (il y avait des machines éparpillées partout), Martin a dit que ce n'était pas la peine de continuer, que c'était impossible. Alors je lui ai dit : " D'accord, mais il faut rapporter toutes les pièces et les charger dans l'avion, elles pourront peut-être servir plus tard. " Il a dit non, il voulait tout abandonner là. " Mais ça vaut beaucoup d'argent, ce sont des choses très chères ! " lui ai-je répondu. Il a insisté : tout allait rester là, la forêt l'avalerait. Entre autres choses, je me souviens d'un foret en acier pour percer les rochers, d'une motopompe, et de plusieurs moteurs spéciaux... Il a tout abandonné. Cela, c'est le défaut de Martin : il s'enthousiasme pour une chose et puis, dès qu'il a un problème, il laisse tout en plan. Il abandonne tout, il s'en retourne et ne revient plus jamais. »

Le lendemain de leur combat avec l'anguille électrique, avec la rivière qui voulait emporter l'indigène, et avec la faim elle-même qui les consumait lentement, Édouard et Oscar n'arrivaient plus à sortir de leur hamac.

OSCAR : « Je me sentais à bout de forces, je n'avais même pas le courage d'ouvrir les yeux, mais, peu à peu, la lumière du soleil m'a obligé à faire un effort et j'ai regardé autour de moi. Édouard était réveillé, il s'était tourné sur le côté et il ne parlait pas. Il ne disait rien. " Je me sens incapable de faire le moindre pas aujourd'hui ", lui ai-je lancé et il m'a répondu qu'il était également très épuisé. On est restés comme ça pendant une demi-heure mais la chaleur a commencé à taper. Il n'y avait pas le moindre souffle de vent et on s'est dit : " Il faut faire quelque chose ! "

» Je me suis levé et j'ai bien failli me recoucher, mais le garçon a récupéré un peu d'énergie et il m'a aidé à décrocher mon hamac, il a préparé l'esquif et on s'est embarqués pour continuer à descendre le Yari. A ce moment-là, je pensais que nous n'arriverions jamais nulle part et que nous allions mourir comme ça, sur la rivière.

» Nous sommes descendus pendant une demi-heure sans mot dire, sans même avoir envie de parler. Et puis il a fini par me demander ce qui s'était passé cette nuit ; et je lui ai répondu que c'était plutôt à lui de me le raconter.

» Il m'a expliqué qu'à peine il avait posé le pied dans l'esquif, il avait senti une légère décharge électrique le long de la jambe, mais qu'il n'y avait pas prêté attention. Il avait mis son autre pied et la décharge avait redoublé de violence ; ce qui avait fait vibrer sa cervelle si bien qu'il ne se souvenait plus de rien. Il a perdu connaissance... Il ne se rappelait pas qu'il avait failli se noyer dans la rivière, ni que je l'avais attrapé par les cheveux, ni même que j'avais vidé toute l'eau qu'il avait dans l'estomac. Il ne se souvenait de rien !

» On a navigué pendant deux journées entières et on n'a pas trouvé âme qui vive, même pas une cabane abandonnée, ni la moindre trace d'une exploitation de caoutchouc. Rien du tout ! On a accosté plusieurs fois et on a mangé des fruits !

» Et puis, un matin, on a commencé à voir beaucoup de dindes, ces oiseaux qui abondent dans les endroits où vont chasser les loutres et qui se nourrissent avec les arêtes de poisson abandonnées par les loutres en petits tas bien rangés, sur les bords de la rivière. Elles sont noires, avec le dessus des ailes et la tête blancs. Leur chair est très fine mais, comme nous n'avions plus de carabine pour tirer, il a fallu nous contenter de les regarder s'enfuir. Édouard m'a demandé ce qu'on pouvait faire, j'ai réfléchi un moment et je me suis dit qu'on n'avait plus de fusil ; c'était vraiment risqué de s'attaquer aux loutres avec le bout de machette ! De toute manière, il fallait bien trouver un moyen d'attraper quelque chose ; on avait besoin de nourriture à tout prix. Les loutres de ces forêts mesurent environ deux mètres de long, leurs pattes sont palmées et leur gueule ressemble à celle d'un chien ; elles ont de toutes petites oreilles qui pointent sur les côtés. Quand elles sont nombreuses, elles attaquent les embarcations ; elles se déplacent en bandes, et une fois qu'elles ont réussi à faire chavirer une pirogue, elles attaquent les occupants et les tuent à grands coups de gueule, avec des crocs aussi féroces que ceux des tigres. Quoi qu'il en soit, il fallait bien prendre le risque parce que nous n'avions plus rien à manger.

» On a continué à avancer sur la rivière et, après avoir dépassé les dindes, on a trouvé les endroits où chassent les loutres, mais on n'en a pas vu une seule. Elles pêchent et vont manger sur la rive. Nous avons dû descendre encore trois heures, et à mesure que nous avancions, nous constations que les arêtes qu'elles abandonnaient étaient de plus en plus fraîches. Quand il nous a semblé ne plus être bien loin, j'ai saisi le bout de machette de la main droite et Édouard a bien agrippé la rame et a accéléré l'allure. On a tourné et, vers la fin du virage, j'ai entendu du bruit en face. J'ai demandé à Édouard s'il avait entendu. Il m'a dit oui : “ Ce sont les loutres, prépare-toi avec ta machette et garde bien l'équilibre parce que si on se fout à l'eau, elles nous mangent tout crus ! ” On aurait dit des grognements de chiens.

» On a avancé un mètre de plus en faisant attention de ne pas faire de bruit, et on les a vues là-bas, devant nous, sur une petite plage très étroite : leur pelage était sombre, couleur café, brillant, très beau, très fin. J'ai réussi à en compter huit : il y en avait quatre qui pêchaient et quatre qui surveillaient. Nous nous sommes dirigés sous les arbres sans être vus et avons regardé pendant quelques minutes. L'une d'entre elles se jetait à l'eau sans bruit pour pêcher ; elle glissait avec précaution, avançait de quelques mètres vers le centre de la rivière et puis elle plongeait. Elle faisait quatre mètres de plus, elle criait et puis elle plongeait à nouveau. Quand elle attrapait un poisson, elle se dirigeait vers la rive en le portant dans sa gueule. Elle sortait et le posait délicatement sur le sable ; ensuite elle revenait à l'eau. Les autres surveillaient de tous les côtés et ne touchaient à rien ; elles laissaient le poisson dans la même position que l'avait posé le pêcheur.

» On était vraiment impressionnés par un tel respect et une telle organisation ; et puis une brise légère s'est levée et quelques secondes plus tard, elles ont flairé notre présence. Elles se sont jetées à l'eau, elles ont disparu un moment et on les a vues qui refaisaient surface tout près de nous, environ à quatre mètres, au milieu de la rivière. Elles avaient grimpé sur un tronc d'arbre qui descendait mais qu'on n'arrivait pas à voir parce qu'il se trouvait entre deux eaux. Elles étaient toutes juchées là-dessus et elles se sont mises à grogner doucement en montrant leurs crocs comme si elles voulaient nous mordre. Je me demandais bien ce qu'on allait faire, moi avec mon bout de machette et Édouard avec sa rame. Ce qui me préoccupait le plus, c'est que nous risquions de chavirer au moindre mouvement trop brusque, et une fois à l'eau nous serions sans défense ! Je pense que ça devait être des loutres très sauvages qui n'avaient jamais été poursuivies ; et nous étions tout aussi bien les premiers hommes qu'elles rencontraient. On peut repérer ça très facilement à la manière dont l'animal réagit pendant la chasse... J'ai dit à Édouard : “ Approche-toi d'elles lentement, on va essayer d'en avoir une d'un coup de machette ! Allons-y ! tentons notre chance ! ” Je n'avais pas encore fini de dire cela, que j'en ai vu une plongeant dans l'eau : “ Attention ! En voilà une qui vient nous attaquer. ” Et au même moment, elle a sorti la tête de l'eau : elle nous regardait avec ses deux petits yeux rouges et la gueule grande ouverte ; elle était tout près de notre esquif, avec des crocs fantastiques, elle a grogné et a lancé la tête vers moi. Je n'ai pas attendu, je lui ai envoyé un coup de machette de toutes mes forces. Je l'ai touchée à la gueule et j'ai senti que j'avais dû la lui déchiqueter. Elle a toussé très fort et a plongé. Je me suis aperçu que toutes celles qui se trouvaient sur le tronc ont plongé également et j'ai crié à Édouard : “ Elles arrivent toutes ! ” La première a émergé un peu plus bas, elle devait être blessée parce qu'il y avait du sang dans l'eau. On a surveillé l'endroit où les autres allaient émerger. On a attendu plusieurs secondes et on s'est aperçus qu'elles se trouvaient bien derrière l'autre. Celle qui était blessée a de nouveau disparu dans l'eau et je l'ai vue atteindre la rive en grognant très fort. Les autres ont à nouveau plongé et on s'est mis à surveiller pour voir ce qu'elles allaient faire, mais elles ont regagné la rive au même endroit que la première.

» “ Elles ont peur, il faut les suivre ! ” ai-je dit à Édouard ; et le garçon s'est mis à ramer, confiant, vers l'endroit où elles se trouvaient. Quand on a atteint la rive, on les a entendues grogner. Elles devaient se trouver à cent mètres de nous, et on s'est mis à courir vers l'endroit d'où venaient les grognements, mais on ne les a pas vues. Elles se sont remises à grogner et on s'est aperçus qu'elles étaient en train de nous contourner. Et, bien sûr ! elles ont rejoint la rive à une trentaine de mètres plus haut et elles ont replongé dans l'eau. On les a aperçues faisant surface bien plus haut, à environ quatre-vingts mètres. Il n'y avait rien à faire, elles nous avaient échappé !

» On les a regardées se sauver et je me suis senti épuisé à cause de tous les efforts qu'on venait de faire. Édouard m'a dit qu'il était également à bout de forces. Nous nous sommes couchés par terre sur le côté et il m'a expliqué qu'on n'avait plus qu'à attendre la mort ; qu'il allait nous arriver la même chose qu'à l'homme du squelette, là-bas, au camp. J'ai eu très peur, mais je ne lui ai pas répondu. Quelques instants plus tard, j'ai pris le parti de lui remonter le moral : " Mais non, mon vieux ! on est presque arrivés à Araracuara ; il y a du monde là-bas ! " Mais, en moi-même, je pensais bien que l'heure de notre mort venait de sonner. J'ai regardé mon reflet dans l'eau et je me suis aperçu que j'étais très maigre. Édouard était très pâle et on voyait tous les os de son visage qui étaient juste recouverts avec la peau ; on aurait dit une tête de mort. J'ai mis ma main dans les cheveux et je les ai sentis durs, la boue les avait rendus complètement rigides. Mes vêtements étaient tout déchirés : il ne me restait plus que des petits morceaux de chemise, mes pantalons étaient en haillons et il ne m'en restait plus que le haut, à partir du genou ; ils n'avaient plus de fond. Mes jambes étaient maigres, très maigres ! Le soleil était si violent qu'il nous fallait rejoindre la rive toutes les heures, on n'arrivait plus à supporter la chaleur. On a dit : " On continuera à naviguer après quatre ou cinq heures de l'après-midi ! " Nous ne craignions plus le danger de la nuit, et nous avons navigué tout l'après-midi et toute la nuit.

» Cela devait faire neuf jours qu'on avait rencontré les garçons qui allaient à la chasse et, vers cinq heures de l'après-midi, on a entendu un coup de fusil.

» " Quelqu'un est en train de chasser ! " a dit Édouard. On s'est tus et on a écouté. On a débouché sur une longue ligne droite et on a entendu deux autres coups de fusil sur le bord. " Allons-y, il y a du monde, si c'est un chasseur il ne doit pas habiter très loin. Allons-y ! " On s'est dirigés vers l'endroit où on avait entendu les coups de feu et on a usé les dernières forces qu'il nous restait. On a navigué pendant une heure et demie sur cette ligne droite. J'étais très angoissé et j'avais très peur parce que je savais que c'était notre dernière chance ! Si, après un pareil effort, on ne trouvait personne, on allait rester là pour toujours ! On a donné un bon coup et, alors qu'il faisait déjà bien nuit, vers sept heures et demie, on est arrivés au bout et on a enfin vu de la lumière ! " Une maison ! une maison ! ", a crié plusieurs fois Édouard ; je ne vous dis pas quelle était notre joie. Malgré notre fatigue, nous nous sommes dirigés vers la lumière pour voir ce que c'était.

» Il devait être neuf heures du soir quand on a atteint la lumière. Il y avait une cabane et une lampe à pétrole était suspendue devant. Sous la lumière, on voyait une rampe et une dame assise qui ne disait rien et regardait la rivière. " Béni soit dieu ! Il ne peut plus rien nous arriver ! On a enfin atteint un endroit habité ", me suis-je dit. Une grande joie est montée en nous, et nous nous sommes sentis très tranquilles, avec soudain l'envie de parler. Nous avons ramé pour couvrir les derniers mètres qui restaient et quand on a été proche, la dame a mis sa main sur le front pour essayer de mieux voir et j'ai entendu qu'elle appelait quelqu'un. Nous étions sur la rive et je n'arrivais pas à me mettre debout. J'étais très faible et malade et j'ai aperçu un homme sortant de derrière la maison ; il avait une carabine à la main qu'il pointait vers nous : il n'avait pas confiance et était soupçonneux. Je lui ai dit bonsoir en expliquant qu'on était des gens honnêtes, sur le point de mourir de faim et que j'étais très malade, j'avais de la fièvre et aussi très froid. Je lui ai demandé de nous aider parce qu'on n'allait vraiment pas bien.

» Il s'est approché de la rive et il a soulevé une lanterne pour nous regarder. " Vous avez vraiment des têtes de cadavres ; approchez-vous, je vais vous aider ", a-t-il dit.

» On est entrés dans la petite maison et j'ai senti ma tête tourner, mais je n'ai rien dit. Je n'ai pas entendu ce qu'il expliquait. Pendant ce temps, sa femme est arrivée avec deux tasses de café et je n'avais même pas la force de prendre la mienne. J'ai dû faire un effort pour le boire. Je n'avais jamais avalé un café aussi délicieux de ma vie !

» Il nous a fait asseoir et on a commencé à lui raconter ce qui nous était arrivé ; mais il nous a dit que c'était impossible, que personne ne pouvait descendre le Yari. On lui a répondu qu'on ne voulait pas l'obliger à nous croire, mais qu'on l'avait vraiment fait. On lui a dit qu'on était huit et que les six autres se trouvaient encore sur la rivière, en radeau.

» Il nous a expliqué qu'il s'appelait Araque, qu'il avait été prisonnier à Araracuara et que quand le pénitencier avait été fermé il avait déjà achevé sa peine. Mais cela faisait tellement de temps qu'il pourrissait là-bas dedans qu'il n'avait pas eu le courage de quitter la région ; il avait complètement oublié à quoi ressemblait une ville. Il s'était donc marié avec une indigène et installé sur cette île où le Yari débouche sur le Caqueta. On l'appelle l'île du Yari. Quand la prison était encore en fonction, c'était le camp le plus dur des sept que comptait Araracuara. " Ils y mettaient les fous tout nus et malades, dit-il, et ils ne leur apportaient jamais à manger. Ils les laissaient mourir de faim ! "

» Je lui ai expliqué que j'avais du mal à l'écouter parce que j'avais beaucoup de fièvre ; alors il m'a donné un cachet et m'a tendu un petit bol avec du bouillon. " Je ne vous donne pas à manger davantage, parce que ce n'est pas bon. Vous avez l'air de ne pas avoir mangé depuis longtemps. Il vous faut attendre demain. " J'ai avalé le bouillon et je me suis senti très bizarre : j'avais complètement oublié l'impression que donne la nourriture chaude ; le goût qu'ont le sel et les oignons... Quand j'ai eu fini de boire, je me suis endormi profondément.

» Je me suis réveillé le lendemain, à dix heures du matin. La dame m'a donné à manger, mais je n'ai rien pu avaler : je me suis mis à vomir à la première bouchée. On s'est levés et on est allés jusqu'à l'embarcation d'Araque. Il a fait démarrer le moteur et on s'est dirigés vers le haut de la rivière pour aller chercher nos amis.

» Malgré ce qu'on lui avait raconté et l'état dans lequel on se trouvait, il n'était pas tout à fait convaincu. Méfiant, il a dit qu'il conduirait lui-même l'embarcation et nous a demandé de nous mettre devant. Il ne voulait pas qu'on s'éloigne trop de lui et il s'est installé confortablement en plaçant la carabine chargée à côté de lui pour le cas où nous aurions tenté un mouvement douteux. Je m'en suis aperçu et j'ai fait un clin d'œil à Édouard comme pour lui dire :

“ Il faut le convaincre qu’il n’a rien à craindre ! ” Et c’est ce qu’on a fait ; on est restés tranquilles et on a répondu à tout ce qu’il nous a demandé... Il n’arrivait pas à croire qu’on ait pu descendre le Yari.

» Vers deux heures de l’après-midi, nous sommes arrivés à une ligne droite et avons vu, au milieu de la rivière, un radeau descendant lentement. Il s’était enfoncé et ils étaient tous dessus avec de l’eau jusqu’à la ceinture. Ils avaient construit une petite maison sur leur embarcation avec des bouts de bois fixés aux quatre coins et un toit en feuilles de palmier.

» Quand on les a aperçus, Araque a saisi sa carabine et il m’a demandé si c’étaient eux, nos compagnons. Je lui ai dit oui, lui ai demandé de ralentir et de s’approcher doucement pour que les vagues ne les fassent pas couler. On s’est approchés et je me suis aperçu qu’ils commençaient à sourire. Ils se sont mis à crier : “ Édouard... Oscar. ”

» Araque s’est approché et Raoul m’a dit d’une voix faible, vraiment très faible :

» — On pensait que vous ne viendriez plus nous chercher.

» — Je suis un bon camarade. Quand on a vu dans quelles conditions vous étiez restés, sans nourriture, sans armes ni rien, on s’est dépêchés pour arriver les premiers. A l’allure où vous alliez, vous seriez morts parce que le Caqueta est encore loin !

» — Le quoi ?

» — Le Caqueta. Nous sommes presque au Caqueta ! lui ai-je dit, et il n’arrivait pas à le croire.

» Raoul est monté le premier dans la pirogue et il m’a embrassé. Ensuite, un par un, ils m’ont tous embrassé à mesure qu’ils montaient ; et puis c’était le tour d’Édouard et puis celui d’Araque. Ils ne le connaissaient pas, mais ça ne faisait rien. “ C’est cet homme qui nous a sauvé la vie ! ” leur ai-je dit ; et ils l’ont tous remercié.

» On est arrivés sur l’île vers neuf heures du soir et Araque nous a dit qu’on pouvait dormir dans un des anciens cachots du pénitencier. Nous sommes restés là-bas jusqu’au lundi. On nous a donné à manger et nous avons repris des forces, ensuite on est descendus jusqu’au camp central pour envoyer un message à Sanchez, car on nous avait dit qu’il y avait un télégraphe. Mais quand on est arrivés, ils nous ont emprisonnés. Ils nous ont enfermés dans des cachots après nous avoir attaché les mains. Nous sommes restés comme cela pendant deux semaines ; sans voir le soleil, les mains liées. Ils ne nous donnaient presque jamais à boire et à manger ; ils prétendaient que nous étions des guérilleros et qu'il fallait qu'on dise qui on venait d'assassiner.

» On ne cessait de leur répéter qu'ils s'adressent à Jorge Sanchez à Dos Rios, que c'était notre patron, mais ils nous redemandaient toujours la même chose.

» Deux semaines plus tard, enfin, un juge est venu nous voir et il nous a interrogés. Il a conclu qu'on pouvait nous laisser en liberté, mais les gardes ne voulaient pas. Ils ont certainement dû avertir Sanchez, parce que, une semaine plus tard, un avion est venu nous chercher. Je n'y suis pas monté parce que je ne voulais plus revenir là-bas. J'ai fait mes adieux définitifs à Raoul, à sa femme et aux ouvriers. Édouard m'a suivi, c'était mon frère. »

Dans les immenses étendues de forêt qui couvrent la troisième partie de la Colombie vers le sud, les moyens de communication sont une illustration de l'impressionnante lenteur avec laquelle le temps s'écoule : quatre mois pour sortir un avion de la rivière, neuf pour le réparer, six semaines à attendre que les conditions météorologiques soient réunies pour réaliser un vol.

Et lorsqu'il existe un service de courrier, on ne peut jamais espérer obtenir plus de quatre messages par an. Des problèmes aussi insignifiants que la rupture d'un guide sur le moteur d'un bateau peuvent entraîner un séjour de quatre ou cinq semaines sur la rivière. En ce qui concerne le temps, la forêt est très angoissante.

Dans ces déserts, les maires de certains villages n'ont à leur disposition que de très vieux appareils de radiotéléphone qui sont en panne pendant une bonne partie de l'année : l'approvisionnement du groupe électrogène en combustible est déficient et éternellement problématique.

C'est ce qui explique pourquoi la famille de Benjamin n'a reçu le message de sa femme que quatre-vingt-dix jours après qu'elle l'eut envoyé.

ANA JUDITH : « J'ai reçu le message qui m'annonçait l'absence de Benjamin trois mois après que sa femme l'eut envoyé. Elle avait demandé à quelqu'un qui était passé à la maison d'avertir Florencia dès qu'il trouverait un radiotéléphone. A cette époque-là, j'enseignais à l'école de La Turbia, une banlieue de Florencia. Je me rendais tous les samedis en ville et je passais toujours au bureau de M. Buitrago, l'opérateur de radio gouvernemental, pour voir s'il n'y avait pas de messages de ma famille.

» Mais voyez quelle coïncidence : quelques jours avant d'apprendre que quelque chose de bizarre arrivait à Benjamin, j'ai rêvé que je voyageais dans un très long train et que j'avais perdu un de mes enfants. Je le cherchais et à la fin j'ai regardé par la fenêtre et je l'ai vu descendre du train. Ce dernier venait de démarrer et je ne réussissais pas à rattraper l'enfant. Je le regardais avec son petit visage sale, c'était la petite figure de Benjamin quand il était enfant et que je m'occupais de lui à El Vesuvio, la propriété de nos parents. Je le voyais descendre et le train démarrait ; j'ai senti une grande angoisse et je me suis réveillée une, deux, trois fois dans la nuit.

» Et lorsque j'ai reçu le message de Rosalba au sujet de son absence, j'ai pressenti très distinctement la mort et l'abandon que signifiait le rêve du train qui démarrait. Je me suis mise à fréquenter très régulièrement le bureau de M. Buitrago. J'ai envoyé des messages à mon frère Félix pour qu'il avertisse les autres et qu'ils s'occupent de tirer Benjamin de la forêt d'une quelconque manière.

» Je ne sais plus combien de temps avait passé, mais les derniers jours du mois de février, je suis entrée dans le bureau de M. Buitrago et rien qu'à sa façon de me regarder j'ai compris qu'il devait avoir une mauvaise nouvelle pour moi. Alors je lui ai demandé de ne pas faire de détours : " Si c'est quelque chose qui va mal, dites-le-moi, s'il vous plaît. " Il a hésité une seconde, il était nerveux et il s'est mis à feuilleter des papiers qu'il avait dans les mains. Finalement, il s'est penché et il a attrapé une feuille qu'il avait posée sur l'appareil de radio. Il l'a approchée de son visage et il m'a dit en regardant par-dessus :

» — Vous êtes sûre que c'est bien votre frère qui se trouvait sur le Yari ?

» — Absolument certaine. Vous savez bien que ça fait longtemps que j'attends un message de là-bas.

» — Bon... eh bien voilà, j'ai quelque chose, j'espère que c'est une erreur, mais des gens qui se sont perdus dans la forêt sont arrivés au Yari et ils ont trouvé un squelette dans une cabane.

» En entendant ça, je suis restée complètement étourdie ; je ne sais pas ce qui s'est passé ensuite. Jésus Marie... un des mes frères et ma propre fille m'ont raconté que je suis sortie du bureau sans dire un mot, et qu'une fois sur la place principale de Florencia, je me suis mise à marcher et à marcher sans but, en silence et sans m'arrêter. Il paraît qu'on a fait trois fois le tour de la place, mon frère m'a arrêtée, m'a attrapée par les épaules et m'a embrassée. Alors je me suis mise à pleurer et nous nous sommes assis sur un banc et nous sommes restés là très longtemps, jusqu'à ce que je recommence à dire des choses cohérentes.

» Ensuite on s'est rendus au bureau d'un avocat, on lui a raconté l'histoire et il nous a répondu que si nous avions de l'argent pour le payer, il voulait bien rédiger une plainte et la transmettre au juge.

» Trois heures plus tard, on avait les pesos qu'il nous fallait et l'avocat nous a accompagnés pour mettre l'affaire aux mains de la justice..., bon, disons, des fonctionnaires. »

Ce même jour, le 28 février, le tribunal de Florencia a ordonné une enquête et le 7 mars, Virgilio Romero, le secrétaire du palais de justice — à l'époque il n'y avait pas encore de juge — a dirigé « une levée du corps » de Cubillos au camp du Yari.

Le voyage a été fait dans un vieux Beechcraft : il y avait Martin, le major de l'armée, Alberto Perez Plata qui était son ami et a signé l'acte en tant que « secrétaire ad hoc » du secrétaire du tribunal ; il y avait aussi le mécanicien des forces aériennes, Alexandre Hernandez, inscrit sur le document juridique sous le nom de « Perito ».

L'expédition a été rapide parce que l'avion est arrivé au camp à deux heures trente de l'après-midi et le secrétaire du tribunal a noté que, « vu la distance et le manque de temps, il a été ordonné de laisser les restes là où ils ont été trouvés ».

FRAGMENT DU TESTAMENT DE CUBILLOS :

Je demande la faveur d'être conduit à Florencia, même s'il s'agit de mes restes. Les remettre à ma sœur.

Neuf jours plus tard, le 16 mars, la police secrète a arrêté Martin à Cali. Il était accusé d'être le principal responsable de l'abandon de Cubillos au camp. Ils ont arrêté Vincent un peu plus tard, près de la prison, alors qu'il allait prendre des nouvelles de son ami.

Mais Raoul Lima, sa femme et les quatre indigènes venaient au même moment de rejoindre Dos Rios. Ils ont raconté à Jorge Sanchez — leur patron — tous les détails de leur découverte au camp du Yari et Sanchez a déclaré que, poussé par la curiosité, par le mystère qui entourait cette histoire vraiment hallucinante, il avait décidé d'organiser sans perdre de temps une expédition sur les lieux.

« J'ai étudié, dit-il, pendant plusieurs heures, à l'aide des cartes de la région, tous les détails du récit de Raoul et j'ai pu établir le chemin que nous devions prendre. Il fallait être nombreux pour se rendre là-bas et j'ai calculé qu'on mettrait environ trois mois à faire l'aller-retour. C'était difficile, mais le mystère, la quantité d'énigmes que proposait l'histoire de Raoul, et l'idée de pénétrer dans des territoires complètement vierges m'ont fait oublier les risques qu'on allait courir.

» C'est-à-dire que pour nous qui vivons depuis si longtemps dans la forêt, l'idée de connaître la solitude, d'atteindre l'inconnu et de découvrir des rivières, des montagnes, des lieux étranges, fait partie intégrante de la vie. C'est bien pour cela que j'ai voulu organiser ma propre expédition à laquelle aucune personne du groupe de Raoul n'a voulu se joindre... Même Raoul a refusé de tenter l'aventure... »

Sanchez est un homme fort et sa rudesse contraste avec ses bonnes manières. Pendant les multiples entretiens que j'ai eus avec lui, j'ai toujours pensé que sa tranquillité avait quelque chose à voir avec cette sensation d'éternité que prend le temps dans la forêt : il semble qu'il ne se passe jamais rien.

Apparemment, il n'a pas de soucis et il ne s'occupe jamais des heures qui s'écoulent. Ce qui les rappelle, c'est uniquement une montre en or incrustée de diamants, qu'il ne consulte d'ailleurs jamais.

Aujourd'hui, il a cinquante ans et, depuis ses dix-huit ans, il s'est toujours occupé du commerce des peaux d'animaux sauvages. Il en a tué des centaines et il s'est fait une immense fortune qui a fini par diminuer à mesure que la faune a disparu. Il s'est alors reconverti dans l'exploitation et la vente du caoutchouc. Mais, un jour, tous les indiens sont partis et ils sont passés aux mains des missionnaires.

Son entreprise s'est alors arrêtée et la forêt a une fois de plus englouti tout son argent.

Il fallait absolument trouver de nouveaux moyens de survie et il a pensé à une troisième manière de faire fortune : repêcher des avions abandonnés au fond des rivières et les remettre en état.

Sanchez parle cinq langues indigènes et il sait très bien ce que signifie découvrir les dernières tribus cachées au cœur de la forêt et, donc, la nature des cris qu'avaient entendus Oscar et Édouard dans la montagne était devenue pour lui une raison supplémentaire de se rendre sur le Yari.

« Comprenez-moi bien : je me demande vraiment pourquoi tout ce qui touche de près ou de loin à cette rivière sent la *marandua*. La *marandua*, c'est la poisse, la tragédie... J'avais pourtant très bien organisé mon expédition et j'avais fixé la date exacte de notre départ. On avait préparé les embarcations mères et les petites pirogues, que là-bas on appelle des poulains. Mais le matin même où nous devions partir, une mort nous a retardés : nous avons recherché pendant quatre jours le cadavre de Castañeda, un Blanc qui faisait partie de notre équipe.

» Il s'était noyé dans l'Apaporis et on l'a trouvé vers midi. Mais, bien sûr, il a fallu l'enterrer et à ce moment-là un violent orage s'est abattu sur la forêt... J'ai encore le souvenir de cet enterrement : il pleuvait à seaux et deux indigènes ont apporté le cadavre dans une pirogue. Ils ont accosté et nous sommes allés les aider à le décharger. Il était gonflé et on l'a recouvert avec une couverture, ensuite nous sommes allés couper un palmier et avons ouvert le tronc en deux ; c'est ça le cercueil de la forêt ! Quand on a voulu y mettre le corps, il n'y entrait pas, pourtant j'avais bien pris les mesures. Il a fallu couper un palmier plus gros. On l'a essayé et finalement on est arrivés à l'y mettre, mais le tronc s'entrouvrait un peu et on l'a attaché avec des lianes, avec des nœuds bien solides. On a mis le cercueil dans la pirogue et on a traversé la rivière pour atteindre un coin tranquille que l'on connaissait de l'autre côté. On a monté le ravin en glissant sur la boue ; il pleuvait de plus en plus. Une fois en haut, on s'est mis à creuser un trou sous la pluie. Le sol était glissant et, quelques minutes plus tard, on ressemblait à des poupées en terre parce que la pluie nous éclaboussait le visage de boue. On donnait un coup de bêche et on glissait... On tombait les uns après les autres, on se relevait et on recommençait à creuser la boue... et on tombait à nouveau. La pluie ne s'est pas arrêtée une seule seconde et quand on est arrivés à un mètre et demi de profondeur, on s'est aperçus qu'à ce train-là on ne finirait jamais. Alors on y a mis le cadavre et on a rebouché le trou. On a improvisé une petite croix avec quelques bouts de bois et on a récité deux oraisons en langue indigène pour lui faire nos adieux. Nous sommes partis l'après-midi même pour le Yari, assez tristes parce que nous venions de perdre un bon compagnon : Castañeda connaissait très bien la forêt, c'était quelqu'un d'important.

» Malgré cette perte, j'avais réussi à réunir un groupe de trente personnes bien choisies. La plupart d'entre eux étaient indigènes et il n'y avait que quelques Blancs. Une des femmes était mon épouse : elle ne me quitte jamais. Elle a d'ailleurs un journal qu'elle a intitulé “ Le grand voyage ”.

» Comme je vous l'ai déjà dit, on a préparé deux embarcations mères. La mienne avait un moteur Penta de 12 CV, et on y a mis du manioc de bonne qualité, du sel, de l'essence et une partie du personnel. On a attaché une dizaine de poulains * à l'arrière ; ils étaient très légers, on les utilise pour quitter l'embarcation principale pendant la chasse aux loutres par exemple ou pour avancer sur les marigots très peu profonds. C'est facile à transporter dans la forêt, pour aller d'un marigot à l'autre, et sur la rivière c'est plus facile à manier. On peut y monter à deux.

» Ce jour-là, on n'a pu naviguer que deux heures dans l'après-midi, ensuite la nuit est tombée ; mais on ne s'est pas arrêtés, on a continué toute la nuit jusqu'au matin. On a accosté, on est restés deux heures à terre pendant lesquelles on a remis notre chargement en ordre ; et puis on a continué pendant deux jours sur l'Ajajo.

» On s'est enfin arrêtés pour attendre la deuxième pirogue qui venait à la rame. Mais, quand ils sont arrivés, je me suis aperçu que Raoul Lomelin n'était pas là. C'était quelqu'un d'indispensable parce qu'il m'aidait à traduire les différentes langues. Il y avait des gens de différentes tribus et parfois ils ne se comprenaient même pas entre eux. J'ai donc envoyé une petite pirogue à moteur pour

* Petites embarcations. (N.d.T.)

aller le chercher à Dos Rios. Lomelin avait disparu pendant la confusion qu'avait entraînée l'enterrement de Castañeda.

» Ils ont ramené Lomelin et nous sommes repartis, nous sommes remontés une journée de plus jusqu'à El Proveedor. On l'a appelé comme cela parce que, à environ dix minutes du bord, il y a un étang où tous les animaux viennent boire de la boue : c'est très sain. Il s'y trouve de petits sentiers et d'autres plus larges, de vrais chemins tracés par la faune au cours des années. Il suffit d'aller là-bas, de se cacher pour observer toutes sortes d'animaux : c'est comme une place des fêtes. On peut voir des tapirs, des tigres, des bêtes à poils, des bêtes à plumes... Il suffit de choisir la proie la plus grosse et de la tuer. En général on tire sur les tapirs à cause de leur volume et de la finesse de leur viande. On cuisine d'ailleurs avec la graisse que l'on recueille.

» Et puis, en suivant ces chemins, on a commencé à trouver des serpents très gros et très forts qui ne piquent pas, mais qui avalent les animaux tout entiers. La présence de ces serpents me paraissait un peu inquiétante parce que les indiens voient en eux l'esprit du mal : c'est un problème. On en a tout de même tué deux pour recueillir de la graisse et alimenter notre huile de cuisine : trente personnes, ça mange beaucoup, et il ne faut pas lésiner sur les provisions.

» Finalement, après dix jours de navigation, on est arrivés au Majiña ; on a avancé très rapidement pendant six jours et puis on est arrivés à un endroit où il était impossible de naviguer. On a donc abandonné les grandes pirogues et on a continué à travers la forêt en traînant les poulains. Il a fallu deux jours pour transporter notre chargement à travers un sentier.

» Quand on a été de l'autre côté, on a fabriqué deux autres grandes embarcations et on est descendus à la recherche du Yari. Le marigot où on naviguait figure sur les cartes sous le nom de Camuya, mais les garçons l'ont baptisé le Piranhas parce qu'il est bourré de ces poissons. A cet endroit-là, la forêt est restée vraiment intacte et on a commencé à trouver beaucoup plus de serpents et d'animaux. On avançait très lentement par endroits, car il y avait de gros buissons cachant la surface de l'eau : c'était le signe que personne ne passe jamais par là. Plus bas, en croisant un buisson, un serpent qui était couché sur des broussailles s'est déplié et a attrapé le bras d'une indigène ; il a essayé de le tirer de la pirogue pour la manger, mais les autres s'en sont aperçus tout de suite. Il est sûr que c'était une négligence de notre part, mais l'animal, lui, savait bien ce qu'il faisait : il chassait.

» Alors les oraisons ont commencé, les légendes, les présages, et la situation est devenue peu à peu très difficile et tendue. Les indigènes voulaient faire demi-tour parce qu'ils voyaient l'esprit malin partout. Mais en fin de compte on finit par s'imposer et le voyage a continué.

» Deux jours plus tard, on a décidé de camper pour se reposer et pour regarder si la charge était toujours bien emballée et si elle ne prenait pas l'humidité. J'ai l'habitude, dans ce genre de traversée, de me lever vers deux heures du matin et de vérifier que tout le monde est bien dans son hamac ; ce soir-là, je me suis aperçu qu'il manquait des hommes. Il devait bien être déjà trois heures du matin. Qu'est-ce qui s'était passé ? J'ai réveillé un Blanc, c'était un contremaître, et il ne savait pas non plus. Quelques indiens s'étaient tirés ; ils s'étaient enfuis. On a compté et on s'est aperçus que dix-huit d'entre eux avaient fait demi-tour en passant par la terre ferme. On les a cherchés, mais on n'a pas réussi à retrouver leurs traces. Un petit groupe d'hommes a descendu la rivière et, comme ils ne les ont pas retrouvés, ils m'ont rejoint au bout de quatre jours. Alors quelqu'un m'a dit : “ C'est à cause de la malédiction. On a croisé des serpents. ”

» Tous les matins, que ce soit depuis la rivière ou depuis le bord où nous campions, j'entrais en communication par radiotéléphone avec Miguel Navarro, un de mes amis qui était chargé à Miraflores de maintenir une liaison avec le groupe. Mais mon embarcation a coulé quelques jours plus tard et l'équipement a été mis hors d'usage : de l'eau avait pénétré à l'intérieur des appareils. On s'est alors trouvés complètement déconnectés de la civilisation.

» On a continué à naviguer et on a fini par rejoindre le Yari ; c'est vraiment une grande rivière. Je vais abréger l'histoire : quatre jours plus tard j'ai fait un bilan et je me suis aperçu que les indiens avaient collecté quarante-deux peaux de tigre, de renard et de loutre. On a continué à descendre et, vingt jours après la panne du matériel de radio, on a entendu deux avions survolant la rivière un peu en-dessus de l'endroit où on se trouvait. C'est vraiment rare d'entendre des avions dans ces parages. On a tout de même continué notre route à la recherche du squelette. »

Devant l'arrêt des communications, la personne chargée de recevoir les messages de Sanchez a informé les autorités. Les recherches ont été organisées trois semaines plus tard, mais elles n'ont abouti à rien et elles ont cessé un peu plus tard.

Carlos Marin Herrera, correspondant à Miraflores – aéroport forestier proche de Dos Rios – du petit journal de province *le Courrier de El Llano*, a écrit un long article sur l'aventure de Sanchez ; en voici quelques extraits :

On est toujours sans nouvelles du célèbre exploitant de caoutchouc, Jorge Sanchez Ariza. Voilà plusieurs semaines qu'il a abandonné ses installations de Dos Rios pour s'aventurer à l'intérieur de la forêt, dans un endroit inhospitalier où l'on présume que personne encore n'avait mis les pieds.
Né voilà quarante ans, il a été marié à Mme Leti Sanchez et a eu trois enfants qui font leurs études à Bogota sous la tutelle de leur mère. Il a été sous-officier de l'armée et a visité plusieurs pays sous les ordres d'entreprises étrangères ; il a ainsi accumulé une multitude d'expériences et d'aventures.
Assimilé à un play-boy, il a fait l'objet de nombreux commentaires au sujet de ses conquêtes donjuanesques. Otilia Carmona, une jeune fille de bonne famille d'un abord très agréable, l'accompagne depuis cinq ans dans toutes ses expéditions et ses aventures à l'intérieur de la forêt.
On sait que Sanchez, habitué à une vie confortable et facile, a pénétré dans la forêt avec son aimable compagne, Mme Otilia, et avec une vingtaine d'indigènes qu'il connaissait depuis plusieurs années et qui appartenaient à des tribus différentes. L'Onassis de la forêt se consacre exclusivement à l'acquisition de peaux très chères, alors que Raoul Lima gère ses magasins où l'on peut échanger toutes sortes de marchandises contre du caoutchouc de toutes les espèces. En vérité, sa nouvelle entreprise a fourni des carabines et des munitions aux indigènes et leur a fixé un certain quota de peaux à ramener chaque mois. ... On a commencé à soupçonner qu'il était arrivé quelque chose d'étrange au grand Sanchez lorsque don

Miguel Navarro, qui d'ordinaire entrait en communication avec lui tous les matins par l'intermédiaire d'un radiotéléphone, n'a plus reçu de message. Ce silence prolongé a inquiété son frère Efraïn qui a décidé de partir à leur recherche voilà deux semaines en demandant à Navarro de rester en contact radio avec lui. Mais il n'a réussi qu'à ajouter son mutisme à l'angoissante barrière du silence.

DÉCOUVERTE DE TROIS CADAVRES

Et pendant que le silence du grand Sanchez se poursuit dans les profondeurs inhospitalières, on vient d'apprendre officieusement qu'on vient de retrouver trois cadavres dont l'état de décomposition avancée n'a permis aucune identification. La *marandua,* ***qui est le commentaire que font les indiens des tragédies, (et dont le système de prédiction ne rate jamais), pense qu'il doit s'agir de Carlos Alvear Machado, alias*** *Cherchelavie,* ***un aventurier qui mène la vie de bohème depuis quatorze ans et qui chasse le tigre. On pense que les deux autres cadavres appartiennent à son fils,*** *Têtedebois,* ***et à un ami qui n'a pas été identifié.***

VENDETTA

La richesse de la région, d'après ce que disent les chasseurs et les colons, a donné lieu à la dénomination : « vendetta de peaux ». C'est une nouvelle forme de délinquance ; et la disparition régulière de plusieurs chasseurs laisse supposer la présence de certains éléments qui les attaquent et les font disparaître. Il n'y aurait rien de surprenant à penser que le grand Jorge Sanchez, la belle Otilia et ses compagnons ont été victimes de la terrible mafia qui sème la terreur dans cette région où la présence de gigantesques boas, de serpents venimeux, de poissons cannibales, de tigres et de panthères n'ont pas arrêté nos fameux chasseurs et colons.

DERNIÈRE HEURE

Des nouvelles de dernières minutes nous apprennent qu'un avion de la compagnie TAL, dirigée par le major Carlos Sanchez, l'oncle de la victime pré-

sumée, a survolé la région avec à son bord d'autres membres de la famille, sans découvrir le moindre indice. L'énigme de la disparition du grand Sanchez reste totale ; on sait qu'avant de pénétrer dans la forêt il avait apporté dans la capitale cent trois peaux d'une valeur qui approcherait le demi-million de pesos. Si la disparition de Sanchez — malgré les affirmations courantes — devait s'avérer n'être qu'une simple impossibilité d'envoyer des messages, et qu'ils soient tous sains et saufs avec la belle Otilia dans un coin de la forêt — ce que nous souhaitons très ardemment — il devrait régler aux journalistes le prix de la célébrité que nous lui avons reconnue.

Les avions ont cessé de survoler la forêt — très à l'est du Yari — dix jours après que Jorge Sanchez et ses gens les eurent entendus. A ce moment-là, cela faisait deux mois qu'ils étaient partis et se trouvaient tout près du camp.

SANCHEZ : « Le soleil avait été brûlant pendant toute la journée et, vers cinq heures de l'après-midi, on a aperçu devant nous, sur la rive gauche de la rivière, un reflet jaune à cause du jour qui commençait à tomber. Dix minutes plus tard, grâce aux indications de Raoul, on a pu s'assurer qu'il s'agissait bien de l'endroit qu'on cherchait. J'ai donné l'ordre à tout le monde de charger les armes, de prendre des munitions, de vérifier les équipements et de faire le silence le plus complet. On ne devait entendre que le bruit des rames plongeant dans l'eau. Il fallait les manier très vigoureusement en avant, mais en faisant attention de ne pas faire remarquer notre présence. On s'est approchés le plus possible du côté gauche et on s'est avancés rapidement.

» Deux cents mètres avant d'atteindre le reflet, j'ai sauté de l'embarcation avec mes hommes et on s'est déployés en " U " dans la forêt. J'ai donné des ordres pour qu'on arrive sur les lieux en position d'assaut, afin qu'on ne nous prenne pas par surprise. Nous étions nerveux parce que nous ignorions ce qu'on allait trouver là-bas : le coin est complètement inhabité et nous avions appris qu'il y avait des indigènes sauvages dans les parages ; nous prenions donc toutes les précautions possibles.

» Nous nous sommes un peu avancés et avons bien observé le camp ; on voyait un abri avec des tuiles en zinc et, vers six heures et demie, nous avons pénétré dans les lieux, les armes à la main.

» Je suis passé devant avec ma femme et quatre hommes prêts à tirer ; les autres avaient occupé les berges de la rivière et tous les alentours. La nuit commençait à tomber, mais on voyait encore avec netteté. On a avancé pas à pas et on s'est aperçus que tout était désert. Les seules choses que nous ayons trouvées ont été un squelette, des tentes, un frigo, un groupe électrogène, du sel et du café pétrifié... La brousse, qui devait avoir plusieurs mois, commençait à envahir tout ce qui se trouvait sur les lieux, abandonné Dieu sait par qui. Les objets étaient tombés par terre, poussés par les plantes qui étaient passées entre les jointures des murs. La végétation devait atteindre environ quatre-vingts centimères. On a inspecté les alentours et on n'a rien vu. Vers sept heures du soir, à la lueur d'une lampe à essence, j'ai relevé le squelette qui était tombé. Le matelas sur lequel il s'était couché avant de mourir était troué par des racines et des plantes de vingt centimètres qui avaient poussé à travers la toile. J'ai senti une profonde angoisse. J'ai soulevé ce qui restait du matelas et j'ai placé des bouts de bois pour renforcer ceux qui s'étaient pourris sous l'estrade. Ensuite j'ai reconstitué le squelette qui était disloqué en plusieurs morceaux. Il faut dire que l'humidité de la forêt n'a besoin que de quelques semaines pour désintégrer tout ce qu'on peut lui abandonner : il était donc impossible de déterminer depuis combien de temps ces restes humains se trouvaient là. Et puis j'ai rentré une plaque de zinc qui se trouvait dehors et j'ai couvert les os comme pour les protéger de je ne sais quoi.

» Les dernières journées avaient été dures, et nous étions tous très fatigués. Nous avons suspendu les hamacs au dehors, à quelques mètres de la baraque, et nous nous sommes couchés pour nous reposer et réfléchir à ce qui avait bien pu se passer : qui avait bien pu venir dans un endroit aussi reculé ? Qui avait tué cet homme ? Comment était-il mort ? Chacun réfléchissait et puis il exposait ses conclusions à haute voix et, peu à peu, les uns après les autres, tout le monde s'est endormi. Quand tout a été bien silencieux, je me suis endormi à mon tour en attendant que le jour se levât pour aller explorer les alentours et trouver des explications à ce suspense.

» Vers neuf heures du soir, un vent très violent s'est levé et j'ai entendu la plaque de zinc crisser. Elle avait bougé et j'ai vidé le barillet du revolver dessus, sans réfléchir. Une vraie rafale ! J'ai éclairé et elle était là immobile avec les restes en dessous, tels que je les avais placés. Tout le monde est resté silencieux pendant quelques secondes et ensuite des éclats de rire ont fusé et ont fini de me réveiller. J'étais très agité à cause de la tension nerveuse et le bruit m'avait fait exploser. Il n'y avait rien à faire : il a fallu que je supporte la raillerie pendant plus d'une demi-heure. Ensuite on a continué à parler, on s'est levés, on a fait du café et il devait bien être deux heures du matin quand le sommeil nous a repris.

» Le lendemain matin, on s'est mis à explorer le coin avec beaucoup d'attention. On a découvert deux sentiers de mille mètres de longueur chacun ; ils menaient tous les deux à la forêt. On y a trouvé beaucoup de douilles de balles indiquant qu'ils avaient beaucoup chassé et fini par éloigner tous les animaux du secteur. Ils l'avaient fait si bien que, plusieurs mois plus tard encore, nous n'avons pas trouvé la moindre trace de gibier à un kilomètre à la ronde. La faune avait complètement déserté les lieux.

» On a exploré pendant plusieurs jours et on n'a rien découvert. Je me disais : “ Merde alors ! Il doit bien y avoir quelque chose d'autre que ce squelette et que ces appareils qu'ils ont abandonnés ! ” Mais on n'a vraiment rien trouvé : au bout des sentiers, se trouvait un rideau très épais d'arbres et on ne voyait pas plus loin. Tout avait été bien organisé pour que cela ressemblât à un simple camp de chasse : quiconque s'aventure là-bas ne trouve rien, à part ces deux sentiers, et fait demi-tour. Je n'étais pas vraiment satisfait et j'ai décidé de rester plus d'une semaine sur les lieux.

» Et exactement après huit jours d'allers et venues le long des sentiers et des bords de la rivière, nous sommes allés sur un petit marigot aux eaux critallines qui ne se trouve pas très loin, et j'ai entendu un indien qui m'appelait à l'intérieur de la forêt : “ Jorge ! du caoutchouc. Jorge ! ” Je me suis dit qu'il avait trouvé quelques arbres et je commençais à en avoir plein le dos de trafiquer du caoutchouc. Mais l'indien a tellement insisté que j'ai fini par y aller, et qu'est-ce que je vois ? un tuyau d'environ six pouces de diamètre avec une armature en acier. J'ai immédiatement pensé : “ Il y a quelque chose qu'il faut que j'approfondisse ici. Qu'est-ce que c'est que cette lance industrielle ? " J'ai appelé tout le monde et je leur ai demandé de bien explorer les environs et, quelques minutes plus tard, j'ai commencé à avoir les réponses que j'attendais : un groupe de soudure électrique ; quand j'ai vu le groupe électrogène, je me suis dit qu'il n'avait pas été apporté là seulement pour allumer quatre ou cinq ampoules. Un peu plus loin, on a trouvé des scies à deux manches et des outils de menuiserie, de mécanique, de forage : des pelles, des pioches... Une demi-heure plus tard quelqu'un m'a appelé : il avait découvert un trou de mine de quatre-vingts centimètres de large sur un mètre soixante-dix de profondeur. On est rentrés dedans et je me suis aperçu que cela devenait plus large sur les côtés après le premier boyau : environ trois mètres ! Je n'avais jamais vu ce type de travail : je savais que c'était une mine, mais j'ignorais de quel genre d'exploitation il s'agissait. J'étais très intrigué et, regardant davantage aux alentours, j'ai aperçu un petit tas de pierres métalliques et brillantes que la brousse avait recouvert, à trois mètres au nord de l'entrée. Je devenais fou en me demandant de quel genre de minerai il s'agissait. Ce n'était pas de l'émeraude, j'en étais sûr, car je connais bien les gisements d'émeraudes.

» J'étais perdu en conjectures et j'ai entendu un autre indigène qui appelait. La voix venait de là-haut, au nord du marigot, mais très loin. J'ai remonté la berge et, quatre cents mètres plus loin, j'ai trouvé une trémie en bois commençant à pourrir. Une trémie c'est, écoutez-moi bien ! une espèce d'entonnoir carré très solide, bien assemblé avec du bois très dur. Ils lavaient certainement des choses là-dedans. J'ai continué à chercher et j'ai trouvé la roue d'un groupe électrogène Pelton pour faire de l'électricité. Ils avaient eu l'idée d'utiliser l'énergie d'une petite chute d'eau ; mais ils n'avaient apparemment pas fini et ils avaient tout abandonné. Qu'est-ce qui se cachait autour de ce squelette ?

» Notre curiosité était si grande qu'on en a oublié de manger. On n'a rien avalé à partir du moment où on a trouvé la lance, mais à présent la nuit commençait à tomber et nous sommes revenus à l'endroit où avaient été suspendus les hamacs. Malgré la fatigue, on a mis longtemps avant de s'endormir : on parlait, on parlait, on réfléchissait à tout ce qu'on venait de trouver...

» Le lendemain matin, on a sauté des hamacs, j'ai avalé un café en vitesse et je me suis dépêché de revenir au marigot. J'ai continué pendant cinquante mètres à partir de la trémie, et j'ai trouvé un autre trou, pareil au premier, et un autre chantier avec une nouvelle trémie et des tranchées pour apporter l'eau. Au total, on a trouvé trois trous et trois chantiers. J'étais en train de m'occuper de cela lorsque j'ai entendu un autre indien qui criait. Cela venait du sentier, mais, plus à l'intérieur de la brousse, on a trouvé une grosse caisse cerclée de lattes d'acier et, quatre-vingts mètres plus loin, complètement couverte par la brousse, on en a trouvé une autre. J'ai imaginé toutes sortes de choses. J'ai cru que j'allais trouver un trésor à l'intérieur ; des échantillons d'un minerai précieux... plein de trucs. J'ai demandé qu'on me fît passer une barre de fer et, sans hésiter une seconde, je l'ai plantée dans les lattes de la première caisse et je les ai fait sauter. A l'intérieur, il y avait une poignée, disons... de farine, et des sacs en grosse toile décomposée. Les sacs, qui étaient très solides, portaient un tampon des Poids et Mesures. On pouvait lire le mot Canada et, quand on en a ouvert un, on a trouvé quelques morceaux de dollars canadiens déchiquetés. C'est que les termites qu'on trouve dans la région passent partout et détruisent tout. Il y avait une multitude de nids de termites à l'intérieur de la caisse, et de la farine, de la poussière très fine : si c'étaient des dollars ou des documents qui se trouvaient là-dedans, ils avaient été complètement détruits !

» On n'a rien trouvé d'autre dans ce coin. Alors j'ai pris un plein sac d'échantillons de minerai et je les ai fait mettre à l'endroit où se trouvait tout le matériel que nous avions l'intention d'emporter. Le minerai qui était dans les trous ressemblait à de la poussière avec des milliers de petites particules brillantes. J'avais l'intention d'aller faire analyser tout ça à Bogota.

» Le jour suivant, j'ai suspendu les recherches et j'ai descendu les rives du Yari en compagnie de José Rodriguez, un homme très précieux parce qu'il connaissait la médecine, la mécanique et la chaussure. Rodriguez m'accompagnait dans tous mes voyages. On s'est bien entendus dès le premier jour de notre rencontre dans le contingent de l'armée colombienne, pendant la guerre de Corée. Il était tellement précieux dans ce type d'expédition que j'acceptais sans difficulté son grand défaut : la cigarette. Il faut dire que José fumait beaucoup. Quand il n'avait plus de cigarettes, il se roulait des feuilles mortes, et il avalait cette fumée. Mais vu ses qualités, ça valait le coup de supporter ce martyre !

» On a commencé à descendre en suivant le bord de la rivière, mais on n'a pas pu aller très loin. Les pierres sont tranchantes et inclinées et il est difficile de faire plus de quarante mètres. On est revenus au camp, on a attrapé une petite pirogue et traversé sur l'autre rive à un endroit où l'eau était calme. Pour descendre la rivière en passant par le bord, il faut grimper sur des rochers et c'est très difficile. Alors on s'est assurés avec des câbles et avec des lianes et on a progressé doucement vers une chute qui gronde un peu plus bas. On aurait dit des alpinistes ! Nous sommes arrivés enfin au sommet et avons commencé à descendre. Au niveau de la cataracte, on a trouvé les morceaux d'une embarcation qui avait été détruite par l'eau ; et sur les bords, des traces d'indiens, — je ne sais pas de quelle tribu il s'agissait, mais c'étaient des sentiers tracés par des indiens. Plus bas, il y avait des morceaux d'un moteur 33. On a essayé de faire des rapprochements : des indiens, un moteur, une embarcation. Nous allions devenir fous, et comme on ne trouvait plus rien et qu'on ne déchiffrait pas davantage, nous avons fait demi-tour. On a remonté la rivière et on a embarqué dans la petite pirogue, mais à peine avait-on commencé à flotter, que le courant nous a très vite entraînés vers le bas. Je me suis dit qu'on allait tenir compagnie aux morceaux du moteur 33 qui se trouvaient en bas. José a planté la rame comme il faut et la pirogue a immédiatement obéi. Ainsi, on a réussi à s'accrocher aux longues branches qui se trouvent sur la rivière. L'embarcation a continué vers la chute et nous sommes restés suspendus aux arbres. Au-dessous, la rivière grondait, vomissant son écume comme une bête. Aujourd'hui, assis en face de vous, je n'arrive pas à vous dire l'angoisse qui nous avait saisis alors. Je ne peux pas vous expliquer le désespoir que je ressentais, là-bas, suspendu à l'arbre. La petite pirogue a disparu en quelques secondes mais nous, nous avons progressé de branche en branche et réussi à atteindre la rive en face du camp ; il faisait déjà nuit. On a crié plusieurs fois, mais ils ne nous entendaient pas. Et puis j'ai eu l'idée de prendre mon pistolet et de tirer deux fois en l'air. Ils sont sortis de la baraque et ils nous ont tiré dessus avec leurs armes. Il a fallu que j'enlève ma chemise et que je l'attache au bout d'un bâton. Je l'ai éclairée avec une lanterne et ils nous ont enfin reconnus et sont venus nous chercher.

» Une fois arrivé au camp, j'ai mangé un peu et suis allé vérifier le sac qui contenait les échantillons de minerai. A la lueur de la lanterne, les particules brillantes qui se trouvaient dans le sable étincelaient encore davantage. Qu'est-ce que ça pouvait bien être ? »

VINCENT : « Vous vous souvenez de cette montagne dont je vous ai parlé ? Celle qui était très plate sur le dessus, toute noire et très très grande, quadrillée comme les pages d'un cahier ? Eh bien, il y avait beaucoup de minerai là-bas, et c'est ça qui nous intéressait ! C'est une montagne qui se trouve dans une région appelée *las Mesas del Iguan.* On l'a découverte de la même manière qu'on a découvert les indiens : sans la chercher.

» Martin l'a trouvée pendant qu'on construisait le camp ; on travaillait quelques heures et puis on partait en avion tout le reste de la journée pour explorer depuis le ciel. On était très curieux : il faut dire que dans ces endroits aussi vierges, on trouve de l'intérêt à tout, vous ne croyez pas ?

» Un après-midi, on était en train de voler comme d'habitude à basse altitude et on s'apprêtait à rentrer au camp. Il a pris de la hauteur et, au moment où il partait en direction de la rivière, j'ai regardé vers la gauche, à l'orient, et je me suis aperçu que quelque chose brillait sur le dessus d'un pic. Je le lui ai montré. Alors, sans hésiter, il a fait demi-tour et il s'est dirigé vers cet endroit qui étincelait. On s'est approchés et, bien sûr, qu'est-ce qu'on a vu ? Une montagne toute plate et pelée sur le dessus. Il a piqué tout de suite et il a commencé à faire des tours en rase-mottes, il inclinait l'avion sur la gauche de telle manière que le bout de l'aile touchait presque la cime des arbres. Il collait son visage contre la vitre pour mieux voir. Le rocher est très plat et doit mesurer une centaine de mètres de côté. Ce qui donnait l'impression d'un quadrillage, c'étaient de toutes petites tranchées bien droites qu'on aurait dites tracées à la règle. Elles vont d'un bout à l'autre... Après le plat — qui est noir et brillant — commencent la forêt très épaisse et ensuite des parois abruptes tombant dans la vallée. Martin a fait plusieurs tours de plus et puis il s'est incliné de mon côté en me demandant de regarder pour voir ce que, moi, je voyais. Je lui ai répondu que je

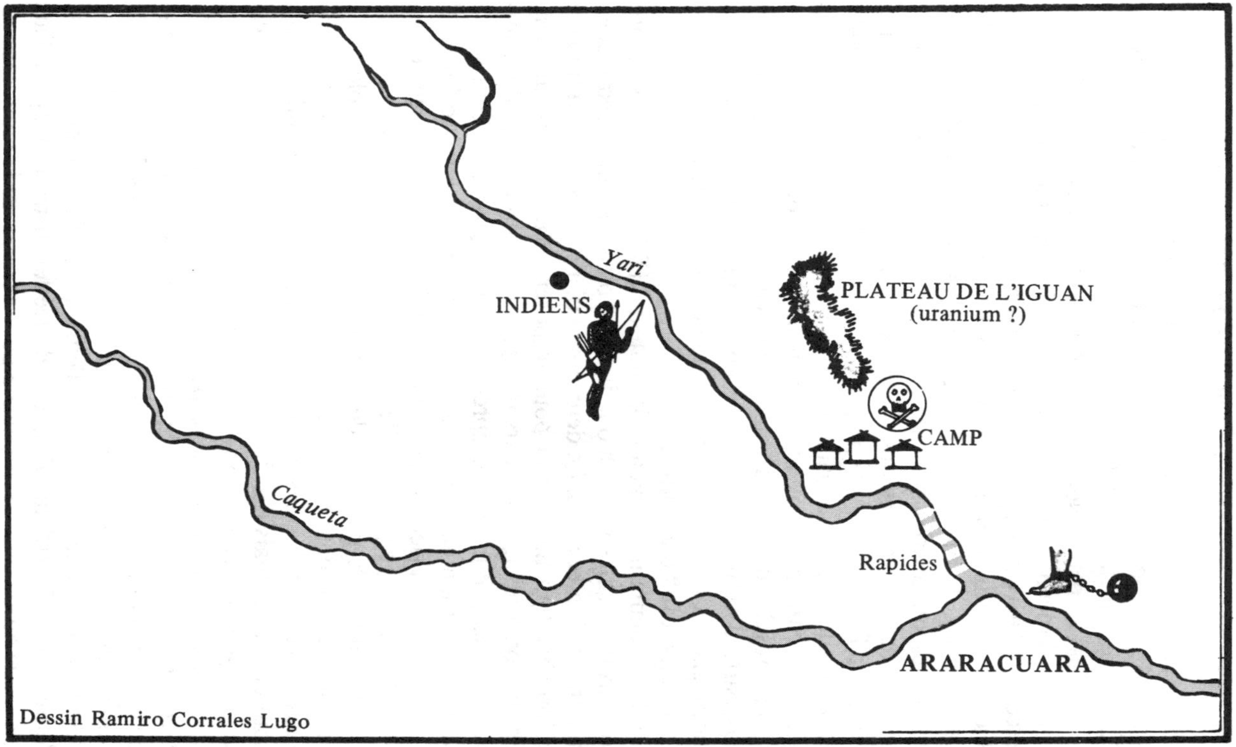
Yari
INDIENS
PLATEAU DE L'IGUAN
(uranium ?)
CAMP
Caqueta
Rapides
ARARACUARA
Dessin Ramiro Corrales Lugo

voyais la même chose que lui et il a éclaté de rire. Il s'est redressé et il a crié : “ Vincent, c'est de l'uranium ! Je m'y connais, c'est de l'uranium, fils de pute ! ”

» Il s'est un peu éloigné et puis il est revenu bien de face : “ On va se poser, Vincent ; il faut qu'on se pose ! ” Je lui ai dit de ne pas faire le con : “ Tu vois bien qu'on est en hydravion ! ” Il l'avait oublié. Alors il a continué et il m'a demandé ce que je pensais de faire un camp là-bas. Je lui ai dit que ça me semblait très difficile parce qu'on ne pouvait pas se poser en avion et qu'à travers la forêt le chemin devait être très dur. “ Tu crois que c'est si loin que ça, à travers la forêt ? ” Je lui ai proposé de partir tout droit vers le camp et de calculer le chemin parcouru. Il m'a écouté. J'ai fait mes calculs et... bien entendu... il y avait bien un jour et demi de marche... C'était très dur de se rendre là-bas. On s'est posés et ce soir-là il n'a pas parlé d'autre chose que de l'uranium qui se trouvait sur la montagne. “ On y retournera demain pour bien repérer le chemin. ” Et je lui ai dit “ d'accord ”.

» Le lendemain, j'ai bien vu la route qu'il fallait prendre. D'abord tout droit face au soleil. Oh oui, il fallait bien un jour et demi, et en marchant d'un bon pas. Ce deuxième vol a été plus décevant parce qu'on cherchait un endroit pour se poser, et on ne trouvait rien. Ensuite on a aperçu plusieurs marigots assez proches, et il a commencé à les suivre les uns après les autres. Quand on était sur le premier marigot, il m'a dit : “ On peut se poser sur celui-là ! ” — “ Ça ne sert à rien, il commence trop loin de la montagne et, en plus, il ne se dirige pas vers elle ; choisis-en un autre. ” Il a pris celui qui se trouvait le plus près de la montagne et il l'a survolé, il l'a survolé, survolé pour bien repérer l'embouchure. Il se jetait d'abord dans un lac et puis dans la rivière. C'était un chemin qui pouvait nous être utile, mais il a cherché s'il n'y en avait pas d'autres ; tous les marigots naissaient trop loin de la montagne. On était occupés à ça quand, tout à coup, sur la partie arrière de la montagne, il a découvert un endroit tout plat au-dessus du précipice. Il est allé le survoler et il m'a lancé, très enthousiaste : “ Tu vois, Vincent ; cette veine blanche, longue et étroite ? ” Je lui ai dit : “ Oui ” — “ Eh bien, c'est de l'émeraude ! Ça, c'est de l'émeraude, fils de pute ! C'est de l'émeraude ! ” C'est de là qu'est venue l'idée de construire une piste d'atterrissage au pied de la montagne pour venir avec l'avion à roues.

» On est revenus deux fois de plus et on n'a pas trouvé d'autre solution que cette piste d'atterrissage. Martin rêvait d'atteindre rapidement le gisement. Il disait que c'était la fortune, qu'on allait être millionnaires : " Écoute, Vincent ; arrêtons de déconner ! On va se construire une maison ici, à côté de ces chutes qui se trouvent à côté de la montagne. Une maison bien haute, et on vient habiter là. On finit notre existence ici ! " Et il devenait rouge, tout rouge ; et il se mettait à réfléchir.

» Au voyage suivant, on a choisi un endroit qui semblait très plat pour construire la piste d'atterrissage et je lui ai dit : " Il faudra brûler une partie de la forêt ! " Et il m'a répondu d'accord, qu'on ferait tout ce qu'il fallait faire. On est revenus avec un jerricane d'essence dans l'avion, un fumigène et un bout de mèche : " On va survoler l'endroit, je mets le feu à la mèche et je jette la bombe. Elle va exploser et mettre le feu à la forêt. On la laissera brûler pendant quelques jours et tout sera bien défriché pour construire la piste. " Il a été d'accord ; il pensait aussi que c'était ce qu'il fallait faire. On a décollé et quand on est arrivés sur les lieux, un violent orage s'est abattu ; il a fallu faire demi-tour. Et puis il m'a expliqué qu'il fallait y arriver coûte que coûte parce que nous allions devenir millionnaires. " Allons-y à travers la forêt ", lui ai-je proposé. " Eh ! bien sûr ! fils de pute ! Je suis certain de tenir ! " Le jour s'est levé et il a dit : " Allons-y, Vincent ! " On a démarré et, vers midi, il était complètement épuisé : " Non, fils de pute ! Je suis trop fatigué. Je préfère mourir ici ! " — " Ça y est ; on est presque arrivés ! Continuons un peu plus loin ! " — " Non ! Il faut retourner, sinon je vais mourir. " Et nous voilà revenus sur nos pas. La route n'était pas facile. La forêt très touffue, très fermée, aussi opaque qu'un rideau.

» Il restait une autre solution : le marigot. On a fixé un moteur sur une pirogue et on est remontés jusqu'au lac. On a pris le ruisseau et on a commencé à le remonter, à le remonter... mais c'était très loin. Deux jours de trajet et on n'est arrivés nulle part. Peut-être qu'on s'est trompés ; on n'a pas pris le bon marigot. On a renoncé : ça faisait cinq jours de perdus.

» Martin continuait à rêver à cette montagne et il me disait qu'il fallait penser à une seule chose : que là se trouvaient nos millions. " Alors il faut repérer un autre chemin ", lui ai-je dit. On est repartis sur le marigot, arrivés au lac et on a suivi un autre petit marigot pendant une demi-heure ; et puis une heure plus loin encore, on a aperçu une série de petites marches sur lesquelles l'eau descendait, on aurait dit l'atrium d'une église. L'eau était cristalline. Nous avons continué un peu plus et remarqué que le terrain était très accidenté. Nous étions arrivés au pied de la montagne qui descend longtemps le long de la plaine. A cet endroit-là, il y a beaucoup de petits ruisseaux sortant de la pierre et se réunissant pour former un marigot. Au bas de la montagne, la terre est très noire avec de petites particules jaunâtres, de la même couleur que l'acier ou quelque chose comme ça. Nous sommes revenus au camp.

» Au voyage suivant, on a emporté énormément d'outils et on a pris des échantillons, des particules d'acier avec un pic : c'étaient de petits blocs jaunâtres ressemblant à de l'acier, et très brillants. “ Il faut apporter une grosse motopompe pour puiser de l'eau dans cette chute et se mettre à laver la terre. Je ne connais pas ce minerai, mais je suis sûr que c'est bon ”, m'a-t-il expliqué sans me préciser de quoi il s'agissait.

» On est revenus en ville et il a acheté une grosse lance avec une armature en acier pour la brancher sur la motopompe. Il l'a attachée dehors, sur le flotteur de l'avion. Et on est revenus comme ça avec une roue Pelton pour fabriquer un moulin hydroélectrique. Il disait qu'on aurait besoin de beaucoup d'énergie pour faire fonctionner les engins qu'il allait apporter. Il avait acheté la roue Pelton, les godets et d'autres appareils, à Cambalache.

» Nous sommes revenus au camp et, à notre arrivée, il m'a dit : “ Et maintenant, qu'est-ce qu'on fait ? ” Comme en général on se rendait toujours tout seuls sur les lieux pour garder le secret, tout était plus difficile. “ Eh bien, on va s'approcher en suivant le marigot et puis quand on sera au bout, on continuera à pied. ” On a mis un jour complet pour amener les outils, la roue, la lance et les appareils... Nous avons ensuite travaillé pendant trois jours pour installer la roue. Je me suis vraiment emmerdé et puis finalement on a réussi à la monter, on l'a bien placée et, le quatrième jour, on s'est levés tôt et on y est arrivés vers huit heures du matin pour la mettre en route. Et voilà, on a passé toute la journée à s'arroser des pieds à la tête parce que parfois l'eau arrivait en grande quantité, et d'autres fois il n'y en avait pas assez. Moi, j'allais à la chute et j'essayais de régler le débit de l'eau. Mais la roue ne tournait pas assez vite, il aurait fallu mille huit cents tours pour produire de l'électricité. Et elle n'y arrivait pas. Il n'y avait pas assez de force. " Ça ne va pas ; cette fille de pute n'est pas assez puissante ; il faut que je revienne en ville ", m'a dit Martin. " Que faire, en ville ? " — " Pour acheter du bois spécial et agrandir la roue. Il faut qu'elle tourne plus vite. " Pendant qu'il y est allé, je suis resté là, j'ai taillé d'autres pieux et j'ai fait des trous supplémentaires pour mieux fixer la roue. Je me suis emmerdé toute la journée à faire ça, à planter des pieux très profonds pour que la chute ne les emporte pas. Il est enfin arrivé avec le bois spécial, j'ai bien graissé la roue et je suis monté pour ouvrir les vannes, mais l'eau giclait de tous les côtés et on s'est de nouveau trempés des pieds à la tête ; il fallait combattre le courant. On ne voyait plus rien. Il était déjà six heures de l'après-midi et on avait commencé à neuf heures du matin. La roue ne tournait pas assez vite. La nuit commençait à tomber et je lui ai dit : " Bon, alors don Martin, qu'est-ce qu'on fait ? Moi, je suis mort de faim. " — " Tu n'as qu'à boire de la bière ! Il faut travailler un peu plus. " On a dû travailler jusqu'à neuf heures du soir à la lueur de la lampe et je lui ai dit : " Ce n'est pas possible. Il n'y a pas assez d'eau ! Viens, allons-nous-en ! " Et on a abandonné la roue sur place : il faut dire que ce gringo trouvait toujours de très bonnes idées ; et il n'avait pas peur de travailler très dur. Très, très dur. Mais s'il y avait le moindre problème, il laissait tout en plan, et il abandonnait tout.

» On a donc laissé là l'appareil hydroélectrique et je me suis mis à fabriquer des trémies pour laver le matériel. Et à côté de ces trémies, j'ai creusé des trous, comme il m'avait appris à le faire. On extrayait le minerai de là-dedans et on le lavait. On travaillait beaucoup. On est allés prendre d'autres échantillons avec le pic, au-delà des marches ; on les a entassés à côté des trémies. Ce minerai était différent de celui qu'on trouvait dans la terre et dans les trous. Martin avait dit qu'il allait montrer ces échantillons à un gringo de ses amis ; mais je ne sais pas s'il les a vraiment fait examiner, car ils font les choses et ne me disent jamais rien !...

» On a beaucoup travaillé, mais on n'a pas réussi à finir ce qu'on voulait faire. De toute manière, il poursuivait autre chose et on n'allait pas tarder à se rendre sur la montagne parce qu'il y avait là-bas de l'uranium et des émeraudes. Alors cela, c'est certain ! Je vous assure que si on n'avait pas arrêté Martin, on serait déjà riches. C'est sûr que cette montagne est pleine de richesses. »

Au même moment où Sanchez a entamé son expédition, on a fait sortir Martin et Vincent de la prison pour les conduire au tribunal de Florencia, où, le 14 avril, vingt-huit jours après leur emprisonnement, le représentant de la justice leur a signifié qu'il ne possédait pas assez de preuves pour les détenir plus longtemps. Ils les a donc laissés en liberté moyennant une caution de 200 pesos chacun (environ 9 dollars de l'époque).

JORGE SANCHEZ : « On a continué à bien explorer les alentours du camp et on n'a rien trouvé d'autre. Il était temps de penser à notre retour et tout le monde voulait emporter quelque chose. Il y avait beaucoup d'outils, beaucoup de choses abandonnées et, d'après la loi de la forêt, ce que l'on trouve appartient à celui qui le découvre. Il a donc fallu organiser le partage pour déterminer ce qui appartenait à chacun.

» Étant donné que tout ce qu'on avait trouvé était bon, on s'est aperçus que les embarcations ne pourraient tout contenir. On s'est dit qu'il fallait agrandir une des embarcations. On a pris la scie et deux hommes se sont mis en quête d'un gros tronc pour faire des planches. Nous nous sommes enfoncés dans un sentier pour chercher un arbre et, tout à coup, j'ai vu quelque chose que je n'avais pas encore remarqué : pendant les derniers jours, le mort devait parcourir ces chemins qui se trouvent près du camp. Il avait un couteau à la main et il dessinait des cœurs sur les arbres, qu'il barrait ensuite avec un grand X. Parfois il gravait la silhouette d'un homme et il devait la poignarder parce qu'il y avait de nombreuses entailles. D'autres fois encore, on pouvait lire les initiales MM, et il les tailladait ; elles représentaient certainement quelque chose ou quelqu'un qu'il haïssait et voulait tuer. C'était très étrange et j'ai pris des photos de tout cela. Par exemple, il avait dessiné la silhouette d'un homme et à côté, un revolver qui la visait. J'ai tout de suite compris que cet homme avait l'intention de tuer. D'après moi, il a dû mourir fou ou complètement inconscient. Et d'ailleurs, tenez !... à côté de son squelette, j'ai trouvé une marmite pleine d'eau recouverte d'une couche de mousse. Je crois qu'il devait avoir très soif pendant ses dernières heures, il buvait de l'eau et il ne pouvait plus bouger.

» Bon ! eh bien ! on a agrandi la pirogue avec des planches : on les avait soudées avec du caoutchouc et on avait consolidé le tout avec du fil de fer et des lianes. Ensuite le chargement de l'embarcation a commencé : les indigènes ont pris cinquante plaques de zinc assez lourdes. Un autre est tombé amoureux de la grande caisse cerclée d'acier et elle a rejoint cette arche de Noé. Il y avait des outils, des matelas pneumatiques, des cables, un sac avec des échantillons de minerai. Ma femme est tombée amoureuse du frigo et elle a dit qu'elle voulait l'emporter... Un frigo !... mon Dieu !... Je pouvais lui en acheter dix si elle voulait, mais elle a refusé, c'était celui-là qu'elle voulait ! Et comme vous savez qu'elles sont têtues, on a mis le frigo dans la pirogue. A ce moment-là, on n'était plus qu'une quinzaine : ma femme, Otilia Carmona, Raoul Lomelin, José Rodriguez, José Fajardo et moi. Les indigènes étaient César Guttierrez, Raymond Sierra, Pedro Hernandez, Pedro Sandoval, Natalico Gentil, Édouard Talga, Octavio Lagordita, Anastasio Filio, Cristobal Prieto et Faustino... je ne me souviens plus de son nom. Ils avaient récupéré cent cinquante-trois peaux, quelques-unes d'entre elles avaient de la valeur, et on les a mises dans le frigo.

» La pirogue était très chargée. En amont, on a réussi à tuer un tapir et on a fait un bon banquet. Cela faisait plusieurs jours qu'on ne mangeait pas de viande. Un peu plus loin, on a abattu un gros tigre qui nous épiait depuis la rive. Mais plus haut, arrivés à l'embouchure d'un marigot, le moteur est tombé en panne. J'ai essayé de le réparer pendant toute une journée et je n'y suis pas parvenu. Alors il a fallu continuer à la rame. La progression était difficile, très lente et très dure. On ne faisait pas plus de quatre ou cinq kilomètres par jour.

» Un peu plus haut, sur la berge, on a trouvé un baril d'essence ; quelqu'un l'avait abandonné là. Et un peu plus loin, on en a trouvé un autre, et encore plus haut un moteur. La corde qui va de l'hélice à la machine était cassée. On avait essayé de le réparer avec une liane. Comme le moteur était bon, on l'a mis dans la pirogue et on a continué à monter avec beaucoup de difficulté. On a calculé et on s'est rendu compte que notre progression était tellement pénible, qu'il nous fallait sept jours pour faire le même trajet en montant que celui qu'on avait fait en une journée de descente.

» De nombreux jours sont passés, la nourriture commençait à s'épuiser et il n'y avait plus rien à chasser. Le soleil nous avait complètement rabougris et on a enfin quitté le Yari. On a mis deux semaines pour remonter le Camuya ; et on est arrivés dans une autre forêt. On s'est reposés pendant trois jours ; épuisés, maigres, nous avons abandonné la pirogue et commencé à transporter la charge. Ça a été huit jours terribles, surtout pour passer le frigo. Il m'a fallu mettre deux hommes devant pour ouvrir un sentier assez large en coupant les branches et les petits arbres.

» On avait bien attaché le frigo avec des lianes sur deux morceaux de bois très longs qu'on avait polis et polis, mais malgré ça, il restait des nœuds qui abîmaient beaucoup les épaules des quatre indiens qui le portaient, à tour de rôle, pendant quatre heures. Mais, après le premier jour de marche, ils se sont mis à protester. Ils avaient les épaules en sang et j'ai dit à Otilia qu'il valait mieux renoncer. Eh bien, non !... elle voulait l'emmener à Dos Rios. Qu'est-ce qu'on pouvait faire ?... En revanche, elle nous a conseillé de mettre des matelas dégonflés sur les épaules, et on a continué. Tout le monde était fatigué et la progression devenait de plus en plus lente. Je ne pouvais compter que sur quelques personnes pour porter le frigo, parce que la majorité d'entre eux avait déjà quelque chose. Ceux qui portaient les plaques de zinc étaient fatigués et ils ont commencé à en abandonner quelques-unes en chemin : une plaque, deux plaques, plus tard cinq plaques. Peu à peu la forêt se mettait à récupérer des choses.

» Celui qui portait la caisse continuait à marcher. Il l'avait chargée sur son dos, il était complètement rapé ; il avait une grosse plaie, mais il refusait d'abandonner la caisse dans la forêt.

» Et puis les hommes qui portaient le frigo se sont remis à protester. J'ai mis trois heures à les convaincre de le reprendre. Je leur ai proposé une partie des peaux qui me revenaient et ils ont fini par accepter. Celui qui portait la scie l'a abandonnée un peu plus loin et celui qui avait pris le sac d'échantillons de minerai également. Je suis revenu sur mes pas et j'ai recueilli un peu de ce sable brillant dans un petit bocal en verre.

» On a campé pour la troisième fois dans ce sentier et on s'est endormis profondément ; mais, vers cinq heures du matin — je ne sais plus quel jour c'était, on avait perdu la notion du temps et on ignorait même depuis combien de jours durait notre aventure —, le tintamarre des indiens nous a réveillés. Ils couraient, ils criaient. J'ai sauté de mon hamac le pistolet d'une main et la carabine de l'autre ; Otilia a aussi pris son revolver, mais on ne comprenait pas ce qui arrivait. Les uns couraient et montaient dans les arbres, les autres se jetaient à l'eau. On ne savait que faire et on les a imités : on a couru et on a grimpé dans les arbres. Qu'est-ce qui s'était passé ? Un grand troupeau de cochons sauvages (ce sont des animaux très féroces), il devait y en avoir mille cinq cents ou mille sept cents — s'approchait. C'était un gros nuage noir qui crachait de la bave. Ces animaux détruisent et dévorent tout ce qui se trouve sur leur passage. Ils ont traversé notre camp, on aurait dit un raz de marée : ils ont tout écrasé, sauf le frigo. Ils ne l'ont pas touché. C'est vrai ! ils ne l'ont pas touché.

» De là-haut, on voyait passer des cochons et des cochons, ça n'en finissait jamais. On a laissé tomber les armes quand on est grimpés dans les arbres ; on s'est aperçus qu'elles ne serviraient à rien. On était vraiment tristes parce qu'on avait très faim et la chair de ces animaux est très fine. Il n'y avait rien à faire. Il fallait les laisser passer, les regarder s'enfuir. J'avais gardé mon pistolet à la main, mais je n'ai pas pu tirer parce que j'étais suspendu avec mes deux bras à une branche. Si j'avais lâché une main j'aurais risqué de tomber et ce sont des animaux tellement féroces qu'ils sont capables de tuer un tigre et de le manger.

» On a marché encore trois jours, mais de plus en plus lentement. Le matin de la première journée, la caisse à outils a été abandonnée dans la forêt, sous un arbre. Plus loin, à environ une demi-journée, une autre. Le deuxième jour, ça a été au tour du moteur qu'on avait trouvé sur le bord de la rivière. Le troisième jour, notre propre moteur. Plus tard, une lanterne. Notre chemin était jalonné avec ce que nous demandait la forêt : “ C'est à moi, rendez-le moi ! ” Mais le frigo continuait sa progression en se balançant au rythme des hommes qui le portaient et commençaient à trébucher, à s'arrêter tous les cent ou deux cents mètres. On n'avait plus rien pour soigner leurs blessures et ils ne voulaient plus continuer : “ Il ne reste plus qu'une journée, juste une journée pour arriver au Majiña.

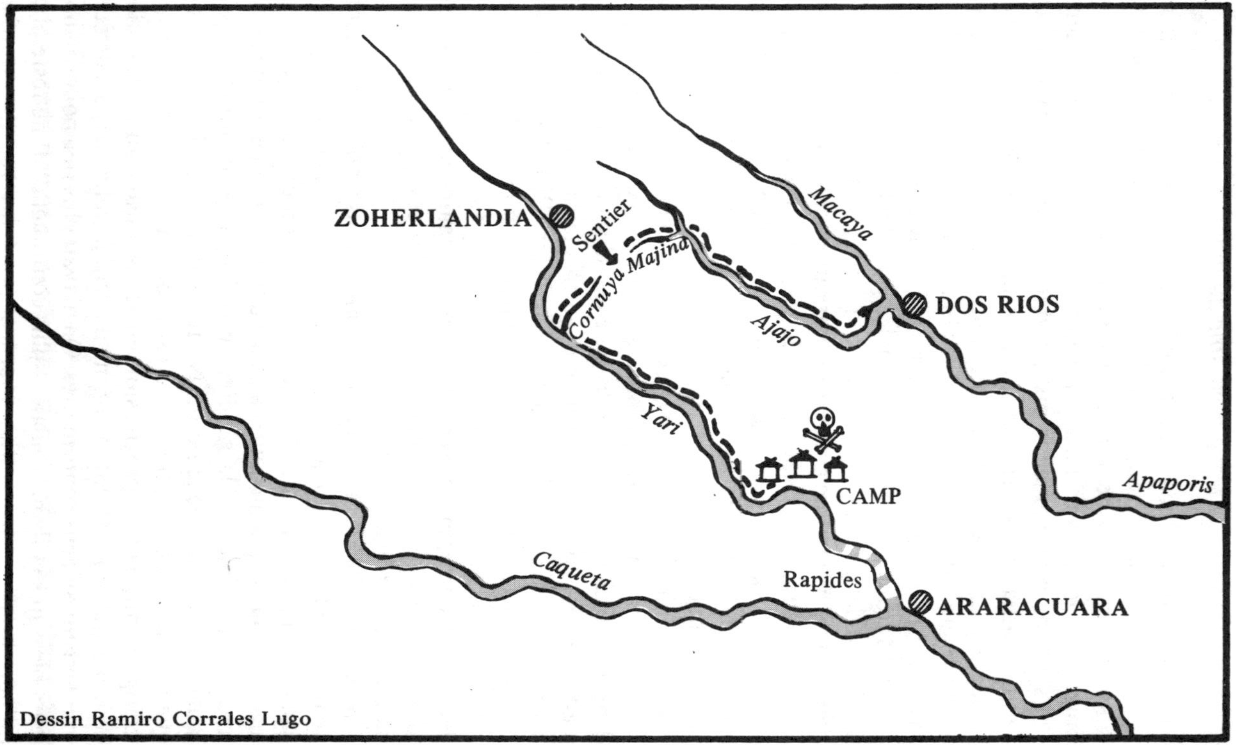
ZOHERLANDIA
Sentier
Cornuya Majina
Macaya
DOS RIOS
Ajajo
Yari
CAMP
Apaporis
Caqueta
Rapides
ARARACUARA
Dessin Ramiro Corrales Lugo

Faites un effort ! " On s'est arrêtés, on a cherché des plantes médicinales et on a mis des emplâtres sur leurs épaules qui étaient très lacérées, et sur le point de s'infecter. Ils l'ont soulevé et ils ont fait deux cents mètres de plus. La tension était terrible, mais on avançait. Je donnais mes peaux : je n'en avais plus. Il fallait les prier tant et plus. Quelques-uns de ceux qui avaient abandonné leur charge commençaient à reprendre des forces et ils ont aidé. On a continué à marcher et à jeter des choses. Le dernier jour, on n'avait plus rien, rien d'autre que le frigo et des armes. Tout était éparpillé dans la forêt. Et on a enfin atteint le Majiña.

» Nous avions alors très peu d'espoir de sortir de là. Nous étions tristes, fatigués, sans le moindre médicament et commencions à être désespérés. C'est-à-dire que quand on passe trop de temps dans la forêt avec ce type de difficultés, une sorte de folie collective commence à s'installer et il faut bien la maîtriser parce qu'on peut devenir définitivement fou ou provoquer une tragédie. Par exemple, alors que nous étions douze ou quinze ensemble, nous entendions quelqu'un s'approcher. Nous nous regardions et tout le monde avait entendu alors qu'il n'y avait personne. D'autres fois, on percevait des coups de machette et je demandais à celui qui se trouvait à côté de moi : " Tu entends ? " — " Oui, j'entends ! " Après, c'étaient des voix : " Tu as entendu ? " — " Oui, Jorge ; j'ai entendu ! " Et rien du tout. Personne ne se présentait. Si ça n'était arrivé qu'à une seule personne ! Mais on était quinze à souvent entendre la même chose ! Alors on commence à s'énerver, à devenir fou. C'est le désespoir de la forêt, le désespoir de ne voir personne, de ne rien voir. C'est très grave parce que tout le monde commence à être inquiet, on se méfiait les uns des autres. La camaraderie se décomposait et c'était le meilleur moyen de ne jamais parvenir à s'en sortir.

» Sur les bords du Majiña, on a retrouvé les grandes pirogues qu'on avait laissées là quatre mois auparavant : elles étaient pourries. Nous n'avions pas d'outils pour en fabriquer d'autres et il fallait absolument descendre pour rattraper l'Ajajo et arriver en deux semaines environ à Dos Rios. On a taillé des planches avec les machettes qui nous restaient, dans des troncs d'arbres qu'on avait mis plus de six jours à abattre. On a tout fini dix jours plus tard. Il nous a fallu un jour pour arranger la pirogue comme on a pu, en la rebouchant avec du caoutchouc qu'on avait extrait d'un arbre, et en la consolidant avec des lianes. Le frigo était prêt à être chargé. On l'avait sauvé jusque-là.

» La pirogue prenait encore beaucoup d'eau et on est allés chercher davantage de caoutchouc et on a déchiré le peu de vêtements qu'il nous restait : les pattes des pantalons étaient complètement déchirées et on aurait dit qu'on était en culottes courtes. On a détruit les chemises et on a pris des morceaux de tissu pourris qu'on trempait dans le caoutchouc et avec lesquels on bouchait les trous de la pirogue. Ça nous a pris un jour de plus et, le lendemain matin, on a démarré. Mais, vers le milieu de la journée, on s'est aperçus que l'eau commençait à baisser, à baisser ; la navigation devenait de plus en plus difficile parce que la quille s'accrochait à la boue qui recouvre le lit. Alors on a fait descendre des gens : d'abord deux, et puis trois... et puis dix..., douze. Ils descendaient et ils marchaient dans la rivière en poussant la pirogue. Mais on est arrivés à un point où on n'avait plus de force. Couverts de boue de la tête aux pieds, nous étions finis. Et pourtant il fallait continuer en passant par là ; à travers la forêt, on n'aurait pas eu assez d'énergie.

» On a attendu deux jours et deux nuits, mais le niveau de la rivière n'a pas bougé. Alors on s'est mis à faire des barrages ; pour faire monter l'eau. On progressait un peu et puis, quand le niveau redevenait trop bas, on poussait de nouveau la pirogue. Quand on était à nouveau trop épuisés, on reconstruisait un barrage et on avançait quelques mètres de plus.

» Le cinquième jour, alors qu'on était malades, qu'on ne pouvait plus faire un pas sans se soutenir au voisin, un déluge s'est abattu. Il s'est mis à pleuvoir, mais à pleuvoir très violemment ! Et la rivière s'est mise à monter, et la pirogue à glisser, à glisser, et nous à rire, à dire des choses incohérentes. Nous avions des hallucinations ; nous étions complètement fous. Nous ne nous sommes pas aperçus que la pirogue commençait à couler et qu'elle allait emporter le frigo. Et puis nous nous sommes mis à écoper sans nous reposer, à crier en cadence comme pour nous libérer du malheur. Nous avons réussi à maintenir la pirogue sur l'eau. La nuit est tombée et nous avons accosté. Lorsque le jour s'est levé, nous nous sommes aperçus que nous étions presque sur l'Ajajo qui était large, avec des eaux splendides et beaucoup de courant. La pirogue se penchait et se remplissait d'eau et nous on la vidait ; cela dura plus de deux heures de suite. On s'arrêtait, on se reposait et on continuait. Nous étions pratiquement nus et très maigres, mais nous nous en étions sortis. On avait sauvé le frigo. On s'est tous sauvés. Je crois que c'est à ce moment-là que la *marandua* a pris fin, sur le Yari. »

A la fin de ce même mois de juin, Carlos Luanga — un chasseur — a remonté le Yari en compagnie de ses trois fils à la recherche d'un groupe de loutres. Pas très loin de la dernière chute, nous avons découvert, dit-il, « sur une plage de la rivière, sur la rive droite, en descendant, le squelette d'un homme étendu sur le sable. Il était brûlé par le soleil et on n'a pas osé le toucher. Un de mes enfants, Roberto, a pris quelques photos et on est descendus à Araracuara, après la chasse, pour informer les autorités. »

— Et que s'est-il passé ?

— Eh bien, le commissaire de Puerto Santander lui-même nous a dit que l'information ne l'intéressait pas pour deux raisons : en premier lieu, il n'avait pas assez d'essence pour se rendre là-bas, parce qu'on ne l'avait pas réapprovisionné ; et deuxièmement, même s'il en avait eu, il n'y serait pas allé parce que ça faisait quatre mois que le gouvernement ne lui avait pas versé sa paie, et que, dans ces conditions-là, il ne voyait pas pourquoi il se sentirait obligé de travailler. Et qu'il souhaitait que tout le monde meure.

Apparemment, il s'agissait des restes d'Ernest « Slim » Bauer, physicien, musicien, expert en forage de puits de pétrole, mathématicien, traducteur et guide ; mais personne n'a pu le confirmer. Le squelette est resté sur la plage et, l'hiver suivant, il a disparu dans les eaux du Yari.

Le 19 juillet, le juge a remis à Ana Judith et à Félix Cubillos une petite bourse contenant les restes de Benjamin, leur frère cadet. Ils ont été inhumés à Florencia le jour même, mais je n'ai jamais réussi à trouver sa tombe, ni même une croix ou une épitaphe.

L'après-midi où je me suis rendu au cimetière, j'ai écouté une nouvelle fois l'entrevue que j'avais eue avec Rosalba et une phrase s'est pour toujours gravée dans ma tête :

« ... Il a dit au revoir à tous ses enfants. Il les a tous embrassés et caressés. Il les aimait beaucoup. Et au moment de partir, il m'a dit : " Supportez un peu plus cette situation... Vous allez voir, à mon retour, notre vie va changer ! " »

IMPRIMERIE HÉRISSEY À ÉVREUX (EURE).
DÉPÔT LÉGAL : JUIN 1986. N° 9255 (39799).

De langues espagnole et portugaise

REINALDO ARENAS
Le Monde hallucinant, 1969
Le Puits, 1973
Le Palais des très blanches mouffettes, 1975
La Plantation, 1983
Arturo, l'étoile la plus brillante, 1985

MIGUEL-ANGEL ASTURIAS
Soluna, 1969

JORGE LUIS BORGES
Evaristo Carriego, 1970
coll. « Points Roman », 1984

GUILLERMO CABRERA INFANTE
La Havane pour un infante défunt, 1985

ANTONIO CALLADO
Mon pays en croix, 1971

JOSUÉ DE CASTRO
Des hommes et des crabes, 1966

JOSÉ DONOSO
L'Obscène Oiseau de nuit, 1972

GABRIEL GARCIA MARQUEZ
Prix Nobel
Cent Ans de solitude, 1968
Prix du meilleur livre étranger
coll. « Points Roman », 1980

JUAN GOYTISOLO
Juan sans terre, 1977
Makbara, 1982

JOSÉ GUIMARAES ROSA
Buriti, 1961
Hautes Plaines, 1969

JOSÉ LEZAMA LIMA
Paradiso, 1971
coll. « Points Roman », 1984
Le Jeu des décapitations, 1984

LUIS MARTIN-SANTOS
Les Demeures du silence, 1963

EDUARDO MENDOZA
Le Mystère de la crypte ensorcelée, 1982
Le Labyrinthe aux olives, 1985

JEBERTO PADILLA
Hors-jeu, 1969

MANUEL PUIG
Les Mystères de Buenos Aires, 1975
Le Baiser de la femme-araignée, 1979

ERNESTO SABATO
Alejandra, 1967
coll. « Points Roman », 1982
L'Ange des ténèbres, 1976
Prix du meilleur livre étranger
coll. « Points Roman », 1983
Le Tunnel, 1978
coll. « Points Roman », 1982
L'Écrivain et la Catastrophe, 1986

SEVERO SARDUY
Gestes, 1963
Écrit en dansant, 1967
Cobra, 1972
Prix Médicis étranger
coll. « Points Roman », 1986
Barroco, 1975
Maïtreya, 1980
Colibri, 1986